LORI FOSTER
PASIÓN ENCUBIERTA

Editado por Harlequin Ibérica.
Una división de HarperCollins Ibérica, S.A.
Núñez de Balboa, 56
28001 Madrid

© 2012 Lori Foster
© 2016 Harlequin Ibérica, una división de HarperCollins Ibérica, S.A.
Pasión encubierta, n.º 202 - 1.1.16
Título original: Run the Risk
Publicada originalmente por Mira Books, Ontario, Canadá.
Traducido por María Perea Peña

Todos los derechos están reservados incluidos los de reproducción, total o parcial.
Esta edición ha sido publicada con autorización de Harlequin Books S.A.
Esta es una obra de ficción. Nombres, caracteres, lugares, y situaciones son producto de la imaginación del autor o son utilizados ficticiamente, y cualquier parecido con personas, vivas o muertas, establecimientos de negocios (comerciales), hechos o situaciones son pura coincidencia.
® Harlequin, TOP NOVEL y logotipo Harlequin son marcas registradas por Harlequin Enterprises Limited.
® y ™ son marcas registradas por Harlequin Enterprises Limited y sus filiales, utilizadas con licencia. Las marcas que lleven ® están registradas en la Oficina Española de Patentes y Marcas y en otros países.
Imagen de cubierta utilizada con permiso de Harlequin Enterprises Limited. Todos los derechos están reservados.

I.S.B.N.: 978-84-687-7634-7

Para Jenna Scott y Gary Tabke. Tengo un gran respeto por los agentes de policía, pero sé muy poco sobre el funcionamiento interno de los cuerpos de seguridad.

Gracias a los dos por ayudarme a comprender ese funcionamiento, por ayudarme en la investigación y por responder mis numerosas preguntas.

Cualquier error o exageración es mío, porque, de verdad, ¡a veces los escritores necesitamos que las cosas encajen! Pero, gracias a vosotros dos, espero que la historia sea verosímil.

Dedicado a la comunidad de escritores, de autores y de lectores.

CAPÍTULO 1

Pepper Yates sintió un intenso escrutinio mientras caminaba hacia el edificio de su apartamento. Llevaba sintiéndolo ya dos semanas, desde que había llegado su nuevo vecino, pero no había conseguido acostumbrarse a él.

Se estremeció.

No saludó al hombre que estaba asomado a la terraza, con los brazos musculosos apoyados en la barandilla, sin camisa y sonriendo, siguiendo todos sus movimientos.

No le dio ánimos de ninguna manera. Él estaba fuera de su alcance, y su atención hacia ella la ponía nerviosa.

Se resbaló por culpa de aquella inseguridad, y sus zapatillas baratas de lona y suela de goma hicieron un ruido repelente contra el pavimento. La falda larga le golpeó las espinillas. Sintió una opresión en el pecho.

Con la cabeza agachada, agarrando con fuerza las bolsas de papel de la compra, fingió que no notaba su presencia en la terraza.

Deberían darle un Óscar, porque, de veras, ¿quién no iba a notar su presencia? Seguramente, las mujeres iban a él como moscas a la miel. Tenía aquel tipo de actitud fresca y chulesca.

El tipo de actitud que la alteraba.

A él debía de fastidiarle que ella no le hiciera caso. Era la única explicación que tenía su atención continua. Sin embargo, ¿qué otra cosa podía hacer ella?

El sol ardiente de agosto le caía a plomo sobre la cabeza. Le encantaría darse un buen baño fresco en la piscina. Pero no con él delante.

En realidad... nunca más.

Parecía que los días en que podía bañarse tranquilamente habían terminado para ella. Le entristecía pensar en todo a lo que había tenido que renunciar en nombre de la supervivencia.

Pero, gracias a su hermano, había sobrevivido, y eso era lo más importante.

También era el primer motivo por el que no podía dejarse atraer por su vecino.

Debería tener una gran letra pe de «Peligro» en el pecho desnudo.

Mientras aceleraba el paso, bajó la cabeza, pero, por supuesto, él la saludó.

Siempre la saludaba. No tenía sentido, pero sus rechazos no lo habían desanimado en absoluto.

Aquel hombre tenía un ego muy sólido.

—Buenas noches, señorita Meeks.

Cuando había elegido aquel nombre falso, no le había importado que sonara tan absurdo como Sue Meeks, porque muy poca gente se dirigía a ella, y nunca la saludaba nadie.

Pero él, sí.

Tomó aire, miró hacia arriba y asintió.

—Buenas noches.

Él salió de la terraza, y ella supo que había entrado para poder abordarla en el pasillo.

¿Por qué no la dejaba en paz?

El edificio donde estaban sus apartamentos era... desagradable. La pintura de las paredes estaba desconchada, había humedades en los rincones y la moqueta tenía manchas que ella no quería inspeccionar demasiado...

Ella sabía por qué estaba allí.

Sin embargo, ¿por qué estaba él allí?

A cada paso, sabía que se acercaba más a su vecino, pero no

tuvo más remedio que subir por las escaleras hasta el segundo, donde estaba su apartamento. Y, por supuesto, él estaba esperándola.

Ella se detuvo.

Entonces, él se apoyó en su puerta, que estaba justo al lado de la suya, con los brazos cruzados sobre el pecho desnudo, con el pelo castaño despeinado y una barba incipiente. Solo llevaba unos pantalones cortos de algodón, de color marrón, que estaban arrugados y que le colgaban de las caderas delgadas. A ella se le cortó la respiración.

Siempre que lo veía, sentía el mismo impacto de la primera vez. Era tan increíblemente atractivo que la dejaba embobada.

—¿Qué quería?

Teniendo en cuenta lo guapo que era, y el aspecto que tenía ella, no podía tratarse de lo usual. Entonces, ¿por qué la perseguía sin descanso?

La larga caminata que había desde casa al supermercado, y la vuelta, algo que normalmente le gustaba, la había dejado acalorada, sudorosa y sin ánimo para jueguecitos.

Por lo menos, no aquellos jueguecitos.

Intentó apartar la mirada para evitar que él notara todo lo que ella sentía y pensaba.

Sobre él. Sobre el increíble cuerpo que él se empeñaba en exhibir.

Y en cuánto le gustaría a ella frotarse contra aquel cuerpo...

—Eh.

Antes de que pudiera pensar en una forma de esquivarlo, él se apartó de la puerta y le dedicó una sonrisa amigable. Tenía los ojos oscuros y la mirada cálida. Ella se tragó el suspiro.

—Hola.

—Vamos, deja que te ayude con las bolsas.

Pepper respondió:

—No, de veras, no es necesario. Tengo que...

De todos modos, él le arrebató las bolsas y le hizo un gesto para que lo precediera hacia su apartamento. Ella, con las manos vacías, mantuvo los hombros encorvados e hizo todo lo posible por disimular su reacción.

—De veras, señor Stark...

—Somos vecinos, así que llámame Logan.

Ella no quería llamarlo de ninguna manera, e intentó transmitírselo.

—De veras, señor Stark, no necesito ayuda.

Él sonrió. Fue una sonrisa divertida, de flirteo.

—Eres muy quisquillosa.

—Yo no soy....

Él le quitó las llaves de la mano, también. Y, como si intentaba arrebatárselas iba a quedar como una tonta, Pepper no tuvo más remedio que seguirlo.

Mientras él abría la puerta, observó su ancha espalda. Estaba moreno, y tenía la piel casi tan húmeda de sudor como ella.

Sintió un cosquilleo en los dedos, a causa de la necesidad de acariciarlo, de pasar las palmas de las manos por aquella piel caliente y por sus músculos tensos.

Él se giró, y ella pudo ver de cerca su pecho. Aunque se sentía escandalizada, no pudo dejar de fijarse en sus tetillas pequeñas y marrones, y en el vello suave que las ocultaba un poco...

—Si no eres quisquillosa, ¿qué eres?

Ella alzó la vista y, al darse cuenta de que él la había estado observando, se ruborizó.

—Soy celosa de mi intimidad —respondió Pepper.

Aunque, teniendo en cuenta cómo acababa de mirarlo, no era de extrañar que él no lo comprendiera.

Cada vez que se cruzaba con él, lo devoraba con la mirada, porque él siempre exhibía demasiada piel. Ella no estaba acostumbrada a ver a nadie tan guapo como él.

Él la tomó por la barbilla para que alzara la cabeza, y a ella estuvo a punto de parársele el corazón.

—¿Saludar a un vecino pone en peligro tu intimidad?

No, no, no. Él no podía tocarla; no podía permitírselo. Había llegado el momento de escapar.

Se agachó y lo rodeó, abrió la puerta de par en par, entró en el apartamento y se giró para bloquearle el paso.

—Apenas lo conozco.

—Estoy intentando ponerle remedio a eso —dijo él, y miró el interior de su apartamento con curiosidad y sorpresa. Arqueó una ceja seguramente al ver el desorden.

Se alegraba de que hubiera visto que era tan desordenada. Tal vez eso ayudara a repelerlo.

—Soy reservada —dijo ella, y le quitó las bolsas de los brazos. Después, se irguió, y añadió—: Y hay otros que deberían ser igual.

—Sí, tal vez pudiera —respondió él, y dejó de mirar su apartamento. Se apoyó en el marco de la puerta. Era muy alto; debía de medir más de un metro ochenta. Sus anchos hombros le impedían cerrar la puerta.

Esperó, en silencio, pacientemente, a que ella lo mirara a los ojos.

Pepper alzó la vista, y sintió la caricia de su atención íntima y sugerente. Carraspeó, y le dijo:

—¿Qué es lo que tal vez pudiera hacer?

—Tal vez pudiera dejar de perseguirte —respondió él, y añadió, en voz baja—: Si no fueras tan mona.

Ella se quedó tan sombrada que dio un paso atrás.

¿Mona? Aquel tipo debía de ser un loco, porque no podía estar tan desesperado. ¿Por qué iba a decir algo tan absurdo?

Él sonrió.

—¿Es que no crees que seas mona?

A ella se le escapó una carcajada, y su «no» instantáneo pareció un graznido.

¿Mona? Ni por asomo. Tenía el pelo rubio, pero lo llevaba lacio y recogido una coleta baja y pegada a la nuca, que no la favorecía en absoluto. Nunca se ponía ni una gota de maquillaje. Cualquier abuelita respetable desdeñaría su ropa, y llevaba unos zapatos tan feos que con solo mirarlos se ponía triste.

Se encorvaba al andar y balbuceaba cuando hablaba en voz

baja. Al menos, se acordaba de balbucear cuando cierto vecino no la abordaba y se empeñaba en acompañarla.
—Bueno, pues yo sí lo creo —dijo él, sin dejar de mirarla.
Su mirada de lástima hizo que ella recuperara al valor y el orgullo.
—¿Lo dice en serio, señor Stark?
Él cambió de postura y se inclinó hacia ella. Cuando Pepper pensó que se le iba a cortar la respiración, él dijo con claridad:
—Llámame Logan.
Oh, Dios Santo. Estaba tan cerca que ella podía sentir su calor y su respiración, y ver sus pestañas oscuras y espesas.
Tenía unos ojos muy seductores.
A ella le subió la temperatura corporal.
—Oh, ummm...
Aquellos labios sexis esbozaron una sonrisa.
—Y, ¿cómo te llamo yo a ti?
Cuando Pepper se quedó mirándolo embobada, él frunció ligeramente los labios, sin dejar de sonreír.
Oh, Dios... quería besar aquella boca. Besarla y... otras cosas.
Pepper agitó la cabeza e intentó cerrar la puerta.
—Adiós, señor Stark.
Él posó la palma de la mano en la puerta y, sin demasiado esfuerzo, le impidió que la cerrara.
—Vamos, vamos. ¿Qué de malo puede haber en que me digas tu nombre?
¿Qué podía hacer?
Él era tan insistente que su continua negativa parecía absurda.
De mala gana, respondió:
—Sue.
Entonces, con una sonrisa de diversión, él admitió:
—Ya lo sabía.
—¿Cómo?
—Tú eres la administradora del edificio, así que he visto tu

nombre en mi contrato de alquiler —dijo él, y volvió a pellizcarle suavemente la barbilla—. Pero quería que me lo dijeras, de todos modos.

Ella soltó un bufido de ofensa, pero él no se apartó de la puerta.

—Bueno —dijo él, mirando de un lado a otro del pasillo—. Tú vives sola, y este no es el mejor edificio de apartamentos del mundo, ni el mejor barrio.

—¿Está criticando mi desempeño como administradora?

—Tú solo eres responsable de decirle al propietario si la renta se retrasa o si hay que hacer reparaciones, ¿no? —preguntó él. Sin dejar que respondiera, añadió—: Voy a darte mi número. Cualquier cosa que surja, o si alguien te molesta...

—Usted me está molestando.

Él clavó la mirada en su boca.

—¿Por eso estás tan ruborizada?

Oh, Dios. Ella sintió aún más calor en las mejillas.

—De veras, señor Stark...

—Logan —la corrigió él suavemente—. Dilo. Solo una vez, y me voy.

¿Acaso quería... seducirla?

Eso parecía. Y, peor aún, lo conseguía solo con su presencia.

—Logan —dijo ella, con rigidez—. Tengo que dejarte.

«Antes de cometer alguna estupidez, como invitarte a pasar, por ejemplo. O tirarte al suelo y...».

Él se sacó una tarjeta del bolsillo.

—Mi número. En serio. Para cualquier problema, o si quieres hacerme una visita... Solo tienes que llamarme, ¿de acuerdo?

—Sí, de acuerdo —dijo ella. «Ni lo sueñes»—. Gracias.

Como si le hubiera leído el pensamiento, él se rio suavemente y se apartó de la puerta.

—Hasta luego, Sue.

«No, si yo te veo primero».

—Adiós, Logan —respondió ella, y comenzó a cerrar la puerta.

Él dijo:

—No ha sido tan doloroso, ¿no?
Ella le cerró la puerta en la cara, y se desplomó sobre ella.
¿Doloroso? No, exactamente.

Más bien, se sentía como una batidora a toda velocidad. Todos sus deseos y sus emociones estaban entremezclándose frenéticamente.

Llevaba demasiado tiempo, una eternidad, sin mantener relaciones sexuales con un hombre, y no podía estar con un espécimen como él sin imaginarse lo imposible. Tenía que encontrar la forma de evitar a su vecino, y hacerlo de modo que no resultara sospechoso.

Aunque, en realidad, el mero hecho de evitarlo ya era sospechoso. Tal vez, pensó, estuviera enfocando mal todo aquello. A cualquier mujer le halagaría que el señor Stark le hiciera caso.

Y, especialmente, a una mujer como ella.

¿Tenía un buen motivo para darle conversación y llegar a conocerlo mejor? Se apretó las mejillas con las manos para contener la sonrisa.

Sí, eso era lo que iba a hacer. Dejaría de desdeñarlo y, en vez de eso, le haría caso tímidamente. Si eso no le asustaba de una vez por todas, no sabía con qué podía asustarse.

Logan Riske volvió a su alojamiento temporal con optimismo.

Había tenido que ser insistente una vez más.

Prácticamente, la había obligado a conversar con él. Pero, por lo menos, en aquella ocasión había tenido éxito.

Más que eso.

La señorita podría negarlo hasta el día del Juicio Final, pero se sentía atraída por él. Si su maldito hermano no la tuviera tan acobardada, probablemente estaría llamando a su puerta en aquel momento.

El hecho de pensar en su hermano, Rowdy Yates, siempre

le ponía de mal humor. Sin duda, Rowdy llevaba años amedrentándola, así que él tenía que proceder con cuidado.

Se pasó una mano por el pecho mientras sopesaba los pros y los contras de aquel plan. Era una artimaña, y no podía equivocarse con eso. Sí, ella era muy diferente a la mujer de las fotos que estaban en su poder, pero tenía algo en los ojos... Había algo en su forma de mirarlo...

Pepper Yates.

Después de dos años de búsqueda, se acercaba el final, y ella era la clave para conseguir su objetivo.

Pensó en las pequeñas fotografías que había encontrado en Internet, y en las noticias de los periódicos. Sus enormes ojos llenos de inocencia llamaban la atención en todas ellas. Estaba un poco peor que dos años atrás, pero, seguramente, el hecho de huir y de esconderse, y también el hecho de soportar a su hermano, podía tener aquel efecto en una mujer.

Apretó los puños.

Casi todo lo que había encontrado había sido sobre Rowdy Yates, pero también habían surgido algunas cosas sobre ella. Él sabía que tenía menos de treinta años, y que era tímida.

No se había imaginado, sin embargo, que fuera tan alta. Debía de medir un metro setenta y seis o setenta y siete, poco menos que él. Y, pese a que no era guapa, sus ojos castaños eran muy expresivos. Cuando ella lo había mirado fijamente, él había sentido aquella mirada por todo el cuerpo.

Pepper tenía el pelo rubio oscuro, casi castaño. Largo, pero lacio y sin brillo, despeinado, con las puntas abiertas y recogido en una coleta. Un desastre.

Y, sin embargo, a él le gustaría verlo suelto. Quería sentirlo en sus manos.

Y, hablando de desastre... Se había llevado una sorpresa al echarle un vistazo a su apartamento. Había dado por hecho que una chica fea y monjil como ella sería muy limpia y ordenada.

¡Ja! Ni por asomo.

Ropa, revistas, latas de refrescos vacías y una caja de pizza, todo por el salón. Más allá, había visto una toalla tirada en el suelo del baño y, a través de la puerta abierta del dormitorio, la cama deshecha, con una colcha que estaba más en el suelo que sobre el colchón.

Por algún motivo, el hecho de saber que no era precisamente una maniática del orden le provocó una sonrisa. Contradecía absolutamente todas sus suposiciones.

De nuevo, imaginó su cama deshecha y revuelta, y se preguntó si habría pasado la noche en vela. Sabía, con toda seguridad, que ella pasaba las noches sola.

Tal vez aquel fuera el motivo por el que había mirado su cuerpo más de una vez.

¿Y aquel rubor?

Sí, no era señal del enfado que había visto en sus ojos expresivos.

Unos ojos que no podían esconder secretos.

A él, no. Era policía, y era un experto en descubrir misterios.

Era un hombre, y sabía seducir a una mujer.

Sue Meeks, con su absurdo nombre, no iba a ser diferente.

Lo que le parecía extraño era su propia reacción.

A primera vista, ella no era atractiva. Él conocía lo suficientemente bien a las mujeres como para saber que, con un poco de trabajo, podía llegar a serlo. Normalmente, las mujeres sabían explotar sus puntos fuertes y disimular sus puntos débiles.

Pepper Yates no tenía ni la más mínima idea.

Y su cuerpo... ¿Quién podía saberlo? No parecía ni gorda, ni delgada, tan solo... sin formas.

No había encontrado ninguna fotografía en la que pudiera apreciarse de verdad su figura. Y, debajo de aquella ropa tan amplia y pasada de moda que llevaba, podía estar escondiendo cualquier cosa.

A pesar de todo aquello, mientras hablaba con ella se sentía vivo. Demonios, se había sentido vivo solo con verla acercarse por la acera, con su enorme bolso colgado del hombro y los brazos llenos de bolsas de papel del supermercado. Ella llevaba la cabeza agachada, pero sus pasos eran largos y seguros.

Hasta que lo había visto.

Entonces, se había puesto a arrastrar los pies como si fuera un sacrificio que tenía que realizar de mala gana.

Aquella también podía ser la descripción de lo que él había planeado.

No podía sentirse culpable por ello. A Pepper no iba a ocurrirle nada. Él se ocuparía de que estuviera bien. Tal vez fuera tímida, pero tenía una chispa de fuego.

Cuando él encendiera esa chispa, averiguaría todo lo que necesitaba saber de su hermano, pero la trataría bien y sería generoso con sus atenciones, tanto emocional como físicamente.

No, Pepper Yates no era ninguna belleza, pero acostarse con ella no iba a ser ningún tormento. Demonios, solo con pensarlo sentía impaciencia.

Tenía que dejar de pensar en ello.

Logan volvió a la terraza después de cerrar la puerta con el pestillo. Como el edificio no tenía aire acondicionado, la terraza era el único alivio para aquel calor húmedo y asfixiante.

Aunque, a decir verdad, el calor no era el único motivo por el que salía a la terraza.

En una de las bolsas del supermercado, Pepper llevaba una chuleta.

Pepper Yates, también conocida como Sue Meeks, preparaba muchas de sus comidas en una pequeña parrilla de gas propano. Él la había observado varias noches a través de las persianas mientras ella cocinaba una patata y un filete de pollo, o una chuleta de cerdo o vaca.

¿Acaso detestaba cocinar tanto como él?

¿No se cansaba nunca de comer a solas?

Él sabía que no tenía citas con hombres, porque no había visto que tuviera ninguna visita; ni siquiera la de su maldito hermano.

Además, no conducía, y no salía de su apartamento durante mucho tiempo, solo lo necesario para hacer algún recado. Tal y como ella había dicho, era celosa de su intimidad y reservada. No tenía vida social.

Él lo sabía porque llevaba vigilando el edificio de apartamentos varias semanas, desde mucho antes de ir a vivir allí.

¿Saldría ella a cocinar a su parrilla con él sentado en la terraza, justo al lado, tan cerca como para que pudieran hablar?

¿Resistiría la curiosidad que él había visto en su expresión?

¿O lo evitaría, como había hecho hasta aquel momento?

Se dejó caer en una de las tumbonas, terminó su cerveza y cerró los ojos bajo el sol del atardecer, y pensó en las cosas que iban a suceder.

Cosas que tenían que ver con ella.

Cosas que, sin duda, iban a ser interesantes.

Incluso excitantes.

La emoción de la caza.

Él vivía para eso, y ese era el motivo por el que se había hecho policía. Era el núcleo básico de su naturaleza.

Y, ahora, por fin, avanzaba hacia su presa.

¿Por qué tenía que estar él ahí afuera? Pepper esperó más de una hora para ver si Logan Stark entraba en su casa. Sin embargo, no lo hizo.

Y ella no dejó de observarlo.

Parecía que estaba dormido; su pecho se expandía y se hundía por las respiraciones lentas y profundas. Tenía las piernas separadas, las manos y la cara relajadas.

Su cuerpo era una tentación.

Pepper tragó saliva y pensó en la tarjeta que él le había dado, y que ella había colocado sobre la nevera para evitar perderla. No mencionaba ningún trabajo, tan solo su nombre, dirección y número de teléfono móvil. No tenía aspecto de ser pobre. Su

actitud no casaba con la derrota del desempleo, y su cuerpo no casaba con la falta de ejercicio.
Él quería conversación. Ella se mordió el labio.
Bueno, tal vez le preguntara que dónde trabajaba. Y tal vez, dada su absurda persecución, él esperara que ella quisiera saber más de él.
Tenía un brazo sobre la cabeza, y la postura exhibía a la perfección sus bíceps y la mata de pelo oscuro que tenía en la axila. Era increíblemente sexy. Tenía el otro brazo flexionado, junto al costado, y la mano abierta sobre el abdomen musculoso. El sol dorado del atardecer se reflejaba en su torso bronceado. No tenía demasiado vello, lo justo para ser un hombre masculino y atractivo.
Gracias a Dios, aquel tipo no se depilaba el pecho.
Y, más abajo, estaba la bragueta de su pantalón, con un buen bulto.
Pepper se asomó un poco más a la terraza y siguió mirándolo con embeleso.
Se le ralentizaron los latidos del corazón, y su respiración se aceleró.
Logan abrió un ojo y volvió a sorprenderla mirándolo.
Durante varios segundos, se miraron el uno al otro. Después, él dijo, con una voz grave, en un tono a la vez perezoso y de interés:
—Eh, hola.
Oh, no, no, no. ¿Por qué tenía que ser tan... irresistible?
Estaba avergonzada, pero no acobardada, así que salió por completo a la terraza. Con las manos entrelazadas y una sonrisa nerviosa, dijo:
—Yo... eh... No quería despertarte.
—Solo estaba dormitando —dijo él, estirándose para desperezarse—. No es problema.
Los estiramientos le hicieron cosas interesantes a sus músculos: se flexionaron, se abultaron y se relajaron de nuevo. Quedaron prominentes, pero no tensos.

¡Qué injusto! ¿Cómo podía estar tan bien sin hacer absolutamente nada?

Se incorporó en la tumbona y pasó las piernas al otro lado del asiento. ¡Hasta sus pies eran bonitos!

Después de pasarse la mano por la cabeza y por el pecho, él la miró.

—¿Vas a hacerte la cena en la parrilla?

¿Y cómo sabía eso?

—Um...

—Podríamos cenar juntos. Yo también iba a tomarme una chuleta. No hay motivo para que no compartamos la parrilla, ¿no? —dijo el vecino. Y, como si quisiera aportar un extra, añadió—: Incluso llevaría la cerveza.

Aquella cercanía, teniendo en cuenta la atracción que había entre ellos, podía ser traicionera. Un poco de tiempo con él, quizá. Pero ¿toda una cena? Sería tonta si aceptara la pro...

—Está bien.

¿Cómo?

Oh, Dios, ¿había salido eso de su boca? Por supuesto que sí. Solo había que mirarlo, allí sentado como una tentación física, con una expresión perezosa y la piel caliente bajo el sol.

Ella se tapó la boca con la mano.

Después de todo, era humana y, si su aspecto y su forma de vestir no lo mantenían a raya, ¿qué tenía de malo?

Él se quedó tan sorprendido como ella.

—¿De verdad? —preguntó, y se irguió con una expresión de desconfianza, mirándola atentamente.

¿Acaso esperaba que blandiera un cuchillo de carne? ¿Esperaba que tuviera una intención oculta?

Por supuesto, ella tenía una motivación oculta, pero no era la que él pensaba.

Pepper bajó la mano y respiró profundamente el aire húmedo y caliente.

—Como tú has dicho, no hay motivo para que no compartamos la parrilla.

—Vaya, estupendo —dijo Logan y, con una sonrisa, se puso en pie—. ¿Tengo tiempo para darme una ducha?

Oh, ella prefería que no lo hiciera. Habría querido olerlo, beberse su esencia caliente.

—Si es imprescindible...

—Dame cinco minutos —respondió él y, sin decir una palabra más, entró en su casa.

Pepper se abrazó a sí misma y se sentó en la única silla de exterior que poseía. Estaba desinflada, preocupada y absolutamente impaciente.

CAPÍTULO 2

Después de ducharse y afeitarse a una velocidad récord, Logan marcó el número y sujetó el teléfono con una mano mientras se secaba con la otra.
En cuanto respondieron, dijo:
—Ha mordido el anzuelo.
Su compañero, Reese, preguntó:
—¿Qué significa eso, exactamente? ¿Qué le has hecho?
A Logan se le escapó una carcajada ronca.
—No le he hecho nada. Ha aceptado cenar conmigo, eso es todo.
Por el momento. Pero, si las cosas iban bien...
—Ojalá volvieras a reflexionar sobre esto, Logan.
¿Por qué se comportaba Reese como si él fuera a abusar de ella?
—Y un cuerno. Si yo no llego hasta el fondo de esto, ¿quién va a hacerlo?
Nadie más se había preocupado de investigar para descubrir la verdad. Nadie más se atrevía a enfrentarse a aquel canalla de Morton Andrews.
A nadie más le importaba lo que había sucedido hacía dos años.
—Logan...
Logan se puso la ropa interior y unos pantalones cortos gas-

tados y suaves. Hacía mucho tiempo que había decidido evitar los lujos de la riqueza que había heredado y procurarse comodidad y confort. Era detective y, por ese motivo, debía llevar traje y corbata. Ya se había acostumbrado y ni siquiera pensaba en ello.

Sin embargo, en su tiempo libre, llevaba lo que más le apetecía.

Aquel nuevo papel de albañil de clase media encajaba bien con él. La mayor parte del tiempo solo necesitaba unos pantalones cortos.

—Estoy demasiado cerca del objetivo, así que ahórrate el sermón —dijo, mientras se subía la cremallera.

Reese respondió en un tono resignado:

—¿Has visto a su hermano?

—No. Pero está cerca, estoy seguro.

—Si al final tienes razón, puede que lo consigas. Pero, si te has equivocado...

No se había equivocado. Confiaba en su instinto, y su instinto le decía que allí había algo.

Jack Carmin y él habían ido juntos al colegio y a la universidad. Después de los estudios, él había decidido ser detective, mientras que Jack había elegido un tipo de carrera diferente: la carrera política. Y había muerto a manos de un loco. Un asesinato a sangre fría por culpa de la avaricia y la corrupción.

—Era mi mejor amigo, Reese.

Y Morton Andrews iba a pagar por su muerte.

—Ya lo sé —respondió Reese—. Mantenme informado, ¿de acuerdo? Y no hagas ninguna tontería, ni te arriesgues demasiado.

Logan soltó una carcajada seca.

—¿Que no me comporte como tú, quieres decir?

Reese era bien conocido por su tendencia a defender a los más desvalidos, y se parecía a Jack en muchos aspectos. Cuando se enfrentaba a la injusticia, a menudo actuaba antes de pensar con detenimiento; sin embargo, en su opinión, normalmente daba en el clavo.

Logan tenía una confianza total en él, y eso era decir mucho, porque él confiaba en muy poca gente.

—Exacto —respondió Reese.

—Mañana volveré a llamar.

—¿No esta noche? Con suerte, estaría ocupado hasta tarde.

—Vamos a mantener las llamadas al mínimo, por si acaso.

Reese vaciló.

—Olvídate de la policía y de tu misión. Si necesitas respaldo, no confíes en nadie, ¿entendido? Llámame a mí, y solo a mí.

—Eso se sobreentiende.

El asesinato de Jack lo había empujado a aceptar el puesto de jefe de un cuerpo especial. Su teniente le había dado carta blanca para limpiar la corrupción creciente en Warfield, Ohio. Sin embargo, como mucha de esa corrupción se había infiltrado en la policía, Logan había reclutado rápidamente a Reese.

—He seleccionado algunos policías de uniforme, por si los necesitamos. Chicos de fiar.

Con la palabra «chicos», Reese se refería a policías jóvenes, con los ojos bien abiertos y con ganas de hacer cumplir la ley.

—¿No les has dicho nada todavía?

—No. Solo he investigado su vida personal y familiar y su historial. Si encuentras a Rowdy, ellos pueden llevar a cabo la detención, para que todo sea más limpio.

—Gracias.

Para conseguir mejorar las cosas de verdad, Logan necesitaba a gente con la que pudiera contar, y eso significaba que Reese tenía que ocuparse de la organización.

Pero también necesitaba al testigo de un asesinato que se había cometido dos años antes.

Y eso significaba que tenía que detener al hermano de Pepper, Rowdy Yates.

Con muchas investigaciones y un poco de suerte, había encontrado a Pepper. Al principio, no sabía con certeza si era ella; Rowdy había sabido borrar su rastro excepcionalmente bien.

Sin embargo, una vez que la había visto de cerca y había hablado con ella, estaba seguro de que había dado en el clavo.

A través de Pepper, conseguiría detener a Rowdy.

Y, a través de Rowdy, conseguiría detener a aquel canalla de Morton Andrews, el propietario de un club, que era el responsable de muchas muertes, incluida la de Jack.

Demonios, él no era el único que lo sabía. Mucha gente había establecido el vínculo. Sin embargo, Morton tenía a tanta gente comprada, que era intocable.

Si Rowdy testificaba, él conseguiría que metieran a Morton a la cárcel.

Y, con aquel objetivo en mente, dijo:

—Tengo que colgar. La dama está esperando.

Se guardó el teléfono móvil en el bolsillo, junto a las llaves y una cartera con un DNI falso, un preservativo y algo de dinero. Utilizar su nombre de pila verdadero hacía que las misiones encubiertas fueran más fáciles. Ya era suficiente acordarse siempre de que Pepper Yates era Sue Meeks sin tener que acordarse también de su propio alias. Era muy fácil echarlo todo a perder cuando uno intentaba cambiar demasiadas cosas. Por ese motivo, el trabajo de albañil era parte de su personaje.

Su hermano Dash y él habían heredado mucho dinero de su familia, pero ninguno de los dos hacía ostentación de su riqueza ni quería vivir de las rentas, ni tampoco sentado en una sala de juntas. Invertían con inteligencia, hacían generosas donaciones y vivían su vida.

Dash tenía una empresa de construcción, y había podido contratar a Logan y proporcionarle una coartada por si acaso Rowdy decidía investigarlo.

Por suerte, había encontrado a Pepper en otro condado. En casa, cualquier conocido habría podido destruir su tapadera sin saberlo.

Logan fue a la cocina, tomó su chuleta, una patata y un paquete de seis cervezas, menos una.

Salió al pasillo, cerró su puerta y llamó a la de Pepper. Ella

abrió inmediatamente, casi antes de que él bajara la mano. Era como si hubiera estado esperándolo. Sin embargo, se quedó allí, moviéndose con nerviosismo, y dijo:
—Hola.
Estaba adorablemente insegura de sí misma, evitando su mirada y mordiéndose el labio inferior. Y, una vez más, ruborizada.
—Hola.
Logan la miró atentamente, aunque no hubiera ningún cambio en ella. Llevaba las feas zapatillas de lona, la misma falda larga y el jersey amplio de antes. Y seguía teniendo el pelo recogido en una coleta baja.
Sin embargo, se dio cuenta de que tenía la respiración agitada, y de que le temblaban las manos.
Él sintió emoción, atracción, excitación, todo a la vez. Se sintió implacable y posesivo.
—¿Me dejas pasar, Sue?
Ella siguió mirándolo embobada.
Logan bajó la voz, y dijo:
—Voy a pasar.
—Oh —musitó ella, y cerró los ojos avergonzada. Después, se apartó para dejarle entrar—. Sí, por supuesto.
No había planeado apresurar las cosas, sino tomárselas con calma. Sin embargo, al pasar junto a ella, tuvo la sensación de que era el momento idóneo, y la besó con firmeza en los labios.
—Gracias.
Aquel breve contacto le pareció adictivo, e hizo que le hirviera la sangre.
Por un simple beso.
Él llegó hasta su cocina antes de darse cuenta de que Pepper se había quedado junto a la puerta y lo estaba mirando boquiabierta. Parecía que iba a salir corriendo del apartamento.
Después de dejar la cerveza, la chuleta y la patata en la encimera, le preguntó en voz baja, como si no supiera el motivo de su asombro:
—¿Va todo bien?

Ella le clavó otra mirada intensa y, a la vez, inocente:

—Sí —dijo y, con un suspiro, cerró la puerta. Vaciló un instante y, por fin, se acercó—. Sí, todo va bien. He encendido ya la parrilla. Dentro de uno o dos minutos, podremos poner las chuletas —añadió, y pasó a su lado con la cabeza agachada y la boca fruncida.

Logan la tomó del brazo. Era delgada, y tenía los huesos delicados.

¿Por qué no se había dado cuenta antes?

—Has recogido —comentó. Ella había cerrado la puerta de su dormitorio y del baño, así que él no sabía cómo estaban esas habitaciones, pero la caja de pizza, las latas vacías y los papeles habían desaparecido del salón—. Espero que no hayas ordenado por mí.

—Oh, no, en absoluto —dijo ella, alejándose hasta el otro extremo del sofá, para que el mueble sirviera de barrera entre los dos—. Eso era lo que quedó de anoche.

Sus esfuerzos por mantener las distancias solo conseguían que Logan se sintiera más depredador aún. Cuando él se acercó, ella lo miró alarmada. De repente, se giró y le dio la espalda. Después... se quedó allí, inmóvil.

¿Un mecanismo de defensa? ¿Hasta qué punto la habría maltratado su hermano?

Su instinto protector se despertó. Ella era una muchacha muy dulce y tímida.

Y estar con ella también iba a ser dulce. Aunque eso no importaba: sus razones para estar allí en aquel momento, para utilizarla, tenían poco que ver con su atractivo, que cada vez le parecía mayor.

Con el dorso de un dedo, le acarició un lado del cuello, y tuvo la recompensa de notar que ella se estremecía. Su increíble suavidad lo excitó aún más, y eso le enronqueció la voz.

—¿Cenaste pizza tú sola anoche? —preguntó.

—Yo... por supuesto —murmuró ella, balanceándose hacia él—. Estoy sola.

Él se quedó asombrado por la rapidez con la que se derretía. La tomó por los hombros y, de nuevo, notó su esbeltez. ¿Podría ser tan fácil? ¿Acaso ella no tenía ni una pizca de instinto de defensa? Su necesidad de afecto era evidente.

Él tuvo ganas de darle un abrazo, pero no quería asustarla.

—Podías haberme invitado.

—Eh... —ella agitó la cabeza, y respondió—: No, no podía.

¿Porque su hermano no se lo permitía? Desgraciado...

Logan se inclinó hacia ella y respiró muy cerca de su nuca. Le susurró al oído:

—Cuando quieras, Sue. Tienes mi número —le rozó el lóbulo de la oreja con el labio, y prosiguió—: O, si lo prefieres, solo tienes que llamar a mi puerta.

Ella tenía la respiración entrecortada, y se alejó de él bruscamente.

—No, lo siento —dijo—. Yo no voy a hacer eso.

Salió corriendo a la terraza. Entonces, Logan miró a su alrededor por la habitación.

Su mobiliario era un batiburrillo de piezas que, seguramente, venían con la casa, como ocurría en su apartamento. Si era la administradora del edificio, ¿vivía allí gratuitamente? ¿De dónde sacaba el dinero para la comida y para la ropa? La estrechez económica era, seguramente, la causa de que llevara ropa de segunda mano. Tampoco tenía coche. ¿Era porque no podía permitírselo?

A Logan le inquietó pensar en lo sola que estaba. Siempre empatizaba con los que eran menos afortunados, porque a él nunca le había faltado nada en la vida. Sin embargo, con aquella mujer, no se trataba solo de conciencia social hacia los necesitados.

Era un sentimiento desconocido para él.

¿Dónde demonios estaba su hermano? ¿Por qué la tenía Rowdy tan desprotegida?

Por lo que había descubierto, no había pensado que Rowdy Yates fuera un hombre malvado, sino uno que había tomado decisiones equivocadas, y aceptar un empleo de Morton Andrews era una de las peores. Sin embargo, al conocer a Pepper, pensó que Rowdy tenía que ser un canalla para permitir que su hermana viviera en aquellas circunstancias.

Aparte de una historia laboral que incluía de todo, desde lavar platos en un restaurante a hacer de repartidor, carpintero y gorila de discoteca, había muy poca información sobre Rowdy, y menos aún sobre su hermana.

Logan sabía que Rowdy trabajaba, que cambiaba de rumbo, que siempre estaba al límite de buscarse un buen lío, y que siempre llevaba a Pepper a su lado en aquella vida.

Logan no había podido encontrar nada sobre su educación, ni sus padres, ni otros parientes.

Sin embargo, sabía que Rowdy había trabajado en Checkers, que era el peor club en el que podía haber trabajado. Mientras estuvo allí empleado, se había visto envuelto en la corrupción, Su declaración era necesaria para atrapar a Andrews, pero llevaba dos años eludiendo su implicación en el caso. La última vez que alguien había sabido algo de Rowdy había sido justo antes de que le cortaran el cuello a un periodista. Después, nada.

Hasta aquel momento, en que Logan había encontrado a la hermana pequeña de Rowdy. Y, por mucho cargo de conciencia que le supusiera, iba a utilizarla para conseguir lo que quería.

Justicia.

Venganza.

Paz.

Sin vacilar más, Logan tomó la comida, sacó dos cervezas y fue a la terraza a reunirse con ella.

Pepper estaba tendida en la cama, despierta, acalorada e insatisfecha.

El ventilador no hacía más que mover el aire húmedo de un lado a otro. Tampoco le había servido de nada tomar una ducha fría, después de pasar cuatro largas horas soportando la seducción de Logan Stark.

Dios, ardía al recordar su forma íntima de mirarla y de hablar.

Incluso su forma de comer le había afectado tanto, que ella casi apenas había probado su cena. Había pensado en hacerle a Logan algunas preguntas personales, pero él la había mantenido a la defensiva con pequeñas caricias y sonrisas cálidas. Le había costado un gran esfuerzo no caer bajo su hechizo.

Pero quería hacerlo. Con todas sus fuerzas.

En realidad, quería caer debajo de él.

Imposible.

Se tumbó boca arriba, mirando al techo, y se preguntó si él estaría dormido. Después de aquel beso espontáneo que le había dado antes de entrar en su apartamento, ella se había puesto en guardia y, cuando por fin había llegado la hora de que se marchara a su casa, le había ofrecido la mano para despedirse. Era civilizado, y socialmente aceptable.

Pero él se había salido con la suya incluso entonces, porque le había tomado la mano y le había besado la palma. En aquel momento, volvió a notar la sensación, y apretó el puño con un gruñido.

Cuando sonó su teléfono, dio un respingo y, rápidamente, se incorporó. Nadie tenía su número, salvo Rowdy.

Encendió la luz y respondió a la llamada:

—Hola.

—¿Te he despertado?

—No —dijo ella. Los dos tenían horarios raros, pero, aunque no los tuvieran, Rowdy siempre la llamaba cuando menos se lo esperaban los demás—. ¿Ocurre algo?

—Has tenido compañía.

Ella tragó saliva. ¿Cómo había podido averiguarlo tan rápidamente?

—Un vecino.

—Un hombre.

Como Rowdy era el verdadero propietario del edificio de apartamentos, aunque lo había comprado con un nombre falso, ella comprendía su consternación.

—No sé mucho de él.

—Y, de todos modos, ¿lo invitas a cenar?

—No, no ha sido así. Se llama Logan Stark y, por algún motivo... —titubeó. No podía decirle a su hermano que Logan había flirteado con ella. Eso le pondría furioso, y le provocaría tanta desconfianza como a ella—. Solo quería cenar, nada más.

Silencio.

—Vamos, Rowdy —dijo ella, en un tono conciliador—. Sabes que tengo cuidado.

—Estás jugando con fuego.

Era muy posible.

—No es para tanto. Solo ha sido una cena.

—Dime por qué.

Ella se encogió de hombros.

—Yo me estaba preguntando lo mismo. No es que sea muy atractiva.

Él soltó una maldición en voz baja.

—Yo no quería decir eso.

—Sí —dijo ella—, pero no pasa nada. Lo más importante es ser discretos, ¿no?

—No me gusta.

—Últimamente no hay muchas cosas que te gusten —respondió ella, con un suspiro. Sentía lástima por su hermano, estaba preocupada por él, y muy cansada de todo aquel engaño—. Por favor, créeme, Rowdy. No me voy a arriesgar.

—Puede que no lo hagas a propósito, pero lo que hiciste anoche fue un riesgo, así que voy a investigarlo.

Ummm....

—Tal vez puedas averiguar dónde trabaja.

—Pregúntaselo tú —dijo Rowdy—. Ya veremos si concuerda con lo que yo averigüe.

—De acuerdo.

—Dame una o dos semanas para encontrar todo lo que pueda sobre él. Hasta entonces, cuídate. No bajes la guardia.
—Te quiero, Rowdy.
La voz de su hermano se suavizó.
—Yo también a ti, nena —dijo. Después, antes de colgar, añadió—: Compórtate.
Pepper dejó el teléfono de nuevo en la mesilla de noche. Sería tan agradable poder visitar a Rowdy y pasar un día entero con él... Pero él no se lo permitiría.
Entendía el motivo, pero lo echaba de menos más y más cada día.
Eso la entristecía. Sin embargo, cuando estaba intentando conciliar el sueño, pensó en Logan, no en su hermano.
Y eso fue lo que más inquietud le causó.

Morton Andrews estaba con sus secuaces en el tercer piso de su exclusivo club, con su corte. Estaba rodeado de idiotas, pero eran sus idiotas, leales y temerosos de su influencia, así que los toleraba.
Miró al policía que acababa de entrar. No iba a ofrecerle que se sentara; no iba a tener ninguna cortesía. Los policías tenían que recordar cuál era su lugar: el de la servidumbre.
—¿Es cierto que Rowdy Yates ha aparecido ya?
El tipo se quedó sorprendido, pero se recuperó enseguida.
—¿Dónde ha oído eso?
Interesante. Entonces, tal vez hubiera algo de verdad en ello.
—¿Es que se te ha olvidado que tengo muchos tentáculos? Tengo oídos por todas partes.
—Sí, es cierto.
Morton sabía que tenía unas cuantas virtudes, pero la paciencia no era una de ellas.
—¿Y bien?
—No se sabe nada concreto de Rowdy.
Algunas veces, le molestaban aquella seguridad y aquella

frialdad, casi desdén. Los otros se acobardaban ante él. Los otros entendían la amenaza. Aquel, no.
—¿Me avisarás cuando se sepa algo?
—Por supuesto.
—Muy bien —dijo Morton—. Ya puedes marcharte.
El policía, sin inmutarse, se dio la vuelta y se marchó.
Morton cabeceó. En su opinión, el único policía bueno era el corrupto, o el muerto. Todavía tenía que decidir el destino de aquel. Pero pronto...

Logan mantuvo la distancia con Pepper durante tres días. No fue fácil, pero quería que ella pensara en él, que sintiera impaciencia por verlo. La impaciencia podía derribar sus barreras, y eso era lo que él necesitaba.

Después de pasar el día trabajando para su hermano Dash, se había liberado de mucha tensión. El trabajo físico siempre tenía ese efecto en él. La luz del sol, el sudor, el trabajo manual... le gustaba.

Seguramente, a Dash también, lo cual podía explicar por qué había comprado la empresa y por qué trabajaba codo con codo con los trabajadores regularmente.

Aquella tarde habían hecho una solera de hormigón, y tenía el pelo sudoroso y la camiseta pegada a la piel. Allá por donde pasaba, dejaba huellas de polvo. Tenía la cara tirante del sol.

Y, de todos modos, le encantaba.

Dash tenía una buena idea de la vida: ganarse un sueldo con un trabajo honrado y crearse una buena reputación.

Y no estaba de más que aquella empresa pudiera proporcionarle a él estupendas tapaderas. Nadie sabía que Dash y él tenían parentesco, así que nadie le prestaba atención en la obra. Solo era un obrero más.

Justo cuando llegaba a su puerta, Pepper se asomó.

Él sintió satisfacción.

—Hola, Sue —dijo, mientras abría la cerradura y empujaba la puerta—. ¿Qué tal?
—Yo... eh...
Él volvió a mirarla, con una ceja arqueada.
—Hacía varios días que no te veía.
—He estado trabajando —dijo, y se inclinó para dejar un termo y un casco dentro del apartamento—. Así es la construcción. Estás un mes sin trabajar y, después, no paras durante una temporada.
—¿Construcción? —preguntó ella, saliendo un poco al pasillo.
Él lo consideró una oportunidad de oro, y se masajeó la nuca con cansancio.
—Sí —dijo—. ¿Quieres pasar? Tengo que ducharme y comer algo, pero, después, podemos charlar un rato.
—Oh —murmuró ella y, cabeceando, retrocedió un paso. No, yo...
Él la tomó de la mano y tiró de ella hacia su apartamento.
—Voy a tardar muy poco. ¿Qué habías pensado para cenar? Tengo muchísima hambre.
No era precisamente sutil, pero tal vez ella captara la indirecta y se apiadara de él.
—Iba a pedir una pizza —dijo, mientras miraba a su alrededor con interés, cuando él cerró la puerta. De repente, dio muestras de aprensión—: Debería irme.
—Yo preferiría que te quedaras —dijo él, y se sentó para quitarse las botas de trabajo—. Dejaría la ducha para más tarde si pudiera, pero estoy muy sudoroso. Con este calor, y la humedad, hoy ha sido un día terrible.
—Sí.
Al oír aquella pequeña muestra de acuerdo, él alzó la vista, y la sorprendió mirándole los hombros.
—Seguramente, huelo a vestuario.
Ella se ruborizó, y susurró:
—No.
Logan se deleitó con su respuesta. ¿Acaso la tenía tan fasci-

nada que ella no podía responder más que con monosílabos? Para que las cosas siguieran así, se puso de pie y se quitó la camiseta.

Ella tomó aire bruscamente y se quedó boquiabierta.

Demonios, ¿podía ser más apetecible una mujer, y podía estar más necesitada de una buena sesión de sexo? Estuvo a punto de desmayarse cuando él pasó junto a ella para dejar las botas en el suelo, junto a la puerta.

Se quedó a su lado, agobiándola un poco, mientras se vaciaba los bolsillos y dejaba el teléfono móvil, la cartera y algunas monedas sobre la mesa.

—Ponte cómoda, ¿de acuerdo? Vuelvo ahora mismo.

Ella se quedó mirando su garganta, y él tuvo que darle un pequeño empujoncito verbal.

—¿Sue? —susurró.

Ella lo miró a los ojos.

—Dime que vas a seguir aquí cuando salga de la ducha.

—Sí —dijo ella, asintiendo lentamente—. Voy a estar aquí.

Él no pudo resistirse, y le acarició la mejilla cálida y sedosa con el dedo meñique. Entonces, antes de perder el control, repitió:

—Ponte cómoda.

Se dio la vuelta y entró al baño.

Esperaba que ella fisgara un poco mientras estaba a solas. Para eso había dejado la cartera y un segundo teléfono móvil en la mesa; cualquier cosa que pudiera encontrar serviría para reforzar su tapadera.

Se enjabonó de pies a cabeza, y dejó que el agua fría le mitigara un poco la lujuria.

En realidad, no debería sentirse tan excitado. No tenía sentido. Aquel era un trabajo como cualquier otro, y su relación con ella era un medio para conseguir un fin. Además, Pepper Yates, también conocida como Sue Meeks, era lo menos parecido a una mujer fatal.

Sin embargo, el hecho de saber que ella estaba esperando

en la otra habitación le provocó una erección; tenía el vientre tenso, y los testículos, endurecidos.

Mierda.

Tenía mucha prisa por volver con ella, así que cerró el grifo y se secó. Ahora que había conseguido meterla en su apartamento, no quería que ella se escapara sin tener la oportunidad de avanzar hacia su meta.

Al salir del baño, abrochándose los pantalones vaqueros, la encontró junto a la puerta, con una expresión un poco distraída. Parecía que no se había movido ni un centímetro. Demonios, parecía que había estado conteniendo la respiración.

Tuvo unas sensaciones nuevas, que le tensaron los músculos. No sabía con seguridad qué era lo que sentía, pero lo sentía intensamente, y era algo cálido e inquietante.

Sus miradas se encontraron, y Logan se acercó a ella sin decir una palabra. Se quedaron uno frente al otro, mirándose durante unos segundos, mientras la atracción formaba un arco entre los dos, como si fuera una corriente eléctrica cuya intensidad aumentaba a cada latido de sus corazones.

Entonces, él dijo, lentamente:

—Parece que vas a salir corriendo.

Ella se humedeció los labios y negó con la cabeza.

Como no podía resistirse a tocarla, Logan puso una mano sobre su cabeza, y notó lo sedoso que era su pelo. Le acarició la cabeza hasta que llegó a su nuca, y después prosiguió hacia abajo por su coleta, hasta que llegó a la parte baja de la espalda y se detuvo.

—¿Va todo bien?

—Sí —dijo ella. Entonces, cuando él la atrajo hacia sí, balbuceó—: No había sabido nada de ti...

Era evidente que su estrategia había funcionado, pensó Logan. Entonces, ¿por qué se sentía como si fuera un desgraciado?

—Después de trabajar en la obra, llegaba a casa destrozado por las tardes.

—No quería decir que... Tú no me debes nada.
Aquella muestra de vulnerabilidad le creó cargo de conciencia.
—¿No?
Sin que él tuviera que urgirla, ella se acercó a él, con la atención fija en su boca.
—Es que yo... Tú dijiste que... Así que pensé... —musitó. Entonces, cerró la boca y los ojos—. No importa.
—Te di mi número de teléfono —le recordó él.
—Te dije que no iba a llamarte.
Y no lo había hecho.
Seguramente, él debería besarla en aquel momento, para evitar aquel pequeño conflicto.
Mejor tarde que nunca.
Sin embargo, no la besó directamente en los labios, sino en la mejilla, hacia abajo, por la mandíbula y, después, hacia un lado de su cuello de seda.
Ella se agarró las manos por detrás de la espalda, y lo desconcertó.
—Hueles muy bien, Sue —dijo, acariciándole la oreja con la nariz, llenándose los pulmones con su olor—. Hueles a sol.
—He estado fuera —respondió ella, con la voz entrecortada—. Hay termitas en el edificio.
—¿Sí? —preguntó él, aunque no le importara nada. La mano que tenía posada en su espalda se le contrajo, y notó su esbeltez.
—Tenía que hablar con el de la empresa de desinsectación —dijo ella, e inclinó la cabeza hacia atrás, para que le resultara más fácil llegar a su garganta—. Hemos estado fuera más de una hora.
¿Había ido una empresa de desinsectación a aquel vertedero? Bueno, él nunca había visto ningún bicho, y le sorprendía.
—Gracias por ocuparte de eso.
—Seguramente, yo también necesito una ducha.
—No —respondió él, y abrió la boca sobre su garganta. La

tocó con la lengua y lamió su piel, la saboreó, y le susurró al oído–: Pero podías haberte duchado conmigo si...

Ella se salió tan rápidamente de entre sus brazos, que él tardó un segundo en comprender qué había pasado.

Ella tenía la mirada de un ciervo que se hubiera quedado paralizado ante las luces de un coche.

Él no podía perder las riendas de la situación.

–Has mencionado algo de pedir una pizza –dijo, como si no hubiera pasado nada, y retrocedió un par de pasos para darle espacio y que pudiera respirar–: ¿Qué te parece si invito yo, y cenamos aquí?

Ella estaba a punto de retirarse a causa de la indecisión.

–No quería molestar.

–Estarías haciéndome un favor –respondió él, y, al ver que ella seguía vacilando, le entregó su teléfono móvil–. Vamos, pídela tú. Mientras, yo voy por algo de beber para los dos.

Se alejó, con la esperanza de que ella se calmara y se quedara con él. Sin embargo, también estaba preparado para perseguirla si eso no ocurría.

Entonces, oyó su voz suave pidiendo la pizza, con muchos ingredientes, justo como a él le gustaba.

Sacó unos vasos del armario, y preguntó:

–¿Prefieres Coca-Cola, o cerveza?

Ella miró la cerveza con ansia, pero dijo:

–Una Coca-Cola, por favor.

Otro misterio. Si quería cerveza, ¿por qué no lo decía? ¿Acaso pensaba que no era propio de una mujer educada? ¿O le preocupaba que el alcohol, aunque fuera en una dosis tan ligera, pudiera disminuir su resistencia y la empujara a revelar secretos?

Logan detestaba más a su hermano a cada segundo que pasaba.

–¿Con hielo?

Ella asintió.

–¿Cuánto tiempo tardarán en traer la pizza? Me muero de hambre.

—Quince minutos, más o menos —dijo ella, y se acercó ligeramente—. Están ahí al lado, al torcer la esquina.
—Ah, me alegro de saberlo.
—También puedes pedir comida tailandesa y china, y te la traen bastante rápido. Y la comida mexicana solo tarda media hora.
—Comes mucha comida para llevar, ¿eh?
—En verano, normalmente, hago la comida a la parrilla. Eso ya lo sabes. Pero, por las noches, cuando todo está más silencioso... algunas veces... —ella se encogió de hombros, sin terminar la frase.
—¿No puedes dormir?
—Me gusta la tranquilidad —dijo ella—. No tengo horario fijo, así que, si quiero ver una película antigua, o las noticias, lo hago. Creo que soy muy nocturna.
—Entonces, ¿te acurrucas en el sofá con algo de comida preparada?

Aquella era una imagen muy mona. ¿Qué clase de pijama llevaría? ¿Un camisón de abuela? ¿Una camiseta y unas braguitas? No, por algún motivo, no se la imaginaba en ropa interior.
—A lo mejor podrías darme los números de teléfono de los restaurantes de la zona.
—Claro —dijo ella, y preguntó, desde la puerta de la cocina—: ¿Puedo ayudar en algo?

Oh, sí. Podía hacer muchas cosas. Él se limitó a sonreír, y respondió:
—No, no te preocupes. Ya sacaremos unos platos y las servilletas cuando traigan la pizza —le entregó la bebida, y preguntó—: ¿Quieres que veamos la tele, o nos sentamos en la terraza?

Ella miró hacia la terraza, pero vaciló, así que fue él quien tomó la decisión.
—Vamos a ver qué hay en la televisión —dijo, y la tomó de la mano para llevarla hacia el sofá.

Él se sentó, y tiró de ella para que se sentara a su lado. Se quedó rígida y silenciosa, como desconfiada, con la espalda recta y las rodillas muy juntas.

¿Y todo porque él estaba a su lado?
—Relájate.
—Estoy relajada —respondió ella rápidamente.
Después de una larga mirada, él sonrió y cabeceó.
—Creo que voy a tener que enseñarte a que te relajes.
Ella abrió mucho los ojos, sobre todo al ver que él dejaba la cerveza en la mesa y alargaba los brazos hacia sus hombros.
Sin embargo, él tan solo la empujó contra el respaldo y empezó a masajearle los músculos tensos.
—Vamos, Sue. Respira hondo... así. Ahora, exhala despacio.
Ella lo intentó, pero estaba demasiado rígida.
—No te preocupes. Al final, lo conseguirás —le dijo Logan, y volvió a acomodarse a su lado. Entonces, tomó el mando a distancia y comenzó a cambiar de canal, hasta que encontró una película que estaba en medio de una escena de amor.
—Esto —dijo, y dio un trago a su cerveza—. Mejor que estar ahí fuera sufriendo más bajo el sol.
Durante uno o dos minutos, ella miró la pantalla con la respiración profunda y constante, hasta que terminó la escena sexual. Cuando empezaron los anuncios, él volvió a cambiar de canal, y puso los deportes.
Ella se giró un poco hacia él. Logan esperó a ver qué hacía.
Le acarició la mandíbula con una mano. Fue algo tan inesperado, tan espontáneo, que él se quedó mudo, inmóvil. Ardiendo.
—A los hombres siempre les gusta tener el mando a distancia, ¿verdad?
¿Y qué sabía ella de los hombres y sus preferencias con respecto al mando? Con la voz entrecortada, Logan respondió:
—¿Quieres que vuelva a poner la película?
—No me importa lo que veamos, pero me alegro de que hayas decidido que estuviéramos dentro —respondió ella, mientras le rozaba un lado del cuello con los dedos—. Ya has tomado demasiado el sol.
Dios Santo, ¿cómo podía hacerle tanto efecto una sola caricia?

—En los hombros también —susurró, con la voz ronca—. Gajes del oficio, supongo. La mitad del tiempo trabajamos sin camiseta.

Ella le miró los hombros, y su mano siguió a su mirada.

—¿La construcción es el motivo por el que estás tan moreno?

—Eso, y que me gusta estar al aire libre —contestó él. Posó la cerveza en la mesa—. Nadar, remar, estar en el bosque. Me gusta la naturaleza.

Su hermano tenía una casa en un lago. Era un lugar muy retirado, y ambos lo usaban cuando querían alejarse del mundo, cuando ni siquiera les apetecía tener compañía femenina.

La cabaña era de madera, y tan rústica, que con darse una ducha de cinco minutos se terminaba el agua caliente. Había que lavar la ropa y los platos a mano. Tenía tres dormitorios, una cocina y un baño diminutos. El enorme porche delantero estaba flanqueado por altísimos árboles, y tenía vistas a un lago que era lo suficientemente grande como para pescar, nadar y remar.

—¿Duelen? —le preguntó ella, suavemente, acariciándole la piel de los hombros.

—¿El qué? —preguntó Logan. Lo que le causaba dolor era la lujuria que sentía, pero no creía que ella se refiriera a eso.

—Las quemaduras del sol —dijo ella, y pasó la mano por su nuca y, después, por sus clavículas.

Fue un movimiento atrevido, inesperado, y a él se le olvidaron todos los planes. La agarró por la muñeca, le besó la palma de la mano y se la colocó sobre el pecho.

—¿Sue?

Ella miró su boca con anhelo.

—Tienes la piel muy caliente.

Al cuerno. Le estaba pidiendo un beso a gritos, y él no era ningún santo. ¿Y qué importaba si daba aquel paso ahora o después? De un modo u otro, iba a ser suya.

Le pasó una mano por la nuca y la atrajo hacia sí. Al primer roce de sus labios, ella emitió un sonido de placer, y Logan supo que estaba perdido.

CAPÍTULO 3

¿Podía saber mejor un hombre, oler mejor, o ser una tentación más grande?

Logan irradiaba calor, y Pepper quería sentir aquel calor por todo el cuerpo. Se lo imaginó trabajando en el exterior, en pantalones vaqueros, con las botas, con el sol cayéndole a plomo sobre los hombros y la espalda, y a ella se le aceleró el pulso. Mientras notaba el movimiento de su boca en los labios, le acarició el vello del pecho con los dedos. Con cuidado de no irritarle más la piel lastimada por el sol, lo acarició, lentamente, por los hombros, por el pecho, hasta el abdomen duro.

Oh, Dios, quería sentir hasta el último centímetro de su cuerpo.

Él emitió un sonido de satisfacción y, al mismo tiempo, la tendió en el sofá. Los almohadones se hundieron bajo su peso.

Tener el cuerpo sólido de un hombre sobre ella, aplastándola... Lo había echado de menos.

Cada beso era más profundo, más hambriento, hasta que los dos tenían la respiración acelerada. Él estaba explorando su boca con la lengua, y ella entrelazó la suya con la de él, con naturalidad.

Él le pasó una mano por la cadera y extendió los dedos para abarcar más. Se la apretó con fuerza y, aunque llevaba puesta la falda y la ropa interior, sus caricias consiguieron electrificarle los sentidos incluso a través de aquellas capas.

Él movió la mano por su muslo, hacia abajo, hasta que ella se puso rígida, como si fuera a pararle los pies si las cosas iban demasiado lejos.

Entonces, él subió la mano por su cuerpo, hasta que llegó a su pecho izquierdo.

Antes de poder pensarlo, ella arqueó la espalda para apretarse contra su palma. Aquellas caricias hacían que se sintiera viva.

Entonces, los movimientos de Logan se hicieron más lentos, se convirtieron en una especie de búsqueda.

Él levantó la cabeza, y le preguntó, en un tono de confusión:

—¿Qué tipo de sujetador llevas?

—Un sujetador deportivo —respondió ella, con la respiración entrecortada, y volvió a besarlo.

«Un sujetador deportivo muy ajustado, muy restrictivo». Con la esperanza de que él no le diera importancia, le agarró de la muñeca y le apartó la mano. «Por favor, déjame tener un poco más».

—Quiero acariciarte —murmuró él, y volvió a posar la mano en su cintura. En aquella ocasión, la deslizó por debajo de su holgada camisa.

La frustración sexual aumentó, luchó contra la desesperación y contra el sentido común. Ella sabía que tenía que ser fuerte, pero sintió la áspera palma de su mano en el estómago, en las costillas, y su resistencia empezó a desmoronarse, hasta que alguien llamó a la puerta.

Ella se sobresaltó. Al principio se sintió alarmada y, después, de mala gana... sintió alivio por haber recuperado el sentido común.

El repartidor de pizzas la había salvado, porque ella no había sido lo suficientemente fuerte como para salvarse a sí misma. Se tomaría aquella interrupción como una advertencia para mostrar más cuidado.

Logan posó su frente en la de ella. Pepper notó los latidos

de su corazón contra los pechos, y notó también que la tensión de sus hombros aumentaba.

—Vaya un momento más inoportuno —dijo él y, con las dos manos, le sujetó la cara, acariciándole la mandíbula con los pulgares—. Supongo que no querrás retrasar la cena, ¿no?

Ella no podía mirarlo. Si lo hacía, iba a rendirse. Cabeceó, con la vista fija en su hombro izquierdo.

Él suspiró.

—Bueno, pues entonces, pizza.

Ella cerró los ojos con consternación y, cuando volvió a abrirlos, se encontró con un intenso escrutinio por su parte.

Él, con una sonrisa, le retorció uno de los mechones de la melena.

—Eres tan dulce...

Y, con eso, se levantó del sofá.

¿Dulce? ¿A qué se refería? Pepper se palpó el pelo, y se dio cuenta de que se le había deshecho la coleta. Peor aún, tenía el top descolocado, la falda subida por un lado, hasta la rodilla, y había perdido una de las zapatillas de loneta.

Mientras Logan abría la puerta, ella decidió ir a arreglarse un poco rápidamente.

—Disculpa —dijo. Recogió su zapato y recorrió el corto pasillo hasta su baño. Allí, se encerró.

«Vamos, contrólate», se dijo. Pero era algo muy difícil, después de aquellos besos apasionados y caricias excitantes.

Respiró profundamente varias veces, y eso la ayudó un poco. Se puso la zapatilla, se colocó la camisa y se miró al espejo para arreglarse la coleta; rápidamente, se la rehízo. Después de colocarse bien la ropa, se dio cuenta de que no podía hacer nada con respecto al rubor. Maldita fuera su piel blanca.

Llamaron a la puerta del baño.

—¿Va todo bien, Sue?

—Sí.

Aparte de su deseo insatisfecho, se encontraba perfectamente. Pepper bajó la cabeza y abrió la puerta. Rodeó a Logan, recorrió el pasillo y salió a la cocina.

Él ya había servido la pizza en los platos, había puesto servilletas y había colocado sus bebidas en la mesa. Sacó una silla para que ella se sentara, y ese gesto la sorprendió.

¿Por qué no podía ponerse una camisa, en vez de exhibir aquel espléndido cuerpo? ¿Por qué no podía estar gordo, o ser poco atractivo? O...

—Solo es pizza, Sue —dijo él, con la cabeza ladeada—. No voy a abalanzarme sobre ti mientras estás comiendo, te lo prometo.

Ella no quería volver a acercarse a él, pero tampoco quería parecer demasiado tonta.

—Gracias —dijo.

Pasó junto a él y se sentó.

Logan le acarició la mejilla con los dedos, y se sentó a su lado.

—Vamos, empieza —le dijo.

—Gracias —repitió ella.

Él la observó pensativamente mientras comía.

—¿Sabes? Acabo de tener la lengua dentro de tu boca, así que no tienes por qué ser tan formal.

A Pepper se le escapó un jadeo, y se atragantó con la pizza. ¿En qué estaba pensando para decir algo así en mitad de la cena? ¿Acaso no tenía sentido del decoro?

Después de toser durante unos instantes, Pepper recuperó el aliento y lo miró. Él seguía comiendo mientras presenciaba su reacción, y ella pensó que no, que no tenía sentido del decoro.

—¿Te molesta? —le preguntó él—. Me refiero a que si te molesta besarme. ¿Es eso por lo que estás ahí ahogándote?

—No.

—Pues a mí me ha parecido que sí.

—¡No esperaba que habláramos de ello durante la cena!

—Me preguntó —dijo él— qué ocurriría si te mencionara lo mucho que deseo verte desnuda. ¿Te caerías redonda?

A Pepper le pareció buena idea lanzarle el trozo de pizza a la cara. Sin embargo, lo dejó en su plato. ¿Debería marcharse, o demostrarle desdén? ¿O azoramiento?

Decidió ser sincera:

—Nunca me vas a ver desnuda.

—¿No? —preguntó él, como si solo sintiera una ligera curiosidad—. ¿Por qué no?

—Porque no voy a permitirlo.

Él entrecerró los ojos, y clavó la mirada en su pecho.

—Demasiado tímida, ¿eh?

Ella se apoyó en el respaldo de la silla.

—No hablas como un hombre que espera tener éxito. Eres tan burlón que resulta casi un insulto.

—Pues no es esa mi intención —respondió él, y se puso otro enorme porción de pizza en el plato—. La verdad es, Sue, que me confundes.

—¿Que te confundo?

Ella tuvo que esperar hasta que él devoró la mitad de la pizza. Después, Logan se limpió los labios con la servilleta y se cruzó de brazos.

—Tú estás tan interesada como yo. Yo no era el único del sofá que quería más.

Como él esperó, Pepper dijo:

—No.

Seguramente, ella estaba más necesitada de sexo que él. Mucho más que él. Estaba segura de que su celibato duraba mucho más que el de Logan.

—Entonces, ¿por qué eres tan asustadiza? ¿Por qué me envías mensajes contradictorios?

Vaya. Ciertamente, ella había sido muy incoherente. Sin embargo, ¿cómo podía explicarle su pasado, los miedos que la obligaban a ser discreta y reservada en todo?

Él le tomó una mano.

—Puedes contármelo, ¿sabes?

No, no podía. Lo miró cautelosamente.

—¿Contarte qué?

—Si alguien te ha hecho daño… Si te falta inexperiencia. Si tienes demasiado pudor, o tienes miedo… Sea cual sea el problema.

¿Todo eso? ¿Qué era, exactamente, lo que él pensaba? ¿Que había vivido en un convento? ¿Que había sido víctima de abusos? Lo cierto era que no podía contarle ni una mínima parte de la verdad. Aunque hubiera pasado tanto tiempo, aunque el club de Morton Andrews, Checkers, estuviera en otro condado, tan lejano como para no toparse con él, tan cercano como para que Rowdy pudiera vigilarlo, contar la verdad podía ser muy arriesgado.

Sin embargo, tenía que decir algo, así que miró la mano que sujetaba la suya.

—Soy tímida. Y soy pudorosa.

Y también mentía muy bien.

—Pero me deseas.

Sí, lo deseaba. Aunque no debiera, y aunque no fuera inteligente por su parte.

—¿Sue? Me digas lo que me digas, no pasa nada. No voy a presionarte.

Tonterías. Eso era lo que había hecho hasta aquel momento. Ella lo miró a los ojos.

—Sí.

—Sí… ¿qué?

—Te deseo —dijo Pepper—. Tu interés ha sido halagador —añadió, tratando de que su tono fuera más inseguro. Pero no me siento cómoda con la idea de que me vean.

—¿Desnuda, quieres decir?

—Sí, eso es lo que quiero decir.

Él la miró de un modo ardiente.

—No tienes nada que no haya visto ya, ¿no?

Ella estuvo a punto de atragantarse. Él no tenía ni idea de las sorpresas que ocultaba.

—No estoy desfigurada, si es lo que me estás preguntando.

—No, no es eso. Solo estaba haciendo una afirmación. Y, si el único problema es el pudor…

—No lo es —respondió ella. Había un millón de motivos por los que no debería relacionarse con él, ni físicamente, ni de ningún otro modo.

Y, sin embargo, allí estaba. Tomando pizza y hablando.

Y permitiéndole que la besara y la manoseara en el sofá. Pepper apoyó la cabeza en las manos y soltó un gruñido.

Él apartó la silla de la mesa, olvidando la cena, y la observó con atención.

—¿Qué más?

Pepper tuvo la sensación de que iba a saltar sobre ella en cualquier momento, a pesar de su promesa de que no iba a presionarla, y se levantó de la silla. A juzgar por la expresión de Logan, él debió de considerarlo un gesto defensivo. Ella sabía que era una cuestión de control. Cuando estaba cerca de Logan, no tenía ninguno.

Él se puso en pie, lentamente.

Antes de que diera un paso hacia ella, y antes de que ella misma se abalanzara sobre él, Pepper dijo:

—Casi no te conozco.

—Está bien. Soy un libro abierto. ¿Qué quieres saber?

«¿Por qué me deseas tanto?». No, no podía preguntarle algo tan directo.

—Supongo que todo.

—¿Quieres sentarte a comer mientras te hago un resumen?

¿Por qué no? Ella todavía tenía hambre, y la pizza estaba caliente. Sin mirar a Logan, volvió a su asiento y mordió su porción de pizza.

—¿La versión larga, o la corta?

Todo, y con detalle, pensó Pepper. Sin embargo, hizo un gesto negativo con la cabeza.

—No quiero fisgonear, exactamente...

—Entonces, la larga —dijo él. Sonrió, y esperó hasta que ella tomó un bocado de pizza—. Nunca he estado casado, pero una vez estuve prometido. Tengo un grado en Empresariales, pero nunca he ejercido porque me gusta más la libertad que me da trabajar en la construcción. He estado en todo el país, pero lo que más me gusta es el Medio Oeste. Tengo treinta y dos años, me encanta ver todos los deportes y me gusta jugar al fútbol americano. Odio ir de compras, incluso al supermercado, pero cocino bien cuando tengo que hacerlo. Me gustan mucho los animales, pero no tengo ninguno porque, viviendo en un apartamento como este, no sería justo para el animal, ¿no? Los perros, sobre todo, necesitan un buen jardín. De hecho, ahora que lo pienso, no confío de verdad en nadie a quien no le gusten los animales. ¿Y tú?

Pepper tardó un instante en darse cuenta de que le había hecho una pregunta. Tragó la comida, y asintió.

—Sí, pero por las mismas razones que tú has enumerado, yo tampoco tengo mascotas —respondió ella.

Por las mismas razones que había enumerado Logan, y por muchas más. Sin embargo, en sus fantasías para el futuro, a ella le encantaría tener muchas mascotas. Y, también, hijos. No... no podía pensar en eso.

Solo serviría para deprimirla.

—Entonces, eso es algo que tenemos en común —dijo Logan—. Mis padres tienen un pastor alemán ya muy mayor. Al perro le encanta nadar. Creo que es más fácil para él que correr, porque le provoca menos presión en las caderas.

Ella deslizó su propia pregunta en aquel momento.

—¿Y por qué nunca has estado casado?

—Supongo que no he encontrado a la mujer de mi vida. Pero quiero casarme, algún día. Ya sabes, un hogar, chimenea, vacaciones con dos niños, un perro y un gato. Todo eso.

—¿Y estuviste comprometido?

—Sí, más de un año —dijo él, y se pasó una mano por el pelo—. Todo iba bien, hasta que ella decidió que yo debía trabajar con su padre, y su padre era un completo gilipollas, así que... —Logan se encogió de hombros—. No pudimos arreglarlo.

—No parece que la ruptura te destrozara el corazón.

La expresión de Logan se hizo más cálida. Ella pensó, con retraso, que la remilgada y pudorosa Sue Meeks habría tenido una reacción de horror al oír su palabrota. Pero, bueno, ya era demasiado tarde.

—Lo gracioso es que efectivamente no me sentí destrozado —respondió él. Ya había terminado de cenar, así que se acomodó en el asiento y sujetó la lata de cerveza sobre el estómago—. Bueno, sí estuve enfadado. Puede que un poco... decepcionado. Pero supongo que nunca la quise de verdad, no la quise como se debe querer a alguien con quien piensas pasar toda la vida.

—¿Y cuándo fue todo eso?

—Hace unos pocos años —respondió él—. ¿Y tú? ¿Has estado en serio con alguien?

—No.

Al ver que ella respondía tan rápidamente, él se echó a reír.

—Está bien —dijo, y señaló su plato con un gesto de la cabeza—. ¿Has terminado?

Ella se quedó sorprendida por el rápido cambio de tema. Al mirar su plato, también se sorprendió de haber comido tanto.

—Sí, gracias.

—Bueno —dijo él. Se puso en pie y llevó los platos al fregadero—. Y ahora, ¿qué?

Ella lo observó mientras aclaraba cada uno de los platos, los metía en el lavaplatos y recogía lo que habían manchado durante la cena.

Cuando terminó, ella dijo:

—Eres mucho más ordenado que yo.

—No te ofendas, pero me parece que hay mucha gente que es más ordenada que tú.

—Es cierto —dijo ella. No hacía una limpieza doméstica rutinaria. Suspiró—: Mi casa no está sucia, ni nada, pero está desordenada—. No me gusta ordenar.

—Bien. La gente maniática es molesta.

Se oyó un trueno a lo lejos, y los dos miraron hacia la terraza. Unas nubes grises habían oscurecido el cielo, y empezó a soplar una brisa más fresca.

—No me malinterpretes —dijo Logan—, pero esta es la cita más extraña que he tenido nunca.
—¡No ha sido una cita!
—Claro que sí —dijo él y, bromeando, se acercó a ella—: Un poco de besuqueo, cena y conversación para conocernos.
Oh, Dios. Tal vez sí fuera una cita.
—Normalmente, las cosas no suceden en ese orden, y no recuerdo haber hablado del matrimonio en una primera cita.
—¡Tú sacaste ese tema!
—Para satisfacer tu curiosidad —dijo él. En aquel momento, empezó a llover—. Pero no ha estado mal para una primera vez, ¿no crees?
No, no había estado nada mal. De hecho, era la primera vez desde hacía mucho tiempo que ella podía olvidar lo mucho que había cambiado su vida.
—No, supongo que no...
Un rayo iluminó potentemente el cielo y, unos segundos más tarde, sonó un trueno que hizo reverberar el suelo bajo sus pies.
—Vaya —comentó Pepper.
Entonces, se fue la luz.
Lo que faltaba.
La combinación de la falta de electricidad y de la negrura del cielo sumió el apartamento en un cúmulo de sombras misteriosas.
Logan se acercó a la puerta de la terraza justo cuando la tormenta alcanzaba su punto álgido. Las ráfagas de lluvia golpearon la tierra y le mojaron la piel, el pelo y los pantalones vaqueros.
Él cerró la puerta y, después de enjugarse la cara con la mano, fue a cerrar también la ventana de la cocina.
Como ella se había quedado inmóvil, paralizada por el deseo, él le dijo, con cierta urgencia:
—¿Y tus ventanas? ¿Te las has dejado abiertas?
¡Se le había olvidado!
—Sí, demonios —respondió, y salió corriendo hacia su apartamento. No quería que Logan la siguiera, pero no se tomó el

tiempo necesario para decirle que no lo hiciera. Tal y como estaba lloviendo, y con el viento que hacía, todas sus cosas iban a empaparse en menos de un minuto.

Cerró las puertas de la terraza mientras él cerraba la ventana de la cocina. Ella fue al baño para cerrar la pequeña ventana, y Logan... entró en su dormitorio.

No, no, no.

Con la cara, la camisa y las zapatillas empapadas, Pepper esperó, pero él no salió. Aunque sabía que su proximidad podía hacer que perdiera el control de la situación, entró al cuarto detrás de Logan. Él se había quedado mirando la máquina de correr.

—¿Logan?

Cuando él se dio la vuelta, ella se fijó en los pantalones vaqueros, que le colgaban de las caderas, en el vello húmedo de su pecho y en sus tetillas, que estaban endurecidas por el frío.

Se le quedó la boca seca.

—Lo siento —dijo Logan, mientras se echaba el pelo hacia atrás con la mano—. Estaba entrando demasiada agua. Te ha mojado el suelo y los pies de la cama.

Ella se quedó junto a la puerta, con la mente llena de imágenes de Logan desnudo, de las cosas que él haría, de las cosas que ella quería hacerle a él.

De repente, el estado de ánimo cambió, y ella se alarmó.

Logan dio un paso hacia ella.

—¿Y tú, Sue?

Pepper no entendió lo que estaba preguntando, y cabeceó con desconcierto.

—Está demasiado oscuro como para que pueda distinguirlo —susurró él, acercándose, y añadió—: Pero estoy seguro de que tú también estás húmeda.

Ella quiso responder de muchas maneras, pero todas ellas eran peligrosas.

No podía pensar cuando él la miraba, así que le dio la espalda e intentó mantener la cautela.

—Gracias por ayudarme —le dijo.

Era una evidente manera de decirle que se fuera, pero, al mismo tiempo, tenía en la cabeza su imagen a los pies de la cama deshecha. Alto, con el pecho desnudo, sexy como el pecado...

Logan le puso las manos sobre los hombros. Su olor la envolvió.

Y, antes de que él dijera una sola palabra, Pepper supo que estaba perdida.

Logan ignoró su indirecta para que se marchara, sobre todo porque la voz de Pepper se había vuelto más estridente y aguda. Estaba nerviosa, eso lo sabía.

Lo que no sabía era el motivo de su nerviosismo.

Sin embargo, la tenía en un dormitorio, a oscuras, y se sentía completamente atraído por ella.

No pensó en su plan de llegar al hermano de Pepper. No pensó en que ella podía ayudarle a hacer justicia.

Solo pensó en ella.

En su manera de temblar, en el olor de su piel mojada, en su excitación.

Se quedaron de pie, entre las sombras, mientras los rayos iluminaban el cielo de vez en cuando y los truenos hacían vibrar las ventanas.

Él la atrajo hacia su pecho e inhaló la fragancia embriagadora de su piel húmeda.

—No quiero dejarte sola con esta tormenta.

El silencio se volvió tenso, y él supo que estaba luchando consigo misma, con lo que quería y, seguramente, contra las malditas reglas que le había impuesto su hermano.

Finalmente, ella susurró:

—No te preocupes, estoy bien.

—Quieres que me quede —afirmó él.

Y, como lo sabía, se propuso convencerla. Empezó a darle suaves mordisquitos en el cuello, a juguetear con su oreja, a estrecharla contra su cuerpo para que pudiera sentir su erección en las nalgas.

—Logan...

—Tienes la camisa mojada —dijo él y, atrevidamente, pasó una mano por su pecho. Aquel sujetador le confundía. No podía ser cómodo.

—No hagas eso —dijo ella. Lo agarró por la muñeca y bajó su mano hasta la cintura, pero no se apartó de él.

—Está bien —respondió Logan. Presionó con la mano en su vientre, y le preguntó—: ¿Es mejor esto?

Ella asintió, y lo dejó asombrado.

Logan sintió una poderosa necesidad. Siguió apretando con la mano mientras descendía, hasta que llegó a la intersección de sus muslos y posó la palma sobre su sexo, a través de la tela de la falda y de una fina ropa interior.

A los dos se les aceleró la respiración.

Ella separó las piernas.

Asombroso. Entonces, eso estaba bien, pero ¿sus pechos estaban fuera de los límites? A Logan le preocupó la idea de que pudiera tener cicatrices o algo peor, y le preguntó:

—¿Por qué, cariño?

Ella se ciñó contra él, puso una mano sobre la suya y lo urgió a que continuara, mientras murmuraba:

—Nada de preguntas.

Logan no era tonto, y asintió. Cuando consiguiera acostarse con ella, la desnudaría y averiguaría la verdad. Le daría seguridad y le diría que, fuera lo que fuera, no tenía importancia. Entre ellos, no.

Ella posó las palmas de las manos en sus muslos y le clavó las uñas. Él oyó su respiración agitada y se deleitó con el calor que desprendía, con su forma de moverse contra la exploración de sus dedos.

Durante un largo rato, permanecieron así, a oscuras, rodeados por la tormenta, húmedos, acalorados, tocándose. Él sonrió contra su hombro.

—No había hecho esto desde el instituto.

Ella tardó un instante en responder:

—¿El qué?

—Esto. Meter mano a una chica, con la ropa puesta —dijo él, y presionó su miembro erecto contra ella—. Sentirme tan frustrado. Casi no puedo soportarlo.

Ella gruñó y empezó a apartarse de él.

En vez de permitírselo, Logan la tendió sobre la cama. Se tumbó sobre ella y la besó con fuerza, profundamente, con la esperanza de terminar con sus objeciones.

Ella no puso ninguna.

Cuando le acarició el pecho de nuevo, muriéndose de ganas de verla y tocarla, ella vaciló.

—Espera.

Él esperó. Con la respiración entrecortada, sobre ella, loco de deseo... esperó.

El cuerpo de Pepper bajo el suyo era una forma indistinguible, pero él notó su urgencia y, a la vez, su indecisión.

Ella le acarició el pecho.

—Si vamos a hacerlo...

—Yo espero que sí.

—... entonces, necesito que las cortinas estén cerradas.

¿Aunque fuera estuviera tan oscuro? Logan miró hacia la ventana. ¿Acaso tenía miedo de que algún rayo iluminara más de lo debido y él pudiera ver algo? ¿El qué? Para intentar darle valor, dijo:

—No es necesario que...

—Y no puedes tocarme con las manos.

Él la besó con suavidad.

—No lo entiendo. Ahora te estoy tocando con las manos —dijo él, y le acarició la mejilla con el dedo pulgar.

—No quiero que... me toques el cuerpo.

Él movió su cuerpo sobre el de ella, y dijo, con un gruñido:

—Ahora puedo sentirte. Por completo. Estás caliente, y...

Entonces, ella dijo, con la voz muy aguda:

—Prométemelo, o hemos terminado.

La convicción tuvo que luchar contra la inseguridad. Él no pudo evitar darle unos besos delicados en la nariz, en la frente, y quería seguir besándola. Por todas partes.

—Lo que quieras, cariño, te lo juro. Está bien.

—Soy yo —dijo ella, y le acarició la espalda. Después, se agarró a él, y añadió—: Necesito quedarme con la ropa puesta. Necesito que las luces estén apagadas. Necesito que no me toques con las manos.

Dios.

—Cuando mencioné el instituto, no me refería a que tuviéramos que recrearlo todo.

Ella tomó aire.

—Está bien —dijo, e intentó empujarlo para apartarse de él—. Entonces, vamos a olvidarlo...

—Ni hablar —dijo él. Volvió a besarla, con más suavidad, profundamente—. Puedes confiar en mí, Sue —murmuró. «Y un cuerno»—. No te voy a hacer daño.

Se miraron, a oscuras. Ella tenía los ojos brillantes, pero él no la veía lo suficientemente bien como para descifrar sus pensamientos.

Pepper le acarició la mandíbula.

—Deja que me levante.

Demonios. Él se tendió boca arriba en el colchón y se quedó mirando al techo, acalorado y tenso, pero, sobre todo, preocupado. El viento aullaba de un modo angustioso, y eso encajaba con su estado de ánimo. Se oyó el estruendo de un trueno, y él lo sintió en el pecho.

No quería que las cosas terminaran así.

—¿Sue?

Se incorporó, apoyándose en los codos, y la vio junto a la cama. Distinguió su forma inclinada, y se dio cuenta de que se estaba subiendo la falda.

La lujuria lo atenazó. Necesitaba oxígeno, y respiró con fuerza.

—¿Qué estás haciendo?

—Quitarme las bragas —dijo ella. Las dejó caer al suelo, y se acercó a la ventana para cerrar las cortinas—. Solo las bragas.

A él se le aceleró el corazón.

—Sí, está bien.

Al sentir que ella se acercaba, se dejó caer de nuevo en el colchón, con la respiración contenida y una tensa erección.

Ella puso las manos sobre la bragueta de su pantalón y, de un pequeño tirón, se la desabrochó.

—No debería hacer esto.

Él estaba en total desacuerdo.

Ella le bajó los pantalones vaqueros hasta las rodillas.

—Seguramente, me voy a arrepentir.

Él no iba a permitir que se arrepintiera. De algún modo, la compensaría...

Ella cerró la mano alrededor de su sexo, y todos los pensamientos de Logan desaparecieron. Gruñó con la voz enronquecida.

Ella mantuvo su miembro sujeto con la mano mientras subía a la cama para sentarse a horcajadas sobre su regazo. Se levantó la falda.

—Por favor, no me estropees esto, Logan.

—No. No lo voy a estropear.

Ella se sentó un instante y lo acarició. Después, lo soltó.

—¿Puedes ponerte este preservativo?

¿De dónde lo había sacado?

Bah, no le importaba. Él encontró su mano y tomó el paquetito.

—Sí, por supuesto.

Se sentía asombrado por la fuerza de su deseo. No hacía tanto tiempo que estaba con una mujer, y no debería estar tan excitado, tan desesperado por penetrar en su cuerpo.

Ella era sosa y tímida, con un cuerpo desconocido para él y más secretos de los que podía imaginarse.

Era una marioneta en sus planes para acorralar al mafioso asesino Morton Andrews.

Pero no recordaba la última vez que se había sentido así.

CAPÍTULO 4

A Logan le encantaba el sexo. Siempre le había encantado, y siempre le iba a encantar. Pero, con Pepper Yates y todas sus reglas extrañas, y con su seductora timidez, en aquella ocasión fue diferente a las demás. Abrasador y lascivo.
Como una fantasía pervertida hecha realidad.
Ella abrió los muslos desnudos sobre sus caderas. No tocarla fue una de las cosas más difíciles que había hecho en su vida. Tuvo que apretar los puños sobre las sábanas húmedas de la cama de Pepper.
De nuevo, ella agarró su sexo con la mano.
—Noto tu pulso —susurró.
Bien.
—Dime lo que necesitas, cariño.
—A ti —dijo ella—. Dentro de mí.
Y, con esas palabras, se movió por su cuerpo, lo colocó y deslizó su miembro entre su carne caliente y resbaladiza.
Él estaba muy excitado.
—Estás húmeda —dijo, con una satisfacción salvaje. Ella le había dado muy poco, pero, al menos, tenía aquello.
—Lo sé —dijo Pepper. Se movió hacia abajo, ligeramente, y titubeó.
Logan se mantuvo inmóvil, con la mandíbula apretada, esperando. Casi no la veía, pero su olor era más fuerte ahora, y

su cuerpo lo tenía atrapado. Lo estrechaba con fuerza y se relajaba alternativamente, y eso tenía un efecto devastador en él. Pensó que iba a perder el control a pesar de que ella no lo había acogido por completo, y dijo:

—Más, Sue. Ahora, o va a terminar antes de empezar.

—Lo siento —dijo ella. Apoyó las manos sobre su pecho, y descendió para acogerlo por completo—. Hace mucho tiempo para mí.

—¿Necesitas que te acaricie, que te ayude a...?

—No.

Con las manos en su pecho, Pepper jadeó y siguió moviéndose hasta que, por fin, él estuvo completamente hundido en ella.

Logan oyó su gruñido de placer, y sintió que sus músculos internos lo ceñían con fuerza.

—¿Sí?

—Sí —susurró ella.

Gracias a Dios. Entonces, Logan empezó a moverse de arriba abajo. Quería agarrarle las caderas, quería desnudarle el pecho y lamer sus pezones.

Pero solo tenía aquello, y era tan erótico, que tuvo que concentrarse para no terminar demasiado pronto.

Encontraron el ritmo perfecto para los dos. Ella crispó los dedos sobre sus músculos pectorales y lo masajeó con placer. Él gruñó, y ella ronroneó.

—Deja que te bese —le pidió él—. Dame tu boca.

Ella se inclinó hacia delante y le mordió el labio inferior, lo besó con fuerza. Aquella nueva posición permitió que él se hundiera aún más y puso en contacto su clítoris con su miembro endurecido a cada embestida, y él notó el comienzo del clímax de Pepper.

Ella gimió contra su boca, besándolo con hambre y apretándolo cada vez con más fuerza y con más rapidez.

De repente, se arqueó con un jadeo. Logan supo que había llegado al orgasmo, y deseó verla más que nunca.

Se dejó llevar y gruñó con ella. Estaba asombrado por todo lo que ella le hacía sentir, por su atractivo físico y emocional. El orgasmo continuó hasta que él quedó lánguido, hasta que terminaron las vibraciones y ella se tendió sobre él. Logan notó su dulce peso en el corazón.

Con cuidado, él le puso las manos en la espalda.

—¿Estás bien?

—Ummm —murmuró ella, y le besó el pecho sudoroso. Le acarició la piel con la nariz, hasta que dijo, con un tono de pesar—: Es una lástima que tengas que irte.

Él se quedó inmóvil bajo ella. Después, se puso rígido:

—¿Lo dices en broma?

Pepper exhaló un suspiro melancólico y se irguió.

—No —respondió. Separó sus cuerpos y se levantó de la cama—. Ojalá pudieras quedarte, pero no es posible.

—¿Me estás echando? —preguntó él con incredulidad, y se incorporó—. ¿Ya?

—Sí. Se está haciendo tarde —respondió Pepper, mientras descorría las cortinas.

—¡Pero si solo ha pasado media hora!

Cierto. Por desgracia, no podían prolongar más los juegos eróticos. Ella intentó ignorar la irritación de Logan y se volvió hacia la puerta.

—Tengo que ducharme.

Él se levantó de la cama en un abrir y cerrar los ojos y le bloqueó la retirada.

Estaba ofendido.

Teniendo en cuenta su estado de ánimo, pensó Pepper, era muy bueno que llevara los pantalones vaqueros puestos. Todavía estaban abiertos, y ella distinguía su abdomen... y más abajo. Pero, por lo menos, no podía verlo entero, no podía ver todo lo que había tocado y acariciado.

La gruesa carne que había llenado su cuerpo.

Para resistir la tentación de acariciarlo de nuevo, Pepper se agarró las manos a la espalda y retrocedió.

Él la fulminó con la mirada.

—No es posible que me tengas miedo.

¿Después de lo que acababan de hacer?

—No.

Pepper tenía miedo de sí misma, de cómo reaccionaba ante él. No podía hacer nada de aquello, pero lo había hecho. Y había sido tan maravilloso...

Intentó una táctica distinta. La tomó por los hombros, la acarició e intentó engatusarla.

—Deja que me quede esta noche.

—No puedo —dijo ella, y dio otro paso atrás.

Él bajó las manos.

—No puedo creerlo, joder, maldita sea.

Aquel lenguaje irritó a Pepper. Acababan de mantener relaciones sexuales, pero eso no le daba derecho a tratarla irrespetuosamente.

—Yo no puedo creer que me estés maldiciendo.

—No, a ti no. Es esta situación. Creía que nos estábamos acercando el uno al otro. Creía...

¿Que aquello significaba algo?

Pepper se sintió mal por él, y le pareció que lo mejor sería salir del dormitorio. Pepper llegó hasta el sofá, y se detuvo.

«No lo hagas, Pepper. No lo hagas...».

—Podríamos cenar juntos otra vez. Mañana, quiero decir —murmuró, y cerró los ojos con fuerza—. Si no estás ocupado.

El repentino silencio estuvo a punto de asfixiarla. ¿Había terminado la tormenta? Ella no tenía la costumbre de hacerles proposiciones a los hombres. Ni siquiera antes de que su vida cambiara drásticamente era ella la que hacía invitaciones para cenar.

No lo necesitaba.

Se preguntó qué pensaba Logan, si había aceptado su oferta, y se volvió hacia él. Lo vio con los brazos cruzados, con una expresión de antagonismo.

—¿Y bien? —le preguntó.

—Estoy intentando discernir si me estás invitando a cenar, o a acostarme contigo.

«A ambas cosas», pensó ella. Sin embargo, se sintió un poco boba y cabeceó.

—No importa. Era una mala idea.

—Oh, no, claro que no —dijo él, y se acercó a ella con tres zancadas—. Sea lo que sea lo que acabamos de hacer, me ha gustado.

A Pepper le temblaron las rodillas.

—A mí también.

—¿Sí? —preguntó él, acariciándole la mejilla—. Ha sido raro... Pero creo que nunca había estado tan excitado.

—¿De verdad?

A ella también le había encantado, pero incluso unas migajas podían ser deliciosas para una mujer hambrienta. Y aquello solo habían sido migajas.

—Por supuesto que sí —le dijo Logan, y le acarició la barbilla con dos dedos—. Si me estás pidiendo que venga por más de lo mismo, estoy dispuesto.

¿Podría ella tener el apartamento lo suficientemente oscuro? ¿Tendría la oportunidad de comprar unos estores opacos? ¿Se atrevería a experimentar una vez más aquella intimidad única y extraña?

—Pero —dijo él, interrumpiendo sus pensamientos—, si solo quieres cenar, también me gustaría.

Seguramente, si él aceptaba una invitación tan solo para cenar, era porque pensaba que, al final, iba a llevársela a la cama.

—De acuerdo.

—Pero sabes que estoy pensando en la primera opción, ¿verdad? —le preguntó él, confirmando lo que había supuesto.

—Sí —respondió Pepper. Ella también estaba pensando en lo mismo—. Lo entiendo, pero no sé...

Él la besó.

—Bueno, vamos a ver qué ocurre. Vamos a ver dónde nos llevan las cosas.

—Está bien.

Y, si podía encontrar la forma de que Rowdy no se enterara de aquella relación, entonces ganaría la cama. Sin embargo, no se hacía ilusiones. Rowdy sabía todo lo que ella hacía y con quién lo hacía.

Bueno, por supuesto, no conocía los detalles sexuales. Pero él siempre la vigilaba tan estrechamente, que no se le habría pasado por alto que Logan había estado en su apartamento durante un apagón, sin muchas cosas que los mantuvieran ocupados.

Rowdy no iba a ponerse contento. Algunas veces, pensaba que, si su hermano pudiera salirse con la suya, la tendría encerrada y escondida.

Al pensar en aquello, le dijo a Logan:

—Tienes que irte ya.

—¿Tienes mi número de teléfono a mano?

—Encima de la nevera.

—Ponlo en tu mesilla de noche, ¿de acuerdo? O, mejor aún, grábalo en tu móvil, por si acaso me necesitas.

¿Necesitarlo a él? ¿Se refería a la satisfacción física, o a la protección? No importaba.

—No te preocupes, voy a estar bien.

—Si el apagón dura, no sabes qué tipo de problema puede surgir.

—Sí, eso era cierto, pero a ella no le preocupaba.

—Es solo una tormenta. Además, se me dan bien los números.

—¿Eso significa que ya lo has memorizado?

Pepper se encogió de hombros.

—Bien —respondió él. Sin embargo, añadió—: Que conste que me voy obligado.

Ella nunca había conocido a nadie como Logan. Era cierto que la mayoría de los hombres aceptarían mantener relaciones sexuales en cualquier circunstancia, pero lo que ellos dos acababan de hacer era verdaderamente peculiar.

Sin embargo, ella sabía que él había obtenido satisfacción. Había sido maravilloso oír sus gruñidos roncos, y sentir cómo se tensaba su cuerpo y el calor que desprendía. A ella le había encantado.

Él había conseguido lo que quería. Sin embargo, en vez de alegrarse de no tener que implicarse más en la relación, quería seguir.

Aquello hizo sonreír a Pepper.

—Gracias.

Él le pasó un brazo alrededor de la cintura, tomándola por sorpresa, y pasó el otro brazo por debajo de sus muslos, y la levantó del suelo. Teniendo en cuenta que ella era alta, no debió de ser fácil, pero no parecía que él estuviera haciendo un gran esfuerzo.

En realidad, parecía que estaba excitado. De nuevo.

Con la pelvis estrechada contra su duro abdomen y sus piernas alienadas con las de él, ella posó las manos en sus hombros desnudos.

—¡Logan! —exclamó—. ¿Qué estás haciendo!

Sus pechos habían quedado a la altura de su barbilla, pero él la miró a los ojos.

—Necesito algo que me dé ánimos hasta mañana.

—Oh —dijo ella—. Está bien.

Entonces, él la besó, y aquel beso fue distinto a los anteriores. No era completamente sexual, pero tampoco era dulce e inocente.

Tal vez fuera un beso... comprensivo. Un beso de interés.

Cuando él volvió a dejarla sobre el suelo, dijo:

—Piensa en mí esta noche, Sue. Y piensa en lo que vamos a hacer mañana.

Pepper lo vio marcharse. ¿Pensar en él? No creía que pudiera pensar en otra cosa.

Rowdy estaba bajo un saliente del edificio que había frente al de su hermana, protegiéndose de la lluvia con un sombrero bien calado y el cuello de la chaqueta subido. Mordisqueó el extremo de un palillo hasta que no quedó nada.

¿En qué demonios estaba pensando Pepper para ponerse a tontear con el nuevo vecino? Ella tenía suficiente sentido común como para no hacerlo, demonios.

Porque él se lo había infundido.

El hecho de haber instalado cámaras ocultas de vigilancia por todo el edificio no le había resultado útil hasta aquel momento. Normalmente, ella no se arriesgaba, y él sabía que su hermana se pondría en contacto con él en caso de emergencia.

Sin embargo, desde que Logan Stark se había mudado al edificio, él se había vuelto más vigilante, porque Pepper había cambiado. Parecía que, pese a todas sus precauciones, ella ya no soportaba más la situación. Tendría que solucionar eso, pero, antes, tenía que ocuparse de Logan Stark.

Al otro lado de la calle, saltó la alarma de un coche. Se rompió un cristal. Las sirenas se dispararon.

Una de las farolas se encendió de repente, y su luz acabó con la seguridad que proporcionaba la penumbra.

La mujer que llevaba al brazo se estremeció y se acurrucó contra su costado.

—Hace frío.

—No, no demasiado —dijo él. Ya había olvidado su nombre, pero no le importaba. Después de aquella noche, no iba a volver a verla. La rodeó con un brazo para darle calor, y le preguntó—: ¿Mejor?

—¿Vamos a entrar, o no?

—Sí —dijo él. Percibió su olor a perfume y sintió el calor de su pequeño cuerpo. Tiró el palillo al suelo—. Acuérdate de que solo tengo una hora.

Ella le pasó la mano por el pecho y, con una sonrisa, respondió:

—Cielo, ese es todo el tiempo que necesito.

Pepper estaba acurrucada en su cama, observando el sol que empezaba a filtrarse por las cortinas. Se encontraba bien, y estaba sumida en aquel tipo de letargo que solo podía proporcionar el sexo.

Se estiró, con una sonrisa, preguntándose qué podría darle aquel día que empezaba, y la noche. ¿Más tiempo con Logan? ¿Más sexo? Eso esperaba.

Sonó su teléfono móvil.

Sabía que tenía que ser Rowdy, y sabía que iba a estar enfadado. Sin embargo, por mucho que quisiera huir de la realidad, tenía que contestar.

Rodó al otro lado de la cama, tomó el teléfono y respondió.

—Te has levantado muy temprano.

—¿Y tú no?

Ella sonrió y se tendió en el colchón.

—Me he quedado en la cama.

A soñar despierta. A recordar.

—Tenemos que hablar, Pepper.

Oh, oh. Al oír el tono de exasperación de Rowdy, ella se puso alerta.

—¿Qué ocurre?

—Ya lo sabes, así que no te hagas la tonta —dijo él—. ¿Qué sabes de ese tipo?

—Es… inofensivo.

Un vecino con mucho atractivo sexual que estaba dispuesto a aceptar sus condiciones a cambio de un poco de diversión en la cama. En otras palabras, alguien perfecto.

—Trabaja en la construcción.

—Eso me dijo.

—Pero tú no lo sabías con certeza hasta que yo lo comprobara.

Ella miró el reloj. Eran más de las diez.

—¿Es ahí donde está ahora?

—Sí.

—¿Y crees que es un trabajo verdadero?

—Como acaba de clavarse un clavo en la mano, supongo que sí.

Pepper se incorporó de golpe.
—¿Está bien?
Rowdy se quedó callado.
—Dímelo.
—Ese tipo te importa —dijo él, en tono de acusación.
—Casi no lo conozco —dijo ella. Sin embargo, lo conocía mejor que a otra gente.

Porque había compartido un poco de intimidad con él. Había sido una intimidad extraña, sí, pero...

—Se ha herido en la mano con una pistola de clavos, pero no creo que sea grave.
—¿Ha ido al hospital?
—No. Los otros obreros le han curado.

Ella se tranquilizó. No debía de haber sido demasiado horrible.

—Entonces, ¿estás seguro de que no ha mentido?
—No, demonios. No deberías verlo más.
—¿Por qué no?
—Ya sabes por qué —replicó Rowdy, con disgusto y enfado—. Piénsalo, Pepper. ¿Qué es lo que realmente quiere de ti?

Sexo.
—No lo sé.

Y una cena. ¿Y conversación?
—Puede que solo quiera ver una cara amistosa por aquí.
—¿Y tú has sido amistosa?

Ooh. Había elegido mal la palabra.
—No, exactamente.

Apoyó la espalda en el cabecero de la cama e intentó cambiar de tema.

—Entonces, ¿solo me has llamado para decirme que sea precavida?
—Para hacerte una advertencia: estás jugando con fuego.

Ella no le preguntaba a su hermano si mantenía celibato. Ya sabía la respuesta. Y la doble moral siempre le había molestado.

—Muy bien, tomo nota. Ahora, tengo que colgar. Voy a ver cuánto daño ha causado la tormenta en tu edificio.
—Espera.
Pepper casi podía verlo apretar los dientes, y sonrió.
—¿Sí, Rowdy?
Hubo un silencio. Después, su hermano dijo:
—Hasta que pueda investigar un poco más sobre él, no le dejes entrar en tu apartamento.
Ella apretó los labios. Rowdy era muy bueno dando órdenes, y esperaba que se cumplieran.
—Está bien —dijo ella.
No sabía si habrían mandado a Logan a casa, pero no se atrevió a preguntárselo a su hermano. Ya estaba lo suficientemente malhumorado.
—Si averiguas algo más, avísame.
—Puede que tarde unos días más, pero me pondré en contacto contigo.
Se cortó la conexión. Ella había perdido el buen humor. Se levantó de la cama de un salto. Tenía cosas que hacer, así que lo mejor sería ponerse manos a la obra.
Fue al armario y sacó otro atuendo feo y soso para vestirse. En el baño, mirándose al espejo, tuvo que admitir que Rowdy tenía razón. Aunque no lo había dicho en voz alta, hacía bien en preguntarse qué veía Logan en ella.
¿Sexo fácil? Ya lo había conseguido.
Así pues, ¿quería más sexo? La mayoría de los hombres perseguían la conquista y, una vez lograda, pasaban a otro territorio más interesante.
Logan era un misterio.
Iba a ducharse y a vestirse para hacer algunos recados. Pese a lo que le había dicho Rowdy, iba a comprar unas cortinas más gruesas y unos estores opacos para las ventanas de su habitación, por si acaso. Ya era lo suficientemente malo que Logan hubiera visto su cinta de correr.
No quería que viera nada más. Como era una mujer de pa-

labra, iba a insistir en que cenaran en casa de Logan aquella noche. Y, después de la cena, tal vez pudiera convencerlo de que se acostaran una segunda vez.

Sin embargo, mientras se duchaba, pensó que no debía hacerse demasiadas ilusiones. En su vida, nada había cambiado demasiado. Ella todavía vivía una mentira, y necesitaba seguir aislada.

Pero no podía resistir la tentación de disfrutar de aquel placer.

De repente, su existencia oprimida le pareció más alegre. Por primera vez, desde hacía mucho tiempo, tenía motivos para sentir impaciencia por que llegara la tarde.

Y, si tenía la oportunidad, le daría las gracias a Logan por ello, aunque fuera de una forma limitada.

Logan se paseó por su pequeño salón con el teléfono móvil al oído. Estaba agitado. Le dolía la mano, pero se lo merecía. Por suerte, se había herido la mano izquierda, y no la derecha, puesto que él era diestro y necesitaba estar en condiciones de utilizar el arma reglamentaria. También era capaz de disparar con la izquierda, pero tenía mejor puntería con la derecha.

También había sido una suerte que le ocurriera un accidente bastante común en la obra. Aunque él había soltado un montón de juramentos, los demás trabajadores se habían reído de él, lo cual demostraba que ya lo habían visto más veces.

Dash había tenido buen cuidado de no distinguirlo de los demás con ninguna muestra de preocupación. De hecho, le había echado una buena bronca por haber sido descuidado, como hubiera hecho con cualquier otro de sus trabajadores.

Sin embargo, ahora tenía por delante varios días libres, y eso no era beneficioso para su misión encubierta, ni tampoco para su capacidad de control. Necesitaba mantenerse ocupado, mantener la mente ocupada.

¿Qué estaba ocultando Pepper Yates bajo aquella ropa de segunda mano?

¿Por qué no quería que él la viera, ni que la acariciara?

Los hombres eran criaturas sencillas, pero las mujeres, no tanto. Ellas siempre querían atención física durante las relaciones sexuales. Demonios, las necesitaban para alcanzar el orgasmo.

Pepper no.

Él todavía podía sentirla deslizándose por su miembro. Al principio, lo había hecho tan despacio que le había vuelto loco. Después, lo había tomado profundamente. Y todavía podía sentir cómo se había tensado su cuerpo femenino alrededor de él durante el clímax.

Un clímax que ella había conseguido sin mucha ayuda por su parte.

Completamente vestida. Sin una sola caricia de sus dedos. Ni de su lengua.

Él no la había seducido, no la había excitado.

No había hecho nada, salvo proporcionarle un miembro y seguir sus instrucciones. Le irritaba mucho que lo hubiera utilizado así.

Por fin, Reese descolgó el teléfono, y respondió en tono de exasperación:

—¿Ocurre algo?

Aquella pregunta dio que pensar a Logan.

—No, no.

Reese soltó una maldición.

—Entonces, será mejor que tengas algo bueno que decir.

—¿Interrumpo algo?

—Pues sí.

Logan sonrió.

—¿Una nueva novia?

—Nuevo perro. Me está destrozando el piso.

—¿Tienes perro?

—Más o menos, él me tiene a mí. Es una larga historia.

¿Había adoptado Reese a un perro callejero? Logan sonrió.

—Tienes un corazón de oro.
Reese soltó un resoplido.
—¿Quieres que vaya para allá y te patee el culo? ¿Es eso? Te sientes solo y, en vez de admitirlo, estás buscando la forma de cabrearme para que vaya a darte lo tuyo.
Logan se echó a reír con ganas.
—¡No! Perro, ¡no! —gritó Reese. Después, con un gruñido, le preguntó a Logan—: ¿Qué pasa?
Logan tuvo que contener las carcajadas. Se compadeció de Reese y fue directamente al grano.
—Necesito que hagas una búsqueda concreta en nuestro fondo de fotografías.
—¿Rowdy?
—No. Pepper.
Reese se quedó callado un instante.
—No tenemos muchas de ella. Algunas en blanco y negro, nada más.
—Ya lo sé.
Y, si había manera de que él pudiera hacerlo por sí mismo, lo haría. Lo que menos quería era que otro hombre investigara sobre el cuerpo de Pepper. Sin embargo, sería demasiado peligroso que él tuviera las fotografías en su apartamento, así que no le quedaba más remedio que encargárselo a Reese.
—Mira a ver si hay alguna imagen de su cuerpo.
—¿De su cuerpo?
—Sí, intenta ver cómo es su cuerpo.
—¿Cómo dices?
Por lo menos, parecía que Reese tenía más interés.
—Creo que está ocultando algo de su físico —explicó Logan.
—¿Y cómo lo sabes?
De ninguna manera podía decirle a Reese lo que había hecho. Pepper Yates no era más que un medio para conseguir un objetivo importante pero, por algún motivo, él no quería traicionarla. Era una estupidez por su parte.

—Busca alguna foto suya con una blusa, o con una camiseta. Cualquier cosa para ver su...
—¿Su talla de sujetador? —preguntó Reese, acabando la frase por él.
Logan se pasó la mano por la cara.
—Sí. Y algo más. Mira su tipo de cuerpo: si es esbelta, o atlética, o quizá demasiado delgada...
—Demonios, Logan, ¿qué estás haciendo ahora?
—Nada. Solo necesito saber con qué me enfrento.
—¿Porque te estás enfrentando a su pecho? —gruñó Reese—. No importa. Olvida la pregunta. Por lo menos, ahora sé que no te has acostado con ella, o ya tendrías la respuesta.
No, no la tenía, pero eso no era asunto de Reese.
—¿Podrás encontrar alguna fotografía, o no?
—Sí. Dame hasta mañana por la mañana.
Logan observó el hematoma de su mano, flexionó los dedos y se estremeció de dolor. Como ya había terminado con el tema de Pepper, preguntó:
—Bueno, ¿y le has puesto nombre al perro?
—Cash.
—Es un nombre bonito.
—Era Cash, o Debt —dijo Reese, con frustración—. Me ha salido muy caro. Y, hablando de esto, tengo que colgar. Se está comiendo un zapato.
Logan oyó a Reese llamar al perro y, con una carcajada, colgó el teléfono. La próxima vez que se reuniera con su compañero, ya averiguaría más sobre el animal. Pero, por el momento, tenía un asunto más importante del que ocuparse.
Como conseguir ver a Pepper Yates desnuda.
Y no había mejor momento que el presente para empezar a trabajar en ello.

CAPÍTULO 5

Logan salió del apartamento vestido con una camiseta y unos pantalones vaqueros, cerró la puerta, se giró y se encontró con Pepper.

Parecía que ella también acababa de salir de su casa.

—Sue. Hola. Iba a verte.

Le resultaba incomprensible que ella pudiera sentir timidez después de la noche anterior. Aquella mujer lo había utilizado, y a los dos les había encantado.

Ella se humedeció los labios que, en aquel momento, a su curiosa libido masculina le parecieron suaves y carnosos, y lo saludó con un asentimiento.

—Hola —dijo. Llevaba el bolso agarrado contra el pecho, y se giró hacia la escalera de la entrada del edificio—. Yo salía en este momento.

—Espera.

Logan caminó a su lado. La intensa luz del sol entraba por las puertas de cristal del portal y teñía de dorado sus pestañas largas y oscuras, y revelaba que ella no se había puesto ni una gota de maquillaje. Él no se había dado cuenta, pero su piel era increíble.

¿Y cuándo se había fijado él en la piel de una mujer, a no ser que estuviera en una parte interesante de su cuerpo?

—¿Adónde vas?

—De compras.

—Puedo llevarte.

—No, muchas gracias —respondió ella, mientras bajaba las escaleras—. No es necesario.

—¿Y por qué tienes tanta prisa? —preguntó él, y soltó una carcajada que le sonó falsa incluso a sí mismo. Pero, demonios, estaba huyendo de él. Una vez más.

Primero, el sexo rápido, a oscuras y con la ropa puesta. Después, la brusca despedida. Y, en aquel momento, no quería pararse ni un segundo a hablar con él.

—Lo siento —dijo ella—. Hoy tengo mucho que hacer.

—Puedo ayudarte —repuso él. Sin embargo, ella ya estaba haciendo un gesto negativo con la cabeza—. ¿Por qué? —preguntó Logan—. ¿Qué es lo que ha cambiado hoy?

Pero él lo sabía. La intimidad, mezclada con la luz del sol. Ella quería guardar sus dichosos secretos.

Pero no iba a permitírselo.

Ella lo miró con los ojos muy abiertos.

—No ha cambiado nada. ¿Por qué crees que ha cambiado algo?

Vaya, aquello le irritó. Se inclinó hacia ella.

—Anoche estuve dentro de ti.

Ella enrojeció y bajó la mirada hasta sus hombros y, después, hasta debajo de su cintura.

—Sí —susurró, y le tocó el pecho—. Estuviste dentro de mí.

Dios, su forma de mirarlo hizo que volviera a sentirlo todo otra vez. Se le aceleró el corazón, y le cubrió la mano con la suya.

—Te gustó.

—Sí —respondió ella. Lo miró a los ojos y apartó la mano—. Pero eso no cambia nada. No puedo... —hizo un gesto señalándolo a él y, después, señalándose a sí misma, y añadió—: No puedo. Pero, si quieres, todavía podemos cenar esta noche.

¿Solo cenar? Y un cuerno. Él iba a terminar con aquella idea a la primera oportunidad.

—¿En tu casa o en la mía? —dijo, como si fuera un desafío. Entonces, tuvo ganas de tirarse de los pelos al oír su respuesta:
—En la tuya.
Entender a aquella mujer podía costarle una vida. Sin embargo, ya había pasado un tiempo considerable para llegar a aquel punto, y no iba a perder un minuto más.
—Muy bien.
Tal vez, después de cazar a su hermano, pudiera detener a Andrews y hacer justicia por el asesinato de su mejor amigo.
Y, entonces, podría trabajar para desvelar el misterio de Pepper Yates.
La observó. Llevaba un suéter descolorido encima de una camisa de manga corta. Dios Santo, tenía un gusto espantoso para los colores.
—¿Qué te apetece? Aparte de mí, claro.
Ella entrecerró los ojos ligeramente y, aunque no fuera su intención, consiguió que parecieran más oscuros y misteriosos.
—Aparte de ti, no me importa.
Demonios. Así que el sexo todavía estaba sobre la mesa, ¿y sin ningún esfuerzo por su parte?
Nunca había conocido a una mujer que fuera tan tímida y, al instante siguiente, tuviera tanto atrevimiento.
Aquella contradicción lo dejó ardiendo.
—Pasaré a las siete —dijo ella. Tímidamente, le tocó el pecho, con un gesto vago de despedida—. Hasta luego.
Logan se frotó la parte que ella acababa de acariciarle.
¿Qué tenía aquella mujer? Por la forma en que le había afectado, era como si le hubiera acariciado íntimamente.
No le había preguntado por su mano, ni por qué no estaba en el trabajo, pero él le había dicho que no trabajaba todos los días. Y, en realidad, ¿a quién le importaba si se daba cuenta de su estúpida herida?
A él, no.
Antes de que se hubiera alejado del edificio, Logan asomó la cabeza por la puerta.

—Voy a hacer una barbacoa.

Ella mantuvo la cabeza agachada, saludó con la mano y siguió caminando con rapidez.

Casi como si la estuvieran persiguiendo.

Logan la observó hasta que la perdió de vista. Demonios. Ni siquiera se dio cuenta de que estaba absorto mirándola hasta que dejó de verla.

Dios Santo, tenía que superar aquello.

Preferiblemente, consiguiendo tenerla debajo de él. Sin ropa. Con la luz encendida. Y con tiempo suficiente para poder explorar cada centímetro de su cuerpo.

Cuando la hubiera tenido así, le resultaría más fácil concentrarse.

Sin embargo, por el momento, ¿qué podía hacer?

Miró las escaleras, pensando en entrar en su apartamento para echar un vistazo, pero si Rowdy, u otro cualquiera, había puesto alguna trampa, él echaría a perder su tapadera.

Lo mejor sería no correr ese riesgo.

Volvió a su apartamento, se puso los zapatos y se cambió la camiseta por una camisa y se fue al supermercado. Su habilidad en la cocina era limitada. Solo sabía cocinar lo que más le gustaba, así que todo se reducía a carne con patatas. Iba a comprar lo necesario para hacer una barbacoa y tal vez una tarta o algo de la panadería.

Tomó el coche y rodeó el edificio para que Pepper no pensara que la estaba siguiendo. Podían encontrarse, pero no sería porque él hubiera preparado el encuentro a propósito. Por el camino, pensó en Morton Andrews. Hasta el momento, Andrews había conseguido librarse de muchas acusaciones, incluida la de asesinato. Sin embargo, en casi todas las ocasiones, y de muchos modos diferentes, las pistas lo habían señalado a él.

Por desgracia, Andrews tenía buenos contactos en todas partes, y eso significaba que siempre tenía coartada. Logan necesitaba la declaración de Rowdy Yates como testigo para poder detener a aquel canalla y encerrarlo de por vida. Los hechos reforzaban su convicción de que, al final, lo conseguiría.

Yates había trabajado en el club de Andrews, Checkers, unos cuantos años atrás. Según la información de que disponía él, Yates había trabajado legalmente de vigilante del club, pero, de cualquier modo, estaba en el mejor momento y el mejor lugar para saber muchas cosas.

Un periodista había declarado que tenía una primicia sobre el asesinato de Jack, gracias a una información confidencial que le había dado Yates.

Esa historia había muerto con el reportero, pero Yates seguía vivito y coleando, y él iba a poder interrogarlo muy pronto.

Estaba impaciente.

Mientras aparcaba y hacía la compra, siguió pensando en Morton Andrews. Veía perfectamente a aquel cabrón engreído: cincuenta años, alto, en buena forma y todo un canalla. A muchas mujeres les gustaba, con su pelo teñido de rubio platino, sus ojos negros y su elegante forma de vestir.

Era uno de los propietarios de clubes más ricos del estado, y siempre llevaba a una preciosidad del brazo. Parecía que ellas no sabían que era un traficante de drogas y que también era sospechoso de tráfico de esclavos, y que se dedicaba a todo lo que iba desde el robo al asesinato. O, si lo sabían, no les importaba.

¿Qué pensaría Pepper si supiera que su hermano había tenido tratos con Morton Andrews? ¿Sabía que su hermano había trabajado en Checkers?

Mientras tomaba las cosas que necesitaba de los lineales del supermercado, tuvo la sensación de que alguien lo vigilaba. Y no por casualidad; lo estaban observando intensamente. Pagó la compra y salió al apartamento.

Aquella sensación se intensificó. Se puso las gafas de espejo y, con disimulo, miró a la gente, los coches y las sombras que había a su alrededor.

Aunque no vio a nadie en particular, tenía la suficiente experiencia en su trabajo como para saber que no eran imaginaciones. Los únicos que sabían que estaba trabajando de manera encubierta eran Reese y la teniente, pero Andrews siempre era una amenaza. Por ese motivo, él extremaba la cautela. Sin embargo, él hacía muy bien su trabajo y, si Andrews hubiera hecho que lo siguieran, él ya se habría dado cuenta.

Así pues, ¿quién? ¿Rowdy Yates?

Metió la compra en el maletero del coche y abrió la puerta del conductor. Se le puso la carne de gallina. ¿Terminaría con un balazo en la espalda? Cualquiera que tuviese un rifle podía acertar con facilidad en la diana. ¿Sería Rowdy tan corrupto como para llegar al asesinato a sangre fría?

—¿Qué estás haciendo aquí?

Logan se dio la vuelta y se encontró de frente con Pepper, que se protegía los ojos del sol con la mano sobre las cejas. El viento movía suavemente los mechones de su pelo rubio oscuro.

Cuando él se quitó las gafas de sol para saludarla, notó su mirada de inquietud.

Logan sabía que su maldito hermano era una amenaza para él, pero ¿lo era también para ella?

—Tenía que comprar la cena —dijo él. Para ponérselo más difícil a cualquiera que pudiese estar apuntándolos con un rifle, se colocó de manera que Pepper quedó situada entre su cuerpo y la entrada del supermercado. Él tenía el coche a su espalda—. ¿Y tú? ¿Qué estás haciendo aquí?

—Yo también tenía que hacer la compra —respondió ella, mirando más allá del coche, con una expresión de ansiedad—. Yo podía haberte llevado lo que necesitaras, pero, ya que estás aquí… —dijo. Lo tomó del brazo y tiró de él hacia el supermercado—. Puedes llevarme a casa cuando termine.

Aquella actitud era tan diferente a la del momento en que se habían encontrado en el portal, que las sospechas de Logan aumentaron. ¿Acaso esperaba Pepper que él la protegiera de Rowdy?

Él solo dijo:

—Encantado.

Después, se zafó para poder posarle la mano en la espalda. La lluvia de la noche anterior había intensificado la humedad del ambiente, pero también había causado una brisa que pegaba la falda de Pepper a sus piernas.

—Deja de mirarme así —le dijo ella—. Me da vergüenza.

Él estaba a punto de preguntarle por qué tenía tanta prisa, pero ella lo había distraído.

—Me resulta difícil no mirarte.

—¿Por qué? —preguntó ella.

Antes, la miraba para conseguir que le prestara atención, no porque tuviera ningún interés en ella.

Ahora... todos sus movimientos le fascinaban. Necesitaba ver su cuerpo y acariciarlo entero. Su cabeza no dejaba de pensar en todo lo que ella le había escondido. Se había obsesionado en muy poco tiempo.

—Tienes las piernas largas —musitó él.

Ella trastabilló. Después, se adelantó para ponerse fuera de su alcance.

Tomó un carro y siguió caminando por el pasillo. Él se quedó un poco retrasado, observándola.

De repente, ella se detuvo y le lanzó una mirada fulminante.

—Déjalo ya —le ordenó—, o márchate.

Aquella pequeña muestra de su genio lo dejó hipnotizado.

—Me has pedido que te llevara a casa.

—Sí, pero si no puedes comportarte de un modo civilizado, prefiero volver andando. De hecho, me gusta caminar. Es un buen ejercicio, y...

—Olvídalo, cariño —le dijo él. La rodeó con un brazo, y la empujó suavemente para que siguiera avanzando—. Voy a comportarme como si no estuvieras ocultando un estupendo cuerpo, ¿de acuerdo?

Ella abrió la boca, pero no dijo nada. Se agarró al carro, casi como si necesitara un apoyo, mientras él la llevaba hacia el pasillo del pan.

Mientras Pepper hacía la compra, Logan no dejó de vigilar los alrededores, pero ya no volvió a tener la sensación de que alguien lo estuviera vigilando.

«Sal ya, desgraciado», pensó. «Sal para que pueda detenerte».

Pero no vio a Rowdy Yates por ninguna parte. Su decepción habría sido más grande si Pepper no lo fascinara tanto. Su forma de hacer la compra, con sentido común, su forma de moverse e incluso sus elecciones con respecto a la comida rápida eran interesantes para él.

Además de la atracción que ella sentía por él.

Incluso allí, en medio del supermercado, la química sexual que había entre ellos era patente. Era algo vivo, ardiente y alarmantemente real. Era lo más real que él había sentido desde hacía dos largos años.

—Gira aquí.

Logan la miró.

—¿Qué?

—También necesito ir a los grandes almacenes.

Él llevaba un buen rato en silencio, y ella no sabía si era porque había visto a su hermano o porque la curiosidad que sentía por ella lo tenía pensativo.

Ninguna de las dos posibilidades hacía que se sintiera tranquila.

Mientras él aparcaba, ella se desabrochó el cinturón de seguridad. Ya estaba preocupada por su hermano y por su dominante presencia, así que dijo:

—No es necesario que me esperes. Gracias por traerme, pero volveré a pie cuando haya terminado.

Antes de que ella se moviera, él la tomó del brazo con suavidad y dijo:

—No me importa esperar.

Logan tenía unas manos muy grandes, muy fuertes, pero ella no podía imaginárselo haciéndole daño.
—¿Qué te ha pasado? —le preguntó, señalando su mano izquierda, que estaba apoyada en el volante. La pistola de clavos le había hecho un buen hematoma.
Como si se hubiera olvidado de la herida, él respondió:
—Me he hecho daño en el trabajo, nada más.
Pepper no pudo resistir la tentación de tomarlo por la muñeca y atraer su mano hacia ella. En la base de su dedo pulgar y en la mitad de su dedo índice, tenía la piel de color verde, morado y azul. Y en la parte más carnosa del pulgar, tenía un pinchazo.
—¿Cómo te lo has hecho? —le preguntó ella, suavemente, como si no lo supiera.
—Me lo he atravesado con un clavo —respondió Logan, y rodeó sus dedos con la mano—. No pasa nada.
—Ay —dijo ella. Sintió un impulso tan fuerte de besarle la mano que estuvo a punto de hacerlo. Sin embargo, no sabía si Rowdy los había seguido, y no quería hacer nada para poner de mal humor a su hermano. En lo referente a ella, Rowdy tenía la ira de diez hombres—. ¿Has ido al hospital?
—No ha sido necesario. Ya me han puesto la vacuna del tétano y no me he herido ningún órgano vital. Solo el orgullo.
Ella sonrió al mismo tiempo que él.
Casi como si fuera una sugerencia, Logan dijo:
—Tengo algunos días libres.
Ella esperó... aunque no sabía a qué, exactamente.
—Pensaba que podríamos pasar más tiempo juntos.
Y allí estaba el motivo de las sospechas de Rowdy.
Ella intentó pensar en algo que decir, intentó reunir la convicción necesaria para rechazarlo.
Él no le dio la oportunidad de hacerlo.
—Tengo tantas cosas que preguntarte...
Ella se alarmó.
—¿Cuáles?

Entonces, con delicadeza, él le besó la punta de la nariz, después la mejilla y, luego, la boca. Le presionó suavemente los labios, mientras sus respiraciones se mezclaban y sus corazones se aceleraban. Por fin, se separó.

—¿Cómo es que una mujer tan tímida como tú tiene a mano un preservativo?

Ah. No era una pregunta horrible.

—Yo... eh...

—¿Por qué no corres por el parque, en vez de en una cinta?

Ella se estremeció. Sabía que, más tarde o más temprano, él iba a preguntarle por eso.

—Lo cierto es que...

Él le puso un dedo sobre los labios.

—Y por qué no te das cuenta de lo guapa que podrías ser.

«Podrías ser». De toda la gente que la había mirado sin verla, ¿era Logan el que la veía de verdad, más allá de su disfraz, de la sosa imagen que ofrecía? ¿Era él quien veía a una mujer real? A Pepper se le relajaron los hombros.

—Logan.

—No es que no seas mona ahora —dijo él, y le pasó los nudillos por la mejilla—. Está ahí, aunque tú no quieras que esté.

—¿El qué?

—Tu atractivo físico. Sé que preferirías que no lo notara, pero no puedo evitarlo.

No, ella no quería que él viera nada.

—Yo no soy mona —dijo ella. Y no, no lo era. Así, no—. Tengo espejo.

Él se inclinó para darle otro beso, y murmuró:

—Si me das la oportunidad, puedo convencerte.

Era tan tentador...

—¿La oportunidad? ¿Cómo?

Él le rozó la comisura de los labios con la boca.

—Pasando más tiempo juntos. Podemos salir a cenar y al cine, o nada en absoluto. Tú eliges.

—Pero ¿quieres volver a acostarte conmigo? —preguntó ella.

No le importaba en absoluto lo demás, pero anhelaba repetir el contacto físico.

Él sonrió. Después, se echó a reír.

—Sí, no tengo ninguna objeción —dijo, y le pasó un dedo por la mandíbula, la barbilla y la garganta—. No tiene por qué ser todo o nada, ¿sabes? Podemos mezclarlo un poco.

Su forma de mirarla, casi como si hablara en serio, como si de verdad la considerara atractiva, la dejó sin aliento. Tomó el oxígeno necesario y, en aquel preciso instante, el teléfono móvil empezó a vibrar en su bolso.

Rowdy.

Oh, Dios, tenía que alejarse de Logan, y rápidamente. No sabía si su hermano los estaba vigilando en aquel momento, y no sabía si Logan se daba cuenta de que su teléfono estaba en modo vibración, pero ya se había arriesgado bastante por un día.

Abrió la puerta y se bajó del coche.

—Lo siento, pero tengo que irme, y no quiero que me esperes. Por favor, no discutas conmigo, Logan. Quiero caminar. Necesito tomar el aire —dijo. Después, añadió—: Nos vemos esta noche, ¿de acuerdo?

Él entrecerró los ojos.

—Has dicho muchas cosas, y las has dicho muy deprisa.

—Logan, por favor.

Él escrutó su cara, frunció el ceño y, finalmente, asintió.

—Está bien. Si estás segura...

—Sí, lo estoy. Gracias.

Se volvió a tomar las bolsas de la compra, pero él la detuvo.

—Yo te las llevo a casa. Puedes ir a buscarlas después.

En vez de discutir con él, ella asintió.

—De acuerdo, muy bien.

—Y, Sue...

Ella cada día detestaba aquel estúpido nombre.

—¿Sí?

—¿Vas a responder a mis preguntas? Me refiero a esta noche, durante la cena.

Bueno. Preservativos, cinta de andar y atractivo. Podía arreglárselas para hablar de aquello.

—Está bien.

Él sonrió.

—Entonces, hasta esta noche.

Ella se alejó apresuradamente, olvidándose, una vez más, de arrastrar los pies al andar.

Rowdy iba a pedir su cabeza antes de que aquello terminara.

Pero, si Logan tomaba su cuerpo, lo consideraría un trato justo.

CAPÍTULO 6

Después de que Pepper se alejara, Rowdy pudo relajarse. ¿Qué demonios quería Logan Stark de su hermana? A través de los prismáticos, él la vio atravesar el aparcamiento y entrar en los grandes almacenes.

¿Se le estaba escapando algo?

No, a él no se le escapaba nada, y menos en relación a las mujeres y, menos aún, en relación a su problemática hermana.

Tal vez Logan buscara algo más que lo habitual.

Volvió a mirar al vecino. Estaba allí sentado, en su camioneta, y observaba atentamente su entorno, como si notara que estaba siendo vigilado. Vaya. Qué tipo tan perceptivo.

Por fin, el vecino arrancó el coche y se alejó.

Rowdy guardó los prismáticos en la guantera y salió de su coche. El bar que había elegido para la vigilancia tenía una ubicación perfecta. Con los prismáticos, veía toda la carretera hasta el edificio de apartamentos, además del supermercado y el pequeño centro comercial; básicamente, todos los lugares a los que era probable que fuera su hermana.

Mientras iba hacia el bar, pensó en cuál iba a ser su siguiente movimiento. Se fijó en un cartel de *Se vende* puesto en la pared de ladrillo, sobre una caja de cartón llena de basura. Ya se habían caído papeles, unas cuantas latas y una botella de cristal que se había roto. Peligroso.

Pensó en Checkers, el lujoso club de Morton. Copas caras, decoración elegante, mujeres con una apariencia de clase. Visualmente, Checkers era un establecimiento prístino, pero él se apostaría el cuello a que entre sus cuatro paredes había más suciedad que en los callejones de la ciudad donde tenía escondida a su hermana en aquel momento.

Checkers tenía tres pisos. Normalmente, él trabajaba en la planta baja, la principal, supervisando los bailes eróticos para que ningún cliente se pasara de raya o hiciera uso de más servicios de los que había pagado. En la segunda planta, y para hombres más ricos, había actividades más interesantes. En el segundo piso, los clientes podían comprar masturbaciones, felaciones y una variedad de oferta sexual hasta con tres participantes.

El enorme despacho de Morton estaba en el tercer piso. Allí también había una sala de juntas y otros despachos más pequeños.

A él le pagaban bien para conocer la diferencia entre la clientela, para mantener la boca cerrada sobre los actos sexuales ilegales y para avisar a los guardias que había apostados en las plantas superiores cuando la policía iba de visita.

Todo marchaba de maravilla, incluso en los momentos caóticos. Y, cuando no era así... Rowdy cerró los ojos. No quería recordar al concejal al que habían asesinado. Jack Carmin había muerto muy joven, a los treinta y dos años, y él no había hecho nada al respecto.

Tuvo una sensación de ardor en el estómago. Corría el rumor de que Morton estaba expandiendo el negocio hacia el tráfico de esclavos. Sabía que tenía que hacer algo, y rápido. Sin embargo, en aquel momento, con el admirador de Pepper poniéndolo tan nervioso, no podía actuar. Antes, tenía que garantizar la seguridad de su hermana.

Ella siempre había sido su prioridad.

Si resultaba que Logan Stark era de fiar, entonces podía ser que Pepper estuviera a salvo sin que él tuviera que vigilarla. Al menos, durante una temporada.

Lo suficiente para que él pudiera encargarse de Morton, como debía haber hecho dos años antes.

Había un borracho paseándose junto a la entrada del bar. A un lado, dos jóvenes fumaban y hablaban a gritos.

Cosas como aquellas no habrían sucedido nunca en Checkers, pero, en aquel momento, un propietario descuidado era una ventaja para él; cuanta menos responsabilidad en un bar, más seguridad para él.

Se estaba preguntando si aquel local terminaría abandonado, cuando se dio cuenta de que le estaba sonriendo una mujer muy guapa, alta y sexy que había salido de las sombras. Seguramente, estaba a la venta. Era una pena que él evitara a las prostitutas. No porque tuviera escrúpulos morales, sino porque nunca gastaba el dinero con tanta falta de sentido común.

—¿Qué dices, guapo? —preguntó ella, pasándose un dedo por el escote—. ¿Tienes tiempo libre?

—Lo siento, pero me parece que estás fuera de mi alcance.

—A ti te hago una oferta especial.

Sí, ya se lo imaginaba.

—Te lo agradezco, pero en esta ocasión, no.

Después de despedirse, entró en el local. Estaba en penumbra, y sonaba una música lenta. Había clientes habituales en las mesas y en la barra. En un escenario destartalado giraban cuerpos desnudos.

Varias mujeres más lo miraron, pero él evitó establecer contacto visual. No quería animar a nadie. Tenía varias cosas que solucionar antes de buscar compañía para aquella noche.

Un saludo por allí, una sonrisa por allá. Él siempre agradecía la atención femenina. Sin embargo, no siempre la aprovechaba. Algunas veces, sin embargo, cuando el pasado oscuro se apoderaba de su mente y sus recuerdos turbulentos le impedían dormir, necesitaba la suavidad de una mujer para ayudarle a sobrellevar la noche.

Y, en aquellas ocasiones, siempre se despreciaba a sí mismo por su debilidad.

Se sentó en una mesa pequeña, se acomodó y miró a una mujer que parecía demasiado joven, y a otra que parecía demasiado madura. Se conformó con mirar a la bailarina que estaba actuando en el escenario, y que tenía un trasero estupendo.

Había otras mujeres trabajando, con vestidos muy escasos, algunos casi sin parte superior, y con tacones muy altos. Todas llevaban delantales idénticos que las identificaban como camareras del bar.

Se preguntó si una copa rápida le aclararía la mente. Nadie le había llamado la atención todavía. No había sentido ni la más mínima chispa, ni siquiera mirando a aquella rubia que estaba casi desnuda. Claramente, no apreciaba sus estupendas curvas tal y como debería.

—¿Qué vas a tomar?

Al oír aquella voz femenina, llena de brío, Rowdy alzó la vista, y se perdió en unos ojos de color azul pálido.

Pero no por mucho tiempo.

Aunque la rubia del escenario lo dejaba frío, aquella otra mujer prendió la chispa. Él la observó: tenía el pelo espeso, rojizo, la nariz estrecha y la boca amplia. Su cuerpo era menudo.

No llevaba uniforme sexy.

Llevaba unos pantalones vaqueros, unos zapatos mocasines y una camiseta común y corriente. En la cintura tenía el mismo delantal que las demás.

Rowdy volvió a mirarla a la cara.

—Eres una chica muy mona, ¿lo sabías?

Ella alzó la barbilla.

—Tienes dos opciones: puedes pedirme lo que vayas a tomar, o puedes irte a otra mesa.

Vaya, vaya, vaya. ¿Un desafío?

La chispa prendió.

Rowdy le sonrió, y vio que ella pestañeaba. Él siguió observándola, con una expresión un poco depredadora y muy cínica, en silencio.

—De acuerdo —dijo ella—. Tengo que admitir que esa mirada

es efectiva. Peligrosa, casi. Pero yo vivo de las propinas, así que, si no quieres nada...

—Sí quiero algo.

Ella respiró profundamente. Miró al techo y, después, a la derecha.

—Mira, de verdad, tengo que tomarte nota. Pero eso es todo. Es mi trabajo, nada más.

—Nada de bailar en la barra, ¿eh? —dijo él, y se relajó un poco más. Deslizó la espalda por el respaldo de la silla, con una mano apoyada en la mesa y la otra en el muslo—. Vaya.

Ella frunció el ceño.

—Este sitio se arruinaría, créeme.

—Me parece que ya se ha arruinado —respondió Rowdy. Ella se quedó confusa, y él añadió—: Lo digo por el cartel de *Se vende*.

—Ah, sí. ¿Es que estás pensando en comprarlo?

—¿Podría reasignarte a la barra de baile si lo compro?

—No, si quieres que siga trabajando para ti.

¿Lo había intentado ya el actual propietario? Interesante.

—Tienes otras ofertas, ¿eh?

Ella vaciló y, sin invitación, sacó la silla de enfrente y se sentó con mucha formalidad, con la espalda recta y los hombros hacia atrás.

—¿Cómo te llamas?

—Puedes llamarme como quieras —respondió él. Siempre y cuando no fuera su verdadero nombre... Para aquellos a quienes pudiera interesarles, Rowdy Yates había desaparecido de la faz de la tierra, y él tenía intención de que las cosas siguieran así.

—De acuerdo, Walter.

—¿Walter?

—Es el nombre que he elegido. Has dicho que valía cualquier cosa.

Él frunció el ceño.

—Pero Walter, no.

Ella suspiró exageradamente.

—Estoy trabajando, señor.

—Eso no es mucho mejor, que digamos.

Demonios, nadie le llamaba «señor». La gente con la que se relacionaba, o no tenía modales, o eran aquellos que estaban por encima de él, y no al revés.

Ella continuó:

—Tengo responsabilidades, señor. Sé que en un bar se fomenta lo escandaloso. Lo entiendo. Es un lugar donde paran los hombres —dijo, y miró a su alrededor desdeñosamente. Entonces, murmuró—: Hay mucho sexismo, y muchas actividades ilícitas.

—Pero tú todavía sigues aquí —dijo él, suavemente.

—Sí, señor. Porque necesito el sueldo. Pero no formo parte de nada de esto.

—¿Por elección?

Ella apoyó la cabeza sobre la mesa de un golpe. Rowdy se estremeció. Parecía que estaba muy cansada, y un poco harta.

Él no pudo resistirse, y acarició los mechones de pelo rojizo que se habían extendido por la mesa. Eran cálidos, espesos y sedosos.

¿Era una pelirroja auténtica?

Él se sentía muy atraído por las mujeres menudas. Tenía debilidad por ellas y, si encima eran pelirrojas... estaba perdido.

Sin alzar la cabeza, ella lo agarró por la muñeca y se irguió. Mantuvo sujeta su muñeca con sus dedos delgados, que no conseguían rodearla entera.

Rowdy no puso objeciones, y ella no lo soltó. Aquel contacto físico le pareció más íntimo de lo que debería haber sido.

Él la observó, esperando a ver cuál era su próximo movimiento. Ella le devolvió una mirada directa.

—Por si eres un posible comprador del local, quiero que entiendas que soy demasiado baja y demasiado pudorosa como para llevar a cabo una buena actuación. Además, me faltan las curvas necesarias.

—¿Tú crees? —preguntó Rowdy, porque él no lo creía—. Podrías hacer una prueba y dejar que yo lo decidiera...

Ella alzó la mano que tenía libre para acallarlo.

—Y, si no eres un comprador, entonces tienes que saber que no me interesa flirtear, que no se me da bien mantener charlas con indirectas sexuales y que nunca, de ninguna manera, saldría con un cliente de este bar, por muy atractivo que sea.

¿Salir? Él no salía con mujeres. No tenía tiempo ni interés. Sin embargo, le dijo, como provocación:

—Estoy seguro de que yo conseguiría que cambiaras de opinión.

Ella soltó un resoplido.

—Mira a tu alrededor. Hay muchas mujeres esperando a que les prestes atención. Seguro que ellas son una solución más efectiva para lo que te propones.

Ella no sabía lo que se proponía, y él no miró, porque no tenía interés.

—Tú también me pareces atractiva.

Entonces, ella se quedó pensativa. Después, se miró a sí misma e hizo una mueca.

—Yo estaba intentando algo completamente distinto.

—¿Como qué?

—Tal vez sosa, falta de interés. Invisible.

Entonces, ¿aquella ropa era para esconderse? De nuevo, Rowdy miró sus zapatos. Aunque no tenían ningún adorno, eran femeninos, casi como unas delicadas zapatillas de ballet. Las perneras de los pantalones vaqueros eran rectas, y mostraban su longitud. Y la camiseta, aunque era un poco grande para ella, sí permitía adivinar la estrechez de su estructura ósea y la redondez de sus pechos.

Fuera cualquiera su intención, era una mujer atractiva, menuda, femenina, discreta.

Sin embargo, con aquel pelo pelirrojo... Resultaba todo un misterio.

Aquello hizo que frunciera el ceño. ¿Acaso Logan veía así a

su hermana? ¿Veía algo más allá de la apariencia externa de Pepper?

No era lo mismo, porque aquella mujer solo disimulaba su físico, mientras que su hermana lo escondía. Pero su hermana...

—Me alegro de que hayamos podido aclarar la situación —dijo ella. Debía de haberse tomado su silencio como una muestra de desinterés, y se levantó de la silla—. Entonces, ¿vas a tomar algo, sí o no? Y, créeme, si esta vez me das otra respuesta equivocada, voy a enviar a otra camarera para que te atienda.

No lo creyó ni por asomo, pero le siguió la corriente.

—Una cerveza, por favor.

—Por supuesto. Eso te lo traigo ahora mismo.

Por impulso, él se echó hacia delante en la silla.

—Antes, déjame que te pregunte una cosa.

—Tengo otras mesas que servir.

—Te daré el doble de propina si me dices la verdad.

—¿Sí? —preguntó ella, con los ojos brillantes—. Te prometo que no voy a endulzar ni una sola palabra.

—¿Tu atuendo es para desanimar a los tíos, para ocultar tu atractivo? —inquirió él, pensando en lo que intentaba hacer su hermana—. ¿O es así como vistes de verdad?

Ella se quedó estudiándolo durante unos segundos, seguramente, intentando averiguar cuál era su punto de vista. No iba a averiguarlo.

Respondió sin poner objeciones.

—Empecé a trabajar aquí hace unas semanas y, aparte del delantal, no hay otra especificación en cuanto al vestuario, así que me pongo mi ropa normal, que no está pensada para la seducción.

Interesante.

—¿Nada de tops escotados y minifaldas?

—No, yo prefiero la ropa cómoda.

Era una lástima que no se pusiera minifaldas, porque tenía unas piernas muy largas. A él le encantaría verlas. Demonios, le encantaría estar entre aquellas piernas.

—Entonces, ¿por qué visten así las otras mujeres?
—Supongo que para conseguir más propinas —dijo ella, sin un asomo de juicio hacia las demás.
Así pues, ¿su desdén solo iba dirigido a los clientes masculinos, y no a las trabajadoras? Rowdy sentía más y más interés a cada segundo que pasaba.
—¿Les funciona vestirse de manera tan sexy?
—Sí, merece la pena, aunque también tienen que aguantar que los tíos se pasen mucho de la raya.
Parecía que sabía de qué hablaba.
—Con tu ropa cómoda, ¿tú consigues buenas propinas?
Ella no lo confirmó ni lo negó.
—Pensé que era mejor desanimar a los clientes todo lo posible.
Rowdy no se molestó en decirle que, en su caso concreto, solo había conseguido estimular su curiosidad.
—¿Así que este —dijo él, señalando su cuerpo con un asentimiento— es tu modo de disimular el atractivo físico?
—Sí, y estoy segura de que lo consigo.
Rowdy enarcó una ceja.
—Lo siento, cariño, pero yo estoy viendo todo tu atractivo, todo lo sexy que eres.
—Yyyy... —dijo ella— ¡perdiste tu última oportunidad!
A él le divirtió su reacción, y la observó mientras se alejaba. Le gustó tanto la vista trasera como la delantera.
Seguramente, no medía más de un metro sesenta, y no debía de pesar más de cincuenta kilos. Pero, a cada paso que daba, la luz se reflejaba en su melena pelirroja, que llegaba hasta sus omóplatos y señalaba el camino hacia su pequeño trasero. Ni siquiera los pantalones vaqueros holgados y masculinos que llevaba podían ocultarlo.
Sí, él lo veía todo. Y, de un modo u otro, iba a conseguir tenerla bajo su cuerpo.
Por desgracia, ni siquiera se le había ocurrido preguntarle cómo se llamaba y, si ella llevaba una tarjeta de identificación, él no la había visto. ¿Otro movimiento deliberado por su parte?

En aquel momento, se preguntaba si Logan también veía cómo era en realidad su hermana, a pesar de su manera de camuflarse, y eso hizo que no pusiera su encanto en funcionamiento.

Lo primero era lo primero. Le pondría un GPS oculto al coche de Logan para ver adónde iba. Así conseguiría una primera información para empezar a descifrar el misterioso interés que tenía el vecino en su hermana. Se ocuparía de eso aquella misma noche.

Si Logan Stark tenía algo que ocultar, él lo averiguaría y tomaría las medidas necesarias.

Una mujer se acercó a su mesa.

—Hola.

Rowdy la miró. Tenía el pelo castaño claro y un gran escote, y olía intensamente a perfume.

Al contrario que la camarera, aquella mujer tenía todas las curvas a la vista. Se adecuaba a sus preferencias normales, pero aquella noche no le parecía normal en ningún sentido.

—Hola —respondió, sintiéndose aburrido.

—No estarás bebiendo solo, ¿verdad?

Por lo general, en aquel momento, empezaba el proceso para asegurarse de que tenía compañera de cama para aquella noche. En aquella ocasión, no le apetecía. No importaba que, solo unos minutos antes, hubiera estado pensando que le hacía falta un buen revolcón.

—Sí.

—¿Y si me siento contigo?

—Es una oferta muy tentadora, si solo quieres conversación.

Ella hizo una pausa sugerente.

—¿Y si quisiera algo más?

—Esta noche no, cariño. Lo siento.

Aquel rechazo la sorprendió, e hizo un mohín.

—¿Puedo preguntar por qué?

—Tengo algo que hacer.

Ella se sentó frente a él. Le tocó un hombro con la yema del dedo y lo miró con intensidad, con una sonrisa. Susurró:

—Házmelo a mí.
—Ah, eso sí que es tentador —dijo él; tomó su mano y la depositó sobre la mesa—. Pero, de todos modos, tengo que declinar la oferta.
—Sería una distracción agradable.
—No tengo ninguna duda —dijo él, con admiración por la seguridad en sí misma que demostraba—. Pero eso no cambia nada.
—Entonces, ¿mañana?
Él sonrió.
—Así que no solo quieres tomarte una copa conmigo, ¿eh? Está bien. Si vengo mañana, ven a proponérmelo otra vez.
Ella posó las palmas de las manos sobre la mesa, se inclinó hacia él y le dijo, cerca de la boca:
—Ven mañana.
Y, con eso, se levantó y se alejó.
Vaya, cuánto le gustaban las mujeres. Y cuanto más atrevidas, seguras y directas, mejor.
—La otra camarera estaba ocupada —dijo aquella voz ligeramente ronca y familiar. Normalmente, le gustaban atrevidas, seguras y directas. En aquella ocasión, le atraía algo completamente distinto. Rowdy volvió a fijar su atención en la pelirroja.
Ella le puso la cerveza delante, dando un golpe con la jarra en la mesa.
—Gracias.
El hecho de que ella no hubiera cumplido su amenaza de abandonarlo no le sorprendía, en realidad. Las mujeres podían ser adorablemente predecibles. Para tomarle el pelo, preguntó:
—¿Ocurre algo?
—No, nada en absoluto. ¿Te apetece alguna otra cosa? Y, por favor, nada de indirectas.
Aquel tono tan remilgado le pareció divertido.
—¿Es que crees que iba a caer en ese cliché?
—Perdóname por haber pensado que sí —dijo ella, y se giró para marcharse.

—Hay una cosa que sí me apetece.

Incluso por encima de la música a todo volumen y las conversaciones, él oyó su gruñido de exasperación.

Se detuvo y, sin dejar de darle la espalda, inhaló y, finalmente, miró hacia atrás por encima de su hombro.

—¿Sí?

—Necesito que me digas tu nombre.

—Nooo —respondió ella, riéndose—. Por supuesto que no lo necesitas.

Se acercaron tres mujeres y se arremolinaron alrededor de su mesa. Rowdy tuvo ganas de soltar un juramento por aquella interrupción.

—Un segundo, chicas —dijo. Con impaciencia, se levantó y las rodeó. La camarera estaba mirando otras mesas, a varios metros. Él les dijo a las mujeres—: Ahora mismo vuelvo.

Sin preocuparse de lo que pudieran pensar, dio varias zancadas y agarró a la camarera por la lazada del delantal, a la espalda.

—Vamos, no te escapes —le dijo, con suavidad.

—No me he escapado. Tengo que trabajar.

—Si tú lo dices... —Rowdy tiró del delantal hacia sí para atraerla—. Lo mejor será que me digas cómo te llamas. Si no, tendré que preguntarlo por ahí.

Ella perdió la sonrisa y se puso rígida.

—¿Y por qué vas a hacer eso?

Rowdy le susurró, cerca del oído:

—Por pura, ardiente y masculina... curiosidad.

Al percibir su olor, se le aceleró el corazón. Inhaló profundamente.

Eso puso nerviosa a la camarera.

Se giró con brusquedad para descargar su ira contra él, pero se quedó inmóvil al darse cuenta de cuál era su estatura.

Mirándola desde arriba, sintió impaciencia por saber qué iba a decir o a hacer. Tenía la sensación de que no le iba a parecer nada aburrido.

—¡Madre mía! —exclamó ella. Inclinó la cabeza hacia atrás y lo miró a los ojos—. ¡Eres enorme!

Él sintió un gran placer. Ella le producía un gran placer.

—Creo que te refieres a que soy alto.

Sin dejar de mirarlo, ella le preguntó, distraídamente:

—¿Qué?

—Te estás refiriendo a mi altura, ¿no?

—Por supuesto. ¿Cuánto mides? ¿Un metro noventa y cinco?

—Un metro noventa y tres. Pero, en cuanto a lo de ser enorme... —dijo él, y le acarició la barbilla—. ¿Quieres comprobarlo?

Por fin, ella entendió de qué hablaba, pero, en vez de sentirse insultada por su insinuación, se echó a reír.

Se rio.

—No lo he dicho en broma —le aseguró él.

Por algún motivo, el sonido de su risa lo atrajo aún más.

Ella respondió:

—Eres demasiado desvergonzado.

Su boca era incluso más sexy cuando sonreía. Tenía unos labios suaves y carnosos. No llevaba carmín. No había nada que se interpusiera en su camino hacia un beso agradable y profundo...

Ella agitó una mano delante de su cara.

—Eh, ¿sigues aquí conmigo?

Seguí allí con ella, quizá demasiado.

—Sí.

—Entonces, puede que debas concentrarte, pero no en mí —dijo ella, y le señaló su mesa con un asentimiento—. Tienes a un montón de mujeres esperándote, así que será mejor que terminemos con la conversación.

¿Una bandada? Rowdy miró hacia atrás. Su mesa estaba atestada de mujeres, y parecía que lo estaban esperando. Bah, no era para tanto. Las mujeres lo habían perseguido durante casi toda su vida.

Que esperaran.

Pero, cuando se giró de nuevo hacia la camarera, ella ya había desaparecido entre la gente. Bueno, pues no iba a perseguirla más. Cuando volviera para llevarle otra cerveza, ya conseguiría que le dijera su nombre.

Hasta ese momento... Miró a las mujeres de su mesa con los ojos entrecerrados. Incluso la que lo había abordado antes estaba entre ellas.

Fueron simpáticas. Eran mujeres que flirteaban para pasar un buen rato y divertirse, y él no tenía ningún problema con eso.

Ninguna lo atrajo tanto como la camarera, pero, durante una hora más o menos, disfrutaría de lo que tenía.

Por desgracia, al cabo de ese tiempo, fue otra camarera distinta la que fue a ofrecerle otra cerveza. Rowdy le preguntó por su compañera menuda y pelirroja, y ella le dijo que había salido hacía media hora.

Se había marchado sin despedirse.

¿Se estaba haciendo la dura?

Pues él jugaría a ese juego. Le gustaba jugar una buena partida de vez en cuando. Volvería a aquel bar después de unos días y, al final, se cruzaría con ella de nuevo.

Se la quitó de la mente, pagó la cuenta y, entre quejas y mohines, se despidió de sus amiguitas.

Al volver al aparcamiento, observó todos los rincones oscuros, las sombras cambiantes y a la gente que pasaba por allí. La cautela se había convertido en uno de los rasgos de su personalidad. Ya nunca daba por hecho que estuviera seguro.

No vio nada, ni a nadie, que pudiera tener interés.

Era hora de ocuparse del molesto vecino de Pepper. Todo lo demás, incluida la camarera, tendría que esperar.

CAPÍTULO 7

—Oh, Rowdy, no —dijo Pepper. Sentía tal desconfianza hacia el plan de su hermano, que le tembló la voz—. No puedo creer que me pidas que...
—Solo tienes que distraerlo, eso es lo único que tienes que hacer. Yo entro y salgo en un segundo.
Aquello podía salir mal. Era peligroso. Demasiado peligroso.
—No quiero hacerlo.
Rowdy le dijo, con determinación:
—Pero hazlo de todos modos.
Ella se dejó caer sobre el borde del sofá.
—Por favor, Rowdy. Párate a pensar en esto un momento. No hay motivo...
—Sé lo que he visto, Pepper. Tú has empezado esto, así que ahora no me queda más remedio.
¡Eso era injusto! Estaba haciendo que se sintiera culpable por intentar tener compañía.
—Eres un autoritario.
—Tienes veinte minutos, así que no me hagas esperar —respondió él, y colgó.
Ella se sintió desbordada por las emociones, por la culpabilidad que su hermano acababa de provocarle, por la tristeza y el agotamiento de aquel engaño continuo y por el anhelo de algo distinto, algo real.

También sintió una gran expectación.

Rowdy quería que mantuviera ocupado a Logan para poder colocar un GPS en su furgoneta. Ella solo conocía un modo de mantener ocupado a Logan. Por supuesto, no era lo que pensaba su hermano, pero...

De repente, como si lo hubiera conjurado, Logan la llamó desde su terraza.

—¿Sue?

Al oír su voz, se le aceleró el corazón. ¡Logan! ¿Acaso había oído su conversación?

Por un momento, se pasó las manos por la cabeza y, como se había deshecho la coleta, se quitó la goma del pelo y volvió a sujetarse la melena.

¿Cuánto había oído?

—Sue, ¿estás bien?

Lo suficiente como para que él se preocupara. ¿Qué iba a hacer?

Se levantó del sofá, apartó la pantalla mosquitera y asomó la cabeza a la terraza. Allí, con el cielo azul de fondo, estaba Logan, observándola atentamente con su mirada oscura, tan guapo y tan sexy, que le cortó la respiración.

Como siempre.

Lo saludó con la mano.

—Hola.

—¿Va todo bien?

—Sí.

«Piensa, Pepper. Va a preguntarte, así que invéntate una historia, y rápidamente».

—Te he oído hablar —dijo Logan. Apoyó los antebrazos en la barandilla y se inclinó hacia ella.

Aquella posición hacía cosas interesantes con sus hombros y sus bíceps.

Y con su propia imaginación.

—Parecía que estabas... contrariada.

—Ah —dijo ella. «Vamos, Pepper, concéntrate». Debería haberlo pensado antes de asomarse, pero, hasta que había conocido a Logan, nunca había tenido que preocuparse. Ningún hombre había mostrado interés por ella durante mucho tiempo–. No, estoy bien.

Él ladeó la cabeza y la miró fijamente.

–Pues parece que estás disgustada.

Más bien, agitada. En lo referente a los delincuentes, Rowdy era mucho más reconocible que ella. Cada vez que salía, corría el peligro de que lo vieran los matones de Morton Andrews. Por supuesto, Morton y los suyos no tenían ningún motivo para estar allí. Ellos se habían alejado mucho de sus dominios, pero...

–¿Sue?

«Piensa, piensa».

–¿Estás listo para que vaya ahora? –preguntó, bruscamente, con una entonación que pudiera distraerlo. Esperaba que funcionara.

Y funcionó.

Logan se irguió.

–¿Listo?

Ella asintió.

–He estado pensando en... ya sabes. ¿Puedo pasar ya? –preguntó, presionándolo. Sin embargo, debido a Rowdy, no le quedaba más remedio.

En los ojos de Logan se reflejó una emoción nueva, más ardiente.

–Sí, puedes pasar. Cuando quieras. Te lo dije, ¿no te acuerdas? Todavía no he preparado la cena, pero...

Ella se metió en casa y lo dejó en mitad de una frase. Una vez que había decidido lo que tenía que hacer, sentía una gran impaciencia.

Tomó las llaves y el bolso, salió y cerró la puerta y, cuando se giraba hacia la puerta del apartamento de Logan, su puerta se abrió.

La tensión sexual los dejó paralizados. Se miraron a los ojos, con expectación, y ella sintió un poco de inseguridad. Parecía que él estaba excitado.

¿Qué podía decir? ¿Qué explicación podía dar?

—Yo... eh...

—Ven aquí.

Logan la agarró, tiró de ella hacia su apartamento y, en cuanto cerró la puerta, la aplastó contra ella.

—Necesito...

Él la besó, y acalló su intento de llevarlos a los dos al dormitorio.

Con las rodillas temblorosas, Pepper le permitió que la besara, deleitándose con el calor húmedo de su boca, con el deslizamiento de su lengua por la suya, con la urgencia.

La mantuvo sujeta por los antebrazos mientras devoraba su boca, y a ella le gustó. Mucho.

Dios... En realidad, él le gustaba mucho. Le gustaba el hecho de que pareciera que a él le importaba. Le gustaban su interés, su paciencia y su sensualidad.

—Eres una provocadora —susurró él, contra su boca. Después, le besó la mejilla, el cuello.

—Umm...

Aquella era una sensación tan buena... Pero tenía que controlar la situación. Rowdy solo estaría a salvo si ellos iban a otra habitación, cerraban la puerta y se distraían por completo.

Si Rowdy descubría su estratagema alguna vez, la desaprobaría, pero peor para él.

Posó las palmas de las manos en el pecho de Logan y lo apartó.

—Al dormitorio.

Él le empujó los hombros contra la puerta, con la respiración acelerada y los pómulos sonrojados.

—Me gusta la idea de hacerlo aquí mismo —dijo, estrechándose contra ella—. Así.

Oh, qué idea tan maravillosa. Pero, como tantas otras cosas en su vida, no era posible.

Con tristeza, ella susurró:
—No puedo.
Él le cubrió de besos delicados la sien, la mandíbula.
—Dime por qué no.
—Lo siento, Logan —dijo ella. Cerró los ojos, tragó saliva y cabeceó—. O en el dormitorio, ahora mismo, o nada.
Esperó una discusión. Esperó enfado, o ira, incluso.
Teniendo en cuenta lo maravilloso que él había sido hasta aquel momento, tenía que haberse imaginado lo contrario.
Su ligera sonrisa personificaba el atractivo físico.
—Entonces, vamos, cariño. Ahora mismo.
Dios Santo, ¿podía ser más considerado?
Logan la tomó de la mano y la llevó por el pasillo hasta la habitación. Allí, empezó a cerrar las cortinas sin que ella tuviera que pedírselo.
—¿Así?
Aquello era tan... dulce... ¿Cuándo había sido un hombre tan dulce con ella por última vez?
Pepper se emocionó y, con un nudo en la garganta, Pepper asintió.
—Sí, gracias —dijo. Y, entonces, antes de que él pudiera tomar las riendas, se acercó a los pies de la cama—. ¿Crees que podríamos intentar algo un poco diferente?
Las sombras no ocultaban nada. Muy pronto, sus ojos se habrían adaptado a la falta de luz. Pepper tenía que darse prisa y, sinceramente, eso no le importaba.
—Lo que quieras, cariño —dijo él. Se acercó, pero no la tocó—. Dime lo que has pensado.
Vaya, no era fácil explicarlo. Empezó con la prioridad:
—Necesito quedarme con la ropa puesta.
—De acuerdo.
Oyó el clic del botón de su cintura, y el ruido de la cremallera al bajar.
—No te importa que yo me desnude, ¿verdad?

A ella se le secó la garganta, y el corazón empezó a latirle con fuerza.
—No.
—Gracias.
Logan se quitó los pantalones cortos y los apartó con el pie.
Ante ella apareció una tentación perfecta y desnuda que le hizo olvidar todas sus prioridades. Podía oír su respiración y sentir su calor.
Percibía su olor único. Ciegamente, alargó las manos para tocarlo. Preguntó, en voz baja:
—¿Te importa que te acaricie un poco?
Él respondió del mismo modo:
—Preferiría que me acariciaras mucho.
Ah, claro, ella también lo preferiría.
—De acuerdo.
Le puso las manos sobre los hombros, y notó el calor de su piel y la tersura de sus músculos. Pasó los dedos por sus clavículas y los extendió por su pecho, y le acarició el vello y las tetillas.
A él se le entrecortó el aliento, y se movió ligeramente.
—He comprado una caja de preservativos.
Su abdomen era magnífico, duro, y los músculos se contrajeron y se definieron aún más bajo sus caricias.
—Gracias.
—Están en... mi mesilla de noche.
—De acuerdo —respondió ella.
Con ambas manos, tomó su erección, y cerró los ojos al notar que él se hinchaba aún más. Le asombró que algo tan firme y sólido pudiera estar envuelto en una capa tan suave. Le acarició el extremo con el dedo pulgar y encontró una gota de fluido.
Logan susurró:
—Demonios.
—Shhh...
Pepper estaba embelesada y excitada por la libertad que él

le estaba concediendo. Exploró sus testículos con una mano, mientras agarraba su miembro erecto con la otra. Él ofrecía tantas cosas de las que disfrutar...

—Me estás matando —gruñó Logan—. Lo sabes, ¿verdad?

—Es solo que... Me encanta acariciarte.

Él posó la mano sobre la de ella y la ayudó a apretarlo con más fuerza, la animó a que comenzara a acariciarlo lentamente, hacia delante y hacia atrás. Después de tres sonoras exhalaciones, preguntó:

—¿Cómo te sientes al acariciarme?

«Increíblemente excitada». Sin soltarlo, Pepper se puso de rodillas.

—Seguramente, no tan bien como al saborearte.

—Dios mío... —a Logan se le escapó un jadeo y abrió mucho los ojos.

Pepper deslizó la boca por la longitud de su miembro, percibiendo su sabor y su olor, y sintiendo que él se estremecía de deseo.

Logan le acarició la cabeza suavemente.

Ella podría haber seguido haciendo lo mismo hasta que él perdiera el control, pero, de repente, Logan la agarró de los brazos y tiró de ella hacia arriba.

—¿Logan?

—¿Cómo vamos a hacer esto, cariño? Dímelo rápidamente, porque estoy a punto de caramelo.

Pepper se olvidó de la sutilidad y los subterfugios; metió la mano bajo su falda para quitarse las braguitas.

—Toma un preservativo.

Él vaciló, como si se hubiera quedado asombrado, pero no por mucho tiempo. Se toparon el uno contra el otro en la pequeña y oscura habitación, mientras Pepper trataba de quitarse la ropa interior sin mostrar nada y Logan intentaba sacar la caja de preservativos. Ella lo oyó abrir la caja y vio moverse su silueta oscura, y supo lo que estaba haciendo.

Cuando Logan se giró hacia ella, Pepper se dio la vuelta y se colocó.

Se inclinó sobre los pies de la cama.

Tiró de la falda hacia arriba, para sujetársela en la cintura, y se agarró con las manos a las sábanas de algodón, que tenían su olor. Esperó.

Aparte del sonido de la respiración de Logan, el silencio llenó la habitación.

—¿Logan?

No hubo respuesta. Ella sabía que estaba allí, a su espalda. Notaba su cercanía, sabía que estaba intentando verla. Si malinterpretaba sus intenciones, todo terminaría, y ella no podía soportar esa idea. Con un nudo de emoción en la garganta, dijo:

—Por favor, no estropees esto.

Sus muslos rozaron la parte trasera de los de ella.

—Dime lo que necesitas.

—A ti, dentro de mí. Solo eso.

Él le pasó las yemas de los dedos por la piel.

—¡Logan!

Si intentaba familiarizarse con ella, si intentaba explorar demasiado su cuerpo, tendría que...

Sin previo aviso, él metió dos dedos en su cuerpo.

Aquella invasión cálida y resbaladiza le arrancó un gruñido a Pepper.

Él movió la mano y hundió los dedos profundamente. Con la voz quebrada por la lujuria, susurró:

—Quiero asegurarme de que estás preparada.

Estaba tan preparada que iba a dejarlo atrás. Cada respiración se volvió más profunda, más entrecortada. Él puso una mano en su cintura, sin acariciarla ni explorarla, solo... para sujetarla. Para mantenerla en pie.

Y, con la otra mano, la volvió loca. La llevó al límite.

—Te estás acercando —dijo él—. ¿Verdad, cariño?

Ella debería decirle que terminara con aquello. Debería dirigir todo lo que sucedía, e impedir que surgiera la familiaridad.

Sexo. Solo podía ser sexo apresurado e impersonal. Cualquier otra cosa sería peligrosa...

Él dejó de acariciarla, pero mantuvo los dedos allí, firmes, dentro de ella.

—Dime —le pidió, con la voz enronquecida—. Dime que te gusta.

Oh, Dios...

—No pares.

En un tono triunfal, él le prometió:

—No, hasta que te corras.

Con la mano libre, le pasó la coleta por el hombro, mientras que seguía moviendo la otra, deslizando profundamente los dedos, encontrando puntos escondidos de placer.

El cuerpo de Pepper se contrajo con las primeras vibraciones del orgasmo, con una oleada que se expandió y latió cada vez con más fuerza y más calor.

—Logan...

Él no dijo nada, no perdió el ritmo y, de repente, el clímax se apoderó de ella.

Pepper intentó amortiguar sus gruñidos contra las sábanas, intentó no moverse al ritmo de sus dedos. Sin embargo, él no paró, y ella no pudo contenerse.

Cuando, por fin, el placer se mitigó, a ella le fallaron las piernas, y cayó de bruces sobre el colchón. Inmediatamente, Logan se tendió sobre ella y su peso masculino la aplastó. Él la acarició, la abrió y penetró en su cuerpo con una poderosa embestida.

Oh, Dios. Si sus dedos le habían producido placer, no era nada comparado con aquello.

Él se apoyó sobre los antebrazos y, rozándole la sien con los labios, comenzó a moverse sobre ella con un ritmo fuerte y constante. La cama tembló bajo ellos; Pepper notaba su pecho golpeándole los omóplatos. Su falda formaba un bulto entre sus cuerpos, pero él no permitió que aquello fuera un obstáculo.

La excitación que ella sentía debió de ser todo un estímulo para él, porque, en poco tiempo, Logan escondió la cara contra su cuello, y emitió un gruñido bajo y feroz que vibró contra su piel. Al final, abrió la boca sobre su hombro, antes de ponerse rígido.

Pepper se deleitó con aquel contacto, sabiendo que tendría que ser breve. Él la abrazó con fuerza mientras duraba su orgasmo y, por fin, se quedó completamente en calma sobre ella.

Pepper se sintió... protegida. Demasiado cómoda.

Podría haber seguido así horas, o un día.

Tal vez, toda la vida.

Sintió consternación, porque sabía que no podía permitirse el lujo de pasar ni un segundo más con él. Carraspeó. Dos veces. Y, aun así, cuando susurró su nombre, tenía la voz entrecortada.

Sin decir una palabra, él se irguió de nuevo, apoyándose sobre los antebrazos. Esperó un momento y le besó la mejilla. Después, rodó hasta el colchón y se tumbó junto a ella, boca arriba.

Pepper tuvo la tentación de quedarse allí, de acurrucarse contra él y besarlo.

Y de dejar que él la besara.

De empezar una vez más.

Si se quedaba un segundo más, se le caerían las lágrimas. Así pues, se levantó de un salto, se bajó la falda y volvió al salón, donde recogió su bolso. Con un gran pesar, abrió y cerró la puerta de la entrada silenciosamente, y comprobó con gratitud que él no la seguía. No le había preguntado nada y, en realidad... no parecía que aquello le importara demasiado.

Ella se angustió al notar su propia vulnerabilidad. Con los ojos empañados por la tristeza, entró en su apartamento.

Después de estar con Logan, aquel espacio pequeño y deslucido le pareció más solitario que nunca.

CAPÍTULO 8

Después de que Pepper saliera, literalmente, huyendo de su habitación, Logan siguió allí tumbado, sin quitarse el preservativo. Dios Santo.

Apretó los puños y cerró los ojos con fuerza. A los treinta y dos años, había mantenido relaciones sexuales con muchas mujeres, algunas más jóvenes, y otras mayores que él. Mujeres que querían pasar un buen rato, mujeres ricas, mujeres con mala suerte... Demonios, tenía mucha experiencia.

Sin embargo, las relaciones sexuales con Pepper Yates eran desconcertantes, y mucho más satisfactorias que ningunas de las que hubiera tenido hasta aquel momento.

Con la ropa puesta, otra vez.

Sin caricias, otra vez.

Un orgasmo alucinante, otra vez.

¿Cómo lo hacía? ¿Qué tenía? Se había inclinado sobre los pies de la cama, con el trasero al aire, y él había estado perdido. No la veía con claridad, y no se había atrevido a rozar la carne suave de sus muslos ni de sus caderas, por miedo a que ella saliera corriendo. Y, no obstante, había sentido un deseo salvaje por ella.

Su olor le provocaba lujuria. Su voz le producía las mismas sensaciones que una caricia física.

¿Qué era lo que estaba ocultando?

Sintió asco. Asco hacia sí mismo, y por lo que hacía con ella, por lo que ella le obligaba a hacer. Se levantó de la cama. Sentía el impulso de ir tras ella, pero se contuvo y entró en el baño para darse una larga ducha. Esperaba que eso le ayudara a aclararse la cabeza.

No le sirvió de nada.

Por el contrario, el agua fría contra la piel sensibilizada solo consiguió agitarlo aún más. No solo por que hubiera permitido que ella lo utilizara, y por haber disfrutado tanto.

Logan tenía que admitir la verdad.

Cuando estaba con Pepper, olvidaba por qué había empezado aquello. Olvidaba que ella tenía un vínculo con un asesinato sin resolver. Olvidaba que su hermano podía ser la clave para atar cabos y proporcionarle las pruebas necesarias para enjuiciar a los culpables del asesinato de su amigo.

Pepper era su camino hacia Rowdy, y Rowdy, hacia Morton Andrews.

Sin embargo, cuando estaba con ella, solo pensaba en el placer. En el placer de los dos.

Logan entró en el dormitorio, desnudo y perseguido por sus demonios, para vestirse. En cuanto encendió la luz, vio las braguitas de Pepper en el suelo.

Se quedó inmóvil, mirándolas fijamente.

Eran de encaje negro.

Una prenda diminuta, con un solo lacito de color rosa en la parte delantera.

Increíble.

Las recogió y frotó la tela con el dedo pulgar, pensando en cómo estaría Pepper con ellas, y en qué otras sorpresas le estaba ocultando.

A él, y a todos los demás.

Para todo el mundo, Pepper Yates podía ser una mujer sosa e insegura manejada por su hermano, pero, en privado, con él, era una mujer sensual.

Tenía que enfrentarse a la verdad: ella estaba empezando a gustarle.

Allí, sentado en la cama, Logan intentó dar con la mejor manera de actuar. Estaba demasiado implicado como para renunciar a los avances que había hecho de manera encubierta. Si lo estropeaba en aquel punto, tal vez nunca tuviera una oportunidad igual. La teniente Peterson le había concedido un periodo de gracia para conseguir su objetivo. Ella tenía grandes ambiciones para el departamento, así que su paciencia para resolver aquel caso tenía un límite muy específico. Lo mejor que podía hacer era acelerar los acontecimientos utilizando su relación con Pepper.

Sabía que él no era el único que sentía aquella química sexual. Pepper también la sentía. Apretó las braguitas en el puño al pensar en cómo había movido sus músculos internos, en su humedad y en sus suaves gruñidos mientras llegaba al orgasmo.

Sí, los dos estaban en las mismas.

Iba a convertirlo en una ventaja. Iba a usarlo contra ella, en vez de permitir que fuera un lastre para él. Y, cuando cerrara el caso, encontraría la manera de compensarla.

¿Debía ir a verla aquella noche?

Oyó el ruido de las tuberías del apartamento contiguo. Pepper había empezado a ducharse.

No. Lo mejor sería dejar que ella se pusiera un poco nerviosa. Que pensara en lo que habían compartido, porque él no iba a poder dejar de pensar en ello.

Al día siguiente, la convencería para que tuvieran otra cita. Ella tenía que aprender a confiar en él y, entonces, le daría información sobre Rowdy.

Logan terminó de vestirse, se metió las braguitas en el bolsillo y salió hacia su camioneta. Necesitaba quemar algo de energía. Necesitaba a Pepper.

Pero, por aquella noche, tendría que conformarse con una copa.

Morton estaba molesto. Dio unos golpecitos con el bolígrafo en el escritorio mientras pensaba en qué podía hacer, una vez que conocía la existencia de un tal Logan Riske, un detective que quería vengarse. No sabía de qué, pero podía ser cualquier cosa.

Aquello le produjo risa mientras miraba a su presa.

—Entonces, ¿tú sabías que había un policía investigándome? —preguntó, y esperó las explicaciones y las excusas para evitar el castigo.

Lo único que vio fue un encogimiento de hombros y una indiferencia palpable.

—Siempre hay policías investigándolo —dijo su interlocutor, mirándolo sin vacilar—. Pero tiene comprados a suficientes miembros del cuerpo como para que eso nunca sea un problema.

Y tampoco iba a permitir que se convirtiera en un problema en aquella ocasión, pero ese no era el tema de la conversación.

—¿Y por qué me anda siguiendo Riske?

—Se supone que usted mandó liquidar a un amigo suyo.

—¿A quién?

—A un concejal.

—Ah. El asesinato que, supuestamente, presenció Rowdy Yates —dijo Morton, e intentó recordarlo, pero no lo consiguió—. ¿Cómo se llamaba?

—Jack Carmin.

Morton chasqueó los dedos.

—Eso es. El bueno de Jack Carmin —murmuró—. Era un gilipollas que se creía por encima de los demás.

—Pues sí. No tienen pruebas concluyentes contra usted, pero piensan que intentó sobornarlo y él no se dejó corromper.

No había pruebas porque Rowdy Yates, el muy desgraciado, había desaparecido de la faz de la tierra, aunque no sin antes hablar con un periodista al respecto. Él se había encargado de enviar a aquel periodista al infierno, pero, desde entonces, no había tenido ninguna noticia más.

—Yo pensaba que Rowdy prometía. Aprendía rápido, era fuerte como un toro y era dócil.

Nada, ni siquiera un sonido que demostrara que estaba de acuerdo.

—Bueno —dijo Morton, mirando al policía con cautela—. Entonces, ¿Rowdy ha vuelto a aparecer?

—Posiblemente. Pero eso no es ningún problema.

—¿Y si se convierte en un problema?

—Me encargaré de él.

Aquellas palabras sonaban verdaderas, así que Morton asintió.

—Perfecto. Tengo un proyecto nuevo, y no quiero distracciones —dijo. El policía permaneció allí, así que Morton se quedó serio—. ¿Algo más? —preguntó.

—No.

—Entonces, te espero para el próximo informe.

Vio marcharse al policía, y sintió admiración. Lógico, porque él siempre había respetado a las personas frías, calculadoras e implacables.

A la mañana siguiente, Pepper se subió a la cinta y corrió con todas sus fuerzas, hasta que le dolieron los muslos y los hombros, y hasta que tuvo todo el cuerpo cubierto de sudor. Apenas podía respirar y, sin embargo, seguía sintiendo la necesidad de estar con Logan.

Durante aquellos dos últimos años, le habían ocurrido muchas cosas. Cosas horribles, que le habían cambiado la vida. Ella ya debería estar inmunizada contra el dolor, y debería haber aprendido a vivir sin sueños.

Hasta conocer a Logan, le había ido bien así.

Sin embargo, después de conocerlo... Todo se había vuelto nuevo, fresco, como lo había sido antes de verse obligada a aceptar que sus sueños no servían de nada.

Bajó la marcha de la cinta hasta una caminata tranquila para que el ritmo de sus pulsaciones se aminorara y su cuerpo se enfriara poco a poco.

Había fracasado en su intento de conseguir agotarse, de mitigar sus emociones y alejar los pensamientos de su mente con el ejercicio.

No lo había conseguido en absoluto.

Los recuerdos de Logan, de su sonrisa, de su aspecto y de su sabor, le llenaban todos los rincones de la mente. Por su propio bien, tenía que alejarse de él.

Rowdy tenía razón. Se estaba arriesgando demasiado.

Ya no iba a jugar más con fuego. No iba a jugar más con su atractivo vecino.

No iba a intentar tener una vida normal.

Estaba terminando de ducharse cuando alguien llamó a la puerta.

Logan.

Pese a todo lo que acababa de decirse a sí misma, sintió alegría. Quería retrasar lo inevitable, pero eso sería una cobardía, y estaría dándose más esperanzas a sí misma.

Peligroso.

Había tenido la noche y la mayor parte de la mañana para recuperar el dominio sobre sí misma. No era tiempo suficiente.

—¡Ya voy! —gritó. Las paredes eran tan finas que ella sabía que podía oírla. Se puso una toalla alrededor de la cabeza y se vistió rápidamente con su ropa de colores deprimentes, y abrió la puerta.

Logan estaba allí, esperando con paciencia. Una vez más, iba tan solo en pantalones cortos. ¿Por qué tenía que hacerle aquello constantemente?

Al verla, a él se le apagó la sonrisa.

—¿Te he sacado de la ducha?

—¿Cómo? Oh —dijo ella, y tocó la toalla que se había puesto en la cabeza. Estaba tan concentrada en sus muslos, en cómo le habían rozado la parte trasera de las piernas la noche anterior, que se había olvidado de sí misma—. Había terminado antes de que llamaras.

Él le acarició una mejilla con las yemas de los dedos.

Sí, ella también recordaba aquellos dedos. Sintió un calor líquido por todo el cuerpo, un calor que debilitó su determinación.

Logan bajó la mano.

—Estás distinta sin la coleta.

No, no. Eso no podía ser. Se alarmó y dio un paso atrás.

—Tengo que dejarte —dijo, y señaló hacia el baño—. Voy a secarme el pelo y...

Él entró.

Oh, vaya.

—Logan...

—Anoche no pudimos hacer la barbacoa.

Porque ella lo había llevado rápidamente a la cama para distraerlo y que su hermano pudiera poner un dispositivo de seguimiento en su coche.

Porque Rowdy y ella vivían como criminales fugitivos.

Porque no confiaban en nadie, ni siquiera en vecinos que, aparentemente, no tenían más planes que mantener relaciones sexuales.

Algunas veces, casi se odiaba a sí misma.

—Ya lo sé —dijo, tragando saliva—. Lo siento.

—No te preocupes —respondió Logan, y cerró la puerta—. No pasa nada.

Pepper, con el corazón acelerado, intentó pensar en qué podía hacer.

—Estar contigo —susurró él— es mucho mejor que cualquier cena.

Ella iba a morir si Rowdy averiguaba lo lejos que había llegado en su relación con Logan, o cuáles habían sido los métodos de los que se había valido para mantenerlo ocupado. Eso significaba que tenía que cortar todos los lazos con él.

—Yo... Anoche, las cosas se nos fueron de las manos.

—Pues ven a cenar conmigo esta noche.

¿Cena, en vez de sexo?

—No.

Él respondió como si no la hubiera oído.

—Podemos comernos la carne a la parrilla y, después... podemos dejar que las cosas se nos vayan de las manos otra vez.

Era una gran tentación, pero Pepper volvió a hacer un gesto negativo con la cabeza.

Logan se le acercó, con la misma atención que un depredador.

—Entonces, desayuna conmigo ahora.

Ella iba a negarse de nuevo cuando él le enseñó sus braguitas.

Pepper se quedó boquiabierta. Se le hizo un nudo en el estómago, y se le pusieron rojas las mejillas.

—Te las dejaste en mi habitación, en el suelo —dijo él.

¡Eso ya lo sabía! Oh, Dios, ¿en qué estaba pensando? Tomó aire profundamente y respondió:

—Gracias.

Sin embargo, cuando trató de tomarlas, él las puso detrás de su espalda y, con mucha seriedad, dijo:

—Me gustaría quedármelas.

—No —contestó Pepper. Puso la palma de la mano hacia arriba, y esperó.

—Pues ven a cenar conmigo —replicó él, con una expresión muy seria.

—No, no creo que sea buena idea.

—¿Por qué?

Ella, con un latido doloroso en las sienes, se dio la vuelta, pero regresó rápidamente.

—Ya sabes por qué.

Él se metió la prenda en el bolsillo sin dejar de mirarla con fijeza.

—¿Porque existe esta atracción tan fuerte entre nosotros? ¿Y qué? Tú disfrutas tanto como yo.

Seguramente, disfrutaba más, incluso.

—Dame mi ropa interior.

—Sí, te la voy a dar. Esta noche. Después de la cena.

Para que él no pudiera ver todas las emociones que se reflejaban en su cara, Pepper volvió a girarse. ¿Cómo podía resistirse a él, si era capaz de desafiarla de tantos modos distintos? «Piensa, piensa, piensa».

No lo oyó moverse, pero, de repente, él la tenía entre sus brazos. Y ella se sintió tan bien...

—No tienes por qué ser tímida conmigo, Sue.

No se trataba de ser tímida, sino de protegerse a sí misma. «Por favor, no me hagas esto», pensó, pero no pudo resistirse demasiado.

—Solo es una cena —murmuró él, sin ceder un ápice.

—Los dos sabemos que no.

—Eso es decisión tuya, Sue. Siempre.

Y, cada vez que estaba con él, se decidía por el sexo.

—Ya sabes lo que va a pasar.

Al oír aquella admisión, él se quedó inmóvil, y la estrechó entre sus brazos.

—Si no quieres que haya sexo entre nosotros, si estás diciendo que no te ha gustado...

—Sí me ha gustado —dijo ella, porque no era capaz de mentirle en eso—. Demasiado.

—No es posible —dijo él—. Pero, si prefieres que enfriemos un poco las cosas, ¿qué te parece si nos vamos a bailar por ahí después de cenar? Eso nos mantendría ocupados, ¿no crees?

Ella estuvo a punto de atragantarse. ¿Qué hombre hacía una sugerencia como aquella? ¿Ir a bailar, en vez de sexo?

—Podríamos ir a un club.

—¡No!

Oh, Dios, no quería ni oír hablar de eso, pero no debería haber reaccionado con tanta vehemencia. Logan no podía referirse a Checkers. Estaba a más de una hora de allí, así que, seguramente, se refería a otro lugar.

Ella no conocía ningún club.

—¿Qué ocurre, Sue?

—Yo... no sé bailar —dijo, aunque era una gran mentira; le

encantaba bailar. En cuanto a lo de enfriar las cosas, ¿era posible?

¿De veras se conformaría Logan con pasar el rato con ella? Lo dudaba mucho. No era tonta.

—Entonces, sal a correr conmigo —le pidió él, y comenzó a balancearla suavemente—. Sé que te gusta correr, porque he visto que tienes una cinta en tu habitación, ¿no?

Era diabólico. La oferta de salir a correr juntos era aún más tentadora que la de ir a bailar. Pero tampoco podía hacer eso.

Además, ¿por qué seguía haciéndole esas preguntas, intentando encontrar la forma de convencerla?

Por fin, respondió:

—Solo cenar.

La satisfacción se reflejó en los ojos oscuros de Logan y, finalmente, ella consiguió aquella sonrisa que había estado esperando.

—Ven pronto. ¿A las cinco?

Increíble.

—Logan, ¿estás seguro de que quieres hacer esto?

—Sí, Sue, estoy muy seguro —respondió él, en un tono un poco burlón—. Deja de ser tan escéptica. Nos lo vamos a pasar bien, te lo prometo.

—Está bien. Entonces, a las cinco.

Él le miró los labios.

—Te daría un beso, pero no estoy seguro de si...

—Será mejor que no hagamos pruebas —replicó Pepper. Sabía que él no iba a poder resistirse, y ella, tampoco.

Logan, como si fuera consciente de aquello, bajó la cabeza. Después, la alzó y la miró a los ojos:

—Me gustas, Sue Meeks. Que no se te olvide, ¿de acuerdo?

Ella no pudo evitar cabecear. Se le escapó una carcajada. El sonido la sorprendió tanto, que se tapó la boca.

Logan la miró con calidez.

—Esta noche —dijo, suavemente.

Cuando la puerta se cerró tras él, ella se dejó caer en el sofá.

Estaba metida hasta el cuello en aquel lío y, peor aún, le gustaba.

Tres días después, Pepper estaba mirando la puesta de sol con Logan mientras tomaban un helado. Estaban relajados, tranquilos, hasta que sonó su teléfono móvil.
Se miraron.
Él dijo:
—Vamos, responde. No me importa.
No, seguro que no le importaba, pero ella sabía que era Rowdy. Nunca la llamaba ninguna otra persona.
—Ahora mismo vuelvo.
Se levantó de la tumbona de la terraza de Logan y entró al salón. Sacó el teléfono del bolso y respondió:
—¿Diga?
—¿Por qué has tardado tanto?
—Estaba... ocupada.
—Con tu vecino —dijo Rowdy, y emitió un sonido de disgusto—. Cada vez sois más amiguitos.
A ella se le encogió el corazón.
—Sí —dijo. A cada minuto se encontraba mejor a su lado.
Y echaba mucho de menos el sexo.
—¿Crees que debería comprobar el GPS? —preguntó Rowdy, con impaciencia—. ¿Ha estado fuera en algún momento, sin dar explicaciones? ¿Tienes algún motivo de sospecha?
—No —dijo ella.
Y, a cada día que pasaba, se convencía más y más de que Rowdy estaba dando palos de ciego. Aparte de algunos viajes al supermercado, a los que normalmente la invitaba, Logan iba a muy pocos sitios. Algunas veces, salía a correr, y ella deseaba tanto poder acompañarlo...
—¿Todavía le duele la mano?
—Sí, pero está mejor —dijo Pepper. Incluso se había quejado de que estaba aburrido.

—¿Sabes cuándo va a volver a trabajar?

Logan permaneció en la terraza, de espaldas a ella, sin mostrar ningún interés en la conversación. Sin embargo, por si acaso la oía, Pepper bajó la voz.

—Mañana.

—Entonces, voy a darle algo más de tiempo antes de hacer las comprobaciones. Si hace paradas que no debe, lo sabremos.

—Sí.

No obstante, Pepper no podía imaginárselo. Tenía la seguridad de que Logan era quien decía ser: un soltero a quien le gustaba su compañía.

Veían películas de vídeo, compartían artículos del periódico y cocinaban juntos. Hablaban y se reían. A ella le gustaba él, y lo admiraba.

Le encantaba tener aquella compañía.

No tanto como le había gustado el contacto físico, pero sí tanto como para que el tiempo que pasaban juntos tuviera mucho valor.

—Mientras estás tan a gusto ahí —le dijo Rowdy, en un tono de reproche—, por lo menos revisa bien el apartamento. Mantén los ojos bien abiertos por si hay algo que te resulta extraño, cualquier pista que nos dé más información sobre él. No dejes que tu encaprichamiento...

—Ya está bien —le espetó ella.

Oh, vaya... No era su intención reaccionar así. Logan se dio la vuelta para mirarla, sonrió y, después, se levantó para apoyarse en la barandilla de la terraza. Pepper bajó la cabeza y tomó aire.

—Por supuesto que lo voy a hacer.

Rowdy se quedó callado durante unos segundos.

—Te vuelvo a llamar dentro de unos días, ¿de acuerdo? Por favor, no hagas ninguna tontería.

¿Como, por ejemplo, mantener relaciones sexuales con un desconocido de quien su hermano tenía sospechas? A Pepper se le escapó un suspiro.

—Está bien.

—Te quiero, nena.
—Yo también a ti —dijo ella.
Después, colgó, pero vaciló antes de volver a reunirse con Logan.
Él lo arregló acercándose a ella por la espalda, pero, aunque apenas la miró de camino a la cocina, Pepper notó su tensión.
Se aclaró la garganta, y dijo:
—Lo siento.
—No lo sientas —dijo él, mientras dejaba el plato vacío del helado en el fregadero—. No es para tanto.
Él esperó, pero, ¿qué podía decirle?
Pepper cabeceó, y repitió:
—Lo siento.
Él esbozó una sonrisita. Claramente, estaba disgustado.
—Tú puedes tener tus secretos, Sue. Si te llama otro tipo, bueno... nosotros no tenemos ningún acuerdo, ¿no? Ya ni siquiera nos acostamos. ¿Es ese el motivo? ¿Has conocido a otro?
¿Qué? ¿Era eso lo que pensaba? Pepper se echó a reír por lo absurdo de esa suposición.
Él entrecerró los ojos y se cruzó de brazos.
—¿Te parece divertido?
—Bueno, sí. Un poco.
—Me alegro de poder divertirte.
Vaya, parecía que se había enfadado de verdad.
—Lo siento.
Él murmuró:
—Mierda... Vamos, deja de disculparte.
Ella se acercó a él.
—No era otro hombre.
—Entonces, ¿quién era?
Vaya. Realmente, la tenía acorralada.
—Bueno, sí era un hombre, pero no es lo que estás pensando.
—¿Y qué otra cosa podría pensar?
Ella tomó la decisión en aquel mismo instante. Un buen

modo de ponerlo a prueba sería darle un poco de información y ver cómo reaccionaba.

—Era mi hermano.

Cuando él lo asimiló, su expresión de disgusto se convirtió en una sonrisa.

—Ah, vaya —dijo, y se echó a reír.

Ella ladeó la cabeza mientras analizaba la sinceridad del sonido.

—Entonces, ¿ahora te parece divertido a ti?

—Teniendo en cuenta que estaba celoso, sí.

—¿Celoso?

—¿Y qué pensabas? —preguntó él y, tomándola por sorpresa, la besó con delicadeza, rápidamente—. No sabía que tenías un hermano.

—No nos vemos mucho.

—¿Y eso, por qué? —preguntó él. La tomó de la mano y la llevó hacia el sofá—. ¿No estáis unidos?

—No es eso. En realidad, estamos muy unidos. Solo nos tenemos el uno al otro. Pero él no vive por aquí.

—¿No tenéis padres?

—Murieron hace mucho tiempo.

Él se puso muy serio y le tomó la barbilla con los dedos.

—No me lo habías contado.

—Porque no es una historia muy alegre.

—Pero, de todos modos, escuchar se me da bien.

Parecía tan sincero, tan comprensivo, que ella se preguntó qué daño podían hacer unas cuantas verdades. Ella nunca había tenido a nadie en quien poder confiar. Solo a Rowdy.

Sin embargo, nadie conocía los detalles de su pasado, así que no era información que Logan pudiera utilizar contra ella, ni siquiera en el caso de que fuera una amenaza, cosa que ella no creía. Por pura necesidad, se había convertido en una buena juez del carácter de los demás.

Logan no le parecía un mal tipo.

—Mi hermano y yo nos criamos en un parque de caravanas, en la rivera de un río —dijo.

En aquel momento, los recuerdos se agolparon en su cabeza: los días que habían pasado nadando y jugando en el barro, las quemaduras del sol y las largas noches de acampada mirando las estrellas. Rowdy, enseñándole a pescar y a luchar. De niños, habían tenido muy buenos momentos, aunque no suficientes.

—Mis padres no eran... muy buenos padres. Ninguno de los dos tenía trabajo, y bebían demasiado. Mi hermano y yo nos criamos solos.

—Vaya —dijo él, y la tomó de la mano—. ¿Cuántos años os lleváis tu hermano y tú?

—Solo tres años —respondió ella, y sonrió—. Pero él es todo un macho alfa. Es mucho más sociable que yo, y parece que hay mucha más diferencia.

—¿Un macho alfa?

Muy alfa. Ella sonrió de nuevo.

—Es muy intrépido, y demasiado atrevido para su propio bien.

Logan se quedó inmóvil. Después, se llevó su mano a los labios y le besó los nudillos.

—¿De qué murieron tus padres?

—En un accidente de tráfico. Mi padre iba conduciendo, pero los dos estaban borrachos. Hubo otros seis coches involucrados, pero, por suerte, no murió nadie más.

Aunque ella había intentado mantener la distancia física entre ellos dos, se apoyó sin querer en el hombro de Logan, y permitió que él la rodeara con un brazo y le besara la frente.

—¿Cuántos años tenías?

—Quince. Era joven, tonta y... —tuvo unos recuerdos muy nítidos, que le encogieron el corazón y le causaron una angustia que le atenazó el corazón—. No estaba preparada para que me acogieran los servicios sociales.

—Vaya. ¿Eso fue lo que ocurrió?

Ella asintió. Con un susurro, le confesó algo que solo sabía Rowdy.

—Me asusté tanto, que me pasé dos días sin parar de llorar.

No quería ir a un hogar de acogida. No quería perder a mi hermano.

Logan la estrechó contra sí, con ternura, de una forma protectora.

—Es lógico. Ninguna chica tan joven debería verse en esa situación.

—Mi hermano se ocupó de ello.

«Mi hermano se ocupó de mí».

—¿Qué hizo?

Por mucho que le deleitara aquel abrazo de Logan, su atención y su preocupación, Pepper puso un poco de espacio entre ambos. Cuanto más dependiera de él, más desearía depender, y ese era un camino muy peligroso.

En eso, Rowdy no se equivocaba.

—Él sabía que no le iban a permitir ser mi tutor, así que nos escapamos juntos.

La expresión de Logan se volvió de incredulidad, tal vez, de lástima.

—¿Un chico de dieciocho y una niña de quince?

Ella asintió.

Rowdy le había prometido que nunca iban a separarse, y había hecho todo lo posible por conseguirlo. Sin embargo, pese a todos sus esfuerzos, muchas de las otras promesas habían sido imposibles de cumplir.

Logan le acarició el pelo durante un tiempo, en silencio. Por fin, le preguntó:

—¿Consiguió trabajo?

—Los dos buscábamos y encontrábamos trabajo siempre que podíamos.

Además, se habían endurecido mucho. Por necesidad, se alojaban en lugares baratos y, a veces, sórdidos. Había muchos peligros, pero Rowdy le había enseñado a defenderse.

Y, a menudo, él tomaba medidas cuando se enteraba de que alguien la había molestado. Los hombres habían aprendido a dejarla en paz a menos que ella demostrara interés. E, incluso entonces, Rowdy seguía vigilante. Ella no hacía demasiadas cosas sin que su hermano lo supiera.

—Debió de ser muy duro.

El tono sensiblero de Logan hizo que ella sonriera.

—Sobrevivimos con muy poco dinero, pero no fue tan malo. Yo lo vivía como una aventura; mi hermano hizo que pareciera eso. Él siempre me decía que éramos libres, independientes, que podíamos hacer cualquier cosa e ir donde quisiéramos. No teníamos mucho, pero nos teníamos el uno al otro.

Después de un largo silencio, Logan dijo:

—Me gustaría conocerlo alguna vez.

Eso nunca iba a suceder. En aquella vida, no.

—Sí, tal vez algún día —dijo, de manera evasiva. Después, volvió a apoyarse en él—. Pero, bueno, ahora ya sabes que yo no estoy hablando con ningún otro hombre. Ni siquiera sé si querría hablar con alguno, o si alguno estaría ansioso por hablar conmigo —añadió. Se mordió la lengua, pero tuvo que admitir la verdad—: Tú eres el único al que me interesa ver, te lo prometo.

Logan miró su boca y, después, la miró a los ojos.

—Yo me alegro de estar aquí contigo.

Pero ¿cuánto tiempo más? Un hombre como Logan no se conformaría durante mucho tiempo con el celibato. Tal vez, después de que su hermano hubiera revisado el GPS y supiera que Logan era inofensivo, ella pudiera comenzar una relación de verdad con él. Si le contara todo, ¿cómo reaccionaría?

¿Lo entendería? ¿La ayudaría a mantener su coartada?

¿Estaría dispuesto a vivir en la mentira enrevesada que era su vida?

Pepper se dio cuenta de que se estaban observando el uno al otro en un silencio lleno de tensión. Fingió un bostezo, y dijo:

—Tengo que irme.

En vez de intentar disuadirla, Logan asintió. Se pusieron de pie a la vez, y él la acompañó a la puerta.

—¿Sue?
—¿Ummm?
Él le sujetó la cabeza, y dijo:
—Me vendría bien un beso de buenas noches en este momento. Te prometo que no será nada más.
Peligroso, muy peligroso, pero...
—A mí también.
Fue diferente. Aunque fuera un beso apasionado, su boca se movió sobre la de ella con lentitud, con delicadeza, de un modo mucho más personal que antes. Cuando alzó la cabeza, Logan dijo:
—Mañana vuelvo a trabajar, pero me gustaría cenar contigo otra vez.
—Yo cocino —dijo ella.
Y, sin poder contenerse, volvió a besarlo, rápidamente y, después, no tan rápidamente. Sería tan fácil dejarse llevar al dormitorio una vez más...
Logan fue quien interrumpió el beso nuevamente.
—En cuanto estés lista, cariño, avísame —dijo, apoyando su frente sobre la de ella—. Yo estoy dispuesto cuando tú quieras. Hasta ese momento, voy a hacer todo lo posible por no presionarte. Pero, si seguimos besándonos, no voy a poder controlarme.
Qué noble. Qué considerado.
—Gracias —dijo ella, sonriendo, y salió al pasillo—. Buenas noches, Logan.
Como todo un caballero, esperó a que ella entrara en su apartamento.
Cuando cerró la puerta, ella tuvo una sensación de esperanza. Se abrazó a sí misma. Si no podía tener una vida normal, por lo menos tenía aquello, con Logan, en aquel momento.
Era más de lo que nunca hubiera esperado.
Y tal vez fuera más de lo que se merecía.

CAPÍTULO 9

Un poco más de una semana después, Rowdy estaba sentado en el aparcamiento del bar, con el ordenador portátil en el regazo, sin poder dar crédito a los resultados del dispositivo de seguimiento GPS. Había querido hacer aquella comprobación todos los días, pero había ido posponiendo el momento.

Pepper estaba tan ilusionada que él no quería estropeárselo todo obteniendo pruebas del GPS más rápidamente de lo necesario. Tampoco quería hacerlo demasiado pronto y perder algo importante.

Se había mantenido en guardia, esperando para atacar si Logan Stark hacía algo que no debía, aunque con la esperanza de que no lo hiciera. Sabía que ya no podía retrasarlo más, así que, mientras su hermana estaba tan a gusto con el tipo, viendo una película y comiendo pizza, él había ido a buscar el GPS.

Rowdy había esperado con miedo, pensando en cómo iba a darle la noticia a Pepper, en cómo iba a explicarle que la habían estado utilizando...

En aquel momento, con los resultados delante, parecía que no iba a tener que hacerlo. Logan Stark había ido de compras, a comer a varios restaurantes de la zona o a tomar algo. Había vuelto al trabajo en la obra recientemente y, después, a casa.

Al apartamento, en donde pasaba mucho tiempo con Pepper.

Rowdy se apoyó en el respaldo del asiento y, con inquietud,

pensó en la situación. Pepper y él habían sobrevivido siendo cautelosos y confiando en su instinto.

Y, por algún motivo, pese a la información que tenía entre las manos, el instinto le gritaba una advertencia contra Logan. Aunque, tal vez, todo fueran sus propios prejuicios.

¿Qué tipo iba a sentirse atraído por Pepper durante tanto tiempo? La mayoría de las veces en que él veía a su hermana, parecía una mujer feúcha, mal vestida, sin ningún rasgo que pudiera atraer a un hombre.

Lógicamente, él sabía cómo funcionaba la mente masculina. Al principio, había catalogado aquella supuesta atracción como un reto para Logan. Después de todo, él había sentido el mismo tipo de desafío con la camarera menuda del bar. Había vuelto al bar varias veces, pero no había vuelto a ver a la camarera, cosa que también contribuía a aumentar su ansiedad.

Sin embargo, Logan y Pepper se veían casi todos los días, así que aquel razonamiento no tenía sentido.

Si Logan esperaba acostarse con ella... No. Rowdy detestaba pensar en eso. Además, eso sería imposible sin que Pepper estropeara su tapadera, y ella nunca haría algo así. Su hermana era mucho más precavida de lo que él sería nunca.

Entonces, ¿qué ocurría entre ellos? No tenía lógica. Logan tenía que esconder algo.

Como garantía contra todas las amenazas, Rowdy se había mantenido al tanto, furtivamente, de lo que ocurría con Checkers y con Morton Andrews.

Y las cosas seguían igual. Crímenes cometidos sin dejar pruebas. Acusaciones que no prosperaban. Una mafia cuyo negocio se expandía gradualmente.

Frustración entre algunos miembros de la policía.

Pero ni una sola mención, nunca, de Rowdy ni de Pepper Yates. Parecía que los habían olvidado. Tal vez, después de un tiempo, incluso los peores criminales dejaban cabos sueltos.

¿Era posible que todo hubiera acabado?

¿Y que Logan Stark no fuera más que un tipo honrado buscando compañía?

Rowdy soltó un resoplido. Antes de asumir aquello, quería tener algunas garantías. Y eso significaba que tenía que entrar al apartamento de Logan y registrar sus cosas para ver qué encontraba.

Iba a descubrir todo lo que podía esconder aquel tipo, de un modo u otro.

Y empezaría aquella misma noche... en cuanto consiguiera que Pepper colaborara con él.

Logan se sentía tan inquieto como un fugitivo, y estaba dándose paseos por su pequeño salón. Pepper lo esperaba una hora después. Ella no se daba cuenta de que aquella forma de socializar, tan platónica, lo dejaba completamente tenso.

Tenso de lujuria, de comprensión, de preocupación.

Sobre todo, de lujuria.

Dios Santo, cada una de las pequeñas sonrisas de Pepper era tan preciosa que lo dejaba conmovido. Y, cuando se reía, cosa que ocurría pocas veces, él sentía un impulso básico, animal, de marcarla como si fuera suya.

Pero ella había excluido aquello de su relación. Aunque Logan sabía que Pepper también lo deseaba, ella continuaba alejándose de él cuando las cosas se ponían demasiado apasionadas. Eso le ponía de nuevo al principio, teniendo que abrirse paso en su limitado calendario social otra vez.

Ahora que conocía parte de su pasado, sus sentimientos hacia ella se habían fortalecido. Pepper lo había pasado muy mal, y su hermano no había ayudado. De niña, ella no quería ir a una familia de acogida. Sin embargo, no era lo suficientemente madura como para decidir qué era lo mejor para ella.

Y, en realidad... Rowdy tampoco. Dieciocho años. Demonios, muy joven como para tener tanta responsabilidad. Logan entendía bien que, en esa situación, era muy fácil salirse del buen camino. A los dieciocho años, él tenía una vida magnífica: unos padres indulgentes que les daban todos los caprichos a Dash y a él y que les concedían una gran independencia. No había necesitado nada material y, mucho menos, seguridad, confort ni apoyo.

Ni amor.

Rowdy y Pepper no habían tenido nada de eso. Nunca. De niños, habían padecido el desinterés y la negligencia de sus padres. De adolescentes, habían padecido las amenazas de un sistema que desconocían. Él odiaba tener que admitirlo, pero entendía a Rowdy. Había tenido que tomar decisiones muy duras.

Sin embargo, no debería haber arrastrado a Pepper a aquel ambiente. Aunque Reese había buscado, no había encontrado ninguna fotografía nítida de Pepper. Nada en color, y nada de su cuerpo.

No importaba. Él no podía estar más obsesionado.

Gracias a que las paredes eran tan finas como el papel, Logan no necesitaba más que un dispositivo de audición manual para espiar su vida cotidiana. Cuando no estaba con él, la oía moviéndose por el apartamento, escuchando la radio o viendo la televisión, duchándose o fregando los platos.

O hablando con su hermano.

Muchas veces, después de haber pasado un rato juntos, corría en la cinta.

Interminablemente.

Lo más seguro era que intentara paliar la tensión sexual, la misma que le angustiaba a él. Podría decirle que no se molestara en hacer tanto ejercicio: solo serviría la solución lógica.

Podrían estar tan bien juntos, si ella confiara un poco en él... Sin embargo, Pepper tenía buenas razones para no confiar en él.

Logan se pasó la mano por la cara. Todo era mucho más complicado de lo que él pensaba, porque no podía mantener la distancia. No podía permanecer frío ni indiferente hacia Pepper, porque ella no era fría ni indiferente. Era cálida, divertida, juguetona y muy sexy.... Sí, él nunca se hubiera esperado eso, porque ella ocultaba todo aquel fuego detrás de su ropa y su carácter reservado.

Su atractivo físico no era evidente.

Era algo sutil, algo que provenía de su feminidad, de su naturaleza amable y de su alma herida. Era mucho más potente de que lo podía ser cualquier cuerpo impresionante.

Cuando cesó el ruido de las tuberías de su apartamento, Logan caminó junto a la pared de su casa.

Pepper había terminado de ducharse.

Él cerró los ojos y trató de imaginársela desnuda... pero solo consiguió una imagen incompleta. Ella le escondía demasiado, desde las clavículas a los codos, de la cintura a los tobillos.

Y, sin embargo, lo excitaba tanto que casi no podía soportarlo.

Sus vestimentas estaban tan bien elegidas para ocultar su figura que, la mayoría de las veces, él se cansaba la vista intentando discernir las curvas de su cuerpo.

La frustración y sus imaginaciones le impedían dormir por las noches, y lo dejaban agitado.

Parecía que ella ansiaba la compañía, su compañía, y aquello le rompía el corazón y casi, casi, le hacía vacilar en sus convicciones.

Si él solo quisiera sexo, podría conseguirlo.

Pero la quería a ella.

Desnuda, con las luces encendidas, con el pelo suelto y aquella pequeña sonrisa...

—Mierda...

Se pasó la mano por la nuca y se rio de sí mismo. Si seguía así, iba a pasearse por el apartamento con una erección. Tenía que resolver aquella tensión con Pepper, y pronto.

Lo había intentado a su manera, pero ya habían pasado demasiados días de tortura sensual sin obtener el resultado que deseaba. Debido a su verdadero objetivo, iba a sentirse como un canalla, pero lo haría de todos modos. Si estropeaba su tapadera, sufriría las consecuencias, pero tenía que...

En aquel momento, oyó el sonido del teléfono móvil de Pepper al otro lado de la pared.

Sabía que era su maldito hermano, para controlarla. Aquellas llamadas de Rowdy Yates eran el motivo principal por el que Logan tenía el dispositivo de escucha; colocar micrófonos en su apartamento habría sido demasiado peligroso.

Escuchar a través de la pared era más seguro.

Sacó el dispositivo de un cajón de su escritorio, se puso los auriculares y puso el micrófono contra la pared. No pudo oír las primeras palabras de saludo de Pepper, pero captó su tono de angustia desde el principio.

Parecía que cada una de las llamadas de su hermano le causaba pena.

—¿Y si te pilla? —le preguntó, con preocupación. Después, dijo—: Es muy posible. Aunque intente retenerlo aquí... no.

Logan frunció el ceño.

¿Quién podía pillar a quién? Ajustó el volumen y esperó.

—Rowdy, escúchame, por favor. Es demasiado peligroso. Claro que confío en ti, pero, si Logan te sorprende en su apartamento, seguramente llamará a la policía. Entonces, ¿qué haremos?

Logan sintió un arrebato de rabia que aniquiló la culpabilidad y la compasión. Rowdy Yates tenía intención de colarse en su apartamento.

«Desgraciado, ya te tengo».

Aunque no pudo oír la hora específica a la que pensaba hacerlo, avisaría a Reese. Prepararía las cosas con antelación, para poder...

—No tienes ningún motivo para hacerlo. Es un buen chico —dijo ella. Hubo una pausa, y añadió—: Lo sé, nada más.

Dios, ¿ella pensaba que él era un buen chico? Logan cerró los ojos, pero su arrepentimiento no disminuyó. Todo aquello iba a hacerle mucho daño a Pepper Yates. Su hermano y él iban a herirla.

Al final, ella no iba a considerarlo un buen chico.
—Si no encuentras nada, ¿le dejarás en paz?
Logan contuvo la respiración mientras Pepper esperaba la respuesta.
—Gracias —dijo ella, finalmente.
Entonces, ¿había accedido a que su hermano llevara a cabo su plan? Seguramente, así habían sido las cosas durante toda su vida: Rowdy, llevándola hacia la ilegalidad.
—Se suponía que yo tenía que ir a su casa esta noche, pero lo traeré aquí. Sí, estoy segura. Solo quiero que todo termine.
Logan apretó un puño. Aquella sería la noche. Después de tantos callejones sin salida, debería sentirse aliviado, incluso eufórico.
Sin embargo, sentía cargo de conciencia y una gran tristeza por lo que iba a perder, y por lo que nunca había tenido.
Con Pepper Yates.

Cuando Reese subía las escaleras de su apartamento, que estaba en el segundo piso, una de sus vecinas salió por la puerta de su casa. Él se detuvo para sonreír, para saludar, pero ella no le devolvió el saludo. Cerró la puerta, echó el cerrojo y pasó por delante de él sin mirarlo, como si no existiera.
Eso significaba que lo estaba evitando como si tuviera la peste.
Porque era imposible que no lo viera.
Nadie podía dejar de ver a un hombre de su altura y de su tamaño. Las mujeres le tomaban el pelo diciéndole que era un gigante. Los hombres daban un rodeo para apartarse de su camino. Había recibido la bendición de los genes de su familia, que le habían dado altura y fuerza. Además, era soltero, por lo que tenía tiempo para ir al gimnasio varias veces a la semana y mantenerse en forma.
Las mujeres se fijaban en él, demonios.
Sin embargo, ella se comportaba como si no existiera.

Era una estirada. Alice no sé cuántos. Tenía un físico muy clásico: pelo fino, castaño, por los hombros. Ojos marrón claro, cutis muy blanco y cuerpo esbelto.

Él la miró, pero parecía que ella andaba muy concentrada en algo; salió por la puerta con determinación. Él ya había notado aquel comportamiento varias veces. Fuera donde fuera, siempre parecía que tenía una misión. Incluso cuando salía a tirar la basura, lo hacía con una gran concentración, como si le costara un gran esfuerzo hacer cualquier cosa.

Evaluar a todos los vecinos de aquel edificio era algo propio de su naturaleza. En realidad, evaluar a todos los residentes de aquella zona. Aquella vecina en particular no le interesaba más que los otros, pero su ego masculino no aceptaba que lo ignorara. Nadie. Él era un tipo simpático. Jovial, incluso.

Pero no podía ser muy jovial con una mujer que lo ignoraba tan completamente.

Reese agitó la cabeza y continuó hacia su apartamento. Había tenido un día infernal en la comisaría, y estaba deseando tomarse una cerveza y un sándwich de jamón mientras veía los deportes en la televisión. Alice no sé qué no merecía que pensara más en ella.

Con los brazos llenos de bolsas de la compra, consiguió meter la llave en la cerradura. Entonces, oyó aquel ladrido enloquecido.

Suspiró y, al abrir la puerta, contempló la destrucción de sus pertenencias. El perro, que era completamente negro y tenía las orejas largas y el pelo rizado, aulló y ladró y gimoteó mientras corría frenéticamente a su alrededor.

Dejando un rastro de líquido allá por donde pasaba.

Estupendo. Por lo menos, el suelo era de madera. En una alfombra, aquello habría sido.... No, prefería no pensarlo.

Se resignó, dejó las bolsas de la compra en la cocina y tomó el collar y la correa.

—Pensabas que no iba a volver, ¿eh?

El perro adoptó una postura de sumisión y movió la cola, acercándose a Reese.

Él no pudo evitar que se le escapara la sonrisa.

—Creo que ya has vaciado todas las tuberías, pero podemos establecer unas costumbres de todos modos, ¿no te parece? —le dijo. Entonces, le puso el collar, lo ató con la correa y se metió al bolsillo algunas bolsitas de plástico para recoger los excrementos. Le acarició el sedoso lomo al animal, y añadió—: Vamos, Cash.

Tiró suavemente del perro, que se negaba a caminar y, un segundo después, corría y botaba a su alrededor. Volvió a cerrar la puerta y salió a la calle. El sudor le pegaba la camisa a la piel y la corbata al cuello, y una vieja herida hacía que el muslo izquierdo le latiera.

Como era más sociable que aquella tal Alicia, los otros vecinos del edificio lo saludaron. Una rubia muy guapa flirteó con él, como siempre, pero él no era tan tonto como para buscarse problemas en el lugar donde vivía.

Bueno, salvo lo de Cash.

El perro saltó sobre un vecino mayor, a quien no le hizo demasiada gracia. Antes de que él pudiera regañarlo como era debido, Cash se lanzó hacia otro perro, pero la correa se extendió al máximo y el animal estuvo a punto de ahogarse. Olisqueó todas las briznas de hierba que encontró y se negó a hacer sus necesidades, justo hasta que llegó Alice, momento en que se puso a hacerlas mirándola a los ojos.

Estupendo.

Reese pensó «¡Qué demonios!», y la miró también.

Aunque Cash estuviera ocupado en algo que mereciera tan poco una sonrisa, ella sonrió al perro.

A Reese, lo ignoró. O, al menos, intentó ignorarlo.

Y un cuerno.

—Es mi nuevo perro —le dijo Reese.

—Ha estado gimoteando todo el día mientras tú no estabas —respondió ella, sin rodeos.

Magnífico. ¿Para qué perder el tiempo con comentarios de cortesía?

—Lo siento mucho. Se irá adaptando —dijo él. Por lo menos, eso esperaba.

Ella asintió y siguió andando. Reese vio que llevaba una bolsa de gominolas en la mano. ¿Había salido solo para eso? Vaya.

Cash terminó y fue corriendo tras ella y, maravilla de las maravillas, Alice se agachó para acariciarlo.

«Buen perro», pensó Reese.

—¿Te ha molestado mucho?

—Me daba pena por él. Necesita atención. Todavía es un cachorrito.

—Sí, ya lo sé. Pero lo cierto es que lo he encontrado. O, más bien, él fue quien me encontró a mí. Yo no pensaba tener perro, pero...

—Fuiste muy bueno al adoptarlo —dijo ella. Posó su pequeño trasero en uno de los escalones de cemento de la entrada y el bueno de Cash se subió a su regazo.

Y, con una sonrisa suave, de diversión, ella se lo permitió.

¿Quién iba a figurarse que un perro podía ser tan útil? Alice parecía muy serena mientras acariciaba a su perro. La melena castaña le cayó hacia delante, ocultando su rostro. No parecía que le importara mucho mancharse los pantalones de color beige, ni que la camiseta de tirantes de color verde se le llenara de pelos.

Dejó a un lado su bolso y las gominolas, y le prestó toda su atención al perro.

¿Cómo era posible que un chucho hubiera conseguido lo que él no había podido conseguir, y en tan poco tiempo?

Como quería averiguarlo, Reese empezó a sentarse a su lado, pero sonó su teléfono móvil. Se lo sacó del bolsillo, vio que era Logan y soltó un gruñido.

Alice lo miró.

Él le dio la correa.

—¿Te importaría sujetarlo? Es solo un segundo.

Sin esperar a que ella respondiera, él le dio la espalda, se alejó unos pasos y respondió la llamada.

—Que sea rápido —dijo Reese. No quería ser demasiado maleducado con su vecina, ahora que Cash había conseguido romper el hielo.

—Va a entrar en mi apartamento esta noche.

Para mantener su conversación en privado, Reese se alejó un poco, olvidándose del perro y de Alice. Las operaciones encubiertas se mantenían muy compartimentadas para evitar filtraciones. Ni por asomo quería que una civil oyera lo que decía.

—¿Rowdy Yates?

—No hay otro.

Inesperado.

—¿Y cómo lo sabes?

—La he oído hablando por teléfono con él.

—¿Ha mantenido una conversación delante de ti?

—No, exactamente.

—Entonces, ¿cómo...

—Lo he oído a través de la pared. Con un dispositivo de escucha.

Demonios. Reese miró hacia el cielo. El sol ardiente tenía matices de color rojo, rosa y morado. Últimamente, las noches no habían sido mucho más frescas que los días.

—Supongo que no tenías una orden judicial para eso, ¿verdad?

—No.

Así pues, no podía mencionarlo. No podía saberse, nunca. Magnífico, otra vez.

—¿Se lo has dicho a la teniente?

—Todavía no. Solo a ti.

Bueno, al menos, eso era algo.

—Pues vamos a dejar las cosas así.

—Ella espera que la mantenga informada.

Sí, a la teniente Peterson le gustaba estar al tanto de todo.

Era inflexible en sus esfuerzos por limpiar el cuerpo de policía, y las protestas entre sus filas no la habían hecho apartarse de ese camino.

Reese tenía la misma determinación a la hora de mantenerla en la ignorancia con respecto a aquello.

—Entonces, yo me ocuparé de ello —dijo. A su manera, a su tiempo, teniendo en cuenta los intereses de todo el mundo. A Logan no le gustaría eso, pero así tenía que ser.

Había más cosas en juego que su necesidad de justicia y de venganza.

—De todos modos, voy mal de tiempo, así que me viene bien.

Reese miró hacia atrás, a su vecina. Ella se había puesto de pie y estaba llevando a Cash hacia un lugar con hierba, a la sombra.

—Ha podido suceder que, estando de vigilancia, haya pillado a Rowdy entrando en el apartamento —dijo.

Cash siguió a Alice sin rechistar.

Qué perro más bobo. Él cabeceó suavemente, y sonrió.

Esperaba que Alice mirara por dónde pisaba, porque él no había tenido ocasión de recoger lo que había hecho Cash.

—Esa es la explicación que he pensado —dijo Logan—. Nadie tiene por qué saber que he oído la información.

Reese miró la hora. Se dio cuenta de que la vecina lo estaba observando con curiosidad.

«No es el mejor momento para demostrar interés, cariño», pensó.

—Tardaré más o menos una hora en llegar allí —dijo. Tenía a su propio equipo preparado para actuar en un abrir y cerrar de ojos. La lealtad del equipo era para él, no para la teniente ni para Logan.

Él no permitiría otra cosa.

—No sé la hora exacta —dijo Logan—, pero yo tengo que ir pronto a su casa, así que no será hasta entonces.

—Retrásalo todo lo que puedas. Sal a la terraza, o algo así.

Incluso después de llegar, voy a necesitar tiempo para prepararlo todo. ¿Puedes hacerlo?
—Sí, sin problema.
¿Sería cierto? ¿Habría conseguido Logan encontrar de verdad al escurridizo Yates? Reese se preguntó cuál había sido el precio.
—¿Y qué pasa con la hermana?
El largo silencio de Logan le preocupó más que nada.
Solo por enfadarlo, Reese le preguntó:
—¿Quieres que le ponga las esposas a ella también?
—No la toquéis.
Vaya, vaya, vaya. El sentimiento había quedado bien claro.
—Va a sufrir, Logan. No va a poder librarse de eso.
—¿Y crees que no lo sé?
—Entonces, ¿ella no sabe todavía cuáles son tus motivaciones?
Logan se rio sin ganas.
—No.
—Bueno, no te preocupes por eso. Después de esta noche, ella ya no será problema tuyo.
¿O sí? Los problemas aumentaban cada día. Iba a tener que encargarse de solucionarlos antes de que se convirtieran en algo insuperable.
Después de un silencio exagerado, Reese le urgió.
—¿Logan?
—Esto es completamente absurdo, pero... me gusta.
Oh, demonios.
—¿Cómo?
—Que me gusta, maldita sea. Ella... no es lo que esperaba.
Reese cabeceó. Alice lo miró con impaciencia, y él se encogió de hombros.
—¿Y qué significa eso?
—Es agradable, Reese. Es una persona inocente metida en este lío.
—Sí, su situación es bastante difícil, pero no se puede remediar si su hermano sigue por ahí suelto.

—En realidad, es algo más que el hecho de que Pepper sea agradable.

Reese miró al cielo en busca de inspiración para responder, pero no la encontró, así que esperó.

Entonces, Logan dijo:

—Estoy interesado en ella.

Aquella declaración tan sucinta le dio qué pensar.

—¿Te refieres a que estás interesado en ayudarla a superar todo esto? ¿En compensarla después de que atrapes a Rowdy, porque te sientes mal por haber desbaratado su vida...?

—No. Me interesa como mujer.

—Chorradas —respondió Reese, en voz alta y, al ver que había llamado la atención de Alice, se giró de nuevo, y dijo—: No me lo creo —podía entender que se sintiera culpable, porque Logan era uno de los hombres más honorables que conocía. Por eso estaba decidido a llevar a los asesinos de su amigo ante la justicia. Sin embargo, en cuanto a lo demás...

—He visto fotografías suyas, ¿no te acuerdas? Y sé que no es tu tipo —añadió. Había buscado las fotografías por petición del propio Logan, y sabía que Pepper Yates era feúcha en el mejor de los casos y, en el peor, regordeta.

Logan respondió en un tono defensivo.

—Es lista. Y dulce.

—Y mi perro también, pero eso no significa que...

Logan estuvo a punto de rugir.

—Vete a la mierda, Reese —dijo. Y, con más calma, añadió—: No la conoces.

—¿Y piensas que tú sí? Dios Santo, tío, estás en una misión encubierta. Sea cual sea la relación que tienes con ella, es una mentira.

La voz de Logan se volvió helada.

—Ven lo antes posible. Voy a distraerla una hora, o así. Hasta luego.

Después de que la llamada terminara, Reese se metió el teléfono al bolsillo y se volvió hacia Alice y Cash.

Estaban sentados bajo el único árbol que había en todo el patio, intentando aprovechar la pequeña sombra. Reese caminó por la hierba y se detuvo ante ellos.

Como de costumbre, Alice no le prestó ni la más mínima atención.

—Te gusta mi perro.
—Es muy bonito.
—¿Tienes planes para esta noche?

Ella palideció. Lo miró con sus enormes ojos oscuros, muy abiertos, llenos de algo que parecía miedo. Alice intentó hablar, pero no dijo nada.

—Dios Santo —dijo Reese, agachándose frente a ella—. No iba a hacerte ninguna proposición. Solo necesito a alguien que cuide de Cash.

Después de un momento de silencio, ella recuperó el buen color.

—Ah. Te refieres a tu perro.
—Sí. Tengo una... urgencia. Tengo que salir, y voy a tardar un rato en volver, así que estaba pensando que...
—Sí —dijo ella. Retrocedió un poco, alejándose de él, y se puso en pie—. Sí, te lo cuido.

Su reacción era muy extraña.

—Muy bien —respondió Reese, y también se levantó—. Todavía no está completamente educado, así que... ¿Prefieres cuidarlo en mi casa, en vez de en la tuya?
—En la mía.

Qué alivio. Y, sin embargo, también le molestaba.

—Entonces, voy a buscar las cosas que acabo de comprarle.

Se alejó de ella rápidamente, sin preocuparse de si estaba siendo maleducado o no. Al dichoso perro no le importó un comino que se marchara, ahora que Alice estaba haciéndole carantoñas.

Reese organizó la operación de vigilancia por teléfono mientras subía las escaleras de su apartamento. En diez minutos, limpió lo que había ensuciado Cash, se cambió el traje por unos pantalones vaqueros y una camiseta negra. Le entregó a Alice, que seguía en el patio, una bolsa con todas las cosas de Cash, incluyendo su comida, un mordedor y una manta.

Él le dio las gracias, acarició al perro en la cabeza y le ordenó que se portara bien, sin ninguna esperanza de ser obedecido, y se puso en camino. Tenía el presentimiento de que no importaba cómo se desarrollara la actuación de la policía aquella noche; todo iba a terminar en un apocalipsis. Lo sentía en los huesos. Las cosas estaban a punto de explotar, pero todavía no sabía si en el buen o en el mal sentido. Logan se había metido hasta el cuello en el asunto, y tal vez estuviera descubriendo cosas que era mejor no destapar.

Reese iba a tener que vigilarlo.

Y, de paso, vigilaría a Pepper Yates también.

CAPÍTULO 10

No fue fácil representar un papel y mantener engañada a Pepper, cuando el instinto empujaba a Logan a protegerla de lo que iba a ocurrir aquella noche.

Lo que él mismo había instigado.

Pese a las órdenes de su hermano, parecía que ella estaba realmente contenta de verlo. Tal vez se comportara de una forma más reservada de lo normal, pero era difícil saberlo, ya que, por lo general, Pepper era muy introvertida.

Salvo durante las relaciones sexuales.

Él había pensado en volver a seducirla para acostarse con ella de nuevo, pero, con todo lo que iba a pasar aquella noche, supo que no podía hacerle algo así. A ella, no.

Otra vez, no.

Para mantener el control de la situación, se había puesto unos pantalones vaqueros y una camiseta. No era una gran barrera pero, al menos, no estaría intentando seducirla.

—Vamos a entrar —dijo ella, por quinta vez—. Aquí hace mucho calor.

En cualquier otra situación, Logan le hubiera hecho caso. Aquella noche, siguió apoyado en la barandilla, mirando el cielo.

Necesitaba esperar veinte minutos más para asegurarse de que Reese hubiera tomado posiciones. No estaba dispuesto a perder aquella oportunidad, ahora que había conseguido que Rowdy mordiera el anzuelo.

—Mira qué atardecer —respondió. En el horizonte solo quedaba el brillo del sol. Su puesta había dejado atrás tantos colores, que incluso las naves industriales y las fábricas parecían bonitas—. Es increíble, ¿verdad?

Ella cerró los ojos, sin preocuparse de la belleza del cielo, cuando el deber hacia su hermano le pesaba tanto en los hombros.

—Sí, muy bonito.

Logan deseaba consolarla, abrazarla y prometerle que todo iba a salir bien. Sin embargo, ya le había mentido lo suficiente.

—¿Te encuentras bien?

Ella abrió los ojos y lo miró. Estaba sonrojada, tal vez por el sentimiento de culpabilidad.

O, tal vez... no.

Logan observó atentamente su expresión. Había visto más veces aquel calor en sus preciosos ojos y en sus mejillas.

—¿Sue?

—Estoy bien.

Él se giró y la miró a ella, en vez de mirar el atardecer.

—¿Sabes lo que parece?

Pepper negó con la cabeza.

—Que estás un poco excitada.

Y, tal vez, aquello pudiera ser una ventaja para él. ¿Ayudaría su deseo físico a que ella pudiera superar sus sentimientos heridos cuando él pusiera a su hermano bajo custodia?

Pepper exhaló un suspiró, pero no lo negó y pasó la mano por el suave algodón de su camiseta.

Logan sintió aquella caricia en todo el cuerpo. Tuvo emociones contradictorias al pensar en que ella había puesto fin a sus relaciones sexuales y, sin embargo, en aquel momento quería seducirlo.

Por su maldito hermano.

Puso su mano sobre la de ella y tiró suavemente para colocarla a su lado. Si seguían así, terminaría por dejarse llevar. Al menos, Pepper no le había tocado la piel desnuda.

Pero con ella, no había suficiente ropa para crear una barrera efectiva.

Lo había pensado mucho y, aunque todavía no sabía qué era lo que le atraía tanto de ella, de todos modos esa era la realidad.

La deseaba todo el tiempo. Cada día, más. Logan sonrió, con la esperanza de poder disimularlo.

—Relájate, cariño.

Ella no se relajó. Por el contrario, se puso aún más tensa.

—¿Me estás castigando, Logan? —preguntó, con la cabeza agachada, sin mirarlo a los ojos.

—No sé qué quieres decir.

—Sí, sí lo sabes. Yo te paré los pies y, ahora, me estás pagando con la misma moneda.

Su determinación se debilitó.

—¿Es eso lo que piensas?

En realidad, sí le molestaba mucho que ella cumpliera a rajatabla las órdenes de su hermano, pero no podía soportar ver aquella expresión en su rostro.

Al demonio. No le importaba que Reese, Rowdy o los dos estuvieran vigilando.

—No —le dijo, tomándola de la barbilla—. Aunque quisiera, no podría hacerlo.

Entonces, la besó con toda la frustración que había acumulado, ladeando la cabeza, hundiendo la lengua en su boca para jugar con la de ella, consumiéndola, y acercándose peligrosamente a un punto en que no habría remedio posible.

Ella se apartó, pero no demasiado. Con un susurro entrecortado, le preguntó:

—¿Podemos entrar ahora, por favor?

Logan se recordó que todo aquello era un juego, el juego de Rowdy. Ella solo era una jugadora.

Logan la abrazó. Pepper era alta y muy esbelta. Era suave y cálida.

—Primero, dime qué quieres.
—A ti.
Demonios, aquello le hizo hervir la sangre. Él le miró la boca y el cuerpo.
—Ese es un cambio de opinión muy repentino.
—¿Repentino? —preguntó ella, mirándolo—. Hace días...
Era cierto. Sabiendo que ella todavía tenía que esconderse de él, le susurró:
—Está bien. Dime cómo me deseas.
Ella respiró profundamente, y el pulso se le disparó en el cuello. Cerró los ojos con un suave pestañeo.
Estaba muy excitada, y era muy atractiva.
Pepper abrió los ojos y miró a su alrededor. Observó la terraza vacía de Logan, el tráfico escaso, los pocos peatones que pasaban por la acera del otro lado de la calle. En un tono escandalizado, susurró:
—¿Aquí fuera?
—No nos va a oír nadie —dijo Logan.
Al menos, no creía que nadie pudiera escucharles. Sin embargo, cabía la posibilidad de que su hermano hubiera colocado un dispositivo de escucha, como había hecho él. Había aparatos capaces de amplificar el sonido ambiente, y Rowdy podía estar en el edificio de enfrente, escuchando lo que decían.
Aquella posibilidad le causó inquietud.
—Estamos solos tú y yo, Sue —dijo Logan—. ¿No?
—Sí, pero... —Pepper se alejó unos pasos y alisó con nerviosismo la tela de su falda—. Ya sabes que a mí me gusta... la oscuridad.
—Para que no pueda verte, sí, lo sé —respondió él. Más tarde o más temprano, iba a averiguar el motivo. Se apoyó en la barandilla, fingiendo una relajación que no sentía—. Pero puedes hablar conmigo. Al menos, dame eso.
Ella alzó la barbilla, y aquel gesto sorprendió a Logan.
—Está bien —dijo, y se humedeció los labios antes de prose-

guir––: Quiero que te bajes los pantalones hasta las rodillas, y quiero sentarme en tu regazo.

Aquella imagen mental estuvo a punto de conseguir que Logan se rindiera. Se imaginaba muy bien cómo podía ser. Se apartó de la barandilla y preguntó:

—¿De frente a mí?

—Sí.

Él tocó un pliegue de su falda con un dedo.

—¿Con esto recogido alrededor de tus caderas?

—Sí.

Él volvió a besarla, en aquella ocasión, como si se disculpara, aunque ella no pudiera saberlo.

La abrazó, y ella posó la cabeza en su hombro.

—Yo nunca querría castigarte por que hicieras lo que te parece mejor, Sue.

—Bueno, entonces, podríamos...

Él la interrumpió.

—Por ese motivo, por tu insistencia para que enfriáramos las cosas, es por lo que preferiría que esperáramos un poco más.

«Al menos, hasta que tu hermano esté detenido y yo pueda sacarle unas cuantas respuestas».

—Quiero que estés segura...

—Lo estoy.

—Shh. No quiero que luego te arrepientas.

No quería que se arrepintiera aún más, porque sabía que aquella noche iba a sentir vergüenza.

Pepper se quedó inmóvil. ¿Acaso temía que él se hubiera dado cuenta de lo que ocurría en realidad? Él no quería que se angustiara. No quería que volviera a sufrir nunca más.

—Me importas —le dijo.

«Créetelo, por favor, incluso después de que te aplaste».

Seguramente, ya había pasado tiempo suficiente para que Reese lo tuviera todo preparado.

—Vamos a entrar. Podemos ver una película y charlar y, si después sigues sintiendo lo mismo, entonces, estoy dispuesto.

Él se dio cuenta de que ella quería objetar, pero, sobre todo, quería alejarlo de la terraza.

En su expresión se reflejaron la preocupación, la vergüenza, la necesidad y, finalmente, una férrea determinación.

—Está bien.

A menudo, ella lo tomaba por sorpresa. Aquella mirada suya, en particular, era nueva para él. Pensó que hacía falta mucha fuerza para haber sobrevivido a la vida tan dura que ella había llevado con Rowdy Yates, para hacer todas las cosas que él le obligaba a hacer.

Como, por ejemplo, engañarlo a él.

Los motivos que tenía para perseguir a Rowdy Yates aumentaban a cada segundo.

—No voy a cambiar de opinión —le aseguró Pepper.

Logan sonrió forzadamente, y dijo:

—Me alegro.

Esperaba que sintiera lo mismo por la mañana, pero no se engañó. Iba a necesitar mucha habilidad por su parte para aplacarla después de todos sus engaños.

Pero, por mucho que tardara, no iba a renunciar a ella.

El hecho de ver a Logan entrar con su hermana en el apartamento enfureció a Rowdy. Aquello que había visto no había sido un besito en la mejilla. Por un horrible momento, había temido que Logan tomara a Pepper allí mismo, en la maldita terraza.

Hijo de puta.

Rowdy estuvo a punto de tirar los prismáticos, pero los arrojó por la ventanilla al asiento del conductor de su coche.

Por una parte, quería despedazar a Logan por haberse acercado tanto a Pepper.

Por otra... además de la reticencia, sentía optimismo al pensar que, tal vez, su hermana hubiera encontrado un amor verdadero. Esperaba no encontrar nada en el apartamento de Logan. Esperaba que no estuviera utilizando a su hermana.

Sin embargo, él nunca se tomaba las esperanzas en serio. Hacía mucho tiempo que había aprendido que aquello era muy peligroso.

Él no había sobrevivido siendo un tonto.

Dejó el coche en el lugar designado, un poco más allá del edificio, se puso el sombrero y empezó a caminar. Sentía tanta tensión en el cuerpo que no podía ignorarla.

Si no fuera por Pepper, seguiría su instinto y dejaría el registro para otra noche. Pero, mientras miraba atentamente a su alrededor por toda la zona, estudiando las sombras y agudizando al máximo los sentidos para captar cualquier amenaza, pensó en que Pepper estaba en casa, con Logan Stark, porque él se lo había pedido.

Le debía a su hermana el hecho de cerrar aquel capítulo. Pedirle que volviera a pasar por aquello en otro momento sería muy injusto.

Se detuvo en el edificio que había enfrente del apartamento y alzó la vista. En la terraza de Pepper se veía luz, pero la terraza de Logan estaba a oscuras. El fino vello de la nuca se le puso de punta. Dos chicas se acercaron caminando por la acera, hablando y riéndose. Se detuvieron al verlo. Una sonrió, y la otra lo miró de arriba abajo con descaro.

Rowdy no estaba de humor para tener compañía femenina. Asintió amablemente, y dijo, a modo de saludo:

—Señoritas.

Ellas se alejaron, girando la cabeza para mirarlo unas cuantas veces.

Pasaron varios coches y un autobús. Él siguió esperando, observando las sombras y las luces cada pocos segundos, en busca de algo que no encajara. El sol se puso por completo, y las farolas se encendieron.

Todo estaba demasiado tranquilo.

Pero, si lo retrasaba más, corría el riesgo de que Logan volviera a su apartamento.

Rowdy se decidió, y cruzó la calle sin prisas, como si fuera un viandante más. Tanto Pepper como Logan tenían sus apartamentos en el segundo piso; él había alojado a su hermana en aquel piso porque había un árbol muy grande junto a la ventana del baño, y eso le permitiría escapar bajando por el tronco en caso de que fuera imprescindible.

También permitió a Rowdy subir sin que nadie se diera cuenta.

Tenía la llave, por supuesto, pero, si hubiera entrado por la puerta principal, se habría expuesto demasiado. Si lo veía alguien podrían reconocerlo como hermano de Pepper, y no estaba dispuesto a correr ese riesgo.

Llegar hasta la ventana de Logan podía ser arriesgado, pero ya se las arreglaría.

Las luces de seguridad no iluminaban el patio lateral, y el árbol ayudó a ocultar sus movimientos mientras trepaba. Hacía años, cuando Pepper y él vivían junto al río, se pasaban el día subiéndose a los árboles. Algunas veces, en verano, él ataba una cuerda en una rama alta y se lanzaban al agua balanceándose con ella.

Otras veces, se sentaban en las ramas durante horas, y él hablaba con ella para mantenerla alejada de la caravana, cuando su padre o su madre habían bebido demasiado. Normalmente, sus padres se ponían estúpidos con la bebida.

Pero, de vez en cuando, se volvían malos.

Para quitarse de la cabeza aquellos recuerdos, Rowdy se atrevió a subir a una rama gruesa. Era como montar en bicicleta; una vez que se había aprendido, nunca se olvidaba. Tuvo que hacer algunas maniobras, pero consiguió abrir la ventana. Fue más difícil aún meter su cuerpo por el hueco. Pepper tenía los hombros y las caderas más estrechos, y no tendría las mismas dificultades.

Después de aterrizar en la habitación oscura, se detuvo a escuchar. No oyó nada, así que dejó el sombrero en la encimera del lavabo y sacó una linterna de bolsillo para comenzar su inspección. Registró el botiquín, porque, si le habían recetado alguna medicina, su nombre verdadero tendría que figurar en la etiqueta. Sin embargo, solo encontró algunos medicamentos de los que no necesitaban receta, analgésicos y cosas por el estilo. Una cuchilla de afeitar, un cepillo de dientes... Objetos personales que demostraban que el tipo se había instalado allí para una buena temporada. Eso no quería decir nada.

Recorrió sigilosamente el apartamento. Como estaba acostumbrado a vivir situaciones peligrosas, sabía cómo moverse sin dejar rastro. Entró en el dormitorio y volvió a salir, sin dejar ningún cajón torcido ni entreabierto, ni siquiera un cambio en las mantas de la cama deshecha.

No encontró nada.

Entre aliviado y frustrado, volvió al salón por última vez y miró a su alrededor para orientarse en la oscuridad, entre los muebles y las lámparas. En el apartamento contiguo, el de Pepper, se oía el ruido de la televisión y de alguna conversación ocasional.

En el armario no había nada fuera de lo corriente, pero aquello, en sí, ya era extraño. La mayoría de la gente tenía cosas en los armarios. Allí no había caja de fotografías antiguas, ni ropa deportiva sin usar; nada, aparte de una americana de verano y un par de zapatillas de deporte.

A Rowdy le inquietó aquello. Abrió el escritorio. Las típicas facturas, la chequera y algunas cartas. Todas las cosas necesarias para montar una coartada, o para instalarse de verdad en una casa.

Aquello no le convenció. Palpó la parte inferior de los cajones... y encontró cables.

Tiró de ellos, mientras sujetaba la linterna de bolsillo con los dientes... y lo vio.

Acababa de darse cuenta de que Logan había estado escuchando a Pepper, cuando oyó pasos apresurados en el pasillo exterior.

Más de una persona.

Parecía que se acercaba todo un batallón a la carga.

Apagó la linterna y fue rápidamente hacia el baño por cuya

ventana había entrado, pero, oyó voces de hombres abajo. Maldita sea.

Lo habían acorralado.

Sigilosamente, trató de ir hacia la ventana del dormitorio de Logan, pero solo había llegado al pasillo cuando los hombres entraron al apartamento. Él detectó sus movimientos y el tintineo de sus armas.

Solo pudo preguntarse si Pepper estaba en peligro. ¿Había sido todo aquello una trampa?

Sintió una rabia inmensa. Si alguien la tocaba o le hacía daño, lo iba a pagar muy caro. Rowdy sacó su cuchillo.

La luz del estrecho pasillo se encendió y lo cegó momentáneamente. Tres hombres se encararon con él y lo encañonaron. Él apretó el mango del cuchillo.

A su espalda, alguien dijo:

—Yo no lo haría.

Mierda, mierda, mierda.

Rowdy no tenía ninguna posibilidad, así que dejó caer el cuchillo y subió las manos, con un nudo en la garganta. Lentamente, se giró. Él era alto, pero aquel tipo le sacaba varios centímetros y tenía los hombros muy anchos. Pese a que llevaba unos pantalones vaqueros y una camiseta, él se dio cuenta de era un policía. Para verificarlo, preguntó:

—¿Oficial?

—Detective Bareden —respondió. A los otros, les dijo—: Si se mueve, disparad.

Se enfundó el arma y sacó unas esposas.

Rowdy se echó a reír, bajó los brazos y escuchó a medias mientras Bareden le leía sus derechos.

¿Así que alguien lo había visto entrar por la ventana y había llamado a la policía? ¿Iban a detenerlo por allanamiento de morada? Vaya problema. Pan comido.

Mucho mejor que sufrir una amenaza verdadera.

Sin embargo, cuando Bareden lo sacó del apartamento hacia el pasillo, se detuvo para llamar a la puerta de Pepper.

Rowdy se puso muy tenso de nuevo.
—¿Qué está haciendo?
—Cállate —respondió Bareden.
—No la necesitan a ella —dijo, e intentó contener su reacción. Había enseñado perfectamente a Pepper cómo debía actuar en un caso como aquel, y ella iba a seguir el protocolo—. No tiene nada que ver.

Fue Logan quien abrió. Lo miró directamente a él, con una expresión de petulancia y satisfacción.

Tras él estaba Pepper, que se quedó mirándolo con angustia. Le temblaron los labios, y se tapó la boca con la mano.

—No digas nada —le ordenó a su hermana—. Entra en casa y no digas ni una palabra.

Pepper vio a su hermano esposado. Logan era alto, y su hermano, más alto aún. Pero el rubio musculoso que había junto a Rowdy era el más alto de todos.

Ella tuvo que agarrarse a Logan para no tambalearse.

Logan le dijo al tipo rubio, entre dientes:

—Llévatelo de aquí.

Ella se desconcertó.

—Logan...

No entendía la situación. El estómago se le encogió, y el corazón empezó a latirle pesadamente.

Logan la estrechó contra su costado.

—Quítale las manos de encima —dijo Rowdy, e intentó lanzarse hacia Logan.

—Un momento... —dijo ella, y trató de acercarse a su hermano.

Logan tiró de ella hacia atrás.

Rowdy la miró con insistencia, con los rasgos distorsionados.

—Esto no tiene nada que ver contigo. Mantente al margen, ¿entendido?

No era posible que hablara en serio. Quiso ir hacia él, pero Logan la sujetó.

—Lleváoslo a rastras, si es necesario. Ahora.

—Sí, señor —dijo uno de los policías uniformados.

¿Señor? Pepper comprendió la horrible verdad de la situación y se apartó de Logan. Fue como si un puño invisible la agarrara por la garganta. Le ardían los ojos de ira y dolor.

—¿Quién eres tú?

—El detective Logan Riske.

¿Detective? El miedo no la dejó pensar con claridad.

—¿Eres... policía?

Rowdy empezó a forcejear en las escaleras. Hizo tambalearse a un policía, y otro cayó al suelo.

—¡Deja de hablar con él!

El altísimo rubio se cruzó de brazos y miró a Logan.

—¿Vas a dar alguna orden, o voy a tener que hacerme cargo?

Logan la agarró del brazo y la llevó hacia el interior del apartamento.

—Quédate aquí. Volveré a hablar contigo en cuanto pueda.

Ella no respondió, y él la tomó por la barbilla.

—¿Me oyes?

Ella lo miró.

—¿Vas a arrestarlo?

La actitud de Logan continuó siendo fría, distante.

—Después te lo explico todo.

¿Qué explicación podía haber, más allá de lo evidente? El pasado la había alcanzado. No sabía si Logan estaba confabulado con Morton Andrews, pero no tenía mucha importancia, porque, de todos modos, había dejado expuesto a Rowdy y a ella también.

Después de todos aquellos años de cautela, de todo lo que habían hecho para mantenerse invisibles y a salvo, ella lo había echado todo a perder.

Al pensar en cómo la habían engañado, se le escapó una carcajada, pero se tapó la boca para acallar aquel sonido de histeria.

Las lágrimas le nublaron la visión, pero pestañeó para que no se le cayeran.

Logan vaciló.

—Pepper...

—Sabes cómo me llamo —dijo ella—. Lo sabes todo.

El otro policía se cruzó de brazos con un suspiro.

—Sí, será mejor que yo me ocupe de todo. Parece que tú ya tienes suficientes cosas que resolver.

Después de mirarlo por última vez, Pepper pasó entre ellos rápidamente.

—¡Pepper!

Sujetándose la falda con ambas manos por encima de las rodillas, bajó los escalones de dos en dos y salió al patio. Un policía sujetaba la puerta de un coche sin distintivos mientras el otro le decía a Rowdy que entrara.

Aquello no podía estar sucediendo.

Pepper sintió terror al pensar en que, si se lo llevaban, tal vez no volviera a verlo. ¿Eran verdaderos policías, o policías corruptos?

Tenía tantos motivos para dudar...

Logan volvió a llamarla, pero ella le ignoró. Más tarde pensaría en lo increíblemente ingenua que había sido, en lo fácil que le había puesto llegar hasta su hermano, utilizándola. En aquel momento, necesitaba hablar con su hermano.

—¡Un momento!

Se acercó, pero uno de los policías que andaba por allí la detuvo.

Rowdy la miró de manera autoritaria.

—Entra en el apartamento ahora mismo.

—Lo siento muchísimo —dijo ella, avergonzada, con un nudo en la garganta—. Tenía que haberme dado cuenta. Tenía que haberte escuchado.

—No digas nada —le ordenó él, de nuevo.

Oh, Dios.

—Lo siento —repitió ella, y dio un paso hacia él.

—No te acerques a mí, demonios.

No. Rowdy no podía enfrentarse a aquello solo. No podía hacerle eso.

No podía dejarla.

—Por favor...

—Ya sabes lo que tienes que hacer. Hazlo.

—¡Mételo en el coche! —gritó Logan, y la agarró del brazo.

En aquella ocasión, Pepper no pudo zafarse de él.

Al ver aquello, Rowdy entrecerró los ojos, y siguió resistiéndose a los policías. En un tono férreo, le ordenó:

—Dime que lo entiendes.

—Que se calle —ladró Logan.

El policía intentó meter a Rowdy en el coche, pero él empujó con el hombro e hizo que se tambaleara.

—¡Demonios, contéstame!

Dos policías se abalanzaron sobre él, pero él siguió forcejeando. A ella se le rompió el corazón.

—¡Lo entiendo! —gritó, para que Rowdy pudiera oírla.

Su hermano quería que ella siguiera los planes que habían hecho de antemano por si, alguna vez, se veían en aquella situación. ¿De verdad pensaba que se le habían olvidado?

Por supuesto que lo pensaba, y con razón, porque ella lo había olvidado. Por unos días, con Logan, lo había olvidado todo.

Al oír su respuesta, Rowdy dejó de forcejear. Entonces, lo metieron al coche de empujón, aunque ya no estuviera resistiéndose.

Su hermano era fuerte, uno de los hombres más fuertes que ella hubiera conocido. No iba a ocurrirle nada. Pepper tenía que decírselo a sí misma, o se derrumbaría.

Aquel no era el momento de las emociones. Ella también tenía que ser fuerte.

Entonces, notó el calor que desprendía Logan a su espalda. Él la había utilizado, le había tendido una trampa. Y ella se lo había puesto muy fácil.

Sí, recordaba bien todo lo que le había enseñado Rowdy. Sin embargo, iba a hacer lo mejor para él, y no para sí misma. Así podría expiar sus culpas.

Los policías esperaron las órdenes de Logan.

Ella contuvo sus sentimientos, que habían sufrido un golpe absurdo, y se giró hacia él. Necesitaba información, y necesitaba que Logan pensara que tenía la sartén por el mango.

Junto a él, el detective rubio y alto dijo:

—Te he traído una camisa.

Logan asintió.

—Gracias, Reese.

Tomó la camisa y se la abotonó, mientras le decía a Pepper:

—Quiero que esperes en tu apartamento hasta que yo…

—Vete al demonio.

Él se quedó inmóvil al oír su tono de voz frío. Después, asintió, como si aceptara aquella reacción.

Casi como si no le importara. Pero… claro que no le importaba. Todo había sido una actuación. Sus sonrisas, sus caricias, su interés sexual…

A ella se le encogió el estómago al pensar en la realidad: todo lo que había hecho y dicho Logan tenía como objetivo ganarse su confianza.

Dios, cuánto se odiaba a sí misma en aquel momento.

A los dos oficiales, Logan les dijo:

—Quedaos aquí con ella. Protegedla.

Entonces, ¿iba a dejarla con sus perros guardianes? Pepper sonrió a Logan. Perfecto.

Aquella sonrisa lo dejó perplejo y con una expresión de cautela, tal y como ella quería.

—Tu hermano va a estar bien —dijo él.

—Sí —convino Pepper—. Pero no gracias a ti.

Ella se encargaría de la seguridad de su hermano. Haría lo que tenía que haber hecho mucho antes. Llevaba mucho tiempo pensándolo, y el engaño de Logan solo había servido para empujarla a actuar con rapidez.

Miró al otro detective.

—¿Reese?

Logan frunció el ceño, pero su compañero se limitó a enarcar una ceja.

—Detective Bareden. Soy Reese solo para mis amigos.

—Detective Bareden, ¿estoy detenida?

—No veo ningún motivo para ello —dijo Reese, y miró a Logan—. ¿Tienes algo que decir?

Logan estaba metiéndose el bajo de la camisa por la cintura del pantalón, y la miró con disgusto.

—No tengo ningún motivo para detenerte. Los hombres solo se van a quedar para velar por tu seguridad.

Ella ignoró a Logan y se dirigió de nuevo a Reese.

—¿Van a detener a mi hermano?

Reese sonrió.

—Por el momento, solo vamos a interrogarlo.

—¿Acerca de qué?

Logan se colocó delante de Reese y, entre dientes, respondió:

—Te lo explicaré yo, más tarde.

Ella se inclinó hacia un lado para ver a Reese. El detective rubio suspiró y cabeceó como si estuviera exasperado con ella.

A Pepper no le importaba lo que pensaran. No podía importarle.

—¿Adónde lo han llevado?

Reese le dijo el nombre de la comisaría. Estaba en la misma zona donde tenía su club el maldito Morton Andrews.

—¿Cuándo podré verlo?

Logan se puso ante ella de nuevo.

—Si quieres hablar con él, Pepper, tendrás que solicitarlo a través de mí. Y, ahora, si...

—Estás malgastando tu arrogancia conmigo. No me impresiona, no me intimida, y ya no confío en ti.

Logan se quedó callado.

—Crees que soy tonta, ¿no? —dijo ella—. El tonto eres tú.

Ojalá pudiera estar delante en el momento en que te des cuenta.

—No vas a ir a ninguna parte.

Después de todo lo que había ocurrido, ¿acaso pensaba él que iba a poder impedírselo?

—Me voy a alejar de ti y, por ahora, eso es más que suficiente.

Logan no dijo nada, pero ella sintió su mirada en la espalda mientras iba hacia su apartamento.

Tenía muchas cosas que hacer aquella noche. No iba a perder ni un segundo más en causas perdidas.

Y, fuera cual fuera su verdadero nombre, el detective Logan era una causa perdida.

CAPÍTULO 11

—Me parece que has caído en desgracia —comentó Reese mientras iban en el coche, siguiendo al vehículo en el que trasladaban a Rowdy. Antes de poder hablar con él, Logan necesitaba contener su rabia y calmar su conciencia.
La mirada de Pepper... Dios, le reconcomía por dentro.
—Entrará en razón —dijo. Él lo conseguiría, de algún modo.
—¿Tú crees? Estaba más enfadada que disgustada.
Reese pensaba eso solo porque no la conocía bien.
—Es dulce y tiene un buen corazón. No debería estar metida en este lío.
—Pero lo está, de todos modos.
Gracias a él.
—Deja de pincharme con lo evidente, demonios.
—Está bien —dijo Reese—. ¿Sabes? Yo puedo interrogar a Yates, si tú quieres estar con ella.
—No —respondió Logan. Por muy difícil que fuera, tenía que recordar cuáles eran sus prioridades.
—Cuanto más tiempo le des, menos posibilidades tendrás de que quiera escucharte. Las mujeres se enfadan cuando las avergüenzan, y yo diría que utilizarla para conseguir detener a su hermano es una situación de las que causan vergüenza.

—Hasta que no hable con Rowdy y consiga lo que necesito, ella no va a querer escuchar nada de lo que yo tengo que decirle.

Solo iba a cumplir las órdenes de su hermano, callarse y mantenerse apartada de él.

Logan pensó de nuevo en cómo le había gritado Rowdy, en su falta de delicadeza con ella, y se enfureció.

—Cuando tenga la información, podré razonar con ella y hacer que comprenda que es muy importante.

Reese dejó aquel tema, y preguntó:

—¿Cuánto tiempo crees que podemos retenerlo?

—¿Después de detenerlo por colarse en mi apartamento? Lo suficiente —dijo él, esperanzadamente—. ¿Qué ha dicho la teniente?

Reese apretó el volante.

—Todavía no se lo he contado.

Después de mirar a Reese durante un largo instante, Logan apoyó la cabeza en el respaldo. Vaya, lo que faltaba.

—Se va a enfadar.

—Vamos a llegar a la comisaría dentro de diez minutos. Aunque no la llames, se va a enterar enseguida.

En realidad, para él era una ventaja que Reese todavía no hubiera tenido la oportunidad de llamarla.

—Hablaré con ella después de interrogar a Rowdy. Mientras, quiero que se quede bajo custodia, vigilado las veinticuatro horas del día.

—Ya me encargo yo —dijo Reese—. En este punto es mejor no confiar en nadie.

Logan estaba de acuerdo, y asintió. No iba a arriesgarse a que Rowdy se escapara antes de obtener la información que necesitaba. Después, encontraría la manera de protegerlo, y empezaría a recabar todas las pruebas para acusar a Morton Andrews de una vez por todas.

Y, después, volvería con Pepper. Le daría explicaciones y se disculparía.

Sin embargo, no podía dejar de verle la cara y, en el fondo, no sabía si lo que le dijera iba a importarle.

Los dos policías que Logan había dejado allí para vigilarla estaban en su puerta. Pepper los miró directamente.
—Ya pueden marcharse. No voy a ir a ninguna parte.
—Señorita —dijo el más alto de los dos, en tono de disculpa—. Solo estamos aquí para velar por su seguridad. Sería más fácil si estuviéramos dentro.
—Necesito ducharme, cambiarme de ropa e ir a ver a mi hermano.
—El detective Riske ha sido muy claro, señorita. Él preferiría que usted esperara aquí.
—No me importan sus preferencias.
Ellos se miraron. El más bajo dio un paso hacia delante.
—De todos modos, no va a poder ver a su hermano hasta que hayan terminado de ficharlo. Si intenta ir allí, podría retrasar todo el proceso.
Ella tuvo ganas de gruñir. Gracias a Morton Andrews, sabía más de cómo funcionaban las cosas en el mundo del hampa que de cómo eran los procedimientos internos de la policía.
—¿Y cuánto tardarán?
—Depende. Van a llevarlo a la comisaría para entrevistarlo...
—Querrá decir para interrogarlo.
El policía no respondió.
—Se tarda en hacer el papeleo, sacar las fotografías y tomarle las huellas dactilares. No sé si van a llevarlo al centro de detención del condado para custodiarlo allí hasta que fijen una fianza o hasta que llegue su juicio.
El más alto intervino:
—Puede que vaya directamente al centro de detención. No podemos saberlo hasta que vuelva el detective Riske.
Entonces, ¿ellos dos no estaban informados del procedimiento que se iba a llevar a cabo? ¿Era para preservar la segu-

ridad, o porque solo eran unos oficiales de rango bajo que no merecían conocer los detalles?

En realidad, no tenía nada que ver, pero Pepper preguntó, sin darse cuenta:

—¿Logan es su nombre real?

—¿Disculpe?

Ella agitó la mano con impaciencia.

—Detective Riske. ¿Su nombre de pila es Logan?

—Sí, señorita. Logan Riske.

Seguramente, había utilizado su nombre verdadero para no equivocarse mientras estaba... seduciéndola.

Se sintió humillada.

Él creía que era tímida e introvertida. Le había sonreído mientras ella le hablaba de su mísero pasado. Había aceptado con gentileza que mantuvieran relaciones sexuales a oscuras.

Había estado dentro de ella.

Se sentía como si tuviera un elefante sentado sobre el pecho, aplastándole el corazón. Se abrazó a sí misma e intentó no perder la compostura.

—Gracias —susurró. Después, para no provocar sus sospechas, señaló el sofá—: Pónganse cómodos. Yo voy a prepararme por si Logan llama o vuelve antes de lo previsto.

Ellos la miraron con lástima, pensando que era ingenua y que no entendía los detalles de lo que estaba ocurriendo.

Era posible, pero entendía lo más importante: había gente fuera y dentro de la ley que quería a su hermano. Rowdy podía morir si ella no reaccionaba con rapidez.

—No voy a tardar mucho —dijo, y se dio la vuelta. Tardaría lo justo para poner las cosas en marcha.

Primero, fue a su dormitorio. Sacó su fajo de billetes de entre los muelles del colchón, su cuchillo, su revólver del .38 y las llaves que iba a necesitar. Lo metió todo dentro del bolso, y envolvió el bolso en una muda de ropa. Cuando salió del baño con el paquete, miró tímidamente a los oficiales.

Ninguno de los dos se había sentado. Ambos estaban en pie,

vigilantes, cautelosos. Tal vez fueran buenos policías. Después de todo, aún no habían intentado asesinarla. No habían llamado a ningún matón, ni la habían amenazado.

Pero estaban frente a su puerta principal, bloqueándole la salida.

Entró en el baño, cerró con el pestillo y abrió el grifo de la ducha. Después, se colgó en bandolera la correa del bolso, abrió la ventana y bajó por el árbol con facilidad. A varios metros del suelo, se dejó caer y aterrizó agachada. Esperó, con ansiedad, por si la habían descubierto, pero parecía que nadie se había fijado en ella. No sonó ninguna alarma.

Nadie la persiguió.

Para camuflarse un poco, se quitó la coleta y se dejó el pelo suelto. No se dirigió hacia la carretera, sino a la parte trasera del edificio, y siguió caminando por callejones hasta que hubo recorrido más de un kilómetro y medio. El brillo de la luna y las luces de seguridad de otros edificios le pusieron muy difícil mantenerse en las sombras.

Encontró el coche de Rowdy en el lugar que habían acordado. Lo observó durante unos minutos, porque le preocupaba que pudiera ser una trampa, que lo tuvieran vigilado. Sin embargo, no podía perder el tiempo, así que tuvo que tragarse todas las dudas y el miedo e ir corriendo hacia el coche.

Cuando estuvo sentada al volante y arrancó el motor, exhaló un suspiro de alivio.

Llevaba muchos años sin conducir, y lo había echado de menos. Cuando salió del aparcamiento, siguió mirando atentamente a su alrededor para detectar si alguien la seguía. Se detuvo en una tienda veinticuatro horas para comprar algunas cosas y, finalmente, se refugió en la habitación del motel en la que se había estado alojando Rowdy.

Tardó unos cuantos segundos en abrir la cerradura; cuando consiguió entrar, se encontró con que había una mujer en la cama de su hermano. Increíble.

Rowdy era un hipócrita.

Pepper se puso furiosa. Fue a la ventana y abrió las cortinas sin miramientos. La mujer se despertó de golpe y se incorporó.

—¿Quién eres tú?

—Fuera de aquí —dijo Pepper, sin hacer caso de preguntas ni de quejas—. Ahora mismo.

Pepper no quería saber qué nombre falso había utilizado Rowdy. Sacó su cuchillo.

—Recoge tu ropa —dijo, con claridad—, y márchate.

—¡Oh, Dios mío! —exclamó la mujer y, a toda velocidad, dejó la cama, se puso un vestido muy ajustado y tomó sus sandalias y su bolso—. ¡Estás loca!

—Ya lo sé —dijo Pepper, y sujetó la puerta hasta que la mujer salió. ¿Loca? Sí, era posible. ¿Una loca con un objetivo? Por supuesto que sí.

Iba a echarle una buena bronca a su hermano. Después.

Por lo menos, esperaba poder hacerlo.

«Oh, Dios, que no le pase nada».

En menos de cinco minutos, se había deshecho de cualquier pista de la presencia de Rowdy en aquella habitación. Por suerte, su hermano guardaba la mayoría de sus escasas pertenencias en el maletero de su coche. En la habitación solo había una muda de ropa y un neceser, y no había nada que pudiera resultar inculpatorio. Sin embargo, como no podían correr ningún riesgo, Pepper hizo lo que le habían enseñado, y quitó cualquier rastro de su estancia. No dejó ni una huella dactilar, ni un pelo.

Como en aquel motel había que pagar por adelantado, y ella sabía que Rowdy habría dado un nombre falso, ni siquiera se molestó en avisar de que se marchaba. Cargó todas las cosas en el coche, se sentó al volante y se dirigió hacia el punto seguro que los dos habían establecido hacía mucho tiempo.

Rowdy lo había vigilado para asegurarse de que seguía abandonado y vacío, y había almacenado víveres allí.

Él esperaba que aquel fuera el refugio de su hermana, así que ella sabía que Rowdy moriría antes de darle la dirección a nadie.

Era por la noche, no había luces de seguridad encendidas y la luna no brillaba demasiado; la enorme nave le dio miedo. Seguramente, estaba llena de roedores y, después de tantos años en desuso, podía derrumbársele encima.

Sin embargo, abrió el portón metálico, entró con el coche y aparcó detrás de la maquinaria pesada y rota.

El coche le facilitaría llevar a cabo su transformación.

Y la transformación ayudaría en todo lo demás.

Sin saber lo que podía esperar, Rowdy se mantuvo inmóvil y en silencio en la sala de interrogatorios. Había recibido un golpe en el ojo y estaba empezando a hinchársele, pero él casi no se daba cuenta. Le dolían los hombros de forcejear con las esposas antes de que los policías lo metieran en el asiento trasero de un coche, pero todo eso era la menor de sus preocupaciones.

No sabía qué querían, pero sabía que tenía motivos para angustiarse. Por sí mismo y, sobre todo, por Pepper.

Por necesidad, la veía muy poco. Y el hecho de haberla visto aquella noche, en medio de aquella pesadilla...

Casi esperaba que en cualquier momento entrara alguien y lo liquidara. Para los policías sería muy fácil, y él lo sabía por experiencia.

¿Habría conseguido escapar Pepper? Ojalá estuviera bien...

Logan Stark... No, Logan Riske, que era como lo había llamado Pepper, entró en la sala y lo miró fijamente. No lo miraba de una manera fulminante, tal y como él pensaba. De hecho, parecía que el detective estaba resignado y frustrado.

Logan miró las esposas que le habían puesto. Le habían hecho moretones en las muñecas debido a sus intentos por escapar.

Los policías no le habían dado ni la más mínima oportunidad. Hasta aquel momento, no habían cometido ni un solo error.

Logan sacó la silla y se sentó frente a él.

—No eres fácil de encontrar.

Rowdy lo miró con odio y no dijo nada.

Logan se apoyó en el respaldo de la silla.

—Pepper no te ha delatado. Yo...

—No necesito que excuses a mi hermana.

Él sabía perfectamente que Pepper nunca haría nada que pudiera ponerlo en peligro, al menos, a propósito. La culpa era del detective.

Y de él mismo.

Tenía que admitir que no había protegido bien a Pepper y, en aquel momento, a causa de su incompetencia, ella corría un grave peligro. Debería haber matado a Morton, en vez de huir de él. Debería haber arrasado Checkers, hasta que no quedara nada del club.

Debería haber hecho tantas cosas...

—Ella no se merece tu rabia.

Rowdy se echó a reír.

—Tú no tienes ni idea de lo que se merece —respondió. Si Logan lo supiera, nunca la habría utilizado.

Logan se inclinó hacia delante.

—Sé que se merece algo mejor que tener que huir durante toda la vida.

Rowdy entrecerró los ojos, mirándolo con atención. ¿Sentía ira en nombre de Pepper? Eso no era lo que se esperaba del detective, pero, por supuesto, fingir que se preocupaba por Pepper era una buena manera de intentar ganárselo a él. Utilizando a su hermana, de nuevo.

—Te voy a matar.

Aquel susurro hizo que Logan volviera a apoyar la espalda en la silla.

—¿A eso te dedicas ahora? ¿A matar? —preguntó, y lanzó la carpeta de un expediente sobre la mesa—. He revistado tu historial, pero eso no lo he encontrado. ¿Es que quieres confesar alguna cosa?

—Vete a la mierda —dijo Rowdy.

—Necesito información.

Rowdy no dijo nada. Aquella catástrofe había empezado cuando él había intentado compartir información. El hecho de confiar en un policía, en cualquiera de ellos, podía acabar con él. No era un buen trato.

—Hace unos años trabajabas en Checkers, en el mismo momento en que mataron a un edil, Jack Carmin.

Rowdy apartó la mirada.

Logan continuó:

—Sé que te acuerdas. Fuiste a hablar con un periodista y...

No, no era cierto. Sin embargo, Rowdy solo respondió:

—¿El periodista al que le rebanaron el pescuezo? Sí, me acuerdo bien. ¿Dónde demonios estaban los chicos de azul entonces? ¿Te lo has preguntado alguna vez?

—En realidad, muy a menudo.

Aquello sorprendió a Rowdy.

—¿De verdad?

Después de un segundo de indecisión, Logan se inclinó hacia delante con determinación. Rowdy no sabía si aquel detective tenía intención de darle una paliza, matarlo o hacer una confesión propia.

Antes de que hablara, otro detective entró por la puerta.

—Tienes una llamada, Logan.

Logan miró a su compañero con cara de pocos amigos.

—¿Es la teniente?

—No.

—Pues que deje un mensaje —respondió Logan.

El otro detective, que era un tipo enorme, lo miró a él, y volvió a mirar a Logan. En voz más baja, explicó:

—Es acerca de su hermana.

La silla cayó hacia atrás cuando él se levantó del golpe. Tenía las manos esposadas a la mesa, así que lo único que pudo hacer fue causar alboroto.

—¿Dónde está? —preguntó, con angustia—. ¿Qué ha ocurrido?

—Vigílalo —le ordenó Logan al detective y, de dos zancadas, salió por la puerta.

Rowdy miró a su guardián. Tenía la respiración entrecortada.

—Si alguien le ha hecho daño...

—Estoy seguro de que, emocionalmente, sí está devastada. Vosotros dos os habéis asegurado bien de ello.

¿Aquel tipo le estaba haciendo un reproche, y extendiéndolo a Logan también?

—A propósito, soy el detective Bareden. Reese Bareden.

—Que te den —respondió Rowdy. Aquella era la situación más extraña en la que se había encontrado en la vida. Una detención que, tal vez, no lo fuera. Un interrogatorio que no tenía nada que ver con lo que esperaba. Presentaciones relajadas. Y, además, ¿preocupación por su hermana por parte de Logan y de aquel otro detective?

Aquello no tenía sentido. Todavía.

—Tú no sabes nada de ella —dijo. Sin embargo, el detective tenía razón. Pepper lo necesitaba en aquel momento, más que nunca.

Bareden se encogió de hombros.

—Sé que es una mujer joven que está en una situación insostenible y que tiene muy pocas opciones.

Por desgracia, él tenía incluso menos opciones que su hermana.

—Maldito seas. Dime que está bien.

—No lo sé —dijo Bareden—, pero sé que se ha escapado de la vigilancia de mis oficiales.

Rowdy tardó unos segundos en comprenderlo y librarse del pánico que sentía. Pepper había conseguido escapar de los policías.

Gracias a Dios.

Rowdy necesitaba sentarse, pero había tirado la silla. Apoyó los brazos sobre la mesa y bajó la cabeza, intentado recuperar la calma.

La indefensión no era una situación agradable.

Notó que Bareden se acercaba y se puso tenso, esperando un ataque, pero solo oyó que el detective levantaba la silla del suelo.

—Mis oficiales son muy diligentes.

Obviamente, no lo bastante. Para Pepper, no. Rowdy sonrió.

—Pues parece lo contrario.

Bareden ignoró su respuesta.

—Has tenido una reacción muy extrema —le dijo.

—Que te den —repitió Rowdy.

—Tengo curiosidad —dijo el detective—. ¿Estás preocupado por si ella nos da información sobre ti, o por su seguridad?

Rowdy se dejó caer sobre la silla, con gratitud.

—Ella no va a decir nada.

Aunque, de todos modos, su hermana no podría decir nada que lo incriminara en un delito. Se frotó los ojos. Ojalá Pepper desapareciera y no volviera más. Todo estaba planeado para que sucediera así.

Sin embargo, ¿lo dejaría atrás?

Logan volvió a entrar en la sala, y cerró de un fuerte portazo. Reese intentó detenerlo, pero él lo apartó de un empujón y agarró a Rowdy por la pechera de la camisa.

—¿Dónde está?

Rowdy no se inmutó por aquella muestra de furia. Miró a Logan y percibió su tensión en sus músculos contraídos y en su rostro tirante. Vaya, cualquiera pensaría que el detective Riske estaba preocupado de verdad por Pepper.

Interesante.

Miró a Bareden.

—¿Y tú pensabas que mi reacción había sido extrema?

Logan lo zarandeó.

—Dímelo, maldita sea.

—Claro —dijo Rowdy—. Está en un lugar en el que no vas a poder encontrarla.

Y, por fin, él podía relajarse un poco. Al menos, con respecto a eso.

Pepper estaba junto al fregadero, con las tijeras en la mano. Se había dado unas mechas rubias, de un color mucho más claro que su pelo natural. Como le cortaba el pelo a Rowdy a menudo, y también se lo cortaba a sí misma, no era una inepta. Habría sido mejor ir a una peluquería, pero era demasiado tarde para eso.

Era demasiado tarde para vacilaciones. Para muchas cosas.

Había empezado y, después de media hora, había terminado. Aunque todavía tenía el pelo largo, ahora tenía capas y más volumen, y un poco de estilo.

No tardó mucho en maquillarse: sombra de ojos, perfilador, máscara de pestañas, colorete, brillo de labios... Ya no parecía una solterona tímida y fea.

Por muy horrible que fuera todo lo demás en aquel momento, al menos se sentía bien por poder ser ella misma.

Rowdy había guardado todo lo que necesitaba para vestirse. Se puso un top oscuro y unos pantalones vaqueros muy ajustados con unas botas hasta el tobillo. Se puso el cinturón, guardó su cuchillo de combate en la bota izquierda y se colgó el bolso en bandolera.

Nadie que la hubiera conocido dos años antes la confundiría en aquel momento.

Por fin, después de estar escondida tanto tiempo, quería que la vieran. Después de todo, si los cretinos de Morton no la veían, irían por Rowdy. En la cárcel era un blanco fácil.

Así pues, ella tenía que convertirse en un objetivo bien visible. Eso se lo debía a su hermano.

Empezaría aquella misma noche, con una visita a la comisaría.

Si Morton se había enterado de la detención de su hermano, sus matones estarían vigilando, y ella iba a llamar su atención. Con suerte, irían por ella, y no por Rowdy.

No podía imaginar qué iba a pensar Logan cuando viera a la verdadera Pepper Yates, en vez de a la Sue Meek inventada.

¡Y no le importaba!

Nada de aquello tenía que ver con él. Lo único que le importaba era su hermano, y que los dos salieran vivos de aquella situación.

Y, si seguía repitiéndoselo, tal vez su corazón terminara por creérselo.

CAPÍTULO 12

La teniente Margaret Peterson, que acababa de volver a la comisaría, miró a Logan con cara de mal humor. La teniente no vestía de manera informal ni siquiera en su tiempo libre. Llevaba los trajes y las camisas blancas y almidonadas como si fueran armaduras.

Logan sabía que era una mujer muy dura. A los treinta y dos años, había visto muchas cosas feas durante su servicio al estado. Llevaba su profesión en la sangre; pertenecía a una familia de policías que habían recibido siempre los mayores elogios.

Quería mejorar las cosas. Quería limpiar la corrupción.

Una mujer tenía que ser dura para hacer eso.

—¿Dónde lo tenéis? —preguntó.

—Aquí —respondió Logan, mientras le entregaba un vaso de café. Después, rellenó el suyo, y dijo—: Reese está con él en la sala de interrogatorios.

—El detective Bareden —dijo ella. Su descontento era evidente—. Creía que habíamos acordado que íbamos a mantener este asunto entre usted y yo.

—Yo confío en Reese —dijo él.

—Es obvio —replicó ella. Tenía los ojos grandes, muy azules y el pelo castaño, corto y brillante. Era una mujer esbelta. Sin embargo, todos aquellos rasgos contrastaban con una voluntad férrea—. No estoy convencida de que eso sea inteligente.

Así pues, ella no confiaba en Reese, y Reese no confiaba en ella. En otras circunstancias, le habría resultado gracioso. Sin embargo, en aquella situación, no. Pepper estaba por ahí sola, asustada, herida e indefensa.

—¿Cómo es que ha ocurrido esto, detective? —preguntó Peterson, y apoyó la cadera en el borde de la mesa de la sala de juntas en la que estaban manteniendo aquella conversación a solas—. ¿Cómo es que Bareden se ha enterado antes que yo de todo esto? Yo soy la primera que debía estar informada de todo. ¿Se le olvidó ese pequeño detalle?

—Necesitaba a Reese de refuerzo —dijo él. Y Reese había decidido no decírselo a ella. Logan tomó un sorbo de café. Estaba impaciente por aquel retraso.

—Yo podría haberle asignado el refuerzo necesario.

—Ocurrieron cosas inesperadas. Cuando me di cuenta de que podía detener a Yates, tuve que actuar deprisa.

—Entonces, ¿se tropezó con Yates? ¿Es eso lo que me está diciendo?

—Más o menos —dijo Logan, frotándose la nuca. Iba a necesitar algo más que una dosis de cafeína para salir airoso aquella noche—. Estaba trabajando con mi contacto, la hermana de Rowdy... y él se coló en mi apartamento.

La teniente arqueó las cejas.

—¿En el apartamento que utilizaba de tapadera?

—Sí —respondió él. ¿Y si los matones de Andrews la habían secuestrado para mantenerla como rehén e impedir que Rowdy hablara? Tenía tanto miedo por su seguridad, que apenas podía pensar de una manera táctica—. Creo que él sospechaba de mí o, tal vez, estaba tomando precauciones extra. Fuera cual fuera el motivo, seguramente quería encontrar pruebas de mi identidad.

La teniente entrecerró los ojos y lo miró de una manera especulativa.

—¿Y Reese pudo ayudarle en el arresto porque pasaba por allí casualmente?

Allí era donde la mentira se volvía más complicada.

—Oí a Pepper hablar por teléfono y, por su parte de la conversación, saqué algunas conclusiones —dijo Logan, alzando una mano—. No estaba seguro de lo que había oído; de lo contrario, me habría puesto en contacto con usted inmediatamente. No pensaba que Rowdy pudiera tener tanto valor, ¿sabe? Le pedí a Reese que estuviera presente, sobre todo, como precaución.

Ella dejó el vaso de café en la mesa y se dirigió hacia la puerta.

—Una precaución que dio resultados.

—Lo tenemos —dijo Logan, aunque todavía no sabía de cuánto iba a servirles—. Me gustaría volver a interrogarlo.

—Hágalo —dijo ella, y se giró para hacerle una advertencia—: Pero, esta vez, quiero estar informada del más nimio detalle, ¿entendido?

—Por supuesto.

Dejaron a la vez la sala de juntas; la teniente se marchó a su despacho, y Logan se encaminó hacia la sala donde se encontraba Rowdy. Iba a conseguir la información que necesitaba, aunque tardara toda la noche.

Y, después, encontraría la manera de llegar hasta Pepper.

Reese acababa de terminar su discreta conversación telefónica en un pasillo oscuro cuando apareció un oficial. No podía tener ni un momento de privacidad, pensó. Eso, en una comisaría, era imposible.

Se guardó el teléfono en el bolsillo y miró al joven con curiosidad.

—Detective Bareden, siento interrumpirlo, pero en el mostrador de recepción hay alguien que pregunta por usted.

—¿Quién es?

—No lo sé, señor. Pidió ver a su hermano primero y, cuando el sargento le dijo que no era posible, se empeñó en hablar con usted.

El cansancio que sentía se desvaneció.

—Fascinante —murmuró, y comenzó a andar con impaciencia—. Vaya a buscar también al detective Riske, por favor. Estoy seguro de que querrá estar presente. Está en la sala de interrogatorios. Dígale que usted se quedará vigilando al detenido, ¿de acuerdo? Y dese prisa.

Reese se separó del desconcertado oficial y siguió apresuradamente hacia la recepción. Justo al torcer la esquina, se detuvo en seco con asombro.

Antes de que ella se diera cuenta de su presencia, observó su nariz y la forma de su barbilla, y estuvo a punto de echarse a reír. Por muy increíble que fuese, era ella.

Y, al mismo tiempo, no lo era.

Con aquella ropa ajustada estaba… fantástica. Tenía un trasero estupendo, un pecho mejor aún, las piernas largas y la cintura de avispa. Una cara que podría aparecer en las fantasías de cualquier hombre.

Estaba deseando que llegara Logan. Reese se metió las manos en los bolsillos y se acercó a ella.

—¿Señorita Yates?

Ella se giró, y él se dio cuenta de que tenía un gran atractivo. Sus ojos castaños estaban muy brillantes y llenos de vitalidad. No había timidez en ellos, ni suavidad.

Aquella chica era enérgica y atrevida, y estaba preparada para comerse el mundo.

Reese silbó.

Ella apretó los labios y movió la melena. Reese asintió.

—Estoy impresionado.

Ella respiró profundamente.

—Necesito ver a mi hermano.

—No puede ser. Todavía no —dijo Reese, sin disimular el interés por su nuevo aspecto—. Logan todavía lo está interrogando.

Con las manos en las caderas, ella dejó que la mirara.

—No entendéis lo que habéis hecho.

—Yo he seguido órdenes de Logan —respondió él, encogién-

dose de hombros–. Él tiene algunas preguntas, y necesita las respuestas. Eso es todo.
—Ella le clavó el dedo índice en el pecho.
—Sois un par de idiotas.
—Eh, eh, nada de pegar a un detective.
Le quitó la mano de su pecho, pero siguió agarrándola de la muñeca, por si acaso. No quería que se marchara antes de que Logan pudiera verla.
Y, con respecto a eso... Hizo que ambos giraran para que ella quedara de espaldas al pasillo. Mejor que Logan se acercara antes de que Pepper pudiera verlo acercarse.
—Ya basta —dijo ella con frustración, intentando zafarse.
Reese la sujetó y esbozó una sonrisa.
Ella se rindió, y se encogió de hombros con indiferencia.
—Necesito que le des un mensaje a Rowdy de mi parte.
Y, a su espalda, Logan dijo:
—¿Pepper?
Ella se puso tensa, y no se giró para mirarlo. Reese vio que enrojecía, que entrecerraba los ojos y que apretaba la mandíbula.
—¿Lo has avisado tú? —le preguntó a Reese.
—Por supuesto.
—¿Y bien? —inquirió ella, sin apartar sus ojos de los de Reese.
Él enarcó una ceja.
—Mi hermano. ¿Vas a darle un mensaje de mi parte?
Reese suspiró.
—Me estás fastidiando la diversión.
Entonces, volvió a girarla para que Logan y ella se vieran.
Y la cara de Logan mereció la pena.
Su compañero abrió la boca, pero volvió a cerrarla, y se acercó a ella.
—¿Pepper?
—No estoy hablando contigo.
—Típica respuesta femenina —dijo Reese.

—¿De verdad eres tú? —preguntó Logan.
Ella guardó silencio.
—Demonios, ¿qué te has hecho?
Logan intentó tocarla, pero ella le dio un empujón en el hombro, con fuerza.
Logan retrocedió, más bien por la sorpresa, no por el dolor.
—O —dijo Reese, riéndose—, tal vez no tan típica.
Después de fulminarlo con la mirada, Pepper volvió a mirar a Logan.
—No me toques, vecino.
—Sabe hablar con sarcasmo, desde luego —comentó Reese.
Los dos lo ignoraron.
—No lo entiendo —dijo Logan, devorándola con la mirada—. ¿Qué estás haciendo?
—Ser yo misma —respondió ella, alzando la barbilla—. ¿Es que creías que tú eras el único que tenía una tapadera?
—Dios…
Logan no podía dejar de mirarla, y parecía que no podía hablar con coherencia, así que Reese dijo:
—Es evidente que está tramando algo.
—Solo he venido por mi hermano.
Logan se sintió confuso y molesto, y se acercó a ella, pese a su hostilidad.
—Estaba preocupado por ti.
Ella no retrocedió ni un centímetro.
—Será una broma, ¿no?
—Es cierto, demonios. Se suponía que estabas a salvo en tu apartamento. Dejé a dos hombres para que te protegieran. Te dije que volvería para que habláramos.
Pepper dio un resoplido.
—También me dijiste que eras un vecino. Me dijiste muchas cosas, y todas eran mentira.
Logan se ablandó.
—No todas.
—¡No me creo nada de lo que me digas! —exclamó ella, y se

volvió hacia Reese casi con desesperación–. ¿Vas a decirle a Rowdy una cosa de mi parte, o no?

Reese abrió la boca, pero Logan, sin contemplaciones, lo empujó a un lado.

–Ya te he dicho que, si tienes algo que decirle a tu hermano, puedes hacerlo a través de mí.

–Muy bien. Dile que lo tengo todo controlado. Dile que no se preocupe –respondió Pepper. Y, después, añadió, con un titubeo–: Dile que... ahora me toca a mí.

Reese no entendió en absoluto aquel mensaje misterioso, y dudaba que Logan lo hubiera entendido. Sin embargo, fuera cual fuera su significado, no auguraba nada bueno para nadie.

El ambiente se hizo más ruidoso en la comisaría, porque entraron cinco hombres a la vez para presentar denuncias. Estaban borrachos y alborotados, y parecía que habían estado metidos en una pelea. Gritaban y se acusaban entre sí, empujándose de vez en cuando y amenazándose verbal y físicamente.

Logan y Pepper siguieron mirándose el uno al otro, como si no se dieran cuenta de nada.

Por fin, él asintió.

–Sí, se lo diré.

Ella se dio la vuelta para marcharse.

–Quédate –le pidió Logan, e hizo ademán de agarrarla, pero ella lo detuvo con una mirada fulminante, y él dejó caer la mano sin tocarla–. Después de que hable con Rowdy, te diré lo que me haya respondido.

Pepper hizo un gesto negativo.

–Ya sé lo que va a responder.

–Pepper.

Ella se detuvo.

–No quiero que te preocupes.

–No, tú solo quieres que sea una marioneta, que haga mi parte sin entorpecerte.

–No...

—Hay muchas cosas entre nosotros. Y, todas ellas, malas.
—No —dijo de nuevo Logan, con más firmeza.
—Pero, te voy a decir una cosa, detective, si le das a Rowdy mi mensaje, estamos en paz.
—No tan rápido —dijo Logan, apretando los puños—. Sé que estás enfadada, Pepper. Lo entiendo.

Ella se echó a reír, agitó la cabeza y comenzó a retroceder.

Reese casi sintió lástima por Logan, mientras veía a su compañero frustrado e impotente. Antes de que las cosas mejoraran, iban a empeorar mucho para él.

Había intentado decírselo a Logan. Había intentado advertirle de lo inevitable. Sin embargo, Logan no se había desviado de su búsqueda de justicia.

Y, ahora, todos tenían que improvisar.

—Tú y yo vamos a hablar —dijo Logan y, con cuidado de no asustarla, se acercó a ella. Aunque estaba intentando pensar rápidamente y planear formas de mantenerla cerca, estaba fascinado con su cambio.

Él siempre había sabido que, por dentro, Pepper era muy atractiva. Sin embargo, al verla así, con aquellos pantalones ajustados y un top, sin sujetador, con el pelo suelto y la boca brillante, se le cortaba la respiración.

Ahora ya sabía lo que le había estado ocultando, y también imaginaba por qué.

—Aunque no quieras oírlo —le dijo, mientras se le acercaba lentamente—, necesito explicarte algunas cosas.

Como, por ejemplo, que había caído en su propia trampa, y que ella se había convertido en alguien muy importante para él.

Pepper no lo perdió de vista, y se movió para evitar que él se colocara a su lado.

—Lo tengo todo muy claro. Puede que sea una ingenua, pero no soy totalmente obtusa.

—Tú no eres una ingenua.

Sin embargo, Logan sabía que ella anhelaba el afecto cuando la había conocido, y él se había aprovechado de aquella necesidad.

—No, ya no.

Parecía que estaba a punto de salir disparada, así que él le dijo:

—No tengo intención de hacerle daño a tu hermano.

—Eso es otra broma, ¿no? —respondió ella, con una carcajada seca—. Ya le has hecho daño, seguramente, más que a mí, aunque parece que de eso no te has dado cuenta, ¿verdad?

Aquel sarcasmo le resultaba muy difícil de asimilar. Ella era tan distinta, y actuaba de un modo tan distinto… ¿Había llegado a conocerla?

—En cuanto tenga la información que necesito, Rowdy podrá seguir con su vida. Te doy mi palabra.

Ella miró a Reese y, después, de nuevo a Logan.

—Si realmente crees eso, es que no te has enterado de nada. Pero hazme otro favor, ¿quieres?

Parecía que se había ablandado un poco; estaba menos cautelosa. Tal vez, exhausta. En aquel momento, estaba dispuesto a prometerle cualquier cosa con tal de que ella estuviera a salvo.

—Lo que quieras.

—No confíes en nadie. Si, verdaderamente, quieres que mi hermano salga vivo de esta, entonces vigílalo. Tú, y solo tú.

Reese fingió que se sentía ofendido.

—Señorita Yates, ¿me está acusando de algo?

Ella siguió mirando a Logan, y empezó a retroceder.

—No apagues el móvil, ¿de acuerdo? Llamaré de vez en cuando para ver cómo va todo.

—Dame tu número y yo te llamo a ti después de hablar con Rowdy.

—Ni lo sueñes.

Logan se rindió con un suspiro. Suavemente, con la esperanza de que ella no montara una escena, dijo:

—Lo siento, cariño, pero no te vas a marchar.
En aquella ocasión, su risa casi lo asustó.
Ella, sin dejar de sonreír, respondió:
—Lo cierto es, Logan, que ya me he marchado.

Antes de que ninguno de los dos pudiera moverse, Pepper se alejó. Como era esbelta y rápida, esquivó con facilidad el caos de los borrachos que habían entrado y a los oficiales que habían acudido para controlar la situación. Estaban cerca de la puerta principal, así que pudo salir de la comisaría en pocos segundos, dando zancadas amplias con sus piernas largas.

Logan y Reese la siguieron, pero, al salir a la calle, no la vieron. Había desaparecido.

Logan dio un giro y miró por toda la calle, por el aparcamiento y hacia el garaje. Vio peatones y tráfico, coches aparcados y un autobús.

Pero no vio a Pepper.

El aire lleno de humedad lo envolvió, lo acaloró aún más y aumentó su rabia.

Podía haberse marchado en cualquier dirección, o podía estar dentro de un coche observándolo mientras él se tambaleaba.

—Para haber desaparecido tan rápidamente —dijo Reese pensativamente—, debía de tener un plan. Lo tenía bien pensado: cuánto tiempo iba a estar en la comisaría, cuándo tenía que salir y dónde debía esconderse al escapar.

Logan se agarró las manos por detrás del cuello y volvió a girar, buscando, intentando decidir...

—No puedes irte a buscarla —dijo Reese, antes de que Logan diera un paso—. Le has hecho una promesa acerca de su hermano. Pero, cuanto más tiempo esté aquí Rowdy Yates, sin vigilancia y sin protección, menos probable es que puedas cumplir esa promesa.

Al oír aquello, Logan entró en la comisaría decididamente.

—Ella cree que alguien de aquí dentro podría hacerle daño a Rowdy.

—Sí, eso es lo que me ha parecido —dijo Reese, caminando a su lado—. Los dos sabemos que hay policías corruptos. La cuestión es quién.

—Ella no confía en ti —le dijo Logan.

Y tampoco la teniente Peterson.

—No me conoce —respondió Reese—. Pero tú, sí, y eso es lo que importa. Además, me da la sensación de que la única persona en la que ella confía es su hermano.

—Y en mí —replicó Logan. Parecía que Pepper no quería confiar en él, pero lo hacía. De lo contrario, no le habría pedido que velara por la seguridad de Rowdy—. Está furiosa, pero es lo suficientemente lista como para entender por qué yo...

Reese le dio una palmada en la espalda.

—Sí, sigue diciéndote eso, si te sientes mejor.

Sin aminorar el paso, Logan pensó en el aspecto de Pepper. No parecía tímida, ni reservada y, mucho menos, fea.

Atrevida. Sexy. La tentación en carne y hueso.

Sí, él sabía lo que había estado escondiéndole: a sí misma.

—Y ahora, ¿qué? —preguntó Reese.

—¿La has visto?

—A ningún hombre se le habría pasado por alto. Ni siquiera a los desgraciados que mataron a Jack.

Dios Santo, ¿era eso lo que pretendía? ¿Llamar la atención de todo el mundo?

—Todo esto es un enredo muy confuso.

—¿Has pensado en los años durante los que Pepper estaba fuera del radar por completo?

Él había pensado que su timidez explicaba el hecho de que se hubiera mantenido apartada del mundo durante aquellos últimos años. Le había resultado muy fácil imaginársela dejando que Rowdy llevara las riendas.

Sin embargo, ya no sabía qué pensar.

—¿Y qué quieres decir con eso?

—Bueno, solo que tal vez tú no la conozcas en absoluto. Puede que debieras dejar a un lado todas tus ideas sobre ella y empezar de cero.

Aunque ya había pensado en eso, no quiso aceptar aquella posibilidad. Tenía que creer que alguna parte de Pepper era real.

La mujer vulnerable que le había hablado de su doloroso pasado.

El ama de casa desordenada que disfrutaba de las pizzas y las películas por las noches.

La corredora. La cocinera.

La amante increíblemente inventiva...

—¿Por qué se ha arriesgado a venir aquí, si realmente no quería quedarse? —preguntó Reese—. Podía haber llamado y haberte dado el mensaje para su hermano.

Logan vio al oficial que estaba custodiando la puerta de la sala de interrogatorios en la que estaba Rowdy.

—En parte, por hacerme sufrir —respondió. Lo había sentido, lo había visto en sus ojos marrones—. Quiere hacerme daño, como yo se lo he hecho a ella.

—¿Demostrándote que está impresionante? —preguntó Reese, con un resoplido.

Sí, su nuevo aspecto le había dejado sin habla, pero no por eso la deseaba más que antes. Aquello ni siquiera era posible.

Hizo un gesto negativo.

—Sabré más después de hablar con Rowdy —dijo, y se detuvo frente al oficial—. ¿Ha causado algún problema?

—No ha dicho absolutamente nada.

—¿Ha venido alguien más?

—No.

Logan le dio las gracias y, después, le pidió a Reese que se encargara de hacer la guardia.

—No quiero que nadie vuelva a interrumpirme.

—Claro. Pero no lo alargues demasiado, ¿de acuerdo? Ahora soy dueño de una mascota. No puedo estar toda la noche fuera de casa.

¿De veras Reese estaba preocupado por su perro cuando, por fin, tenían bajo custodia a Rowdy Yates, y Pepper estaba por ahí haciendo Dios sabía qué?

O, tal vez, la impaciencia de Reese tuviera otros motivos... Reese agitó la cabeza con resignación.

—Yo voy a quedarme todo el tiempo que me necesites, y lo sabes. Pero no lo alargues demasiado, ¿de acuerdo?

Logan asintió, y entró en la sala.

Se sentía más calmado. Sacó una silla y se sentó frente a Rowdy.

El otro hombre lo miró de un modo enigmático.

—¿Cuánto tiempo vamos a estar haciendo esto?

—¿Por qué lo preguntas? ¿Tienes que ir a algún otro sitio?

Rowdy se encogió de hombros.

—Me está entrando hambre. Necesito ir al servicio, y he dejado a una mujer esperando en mi cama.

—¿Le has dicho que te marchabas a colarte en mi apartamento?

—En realidad, no iba a colarme en ningún sitio, porque el edificio es mío.

Al ver que Logan se quedaba callado, Rowdy se echó a reír.

—Sí, te estarás preguntando quién es el más mentiroso de los dos, ¿no? Tú, con la tapadera de inquilino, o yo, como propietario de la finca que siempre está ausente.

—¿El edificio es tuyo?

—Exactamente.

—¿Por qué?

—Necesitaba un lugar seguro para ocultar a Pepper, donde yo pudiera estar en contacto con ella y, al mismo tiempo, ella pudiera pasar desapercibida —dijo Rowdy, y se inclinó hacia delante—. Y no te hagas ilusiones. Mi hermana se ha ido hace mucho rato, y no va a volver.

—Tendrá que volver, al final.

—No.

—Se ha ido con las manos vacías. Todas sus cosas siguen allí.

Rowdy se encogió de hombros.

—Allí no hay nada que necesite, créeme. Yo no contaba con que la estuviera buscando alguien como tú, pero tampoco he dejado esa posibilidad al azar.

—¿Y qué significa eso?

—Que lo tenía todo bien pensado. Pepper ya ha borrado sus pistas.

—¿Y las tuyas, también?

—Sí, las mías también —dijo Rowdy, y sonrió lentamente—. Se me está ocurriendo una cosa.

Ojalá fuera información valiosa para él.

—Dime.

—He estado en un motel inmundo unos días, y es cierto que he dejado a una mujer desnuda en mi cama.

—¿Quién?

—No me acuerdo de cómo se llama, pero tiene un cuerpo impresionante.

Logan sintió un arrebato de furia. Aquel era el hombre más cercano a Pepper, y le estaba causando repugnancia.

—No me importa lo más mínimo...

—Lo más seguro es que Pepper pasara por allí primero.

Logan tuvo que controlar su rabia.

—¿Para borrar tu rastro?

—Sí —dijo Rowdy, con cara de diversión—. Seguro que Pepper se la encontró allí y, conociendo a mi hermana, la seguramente la echó a la calle.

Logan no conseguía imaginarse aquella escena.

—¿Y cuándo tuvo tiempo para hacerse el cambio de imagen?

A Rowdy se le borró la sonrisa de los labios al instante.

—¿De qué estás hablando?

—Solo ha tenido unas horas y, si tuvo que pasarse gran parte del tiempo remediando tus tonterías...

El teléfono de Logan sonó e interrumpió su pregunta.

—¿A qué te refieres con eso del cambio de imagen?

Era curioso que Rowdy hablara tan bajo, y que su actitud hubiera cambiado tanto.

Logan lo miró un largo instante y, después, observó el número que aparecía en la pantalla del teléfono. Era un número oculto, pero respondió la llamada.

—¿Diga?

—¿Se lo has dicho ya?

Pepper. Al oír su voz, se sintió más calmado. Al menos, en aquel momento estaba a salvo.

—¿Dónde estás?

—No es asunto tuyo. ¿Se lo has dicho, o no?

—Ha estado tan hablador, que todavía no he tenido oportunidad de decir nada.

—Sí, claro —respondió Pepper—. Pues díselo ahora.

—Sí, pronto.

Ella había dicho que iba a llamar para cerciorarse de que todo iba bien. ¿Con cuánta frecuencia? Si establecía contacto cada media hora, tal vez pudiera localizar su llamada.

—Si dejas de huir, podría decirte algunas cosas que te resultarían interesantes.

Como, por ejemplo, que no había fingido que ella le importaba y, mucho menos, que la deseaba. Lo que sentía por Pepper era real, y le angustiaba pensar que estaba por ahí sola, jugando al escondite con un asesino implacable como Morton Andrews.

—¿Quieres hablar de chismes interesantes, Logan? Pues aquí tienes uno: has detenido a la persona equivocada.

—Eso es tan desconcertante como tu transformación. Después de todo, él se coló en mi apartamento.

Rowdy se inclinó hacia delante.

—Déjame hablar con ella.

Logan lo ignoró.

—Mi hermano es un santo —dijo Pepper—. Todo lo que ha hecho, lo ha hecho por mí. Me ha protegido cuando ninguna otra persona podía hacerlo. Se ha preocupado por mí cuando nadie más se preocupaba.

Aquella verdad le hirió.

—Pepper...

—Tengo que hablar con ella —insistió Rowdy. Intentó llegar al teléfono, pero las esposas se lo impidieron—. ¡Maldito seas!

Logan se apartó de él.

—Vuelve a la comisaría, cariño. Puedes ayudarme a resolver todo esto —le dijo a Pepper. «Y esta vez, no voy a dejar que te marches».

—¿Pepper ha estado aquí? —preguntó Rowdy. Se levantó tan rápidamente, que levantó la pesada mesa a medias.

Reese entró en la sala, pero Logan le hizo señas para que volviera a salir. Reese se retiró de mala gana.

—Vuelvo a llamar dentro de una hora. Una hora, Logan, ¿lo has entendido?

—¿Y por qué una hora? —le preguntó él, intentando mantenerla al teléfono.

—Dentro de una hora, todo tiene que estar hecho. Si todavía no se lo has dicho a Rowdy, no volveré a llamar, y nunca conseguirás las respuestas que necesitas.

—No dejes que cuelgue —le gritó Rowdy, y comenzó a tirar de las esposas—. ¡Pepper! ¡Por el amor de Dios, Pepper, no se te ocurra...

—Ha colgado —le dijo Logan, y cerró el teléfono. Se apoyó en la mesa y se inclinó hacia él—. Deja de gritarle, ¿entendido?

—¿Sabes dónde está? —preguntó Rowdy, con miedo—. ¡Tienes que impedirle que siga!

—Me encantaría —respondió Logan—. ¿Por qué no me dices qué es lo que se propone? ¿Es algo que no entra dentro de tus planes?

—No tienes ni idea —respondió Rowdy, con la voz ronca—. ¿Quieres información sobre el asesinato del concejal? ¿Quieres detener a los que le pegaron un tiro a sangre fría? ¿Quieres saber por qué lo hicieron?

—Sí.

—Bueno, pues yo no fui el que lo vio todo.

—Y un cuerno. El periodista dijo que...
—Fue Pepper.
Al oír aquello, Logan cabeceó.
—No.
Rowdy respondió, con suavidad:
—A ver si entiendes que voy a decirte esto porque no me queda más remedio: si Pepper ha estado aquí, no está siguiendo el procedimiento que teníamos planeado, y eso significa que su vida corre peligro.
No.
—Decídete rápido, Logan. Esto se está poniendo muy feo. ¿De qué lado estás?

CAPÍTULO 13

Como respuesta, Logan se acercó a la puerta y la cerró con llave. Después, se aseguró de que el interfono estaba apagado.

Reese oyó el clic de la cerradura, probó a girar el pomo y, después, miró a través del cristal con cara de pocos amigos. Llamó con energía a la puerta.

Por supuesto, no le gustaba que lo excluyeran, y la teniente iba a ponerse furiosa, pero ya se encargaría de ellos después.

Se acercó de nuevo a Rowdy, y le dijo:

—Cuéntamelo.

—Es complicado. Muy enrevesado.

—Bueno, pues dame la versión corta, y rápido.

Rowdy vaciló durante un segundo, pero comenzó a hablar enseguida.

—Pepper y yo trabajábamos en Checkers. Yo era guardia de seguridad. Pepper era limpiadora.

—¿Limpiadora?

—Sí, se encargaba de limpiar los despachos, los baños... ese tipo de cosas. A mí me pagaban muy bien, y Pepper ganaba un sueldo decente. Trabajaba por las noches, disimulando su aspecto y siendo muy discreta para no llamar la atención del jefe. Ella era... completamente insignificante. Eso era lo que queríamos los dos. Si Pepper hubiera sido camarera, o algo así...

Rowdy cabeceó.

Logan sintió odio.

—Andrews se le habría insinuado.

—¿Que se le habría insinuado? —preguntó Rowdy, con un resoplido—. No, él pensaba que las mujeres estaban a su disposición. Nadie se atrevía a decirle que no a Morton.

—¿Ni siquiera un concejal?

Rowdy se pasó la mano por la cara.

—¿Lo conocías?

—Jack Carmin era mi mejor amigo.

Rowdy miró hacia abajo.

—Morton tenía a policías entrando y saliendo todo el tiempo. Lo ayudaban con su negocio. Vi muchos policías corruptos cuando trabajaba allí.

—Jack no era policía, y era uno de los buenos.

Rowdy aceptó aquello sin contradecir a Logan.

—Los polis... Todos se llevaban un buen pellizco por mirar a otro lado y dejar que Morton hiciera sus negocios por la ciudad.

—¿Qué tipo de negocios?

—Drogas, armas, hombres... Lo que fuera necesario. Tú se lo pedías, y él te lo conseguía.

—¿Y cómo sabes todo esto?

—No por lo que tú estás pensando. Morton solo confiaba en mí para la puerta. Yo era el portero, y dejaba entrar solo a los polis que estaban a sueldo. A los que venían a fisgar tenía que distraerlos y conseguir que se marcharan. Cuando no podía entretener a alguno, tocaba el timbre de una alarma que sonaba en el tercer piso, para avisar a Morton de que había peligro. Cuando la policía atravesaba todas las puertas que estaban cerradas, allí ya no quedaba nada que ver.

—Cometías el delito de obstrucción a la justicia.

—Resultaba difícil saber cuándo se trataba de la justicia. Vosotros los polis parecéis todos iguales.

—¿Eso significa que no sabías distinguir a los buenos de los malos?

—Yo sabía a quién tenía que dejar entrar y a quién no. Pero no sabía qué tratos hacían. Veía que, cada vez que moría uno de esos asquerosos, otro ocupaba su lugar enseguida. Yo no conocía de primera mano la corrupción, pero no vi a ningún angelito en todo este asunto.

—¿Dijiste que tú trabajabas de guardia de seguridad? ¿Eras uno de los hombres de Morton?

—Yo no pegaba a los adversarios de Morton. Me ocupaba de dejar entrar o de echar a los tipos problemáticos, o a los que estaban demasiado borrachos. Yo nunca he matado a nadie, aunque sí que he mandado a casa a algunos con sangre y hematomas.

Así pues, Rowdy no era un santo, tal y como decía Pepper, pero tampoco era el mismo tipo de mafioso que Andrews.

—Ya estaba haciendo planes para que los dos saliéramos de allí, pero todo se fue al infierno antes de que lo consiguiera.

—¿Jack?

—No sé mucho de lo que pasó. Me imagino que Morton quería controlar más territorio, así que acudió a tu amigo. Al ser edil, podía trasladar a los policías comprados por Morton a ciertas zonas donde podían serle más útil.

—Y Jack se negó.

—Seguramente. De lo contrario, no habría sido necesario dar ejemplo con él.

—Jack era la clase de hombre que habría hecho todo lo posible por sacar ese asunto a la luz —dijo Logan. Sin embargo, había algo que no entendía—: ¿Fue allí a reunirse con Morton, sin escolta?

—Lo más seguro es que lo atraparan en la calle —dijo Rowdy, con una expresión ceñuda y los puños apretados—. Yo estaba en la planta principal, y aquella noche estaba abarrotado, así que no vi nada. Pepper había limpiado esa zona más temprano, y se suponía que tenía que trabajar en la misma planta que yo, pero se acordó de que se había dejado arriba las llaves del almacén.

Al pensar en lo que había presenciado Pepper, en el peligro que había corrido, Logan se puso rígido.

Rowdy siguió hablando en un susurro, como si sintiera lo mismo que él.

—Se quedó escondida en la sala de juntas, en silencio, pero lo oyó todo.

—Dios mío.

Rowdy apartó la mirada.

—Dice que metieron a tu amigo rastras en la sala. Ya le habían dado una paliza, y estaba muy mal, no oponía ninguna resistencia. Pepper oyó a Morton decir que iba a dar ejemplo a los demás con él.

Logan respiró profundamente al recordar lo que había sufrido su amigo.

—Lo cierto es que… —Rowdy miró a Logan con dureza— había dos policías presentes. Uno de ellos fue el que apretó el gatillo.

Aunque Logan ya sabía que todo había terminado con un disparo, el hecho de que hubiera muerto a manos de un policía aumentó su rabia.

—¿Conocías a esos policías?

Rowdy negó con la cabeza.

—A mí todos me parecéis iguales. Unos arrogantes que estáis encantados de ejercer vuestra autoridad.

Logan pasó por alto la provocación.

—¿Hombres, o mujeres? ¿Blancos, o negros?

—Hombres, blancos —dijo Rowdy, encogiéndose de hombros—. Por lo menos, eso es lo que pensó Pepper por la conversación que oyó.

—¿Ella fue a contártelo todo?

—No fue de inmediato. Se quedó escondida en aquella habitación más de una hora, porque tenía miedo de moverse. Me dijo que tenía miedo de que la encontraran y me mataran a mí también.

—¿Sabían que sois hermanos?

—No, pero Pepper siempre ha sido así, muy protectora. Yo he intentado mantenerla a salvo, pero soy todo lo que tiene, y…

—Te quiere.
Rowdy lo miró a los ojos, y repitió:
—Soy todo lo que tiene.
Logan sintió más miedo que nunca, y se dejó caer en una silla.
—¿Cuándo averiguaste lo que había ocurrido?
—Aquella noche, el local estaba abarrotado de gente. Trabajé seis horas extra. Me di cuenta de que había ocurrido algo, pero no quería arriesgarme hablando demasiado con ella y, cada vez que la paraba para preguntarle qué tal estaba, ella me respondía que muy bien.
—Si llegan a verla aquella noche...
—Ella no sabía en quién confiar. Sabía que había policía implicada en el asesinato, así que... ¿Cómo iba a presentar una denuncia? No quería que salieran indemnes, así que intentó hablar con un periodista, pero ese idiota le contó a la persona equivocada que tenía una primicia...
—Una primicia de... Yates.
No tenía por qué haberle dado más datos. Tan solo, un apellido.
Así pues, la testigo era Pepper. Y, durante todo aquel tiempo, él había pensado que, a la larga, iba a ayudarla, que iba a liberarla de un hermano desconsiderado.
Y, por el contrario, la había convertido en blanco de un asesino. Gracias a él, en aquel momento Pepper corría más peligro que nunca.

Reese estaba paseándose delante de la puerta de la sala de interrogatorios. ¿Qué demonios? Logan debía de estar loco para haberse quedado encerrado con Rowdy. Estaban sentados en la mesa, hablando en voz baja, en aquel mismo instante.
Compartiendo detalles.
Llegando a conclusiones.
Planeando... algo.

¡Logan lo había excluido!

Reese miró de nuevo por la pequeña ventana de la puerta, con inquietud. Las cámaras de vigilancia estaban apagadas. Ninguno de los dos hombres se preocupó por él. ¿Qué significaba eso?

—¿Detective Bareden?

Reese tuvo ganas de soltar un gruñido al darse la vuelta y encontrarse de frente con la teniente Peterson.

—¿Señora?

—¿Haciendo de perro guardián? —preguntó ella, mirando hacia la puerta.

¿Qué era mejor, dejar que pensara eso, o decirle la verdad, que Logan lo había dejado fuera del interrogatorio? Se limitó a encogerse de hombros.

—Quiero hablar con el detective Riske.

Reese sonrió. Sabía que a la teniente no le gustaba en absoluto que él fuera mucho más alto y grande que ella.

—Seguro que saldrá enseguida.

Ella alzó la barbilla.

—Quiero hablar con él ahora.

Vaya. Reese tuvo ganas de entretenerla y ganar tiempo para que Logan pudiera... ¿qué? ¿Recuperar el sentido común y volver a incluirlo en la investigación?

Sí, claro.

—Lo que ocurre es que Logan no ha tenido la oportunidad de hablar con Yates sin interrupciones.

—¿Y por qué no?

—Porque lo han interrumpido.

Peter se cruzó de brazos con exasperación y le clavó una mirada fulminante.

—Su actitud está al límite de la insubordinación, detective. Tal vez necesite unos días suspendido de empleo y sueldo para recuperar el buen comportamiento.

Reese se frotó la nuca. No tenía más remedio que explicarse.

—La hermana de Rowdy ha venido de visita.

Ella bajó los brazos.
—¿Su hermana?
—Sí. Creo que están muy unidos. Ella es la mujer con la que Logan intentaba trabar amistad para llegar a Rowdy.
—¡Ya lo sé, demonios! ¿Y por qué ha venido?
—A ver a su hermano.
—¿Y lo ha conseguido?
—¿El qué?
De repente, la teniente perdió la paciencia.
—¡Lo está haciendo a propósito!
Reese contuvo la sonrisa.
—¿El qué?
Ella retrocedió un par de pasos y adoptó una expresión fría para ocultar su ira.
—Estoy a punto de imponerle una sanción disciplinaria. De hecho, hay pocas cosas que me complacerían más que esa.
—Es una lástima —dijo Reese—. Yo solo estoy intentando responder a sus preguntas.
Ella sonrió con maldad.
—Detective Bareden, o abre usted la puerta, o se aparta de mi camino. Ahora.
Reese, que sabía ser galante cuando era necesario, se apartó y gesticuló para indicarle que hiciese lo que considerara oportuno.
Entonces, ella giró el pomo, y se dio cuenta de que estaba cerrado con llave.
—¿Qué pasa ahí dentro, exactamente?
—Como yo también estoy en este lado de la puerta, no puedo decírselo. Pero supongo que Logan nos lo dirá en cuanto salga.
Y esperaba que fuera pronto.

Rowdy cerró los ojos con fuerza, y dijo:
—La gente que asesinó al concejal fue la que mató al repor-

tero para evitar que diera la noticia del crimen. Y son la misma gente que mataría a cualquiera que sepa la verdad.

Incluyendo a Pepper.

Las piezas del rompecabezas habían empezado a encajar, y a crear una imagen completa para Logan.

—Cuando murió el periodista, ¿tú te hiciste pasar por el informador? Hiciste creer a todo el mundo que eras tú.

—Era más verosímil que yo hubiera presenciado el asesinato, así que no me resultó difícil difundir el rumor. Lo único que tuve que hacer fue desaparecer, y todos supusieron que yo era el culpable. Por supuesto, Pepper se negó a que lo hiciera, pero mejor yo que ella.

Logan asintió.

—Y todo este tiempo...

—He hecho todo lo posible por protegerla y mantenerla a salvo. En cuando me lo contó todo, nos escondimos. Me gasté todo el dinero en efectivo que teníamos para conseguir identidades nuevas. Como había policías implicados, no me atreví a tomar un tren ni un avión. Le gané el edificio de apartamentos en una partida de cartas a un señor mayor que ya ha muerto. Instalé a Pepper allí y me alejé para que nadie estableciera la relación ni averiguara la verdad, ni intentaran llegar a mí a través de ella.

—Exactamente, lo que hice yo —dijo Logan, pasándose la mano por el pelo—. Conseguiste esconderla muy bien, y ocultarte tú también. He pasado mucho tiempo investigando para encontrar alguna pista tuya, explorando todas las posibilidades.

—Me imaginé que cualquiera buscaría primero a un hermano y una hermana. Así que me escondí, y Pepper cambió su vida entera.

—Y su aspecto —dijo Logan.

Entendía el sentimiento de protección hacia su hermana y comprendía que su intención era cuidar de ella, pero la vida de Pepper no había sido ideal. Pepper se merecía mucho más.

—Me horroriza que le ocurriera esto a mi hermana. No sé cuáles son los policías corruptos, ni hasta dónde llega la corrupción. Lo único que sé es que los implicados tenían la sangre fría necesaria como para asesinar a uno de los suyos sin pestañear. Me parecía que desaparecer era nuestra única oportunidad de salvarnos.

—Seguramente, en aquel momento lo era.
—¿Y ahora?
—Ahora, yo puedo ayudar.
—Tú has echado a perder la tapadera de Pepper.

Logan no podía negarlo, así que tuvo que aceptar eso y algo más.

—Me pidió que te dijera que ya has hecho suficiente. Que ahora le toca a ella.

Rowdy apartó la mirada con una expresión de sufrimiento.

—¿Ha vuelto a ser la misma de antes?
—Supongo que sí —dijo Logan, y la inquietud hizo que se pusiera en pie y comenzara a pasearse por la sala—. Intenté retenerla aquí, pero...

—Si no la encuentras y la paras, moverá tierra y cielo para intentar terminar con esto.

—¿Cómo?
—Seguramente, irá al club a en busca de Morton. Es la única manera que conoce de protegerme —dijo Rowdy, y entornó los ojos—. La cuestión es si confiará en ti lo suficiente como para permitir que la ayudes.

Logan sabía con certeza que no era así. Pepper estaba herida, enfadada y convencida de que tenía que mantener la distancia con él. Y también sabía que era lo que se merecía, entre otras cosas, porque había detenido a su hermano, la persona más importante del mundo para ella.

La única persona en la que podía confiar.

Logan tomó una decisión y se sacó las llaves del bolsillo.

—Vamos a convencerla entre los dos.

Solo se le ocurría aquel modo de localizarla y protegerla.

Le gustara o no, sus prioridades habían cambiado: lo principal era la seguridad de Pepper.

Después de eso, iría por Morton Andrews y los policías corruptos, y por todos los que estuvieran implicados en la corrupción.

Cuando Logan lo soltó, Rowdy flexionó las manos y miró hacia la puerta.

—¿Y quieres decirme cómo vamos a pasar por delante de ese? Porque no creo que vaya a mirar a otro lado.

Logan se giró y vio a Reese, que los observaba a través de la ventana de la puerta.

—No pasa nada. Tú sígueme —dijo.

—No me queda más remedio que hacerlo —respondió Rowdy—. Pero, si te has equivocado y ese tipo le hace algo a mi hermana, lo mataré.

Logan no corrigió aquellas palabras, pero, si Reese le hiciera algo a Pepper, Rowdy no iba a tener la oportunidad de tocarlo.

Él mismo lo mataría.

Rowdy se sentía nervioso por el hecho de estar en una comisaría abarrotada, pero ¿verse obligado a confiar en que Logan protegiera a su hermana? Eso ya era pedir demasiado.

No importaba que Logan Riske tuviera un buen motivo para haberle seguido la pista. Y parecía que su hermana le importaba de verdad, y viceversa.

Sin embargo, los policías no eran amigos, y punto. Protegían a la gente normal, a las clases medias, a los privilegiados, y se protegían unos a otros.

¿Protegían a aquellos que se veían obligados a tomar medidas drásticas para poder sobrevivir? No, porque, en el mejor de los casos, esa gente eran molestias y, en el peor, eran eliminables. En su vida, a él siempre lo habían considerado un tipo problemático. Y, para asegurarse de que su hermana y él podían seguir juntos, había tenido que rechazar siempre los trabajos legales. Cuando Pepper había cumplido la mayoría de edad, él había seguido sintiéndose obligado a seguir lo más cerca posible de ella. Había perdido a todas las personas más importantes de su vida a una edad muy temprana, salvo a Pepper. Ella lo era todo para él. Su mundo. Estaba dispuesto a morir por su hermana.

Y a matar por su hermana.

Pero, Dios Santo, nunca había querido que ella sintiera lo mismo.

Pepper y él se habían pasado la vida tratando de eludir a los criminales y a los policías. Ninguno de los dos extremos tenía cabida en su existencia.

Ellos solo querían sobrevivir. Tener un refugio, comida suficiente, ropa cómoda, algún entretenimiento.

Seguridad.

Y, para él, alguna mujer cálida y bien dispuesta en los momentos en que el pasado le pesaba demasiado. No necesitaba nada más.

Por supuesto, no necesitaba a una oficial de mirada fulminante que le demostrara su desdén.

—¿Detective Riske?

Estaban junto a la puerta de la sala de interrogatorios. Claramente, Logan no estaba esperando encontrarse con aquella mujer.

Además, ella estaba muy enfadada, y no hacía nada por disimularlo.

Estaba tan preocupado por Pepper que se planteó escapar corriendo. Sin embargo, había bastantes policías entre la libertad y él. Si echaba a correr, pensarían que era culpable de algo, y lo era. Demonios, era culpable de muchas cosas. Ninguna que fuera ilegal, cierto, pero eso no tenía mucha importancia en aquella situación. Volverían a detenerlo, y no podría salvar a Pepper de sí misma.

Reese intervino:

—La teniente Peterson iba a unirse al interrogatorio, pero, eh... Logan, habías cerrado la puerta, así que...

¿Teniente? Vaya. La miró y se sintió impresionado.

Con furia, ella dio un paso hacia delante y se enfrentó a los tres. Era una mujer menuda que desafiaba a tres enormes tipos.

Sí, era un sexista. Y ese no era el peor de sus defectos.

En un tono glacial, la teniente dijo:

—Caballeros, entren en la sala, por favor.

Para ser tan menuda, tenía mucha autoridad. Entró en la sala de la que acababa de salir Logan y se cruzó de brazos a la espera de que cumplieran sus órdenes. Demonios, no tenían tiempo.

Reese entró primero, y Logan, el muy desconfiado, permaneció a su espalda hasta que él hubo entrado también.

—Bueno —dijo la teniente—. ¿Qué es esto?

Reese miró a Logan, y Rowdy, también.

—No tenemos suficiente como para retenerlo.

Ella apretó los labios.

—¿Ha dicho quién mató al concejal?

—Parece que el periodista exageró mucho la historia —dijo Logan, mintiendo—. Él no vio demasiado, y no se acuerda de casi nada.

—Pero... según el periodista...

—Debió de adelantarse —intervino Rowdy—. Él se ofreció a pagarme a cambio de información, y yo accedí. Pero nunca volvió, así que a mí se me olvidó el asunto.

La teniente no parecía muy convencida.

—¿Y el allanamiento de morada del apartamento que usaba usted como tapadera, detective?

—Él solo quería ver a su hermana —dijo Logan—. Y, como ahora quiere colaborar, voy a permitírselo.

—Sí, de verdad —le dijo Rowdy a la teniente, intentando parecer sincero. Cada vez estaba más ansioso por ponerse en marcha. Si no encontraban pronto a Pepper, podía ocurrir algo horrible.

Sin embargo, antes tenía que ganarse a la teniente, así que sacó todo su encanto para ver lo que conseguía. No le resultó difícil; la teniente era bastante mona, aunque un poco estirada.

Cuando ella volvió a mirarlo, él le dedicó una de sus mejores sonrisas.

Ella se quedó mirándolo con el ceño fruncido.

—¿Y cómo crees que puedes ayudar?
Como no tenía ni idea de lo que Logan quería que dijera, se encogió de hombros.
—En lo que pueda —dijo. Y su tono de voz, que era sugerente, consiguió que ella se ruborizara.
Reese tosió.
Logan se puso delante de Rowdy.
—Vamos a volver al apartamento para buscar la información que tengo en el ordenador y comprobar si hay alguna pista que podamos seguir. Voy a cotejar fechas para ver si hay coincidencias y veremos fotografías con él para ver si reconoce a alguien que estuviera con Jack justo antes de que fuera asesinado.
La teniente pensó en todo aquello. Después, volvió a mirar a Rowdy.
—¿Tú trabajabas en el club?
—Era el portero —dijo Rowdy, colocándose junto a Logan—. Vi a muchísima gente entrar y salir. Recuerdo a muchos de los clientes habituales. Tal vez, con algunas fotos... —le miró la boca y, después, los ojos de nuevo. Volvió a sonreír, y comentó—: ¿Quién sabe? Puede que algo haga clic...
Ella apretó los labios, pero no dijo nada. Después, se volvió hacia Logan.
—¿Su hermana ha estado aquí?
Tanto Logan como Rowdy se quedaron inmóviles. Ninguno de los dos miró a Reese.
—Sí —dijo Logan, por fin—. Muy poco tiempo. Cuando le dije que quería interrogar a Rowdy antes de que ella pudiera verlo, salió corriendo.
—¿Y adónde fue?
—No lo sé —dijo él, como si no le interesara—. Probablemente, habrá vuelto a su apartamento. ¿Por qué? ¿Quería que la recogiera?
La teniente hizo un gesto negativo.
—No, no es necesario. Seguro que ya ha tenido bastante para una noche —dijo, y miró a Rowdy con el ceño fruncido—. En

realidad, prefiero que la traten con todo el respeto y el cuidado posible. Lo que menos conviene es que decida contratar a un abogado.

—No, no lo haría —dijo Rowdy—. Es demasiado caro, y no hay necesidad, porque yo no estoy detenido, ¿no?

—Y está cooperando —dijo Reese.

—Asegúrense de eso y, también, de que los medios no se enteren de esto a menos que tengamos algo concreto para continuar.

Rowdy exhaló un suspiro.

—Estoy segura de que comprenden la importancia de que esta investigación se lleve a cabo en secreto durante el mayor tiempo posible.

—Por supuesto —dijo Logan.

—¿Sabe alguien más que ha estado aquí?

—Solo nosotros tres —respondió Logan.

Ella miró a Reese con cara de pocos amigos.

—Eh —dijo Reese—. Yo sé guardar secretos.

Era evidente que había antipatía entre la teniente y el detective Bareden. Más tarde le preguntaría a Logan por aquel asunto, pensó Rowdy. Pero, por el momento...

—Bueno, la noche pasa muy rápido —dijo Logan—. Enseguida va a amanecer. Me gustaría ponerme en marcha, así que, si no hay nada más...

La teniente abrió la puerta y les indicó que salieran.

—Si Andrews tiene la más mínima pista de que sabemos algo, podría haber otra muerte. La suya —le dijo a Logan, y miró a Rowdy—. O la de él.

«O la de mi hermana», pensó Rowdy, pero intentó mantenerse imperturbable.

—Manténgalos a él y a su hermana ocultos —ordenó la teniente—. ¿Entendido?

Logan asintió.

—Por supuesto.

Ella volvió a fruncir el ceño mirando a Reese.

—Será mejor que sepa lo que está haciendo, Logan. Ya ha tenido tiempo suficiente para dedicarle a este caso. Termine de una vez, y dediquémonos a otra cosa.

Y, con aquello, la teniente se marchó.

Reese se giró hacia Logan.

—Entonces, ¿qué vas a hacer? Me vas a excluir, o vas a dejar que ayude?

Rowdy sabía lo que prefería hacer: confiar en el menor número de gente posible.

Cuando sonó el teléfono de Logan, todos se quedaron inmóviles. Rowdy contuvo la respiración, pero, en cuanto Logan respondió la llamada, supo que se trataba de Pepper.

CAPÍTULO 14

Después de colgar, Morton se paseó por su despacho. Era ya muy tarde, pero el club estaba abarrotado; el primer y el segundo piso estaban llenos de hombres ansiosos por gastarse el dinero. Esperaba que su invitado apareciera en cualquier momento. Se habrían emprendido nuevos negocios. Se habría ganado más dinero y se habría adquirido más poder. Aquel nuevo problema no le beneficiaba en absoluto. Era un problema grave, además. Agarró el teléfono de la mesa y lo lanzó contra la pared; estuvo a punto de golpear a uno de sus guardaespaldas.

El exabrupto no le sirvió para desahogar su rabia, pero los demás se sobresaltaron. Él no les prestó atención. Eran gorilas prescindibles. Estaban allí para servirle y protegerlo.

Y los muy idiotas habían fallado. Pero no eran los únicos.

Rowdy Yates estaba vivo y bajo custodia policial. Eso significaba que el policía también le había fallado.

Miró a su alrededor, a los guardaespaldas. Ya sabía lo que tenía que hacer. Era inconveniente, pero no tanto como ir a la cárcel. Se encargaría de aquello como se encargaba de todo lo demás. Destruiría el problema, lo enterraría y seguiría adelante.

Logan dejó asombrado a todo el mundo al decir:
—Pepper, ¿dónde estás?

Ella ignoró la pregunta:

—Vaya, cuánto estoy hablando por teléfono esta noche, ¿eh? —dijo, y se echó a reír. Sin embargo, su risa tenía un matiz de miedo y de tensión—. Seré breve, así que presta atención. Voy a ir al club.

—No, no hagas eso.

—Demasiado tarde. Si quieres a Andrews, ve tú también, y podrás pillarlo in fraganti. Rowdy puede explicarte cómo se entra. Pero no des el espectáculo, Logan. Si mandas a tus amigos policías, podrías conseguir que me maten.

A él se le subió el corazón a la garganta.

—Escúchame, cariño. Tu hermano...

—Si te oyen venir, estoy muerta. Así que, en serio, Logan, si no quieres que me maten...

—¡Sabes que no, maldita sea! —gritó él. Después, intentó calmarse y razonar con ella—: Quiero protegerte, quiero...

—Muy bien. Entonces, no lo eches todo a perder.

Pepper colgó.

Logan perdió la compostura y echó a correr.

—Va al club.

Tanto Rowdy como Reese lo siguieron hasta el aparcamiento. Rowdy la llamó con su propio móvil, pero murmuró:

—Demonios, no contesta.

—Por el amor de Dios... —Reese tomó a Logan del brazo e hizo que se detuviera—. Esto es una locura. Tú entra por el aparcamiento, y yo iré por el otro lado. El que la encuentre primero, que le impida cometer una estupidez.

Rowdy empezó a protestar, pero Reese dijo:

—¡Ni una palabra más! No tenemos tiempo para discutir.

Logan estaba de acuerdo.

—Yo voy a tardar veinte minutos en llegar. No pongas la sirena.

—De acuerdo —dijo Reese, y echó a correr hacia su coche.

Pepper intentó controlar la inseguridad y las dudas mientras observaba el edificio que tenía frente a sí. Sabía que los guardias vigilaban Checkers en el interior y en el exterior, cada minuto del día y de la noche. Morton Andrews se gastaba una fortuna en seguridad. Llegar a él no iba a ser fácil.

Después de interrumpir a Logan en medio de una frase y despedirse, había puesto el teléfono en modo vibración. No quería que nadie la llamara en medio de aquello. Ya había notado el movimiento del teléfono, así que eso significaba que Logan estaba preocupado, ¿no?

Aquella idea le dio fuerzas, y comenzó a caminar hacia la puerta.

Ojalá no se hubiera equivocado al confiar en Logan. Ojalá él fuera un buen policía que quería llegar al fondo de las cosas y hacer justicia.

Tenía que creerlo, porque lo demás sería impensable.

Vio dos gorilas a varios metros del club. Llevaban un auricular en el oído y, sin duda, iban armados. Charlaban mientras vigilaban a los que pasaban por la acera. En aquella calle había establecimientos bien iluminados, desde licorerías hasta salones de tatuajes, restaurantes y una gasolinera.

Todos tenían letreros de neón encendidos. La gente hablaba y se reía, deambulaba por allí, llamaba a un taxi, entraba en su coche... Nadie tenía por qué fijarse en una mujer que iba sola.

Sin embargo, ella clavó la mirada en los hombres, y ellos notaron que se les acercaba, tal y como quería.

Pepper fue directamente hacia ellos; uno la miró con admiración y el otro retrocedió un poco, seguramente para conservar la ventaja.

—Necesito ver a Morton —les dijo.

El gorila más alto de los dos sonrió con mezquindad.

—Sí, tú y otras doce tías.

—No creo que ninguna de ellas quiera verlo por voluntad propia.

La arrogancia del gorila se transformó en irritación.

—Piérdete, guapa.

—Mira, guapo, esto es lo que vas a hacer: dile a Morton que

Pepper Yates está aquí y, si te comportas como es debido, no le diré que has intentado echarme. Porque, ¿sabes? Si se entera, seguramente te mandará matar por ser tan incompetente.

Entonces, aunque con cierto escepticismo, el tipo asintió hacia su compañero para indicarle que hiciera la llamada. A juzgar por la cara del segundo gorila, Morton había accedido a verla.

Muy pocos clientes del club se habían fijado en ella mientras trabajaba allí, y apenas había fotografías de aquella época. Tal vez Morton no la conociera, pero sabía su nombre.

Porque ella era la hermana de Rowdy.

Y Rowdy se había hecho pasar por el chivato.

Había demasiada gente que quería echarle las manos encima a su hermano, porque su hermano la había protegido a ella. Tenía que hacer aquello.

—Vamos —dijo el gorila, e intentó agarrarla del brazo. Pepper dio un paso atrás.

—¿Morton está dentro? —preguntó ella. Suponía que sí, pero necesitaba que se lo confirmaran. Si había cometido un error, si intentaban meterla a un coche para llevarla a otro lado, se pondría a gritar.

Tal vez eso no la salvara pero, al menos, los demás se darían cuenta.

—Está en su despacho.

—¿Del último piso del club?

El gorila soltó un resoplido de impaciencia.

—¿Vienes, o no?

—Sí, voy —dijo ella, con una sonrisa rígida.

Se adelantó y caminó hacia el club con el corazón en un puño. Cuanto más se acercaba, peor se sentía. Tenía náuseas y le latían las sienes.

El gorila la agarró con fuerza del brazo para llevarla hacia la entrada trasera. Ella siguió andando, porque no quería que la arrastraran. Quería y necesitaba hacer aquello por sus propios medios.

Morton Andrews ya la había tenido atemorizada durante suficiente tiempo. Si Logan no llegaba a tiempo, ella encontraría la manera de terminar con aquel canalla.

En la parte trasera del edificio, bajo las potentes luces de seguridad, el tipo se detuvo. El guardia de la puerta frunció el ceño.

—¿Qué estás haciendo? No puedes traerla aquí.
—Órdenes de Andrews.
—Ah.

Hubo una pausa, mientras el guardia la miraba con lascivia. Los dos se echaron a reír.

Los muy desgraciados.

Pepper no miró a ninguno de los dos, hasta que el gorila se giró hacia ella. Al ver su expresión y su mirada, supo que iba a cachearla, y que lo haría de la manera más desagradable posible.

Alzó la barbilla y fingió que sentía indiferencia. De repente, se oyó una explosión ensordecedora por encima del ruido de los clientes y de la música. ¿Disparos? ¿Dónde? ¿Quién?

Los cristales de las ventanas del tercer piso saltaron en añicos, y el aire se llenó de un humo acre que le quemó las ventanas de la nariz. No habían sido disparos; ¿qué, entonces?

Antes de que pudiera pensarlo, empezó a sonar una alarma estridente.

Ella se tapó los oídos y sintió una mezcla de miedo y confusión.

¿Qué había ocurrido?

Otros dos guardias, con las armas desenfundadas, pasaron corriendo al edificio, hablando por sus micrófonos. Se oyeron gritos y una estampida de personas que abandonaban el club.

Alguien empujó a Pepper a un lado, y ella cayó al suelo. Se quedó allí agachada, en medio de una avalancha de órdenes, y oyó la palabra «bomba».

Oh, Dios Santo.

De repente, todo cobró sentido. Miró hacia arriba y vio que

por los huecos de las ventanas salía un humo negro. Alguien había hecho estallar una bomba en el tercer piso del edificio.

El piso en el que estaba el despacho de Morton Andrews.

El despacho... donde él estaba aguardando para hablar con ella.

—Puede que no la encontremos —dijo Rowdy, que iba a su lado en el coche, y que estaba cada vez más inquieto—. Sabe esconderse.

Logan sabía por experiencia propia lo buena que podía ser Pepper a la hora de esconderse. Demonios, él había mantenido relaciones sexuales con ella sin poder verla bien.

—Espero que tengas razón —dijo, y dio una curva con exceso de velocidad. Les faltaban pocos minutos para llegar al club—. No puede atacar a nadie si está escondiéndose.

Oyeron una sirena a lo lejos, pero, a medida que se acercaban, el sonido se hacía más audible.

Rowdy se inclinó hacia delante.

—Humo.

—¿Qué?

Más sirenas, y luces de policías.

—En el cielo —dijo Rowdy, y se le encorvaron los hombros. Se pasó los dedos entre el pelo, y añadió—: Hijo de puta...

Un camión de bomberos paró delante del club. Ya había otro en la acera, y los bomberos estaban corriendo hacia el edificio. La gente estaba sentada en el bordillo, o tosiendo, con el torso flexionado hacia delante... Vieron llegar una ambulancia a toda velocidad, pero no parecía que hubiera nadie herido.

—No, ella no ha hecho esto —dijo Rowdy, y se agarró del brazo de Logan—. No sería capaz...

Logan notó un pinchazo de angustia en el estómago. Apretó tanto los dientes que le dolieron las sienes.

Al ver el humo que salía por las ventanas del piso superior del club, dijo:

—Una bomba.
Rowdy se puso furioso.
—Pepper nunca haría nada de eso, así que quítate esa idea de la cabeza. Dios, ¿y si ella estaba dentro?
—No —dijo Logan. No podía soportar aquella idea.
En aquel momento, estaba casi paralizado. Las posibilidades le reconcomían por dentro, a cada cual peor.
Tenía que pensar. Tenía que dar con una solución...
Rowdy se arrojó contra su puerta para intentar abrirla, pero Logan activó los cierres.
Rowdy se giró hacia él y le gritó:
—¡Puede que esté en peligro!
El teléfono de Logan sonó.
Los dos hombres se quedaron inmóviles. Logan abrió el móvil y dijo:
—¿Pepper?
—Logan —dijo ella, con la voz muy aguda—. Oh, Dios mío, Logan...
—¿Dónde estás?
—Ha habido una explosión.
Logan notó el temblor de su voz. Estaba conmocionada, y necesitaba que él tomara el control de la situación, y eso era, exactamente, lo que iba a hacer.
—Ya ha pasado todo. Dime dónde estás.
—Había gente dentro —continuó diciendo ella, como si no le hubiera oído—. Había música y mucho ruido, y yo estaba... Un guardia estaba a punto de cachearme para llevarme a ver a Morton.
—Entonces, ¿todavía estás fuera? ¿Hay alguien contigo?
—Todos los guardias han huido. Al principio no estaba segura de lo que había pasado, pero alguien mencionó una bomba —dijo, y se atragantó—. No sé si hay algún herido. Ni siquiera sé si Morton sigue con vida.
—No va a pasar nada, ya lo verás —dijo él. Oía su respiración entrecortada, pero ella no dijo nada. De repente, Logan tuvo

una idea–: Pepper, Rowdy quiere hablar contigo. No me cuelgues, cariño, ¿entiendes? Voy a darle el teléfono a tu hermano.

Rowdy le arrebató el teléfono móvil a Logan, y preguntó rápidamente:

–¿Estás bien?

Rowdy titubeó, asintió y, después, se apoyó en el respaldo del asiento y cerró los ojos.

–Gracias a Dios.

–Dile que venga con nosotros –le indicó Logan, sin dejar de mirar a su alrededor. Reese se aproximó desde el otro lado del edificio, caminando con cara de asombro. Parecía que estaba tan pasmado como él mismo–. Esto es peligroso, Rowdy. Muy peligroso.

Reese desapareció entre las sombras, alejándose del gentío. Rowdy vaciló. Tal vez estuviera pensando en una manera de poner a salvo a Pepper de una vez por todas.

La amenaza era cada vez más grande, y Logan dijo:

–No podemos quedarnos aquí, demonios. Tu hermana es un blanco fácil. Si la ve alguien...

–Pepper, estoy con Logan, en su camioneta. Tienes que venir con nosotros.

Rowdy escuchó las objeciones de su hermana, pero respondió:

–No, los dos vamos a estar a salvo, pero tienes que venir aquí ahora mismo.

Logan siguió vigilando mientras Rowdy le decía a su hermana dónde podía encontrarlos.

–No, no cuelgues –le pidió–, hasta que te vea...

Y, justo en aquel momento, ella apareció en la acera de enfrente, detrás de la marquesina de una parada de autobús, mirando a su alrededor.

De nuevo, Rowdy intentó salir del vehículo. Logan soltó una maldición y lo retuvo. Teniendo en cuenta lo grande que era Rowdy, y la fuerza que provenía de sus emociones, no fue fácil.

—¡Te van a reconocer! Quédate aquí, y dile que voy a buscarla.

Rowdy cedió.

—Logan va por ti, nena. Yo estoy en la camioneta, esperando. No te muevas.

—Ponte al volante —le dijo Logan al Rowdy, antes de salir y echar a correr hacia Pepper.

Ella estaba inmóvil, pero el viento azotaba su pelo. Tenía una expresión de dolor y de desafío a la vez, y él se sintió muy conmovido. Cuando se acercó a ella, Pepper dio un paso atrás.

—Si le haces algo malo a mi hermano, te juro que...

Logan la abrazó contra su pecho, estrechándola contra sí, y apoyó la cara en su pelo mientras la sujetaba por la espalda con las manos abiertas.

Ella no correspondió a su abrazo, pero tampoco lo rechazó.

—¿Logan?

La tenía entre sus brazos, y no iba a dejar que se marchara otra vez. Para asegurarse de que no estaba herida, le pasó las manos por la espalda y por el pelo, palpándola.

Ella exhaló un suspiro.

—No se te ocurra pensar que yo...

—Tenemos que largarnos de aquí. Ya me lo explicarás todo después —respondió él, y se giró, aferrándola a su costado.

—No tengo nada que explicar.

—Muy bien.

Con tanta confusión en la zona, no parecía que nadie les prestara atención. Sin embargo, eso no significaba que estuvieran a salvo.

Él temía que pudiera haber un francotirador, u otra bomba, o una emboscada.

Reese no se había acercado a la camioneta, pero era lógico, después de ver lo que había ocurrido. Rowdy los estaba esperando con el motor encendido. Logan hizo subir a Pepper primero, para que quedara entre Rowdy y él. Después, entró y se sentó a su lado.

—Vamos, en marcha —dijo.
—¿Adónde voy? —preguntó Rowdy.
—Por ahora, sal de aquí —respondió Logan.
Le abrochó el cinturón de seguridad a Pepper, y se puso también el suyo. Ella no se resistió cuando él la tomó de la mano.
Rowdy los miró antes de girar el volante y ponerse en marcha.
Pepper tomó aire.
—Tengo que sacar nuestras cosas del coche.
—Olvídate de eso —le dijo Logan. Quería alejarse de aquella zona lo antes posible.
—¡Olvídalo tú! —replicó ella—. Es importante.
—Veo que ya te estás recuperando de tu conmoción —dijo Logan. Después de haber visto que estaba ilesa, toda su preocupación se transformó en rabia. Pepper podía haber muerto—. Lo de venir aquí de esta manera ha sido una temeridad increíble por tu parte.
—Sí, bueno, si tú no hubieras...
—¿Has limpiado mi habitación del motel? —preguntó Rowdy, interrumpiéndola.
Aquello captó la atención de Pepper, y su furia.
—¡Sí, incluyendo a la mujer que había en tu cama!
Sin dejar de mirar a la carretera, Rowdy tomó una curva y respondió:
—Era una chica muy agradable. ¿Está todo en el maletero de mi coche?
Pepper se cruzó de brazos y le clavó una mirada fulminante a Logan.
—Sí.
Si la situación no fuera tan peligrosa, Logan se habría divertido con la ironía. Él había querido conseguir a Pepper para llegar a Rowdy a través de ella. Sin embargo, ahora que tenía a Rowdy, solo podía pensar en apartar a Pepper del peligro. Se pellizcó el puente de la nariz, y preguntó:

—¿Dónde está el coche?
—Lo dejé a dos manzanas al norte del club, en el aparcamiento de una tienda de empeños. Las llaves están debajo del asiento del pasajero.
—¿Hay alguna pista sobre vosotros en el coche?
Ella volvió a asesinarlo con la mirada.
—Claro, como somos unos criminales tan peligrosos...
—Yo no he dicho eso.
—No lo has dicho, pero lo has pensado.
Él la miró con una expresión severa, pero ella lo ignoró.
—Muy pronto vamos a resolver eso. Pero, por el momento, me refería a si hay algo que pueda usarse para seguiros.
—No, solo me apetecía ir a ver a la última conquista de Rowdy para charlar un poco. ¿Qué mejor modo de pasarlo bien?
Rowdy silbó en voz baja.
—Tu sarcasmo no es de ayuda.
—¡Tienes suerte de que solo esté siendo sarcástica!
Logan tuvo que contar hasta diez antes de volver a hablar.
—¿Qué coche es, Rowdy? Voy a decirle a Reese que se encargue él.
Rowdy le dijo el modelo y el color, y Logan sacó su teléfono móvil.
—¿Se te da bien despistar a alguien si te siguen?
Rowdy miró por el espejo retrovisor.
—¿Crees que nos van a seguir?
—No, pero prepárate por si acaso —respondió Logan, y llamó a Reese.
Su compañero respondió rápidamente.
—Lo he visto todo. ¿Qué quieres que haga?
Logan no entendía cómo había podido dudar de Reese ni un segundo.
—Por ahora, sal de ahí sin que te vean.
—Me he marchado al mismo tiempo que tú. ¿Quieres que nos veamos en algún sitio?

Aunque sabía que a su amigo no iba a gustarle, respondió:
—Todavía no, pero pronto.

Rowdy se relajó un poco. ¿De veras desconfiaba tanto de Reese? ¿O acaso todavía le preocupaba que él mismo los traicionara?

No, eso no era probable. Él quería hacer muchas cosas con Pepper Yates, pero la traición no estaba en esa lista.

—Tengo que resolver esto, y será más fácil escabullirme si lo hago solo.

—Ese es el problema, Logan: que no estás solo, estás con gente a la que, hasta hace muy poco tiempo, considerabas peligrosa. Como me has excluido, no tengo ni idea de por qué has cambiado de opinión, pero sé que debería estar ahí contigo. Debería...

—¿Puedes confiar en mí? —le preguntó Logan. No tenía tiempo para darle explicaciones.

Reese respondió sin vacilaciones:
—Al cien por cien.

—Gracias —dijo Logan—. Tengo muchísimas cosas que pedirte, pero, por el momento, ¿podrías cambiar de sitio el coche de Pepper sin que te vean?

Reese se quedó desconcertado, pero respondió:
—Sí, eso sí puedo hacerlo.

Logan le dijo cómo era el coche y dónde estaba.
—Llévalo a algún lugar seguro, por favor.
—Sin problema.

—Tengo que cambiar de teléfono, así que, seguramente, hasta dentro de unas horas no voy a poder ponerme en contacto contigo. Averigua todo lo que puedas sobre el club hasta ese momento, pero sé sutil. Preferiría que nadie se enterara de que hemos estado allí.

—Considéralo hecho.
—Te lo agradezco mucho.

Logan colgó y apagó el teléfono móvil. Entonces, le preguntó a Pepper:

—¿Me das tu teléfono, por favor?
Ella se había quedado callada, apagada. Le entregó el móvil y él lo apagó. No quería que los demás pudieran seguirlos a través del GPS.
—¿Rowdy?
—Yo ya lo he apagado —respondió Rowdy, y volvió a mirar por el espejo retrovisor—. Me lo quedo.
Sí, era comprensible.
—Tuerce otra vez hacia la izquierda y sal a la autopista. Ve hacia el sur —le dijo Logan, y se dio la vuelta para mirar por la ventana trasera, pero no vio nada sospechoso. Entonces, prestó atención a Pepper.
La expresión de su rostro transmitía muchas emociones; las más visibles eran la desconfianza y el dolor. Intentaba disimularlas con sus bravatas, pero le temblaban las manos y estaba pálida.
—Lo siento —le dijo él.
—Guárdate tus disculpas, Logan —respondió ella, acurrucándose contra Rowdy—. No quiero oírlas.
Rowdy le apretó brevemente la rodilla.
—Ahora vas a estar a salvo —le dijo.
Ella posó la cabeza en el hombro de su hermano y lo abrazó un instante.
Dios, qué bella era.
Y no quería saber nada de él. Logan sabía que necesitaba tiempo.
—¿Qué estabas haciendo en el club? —le preguntó.
—Yo no provoqué la explosión —respondió ella.
—Ya se lo he dicho yo —intervino Rowdy.
—Gracias —dijo ella, y volvió a abrazar a su hermano, mientras fruncía el ceño mirando a Logan—. Dios, Rowdy, cuánto he echado de menos verte.
—Lo mismo digo —respondió su hermano, con emoción.
Logan le tocó la espalda a Pepper.
—Deja que conduzca, preciosa. No es probable, pero si em-

pieza a seguirnos alguien, va a necesitar las dos manos en el volante.

Ella asintió y se irguió. Se colocó el bolso en el regazo y dijo:

—Esperaba que llegarais a tiempo, pero, si no lo hacíais, los habría matado.

—¿A quiénes? —preguntó Logan.

—A Morton Andrews y a sus hombres —dijo ella, frotando la tela de los pantalones vaqueros—. A cualquiera de su círculo que se hubiera cruzado en mi camino.

CAPÍTULO 15

Pepper parecía tan frágil, que Logan no podía dejar de acariciarle el pelo. Ella había hecho un gran esfuerzo al confiar en que él iba a llegar a tiempo y en que no era un policía corrupto.

—¿Morton estaba en el club?

—Supongo —dijo ella, casi sin darse cuenta de que él la estuviera tocando. Se mordió el labio, y añadió—: Después de que yo le dijera al guardia quién era yo, y que quería ver a Morton...

Rowdy soltó una maldición en voz baja.

—... el tipo hizo una llamada y, entonces, accedió a llevarme al interior del club. Cuando llegamos a la puerta trasera, y estaba a punto de cachearme...

Pepper se encogió.

Logan sintió el impulso de abrazarla, pero, desde que la había conocido, nunca había tenido en cuenta sus preferencias.

A partir de aquel momento, lo haría.

Ella cabeceó y tragó saliva.

—Al principio, cuando oí el ruido, no tenía ni idea de qué era. Al principio, pensé que alguien me estaba disparando, pero, entonces, explotó la ventana que había encima de nosotros y saltó la alarma.

Rowdy tomó el desvío de entrada a la autopista y preguntó:

—Mientras estabas por allí, ¿viste entrar a alguien sospechoso, a alguien que desentonara de alguna manera?

—No —dijo ella, y miró a Logan—: Es un sitio muy concurrido. Hay gente entrando y saliendo incluso los días de diario, normalmente en grupos grandes. Había gente —añadió, corrigiéndose a sí misma con un murmullo. Después, continuó—: Antes, yo habría reconocido el coche de Morton, y habría podido saber si estaba dentro. Pero ha pasado mucho tiempo. Había coches muy caros en el garaje, pero no hay forma de saber si alguno era el de Morton.

Logan abrió la guantera y sacó un bolígrafo y una libreta.

—Anota los modelos y los colores de los que te acuerdes. Yo voy a intentar averiguar qué coche tiene Morton ahora.

—Tiene chófer —dijo Rowdy—. Siempre lleva un cortejo de guardaespaldas y gente por el estilo. Tiene que ser un vehículo grande para que quepan todos, pero seguramente no será nada tan llamativo como una limusina.

Pepper comenzó a escribir lo que podía recordar.

—¿Qué vas a hacer? —le preguntó Rowdy a Logan.

—Lo primero de todo, asegurarme de que estáis a salvo.

—Estábamos a salvo antes de conocerte —dijo Pepper—. Muchas gracias.

Rowdy se quedó callado.

Teniendo en cuenta lo que había tenido que pasar, y cómo la había engañado, Logan prefirió dejar pasar aquellas muestras de antipatía.

—Conozco un sitio al que podemos ir.

—¿Y después?

—Voy a hacerme con un teléfono móvil de prepago y voy a llamar a Reese para ver si ha averiguado algo sobre Andrews y si hay sospechosos de haber puesto la bomba —dijo Logan, y se encogió de hombros—. Partiré de ahí.

—No sé si hubo heridos —dijo Pepper, con cara de preocupación—. Salí corriendo en cuanto me di cuenta de lo que había pasado.

—Yo lo averiguaré —respondió Logan, y tomó la libreta, pero no le soltó la mano—. ¿Estás mejor?

Ella lo miró, y asintió.

—Muy bien —dijo él.

Pepper le apretó la mano suavemente antes de soltarse.

Logan sintió esperanza al ver que ella se ablandaba un poco. ¿O era solo la desesperación por la situación tan crítica en la que se encontraban lo que había servido para mitigar su animosidad?

—Bueno, chicos, está claro que vosotros tenéis un plan, pero yo no sé nada. ¿Podríais ponerme al corriente?

—Se lo he contado todo —dijo Rowdy—. Puedes confiar en él.

Ella entornó la mirada, pero después, asintió.

—Está bien. Voy a confiar en él —dijo—. En esto.

Iba a ser una situación en la que podían salir mal muchas cosas, sin duda.

—Necesito una cabina telefónica. Si ves alguna, para.

—Y tendríamos que comprar comida, también —dijo Pepper—. Tengo hambre.

Rowdy sonrió.

—Siempre come cuando está disgustada o nerviosa.

—No es cierto.

Al verlos interactuar, Logan se dio cuenta de lo unidos que estaban. La manera afectuosa de tratarse de los dos hermanos demostró que muchas de las cosas que él había asumido eran falsas. Su hermano y él se comportaban de la misma manera.

—¿Comida rápida? —preguntó Rowdy.

—Cruza el puente hacia Kentucky primero. Solo serán diez minutos más —dijo Logan, y miró a Pepper—: ¿Te parece bien?

Ella apoyó la cabeza en el respaldo y cerró los ojos.

—No me voy a morir.

Sí, pero estaba a punto de amanecer, y ella no había cenado. Seguramente, llevaba horas alimentándose tan solo de adrenalina y de miedo.

Pepper se abrazó a sí misma.

—Por lo menos, ya no tengo que ponerme esa ropa tan espantosa.

—Estás traspasando el límite, ¿verdad? —le preguntó Rowdy a Logan, mientras cambiaba de carril—. Eso puede costarte el trabajo.

—Puede ser. No lo sé.

Todo dependía de cómo salieran las cosas. Hasta aquel momento, Peterson le había concedido tiempo libre para investigar cuando tenía alguna pista, y le había permitido trabajar de manera encubierta en el apartamento contiguo al de Pepper, pero ¿aquello? No creía que la teniente fuera tan comprensiva.

—Ya me las arreglaré.

Rowdy apretó el volante.

—Puedo sugerir una cosa.

—No sé si quiero saberlo.

Pepper gruñó, y dijo:

—Yo sé que no quiero.

Rowdy salió hacia un área de servicio y paró. Se giró a mirarlos a los dos.

—Lo siento, Logan, pero tienes que soltarme.

—¡No! —exclamó Pepper.

—¿Y por qué iba a hacerlo? —preguntó Logan.

—Es la mejor forma de conseguir información. Tengo contactos, y puedo averiguar más sobre Morton en un día que todo tu departamento en una semana.

—No, Rowdy.

Él abrazó a su hermana y le dio un beso en la cabeza.

—Lo siento, cariño, pero no tienes voto en esto —le dijo, y miró de nuevo a Logan—. A mí no me busca la policía. No necesito órdenes judiciales, ni siquiera necesito una llave para poder fisgar. Como Morton siempre ha sido una amenaza para nosotros, le he seguido la pista. Conozco a gente que trabaja con él. Sé dónde se habrán escondido, y sé a quién habrán acudido.

—Entonces, ¿podrías averiguar quién ha querido matarlo?

—Yo tengo diez veces más motivación que cualquier policía. Porque quería proteger a su hermana.

Por mucho que quisiera negarse, sobre todo sabiendo cómo iba a reaccionar Pepper, Logan sabía que Rowdy tenía razón.

—Te escucho.

—Tu amigo Reese puede traerme el coche. En el maletero tengo todo lo que necesito.

—¿El qué?

—Media docena de teléfonos de prepago.

Inteligente por su parte. Logan asintió.

—¿Qué más?

—Un arma. Un cuchillo. Un ordenador —respondió Rowdy, sin edulcorar la verdad, y se encogió de hombros—. También tengo contactos.

Mierda.

—No esperarás que te dé carta blanca para cometer un asesinato.

—¡La Glock es para defenderse! —le espetó Pepper, a un centímetro de la cara.

Rowdy la apartó de él.

—¿Quieres que resuelva este misterio de una vez por todas? Dame mi coche y yo me encargo.

Pepper se acurrucó en el asiento; flexionó las rodillas y apoyó la cara en ellas.

¿Acaso había aprendido a no discutir cuando Rowdy tenía un plan? ¿O, simplemente, confiaba hasta tal punto en su hermano que no ponía objeciones?

Logan se prometió a sí mismo que iba a conseguir que confiara en él de la misma manera.

—Puedo hacerlo —dijo Rowdy—. Pero tengo que saber que Pepper está segura.

—No voy a permitir que le ocurra nada.

Logan se quedó sorprendido al ver que Pepper seguía sin protestar. Eso le ayudó, además, a tomar una decisión.

Tenía que llamar a Dash y a Reese y, cuando tuviera escondida a Pepper, tendría que contarle algo a la teniente Peterson.

—Está bien. Con una condición.

—¿De qué se trata? —inquirió Rowdy.
—Si, en algún momento, te encuentras en peligro, quiero que me avises para poder respaldarte.

Pepper alzó la vista y lo miró con desconfianza.

Rowdy entrecerró los ojos.

En aquel punto, los dos tenían motivos para sospechar de él. Logan movió la cabeza.

—Entiendo que tengas dudas, de verdad. Pero, aceptes o no aceptes, hay gente honrada en el cuerpo —le dijo y, a través de la ventana, descolgó el auricular de la cabina junto a la que se habían detenido—. Lo sé porque yo soy uno de ellos.

Después de unas cuantas llamadas rápidas, se pusieron de nuevo en camino. Decidieron no parar a comprar comida. Tenía más sentido instalarse en el lugar donde iban a pasar la noche. Logan le aseguró a Pepper que pronto podrían comer algo.

Ella no sabía adónde los llevaba, y tenía tantas cosas en la cabeza que ni siquiera se molestó en preguntar. Si Rowdy confiaba en él, era digno de confianza, y punto.

Por lo menos, con respecto a la seguridad.

Pero no en cuanto a las relaciones personales. Ni en cuanto a su corazón.

Oh, Dios, no quería admitirlo, pero su corazón se había visto afectado. Ojalá pudiera mandar a Logan al infierno. Ojalá pudiera odiarlo.

Pero, por el contrario, su cercanía le resultaba reconfortante.

Y la excitaba.

¿Cómo podía ser tan tonta?

Incluso después de todo lo que había pasado, se sentía increíblemente atraída por él. Sus hombros y sus muslos se tocaban con el movimiento del coche, por mucho que ella tratara de alejarse.

Y no podía dejar de tomar bocanadas de aire para percibir su olor.

Aquella noche podía haber muerto; Logan no se equivocaba en eso. Había explotado una bomba por encima de su cabeza. Seguramente, Morton Andrews sí había muerto.

Sin embargo, en vez de concentrarse en eso, no podía dejar de pensar en Logan, en lo que le había hecho a ella y en cómo la había utilizado, en cómo había abusado de su confianza.

Apoyó la cabeza en el respaldo y cerró los ojos, pero no podía eludir la verdad: ella también había abusado de la confianza de Logan. Por supuesto, cada uno de ellos tenía sus motivos.

¿Eran los de Logan menos válidos que los suyos?

Él iba dándole indicaciones a Rowdy, haciendo planes, hablando de cosas que le incumbían a ella.

En la carretera cada vez había más baches, y ella abrió los ojos para mirar a su alrededor. La luz de los faros del coche iluminaba árboles a ambos lados del camino. Estaban atravesando un bosque por un camino de grava.

Solo para molestar a Logan, preguntó:

—¿Es que has pensado en dejarnos tirados en algún sitio?

Él no mordió el anzuelo.

—Vamos a la cabaña de mi hermano.

—¿Es segura? —preguntó Rowdy.

—Nadie la conoce, aparte de Dash y yo y, ahora, vosotros dos también.

—¿Quién es Dash?

—Dashiel, mi hermano pequeño —dijo Logan, y se frotó la nuca con incomodidad—. Es el dueño de la empresa de construcción en la que...

—¿En la que tú trabajabas supuestamente? —preguntó ella, con resentimiento—. Qué buena tapadera, ¿no? Aunque, en realidad, no hubiera hecho falta tanto engaño. He sido muy fácil de manejar.

Rowdy exhaló un suspiro de incomodidad.

Logan dejó pasar aquel comentario.

—A Dash le gusta el trabajo físico, pero también disfruta haciendo una escapada de vez en cuando.

Llegaron a un desvío, y Logan le dijo a Rowdy que lo tomara. Un minuto después, los faros iluminaron una cabaña grande y rústica.

Rowdy paró el motor.

—¿Dices que tu hermano es el dueño de la empresa de construcción?

—Sí.

—Entonces, ¿tu hermano es rico?

Logan se quedó mirando por la ventanilla.

—En realidad, los dos estamos bastante bien situados en la vida —dijo y, finalmente, se volvió hacia ella—. El negocio de la familia, y todo eso. Trabajamos porque queremos, no porque lo necesitemos.

Ella soltó un resoplido que denotaba más resentimiento aún. Parecía que estaba a punto de maldecirlo.

Rowdy cabeceó.

—¿Entramos, o esperamos aquí?

—Dash y Reese van a llegar enseguida. Podemos entrar y airear la cabaña —respondió Logan. Se inclinó por encima de Pepper para llegar a las llaves, la agarró del brazo y añadió—: Vamos.

Incluso su forma de agarrarla afectó a Pepper.

—No necesito tu ayuda.

—Sí la necesitas, pero, de todos modos, en este momento me preocupa más impedir que Rowdy o tú penséis en dejarme aquí. Así que vas a quedarte a mi lado.

—Vaya, eso sí que tiene gracia —comentó ella. No forcejeó contra Logan cuando él la sacó del coche. Si lo hubiera hecho, tal vez hubiera instigado una pelea entre Rowdy y él, y ya tenían suficientes problemas—. ¿Me estás acusando a mí de ser traicionera?

—No, traicionera no, pero sí estás confundida —replicó Logan, y le hizo un gesto a Rowdy para que caminara delante de ellos.

Recorrieron un camino de piedra y llegaron a la cabaña. Logan abrió una puerta lateral y entró junto a Pepper. Entonces, palpó la pared hasta que encontró una linterna. La encendió y se la entregó a Rowdy.

—Enciende los plomos, que están en el último dormitorio.

—De acuerdo —dijo Rowdy, mientras movía el haz de la linterna a su alrededor.

Habían entrado en un comedor que tenía la cocina incorporada y que continuaba con un modesto salón al otro extremo de la casa. El espacio tenía forma de u y estaba dividido en dos partes por cuatro puertas que, según pensó Pepper, debían de ser los dormitorios y algún baño.

Rowdy la miró, y dijo:

—Ahora mismo vuelvo.

Cuando él desapareció entre la oscuridad, ella se puso más tensa. Sola, con Logan. Casi.

Él le apretó el brazo, como si la estuviera acariciando.

—Cuando se encienda la luz, abriré las ventanas para que entre aire fresco.

Ella apenas oyó lo que decía. Las ganas de volverse hacia él, de apoyarse en él, hacían que se sintiera muy tensa. Era consciente de que ya no tenía que esconderse de él, y eso estimulaba todos sus sentidos.

—Con la sombra de los árboles —continuó Logan—, aquí no hace demasiado calor ni siquiera en verano.

Entonces, se le acercó y se situó detrás de ella. Pepper notó su respiración cálida en la oreja.

—Todavía estás temblando —dijo él y, lentamente, la rodeó con los brazos y la atrajo hacia sí para que apoyara la espalda en su pecho. No era mucho más alto que ella, pero sí mucho más fuerte y musculoso.

Sus muslos hicieron contacto con su trasero. Su pecho se apretó contra sus omóplatos. Su indescriptible esencia masculina la envolvió e hizo que olvidara toda su animadversión. Recordó cómo la había acariciado en aquella postura, cómo le había hecho el amor siguiendo sus instrucciones, y que los dos se habían vuelto locos de lujuria…

De repente, se encendió la luz, y tuvo que cerrar los ojos y pestañear. Logan la soltó y no dijo nada cuando ella se retiró, pero, por su mirada, ella se dio cuenta de que habían pensado exactamente lo mismo.

Se acercó a las puertas de la terraza y miró al exterior. Rowdy volvió en aquel momento y dejó la linterna en su gancho de la pared, junto a la puerta de entrada. Miró a su alrededor con interés y observó las cañas de pescar que había en unos soportes en el comedor, la chimenea y el mobiliario con señales de haber sido muy utilizado.

—Es muy bonito.

—Gracias —dijo Logan. Abrió las cortinas y las puertas de la terraza y dos de las ventanas.

—Yo no puedo venir tanto como me gustaría, pero, cuando lo consigo, me siento muy tranquilo aquí.

Oyeron que se acercaba otro coche. Rowdy entrecerró los ojos, y Pepper se quedó inmóvil.

Logan le tocó el brazo y dijo:

—Quedaos aquí.

Después, se marchó hacia la puerta.

Rowdy lo siguió y miró al exterior. Después, volvió junto a su hermana.

—¿Estás bien?

Ella asintió, porque no sabía qué decir. Lo que menos falta le hacía a su hermano era tener que preocuparse más.

Sin dejar de observar todos los rincones de la casa, él dijo:

—No conozco al hermano de Logan, pero he conocido al detective Bareden.

—Reese.

—Sí —dijo él, y la miró—. ¿Lo conoces tú?

—Yo lo vi al mismo tiempo que tú —respondió ella; cuando habían detenido a Rowdy. No quería pensar en ese momento; nunca se había sentido más expuesta ni más impotente—. Él también estaba en la comisaría cuando intenté verte. Es... No sé.

—Sí, yo pienso lo mismo —dijo Rowdy, y miró hacia atrás por si regresaba Logan—. Tiene algo que…
—No es completamente sincero —respondió Pepper. Eso no significaba que Reese fuera un mal tipo, pero… era algo.
—No, no lo es. Yo no consigo entender de qué se trata, así que quiero que tengas mucho cuidado con él.
Oyeron a Logan, que hablaba en voz baja, y el crujido de las hojas y la gravilla bajo las pisadas que se acercaban.
—No te alejes de Logan —añadió —. Y, hasta que sepa de qué va, evita a Reese todo lo que puedas.
¿Que no se alejara de Logan? No podía decirlo en serio…
Logan entró y, justo detrás de él, pasó un hombre que tenía que ser su hermano. Logan medía un metro ochenta, pero parecía que su hermano estaba a la par con Rowdy, con un metro noventa y tres. Debido a su trabajo en la construcción, era musculoso, pero también delgado. Dash tenía el pelo un poco más claro que Logan, pero ambos tenían los mismos ojos oscuros, aunque la mirada de Dash tenía más picardía.
La miró y sonrió con desvergüenza. Dash debía de tener mucho éxito con las mujeres.
—Hola —dijo.
Antes de que ella pudiera responder, Reese apareció y empujó a Dash por la espalda.
—Deja de comértela con los ojos. Ya ha tenido bastante por esta noche, ¿sabes?
Dash no se ofendió. Se acercó a la mesa del comedor y dejó allí tres bolsas grandes del supermercado. Después, se acercó a ellos tendiéndoles la mano.
—Tú debes de ser Rowdy, ¿no?
Su hermano correspondió al saludo.
—Es muy bonita tu cabaña.
—Sí, y era un sitio bastante privado hasta que Logan decidió ocuparlo. Yo nunca había traído aquí a una mujer —dijo Dash, y se giró hacia Pepper—. Ahora tal vez tenga que obligarle a que se compre otra casa. ¿Tú qué opinas?

—¿Puede permitírselo?
—Pues claro. ¿Es que no te ha dicho que está forrado?
Más o menos, pero...
—Déjalo ya, Dash —dijo Logan, mientras cerraba la puerta con llave—. Haz algo útil y enséñale una habitación.
Dash sonrió aún más.
—¿Alguna preferencia?
—Que elija la que quiera. A mí no me importa.
—Entonces, la pondré en la que está al lado del baño —dijo Dash. Abrió un armario, sacó ropa limpia de cama y esperó a que ella lo siguiera.
Rowdy la abrazó antes.
—Voy a marcharme. Cuanto antes me ocupe de esto, antes podremos dejarlo atrás —le dijo y, al ver que ella iba a abrir la boca para protestar, añadió—: No, no discutas, nena. Sé lo que hago. Pero tú no te olvides de lo que te dije, ¿de acuerdo?
Logan frunció el ceño al oír aquello. Dash se dio la vuelta para concederles un poco de intimidad. Reese se cruzó de brazos y se apoyó en la mesa.
—No se me va a olvidar.
—Sí, bueno, pero esta vez sería estupendo que te acordaras y que lo cumplieras.
Pepper se abrazó con fuerza a su hermano.
—Te lo prometo, si tú me prometes que vas a volver sano y salvo.
—Prometido.
En aquel espacio tan pequeño, en compañía de tres hombres, no podían tener ninguna privacidad.
Pero a Pepper no le importó.
—Te quiero, Rowdy.
Él la abrazó y la levantó del suelo. Después, se dio la vuelta y se encaminó hacia la puerta, diciéndole a Logan:
—Acompáñame afuera.
Pepper se quedó inmóvil, mirando la puerta, hasta que Reese dijo:

—He traído la ropa que tenías en el maletero.
Aquello la sacó de sus pensamientos melancólicos.
—Entonces, ¿has registrado nuestras pertenencias?
Reese se encogió de hombros.
—Me ha parecido que estabas muy bien preparada.
—No para poner una bomba.
—No, supongo que no —dijo Reese, y le entregó su pesada bolsa al hermano de Logan—. Ve con Dash. Mientras te instalas en tu habitación, voy a preparar algo de comer. Tienes que estar hambrienta.

Demonios, sería más fácil tomarle antipatía si él dejara de intentar ser tan agradable. Asintió, de mala gana.

—Gracias.

Dash sonrió.

—Si tu hermano se parece al mío, seguramente será imparable. Intenta no preocuparte demasiado.

Sería más fácil no respirar.

En vez de seguir a Dash al dormitorio que él abrió, Pepper miró las puertas.

—¿Dónde duerme Logan?

—En la habitación del centro. Para él es una cuestión de seguridad. No puede relajarse ni cuando está dormido.

—¿Y tú?

—Yo me acostaré en la habitación que tú no uses. Reese, que duerma en el sofá.

Así que, además de quedarse en la cabaña, Reese iba a dormir junto a la puerta principal, para asegurarse de que ella no pudiera escabullirse. Aunque, de todos modos, no tenía pensado hacer nada parecido, aquello le molestó mucho.

—Muy bien. Yo duermo en la que esté más cerca de la de Logan.

Dash contuvo la sonrisa.

—Hay un baño allí. La caldera es muy pequeña, así que, si quieres darte una ducha caliente, tiene que ser rápida.

Las habitaciones eran espaciosas, pero no tenían demasiados

muebles. Camas gemelas, una cómoda, una mesilla de noche y una lamparita.

Dash dejó sobre la cama un par de colchas sábanas y una almohada.

—¿Quieres que te la haga?

—No, gracias, puedo hacerla yo.

Le quitó la bolsa, lo miró significativamente para indicarle que se marchara y cerró la puerta cuando él salió. Se dejó caer sobre el colchón y se preguntó qué podía hacer.

Tenía hambre, maldito Reese. Sin embargo, con las ventanas abiertas, podía oler el lago, y pronto tomó una decisión. No iba a ducharse. En cuanto hiciera la cama, iba a refrescarse dándose un buen baño nocturno.

CAPÍTULO 16

Reese salió a la terraza delantera. Tuvo que moverse hasta que consiguió la cobertura del móvil. No tenía ninguna llamada de Alice. Sin embargo, ella tenía que estar preguntándose por qué él no había vuelto todavía.
 Él marcó su número y esperó, hasta que ella respondió con voz de somnolencia.
 —¿Diga?
 —¿Te he despertado? —preguntó Reese. ¿Dónde demonios estaba su perro?
 —¿Quién es?
 —Soy Reese.
 Silencio.
 —¿Tienes a mi perro?
 —Ah. Sí.
 Él miró a su alrededor, pero Logan todavía estaba con Rowdy, y Dash estaba dentro, vigilando a Pepper Yates. Reese se llenó los pulmones con el aire frío de la noche.
 —No me gusta nada tener que pedirte esto, pero ¿crees que podrías quedártelo esta noche?
 —Está bien.
 Reese esperó. Y esperó un poco más. Sin embargo, ella no hizo ni una sola pregunta. Fue él quien volvió a hablar.
 —Me ha surgido un asunto en el trabajo.

—No pasa nada. De todos modos, ya nos habíamos acostado.
¿En plural? No, no iba a preguntar.
—¿Se está portando bien Cash?
—Ronca, pero es muy bueno.
—¿Que ronca? ¿Lo has metido en la cama contigo?
Hubo una pausa. Después, ella respondió:
—Como él se subió conmigo a la cama, pensé que le dejabas dormir ahí.
Ah, había dejado que Cash estuviera cerca de ella. Agradable. Él hacía lo mismo, pero, claro, Cash era su perro.
—Te lo agradezco muchísimo. Seguramente, podré ir a recogerlo por la tarde —le dijo. O no, dependiendo de cómo fueran las cosas con aquel ejercicio de idiotez—. Pero, si sucede algo, avísame, ¿de acuerdo?
—Cash está perfectamente. Mañana estoy libre, así que no hay problema.
Reese pensó que no sabía lo suficiente de ella, como, por ejemplo, en qué trabajaba. Pero tal vez pudieran llegar a un acuerdo. Parecía que a ella le gustaba mucho Cash, y él pasaba demasiado tiempo fuera de casa como para cuidar bien a una mascota. Tal vez pudiera ofrecerle una paga por cuidar de Cash, o algo parecido...
—¿Algo más, detective Bareden?
—Sí. Llámame Reese.
Más silencio.
Él se rindió.
—Entonces, te dejo que vuelvas a dormir. Y, de nuevo, muchas gracias.
—De nada —dijo ella, y colgó.
Frustrante. Y desconcertante. Un poco molesto...
Entonces, ¿por qué estaba sonriendo?

Logan esperó mientras Rowdy revisaba lo que tenía en el maletero del coche. Aunque se había estado alojando en la habitación de un motel, era evidente que estaba siempre preparado para salir huyendo a la primera señal de peligro.

Logan se fijó en que llevaba ropa, comida, agua, un botiquín y objetos de neceser, además de unas cuantas armas y munición... ¿Y un osito de peluche?

Mientras Rowdy ordenaba sus pertenencias, Logan tomó el osito, que estaba destrozado, y que tenía un lacito rojo hecho jirones alrededor del cuello. Se le encogió el corazón.

Rowdy dijo:

—Es de Pepper.

Él ya lo había supuesto.

—¿Lo ha conservado?

Rowdy se encogió de hombros.

—Quería que yo se lo guardara.

En el maletero, para poder marcharse en cualquier momento.

¿Y si Rowdy se hubiera asustado por su presencia? ¿Y si hubiera vuelto a llevarse a Pepper? Se dio cuenta de que podía haberla perdido antes de darse cuenta de lo mucho que significaba para él.

Con desenvoltura, Rowdy sacó el cargador de la Glock y comprobó que estuviera lleno. Después, volvió a insertarlo en la pistola.

—Ese osito es el único juguete que ha tenido en la vida. Dormía con él cuando era pequeña. Cuando mis padres bebían demasiado, ella lo escondía.

—¿Por qué?

—Porque no quería que se lo quitaran.

¿Acaso hacían cosas así? La mayoría del relleno del osito se había pasado a los brazos y las piernas. El estómago estaba vacío.

—¿Se lo compraste tú?

Sin mirar hacia arriba, Rowdy sonrió.

—En realidad, lo robé para ella. Nuestros padres no hacían demasiados regalos. De hecho, cuando nos daban unos calcetines, o ropa interior, era como la Navidad.

Rowdy se quedó inmóvil, posó las manos en el maletero abierto del coche y miró a lo lejos.

Logan entendía su estado de ánimo.

—Conmigo va a estar a salvo —le dijo.

Para Rowdy era importante saberlo.

—Si vuelves a hacerle daño —dijo Rowdy—, vamos a tener problemas.

Tomó el osito de manos de Logan, lo colocó en un rincón, detrás de la munición, y lo cubrió con la esquina de una manta. Después de entregarle a Logan tres teléfonos prepago, cerró el maletero y caminó hacia la puerta del conductor.

—Para que lo sepas, no confío en tu compañero Reese, así que voy a hacerme con un coche nuevo. Si habías pensado seguirme la pista, será mejor que lo olvides.

—Entendido —dijo Logan—. Y, para que tú lo sepas, confío en que vas a ser tan honorable como Pepper piensa que eres.

Rowdy se echó a reír burlonamente.

—Cuando consigas algo de información, sea lo que sea, tienes que informarnos antes de dar cualquier paso. Si averiguas quién puso la bomba, y si Morton sigue con vida, cualquier cosa, házmelo saber. Bajo ningún concepto hagas de policía.

—Por supuesto que no —dijo Rowdy, y arrancó el motor—. Tú tienes a mi hermana, así que llamaré a menudo para ver qué tal está. Y, cuando llame, quiero hablar con Pepper, así que no te alejes de ella.

Aquello le parecía perfecto. Tal vez, si le decía a Pepper que Rowdy quería que las cosas fueran así, no protestara demasiado.

—Está bien.

Rowdy apoyó las muñecas en el volante y señaló la cabaña con un gesto de la cabeza.

—Lo mejor es que entres ya. Conociendo a mi hermana, seguramente está a punto de hacer alguna de las suyas.

Logan tuvo la sensación de que, a cada minuto que pasaba, entendía mejor a los hermanos, respetaba más a Rowdy y sentía más afecto por Pepper.

—Ten cuidado —le dijo. Cerró la puerta del coche y se retiró unos cuantos pasos mientras Rowdy se alejaba.

El cielo nocturno era como una carga pesada y opresiva para él. Ojalá estuviera haciendo lo mejor de todo, pero no estaba seguro. Desde que había conocido a Pepper Yates, lo mejor de todo era un concepto demasiado abierto.

Pepper salió del dormitorio con una camiseta larga, que le quedaba como un vestido, y descalza. Los dos hombres se quedaron mirándola, pero no le importó. Como Rowdy solo tenía guardadas cosas de primera necesidad, ella no contaba con un gran guardarropa. Ni siquiera tenía traje de baño.

Quería bañarse en el lago y no estaba detenida, así que aquellos dos podían tragarse su desaprobación.

No le importaba nada.

Entró al baño, tomó una toalla blanca y una pastilla de jabón del lavabo. Cuando volvió a salir, Reese y Dash se habían puesto en pie y la estaban mirando con incredulidad, como si no supieran de qué manera había que manejarla.

Y que lo intentaran.

—Voy a darme un baño.

Dash se interpuso en su camino.

—Está oscuro —dijo.

—¿Y qué? —preguntó ella. Se había criado nadando en el río noche y día. Casi siempre tomaba sus baños en el agua fría del río. Lo rodeó, y estuvo a punto de chocarse con Reese.

Puso los ojos en blanco, y dijo:

—Apártate.

Él lo hizo, pero se puso a caminar a su lado.

—¿Por qué no esperas a Logan?

—Porque en este momento no me cae demasiado bien, por eso.

—Está bien. Entonces...

—Vosotros tampoco me caéis especialmente bien.

—¿Qué he hecho yo? —preguntó Dash, con una expresión cómica, como si se sintiera ofendido. Tenía la mirada muy parecida a la de Logan, pero su carácter no podía ser más diferente.

Reese emitió un sonido de impaciencia.

—No es seguro que...

—Claro que sí. Sé nadar y no necesito supervisión ni ayuda.

Miró hacia atrás, y sorprendió a Dash mirándole el trasero con una sonrisa de picardía.

—Para que lo sepáis, me voy a bañar desnuda, así que ya podéis quedaros aquí y dejarme en paz.

Los dos se quedaron mudos, y a ella le pareció bien.

En cuanto abrió las puertas de la terraza, los dos la siguieron.

—Nadar por la noche es una mala idea —dijo Dash, en voz bien alta, sin duda para que Logan lo oyera—. Hay serpientes en el agua.

Ella se echó a reír.

—¿Pretendes asustarme? Pues inténtalo de nuevo, porque las únicas mascotas que tuve de niña fueron los roedores y las serpientes.

—¿En serio? Vaya, eso es... muy triste.

Reese soltó un gruñido y se situó junto a Dash.

—Sé razonable, Pepper. No es buena idea.

—Que os den a los dos —respondió ella. Entonces, Reese le bloqueó el paso, y Pepper lo fulminó con la mirada—. Te sugiero que te apartes de mi camino.

—No te preocupes, Reese.

Logan. Pepper ni siquiera se dio la vuelta para mirarlo. Hubiera preferido estar en el agua antes de que él volviera, pero podía adaptarse a la situación. Con su vida, tenía que ser flexible para poder sobrevivir.

Reese se apartó, y Pepper siguió caminando hacia el agua. Notaba la hierba fresca bajo los pies, y sabía que Logan la estaba siguiendo. Había sentido la mirada de Dash, pero no era nada comparado a aquello. Cuando Logan la miraba, la sensación era mucho más intensa.

—No te salgas del camino —le dijo él, justo a su espalda—. Hay ramas y piedras por todas partes, y puedes cortarte los pies.

El camino no estaba demasiado bien definido en medio de la oscuridad, pero ella caminaba con cuidado, midiendo cada paso.

—El embarcadero es fuerte, pero los focos no llegan hasta el final del camino. Cuando venimos a nadar, nos traemos un farol.

—Llevo nadando en cenagales desde que tenía tres años. Creo que puedo arreglármelas con esto.

—Está bien.

Su tono de voz calmado y razonable la fastidió. Llegó al final del embarcadero de madera, se detuvo y se quitó la camiseta.

—¿Vas a nadar conmigo? —preguntó ella y, no queriendo mostrar ninguna modestia, se quitó también las braguitas.

En el aire húmedo de la noche pudo palparse la expectación.

—Si tú quieres...

Por supuesto que quería, pero no iba a reconocerlo.

—Como te parezca.

—Entonces, sí.

A ella se le aceleró el corazón. Las estrellas brillaban en el cielo, y la luz de la luna proyectaba sombras por todas partes.

—Mi camiseta y mis bragas están en el suelo. No las tires al agua.

—Sí, las he visto.

Pepper notó que se acercaba. ¿Podría verla? ¿Podría ver algo más que las formas vagas que ella detectaba?

—Hay una escalera en el lado derecho del embarcadero. No te tires de cabeza hasta que hayas comprobado la profundidad. Durante las temporadas secas, desciende mucho el nivel del agua.

—¿Tú crees? —preguntó ella y, al oír el sonido de la cremallera de Logan, se sintió acalorada–. Hasta que Rowdy y yo tuvimos que huir, me pasé más veranos dentro del agua que fuera.

—¿Quieres decir antes de que murieran tus padres?

No iba a hablar de aquello con Logan. Dejó que sus ojos se adaptaran poco a poco a la oscuridad del final del embarcadero y miró hacia el lago. Las estrellas se reflejaban en la superficie. Bajó por la escalerilla hasta que notó que el agua le llegaba por la cintura.

—¿Está fría? —le preguntó Logan, que también se había acercado y estaba de pie sobre ella.

Seguramente, su cara quedaba a la altura de sus rodillas. ¿Podría verla? Ojalá ella pudiera verlo mejor a él.

—No está mal.

Se dejó caer hacia atrás y sumergió la cabeza. Emergió varios metros más allá. No era profundo.

Algo le tocó un pie, y ella supo que era Logan. Se había acercado a ella de una manera protectora.

Una rana comenzó a croar en la orilla. A ella le encantaba aquel sonido, igual que le encantaba el agua.

—¿Tienes un bote?

—Sí, una barca de remos y una pequeña lancha a motor para pescar. Nada del otro mundo.

—Dash ha dicho que eres rico.

Él se sumergió y salió un poco más lejos. Era una situación muy íntima, la de estar allí sola con Logan. La luna hacía brillar su pelo oscuro y mojado. Algunas veces, lo iluminaba, otras veces lo escondía entre las sombras. El cielo nocturno los rodeaba de una manera agradable, casi sexy.

Aparte de las ondulaciones del agua, Logan permaneció inmóvil y callado.

Pepper no iba a preguntarle nada más. Si él no quería hablar, muy bien. Ella se bañaría en silencio.

Nadó hacia el embarcadero y subió por la escalerilla para tomar el jabón. Mientras se enjabonaba, miraba hacia la casa. Alguien salió a la terraza con el farol que Logan había mencionado antes.

Como prefería que los demás no la vieran, se sumergió para aclararse.

Dash bajó por la colina y, a medio camino, gritó:

—¿Puedo acercarme?

Logan respondió:

—Deja el farol en el banco.

—Muy bien.

La luz se balanceaba mientras él caminaba, iluminando de una manera extraña y cambiante la cara de Dash.

Él dejó el farol sobre un gran banco de piedra que estaba en la orilla, pero que ella no había visto antes. Una luz cálida se extendió por el extremo del embarcadero, exagerando las sombras e iluminando sus dos montones de ropa.

Lo que significaba que, cuando ella saliera, todo el mundo iba a verla.

—Reese ha dicho que la cena está dentro de cinco minutos, por si queréis comer algo. Ha hecho verduras con carne.

—Gracias —dijo Logan.

Pepper miró a Dash mientras él subía de nuevo por la ladera. Se reunió con Reese en las puertas de la terraza. Los dos miraron de nuevo al lago antes de entrar en la cabaña y cerrar.

De repente, Pepper no pudo evitar que la preocupación que sentía por Rowdy se apoderara de ella. Tuvo que hacer un esfuerzo por controlarse; de lo contrario, iba a echarse a llorar.

Se puso a flotar perezosamente boca arriba. Sabía que, a la luz de la luna, su cuerpo sería visible.

El agua le provocó una sensación increíblemente refrescante, casi relajante... Aunque no hubiera mucho que pudiera relajarla de verdad aquella noche. Por lo menos, nada tan sencillo como un baño.

Logan se le acercó de nuevo.

—¿Tienes hambre?

Su forma de preguntarlo, con la voz ronca y grave, le dio a entender muchas cosas a Pepper. ¿Iba a insinuársele? ¿Se habría hecho alguna idea Logan, basándose en lo que había ocurrido entre los dos y su forma de mostrarse en aquel momento?

¿Por qué iba a sufrir por su culpa? No debería.

Pepper tomó una decisión. Volvió a sumergir la cabeza en el agua y la sacó con una gran salpicadura.

—En realidad, estoy muerta de hambre. Vamos a ver si podemos quitarnos de en medio la cena —dijo.

No se paró a ver cómo interpretaba sus palabras Logan, sino que fue nadando hasta la escalera y salió del agua.

Un instante después, Logan hizo lo mismo. Ella oyó sus pasos sobre las tablas y, lentamente, se giró para mirarlo. Allí estaba él, desnudo, mojado, guapísimo y... erecto.

Ella respiró profundamente y, con el cuerpo vibrando de necesidad, lo observó mientras se secaba. Cuando terminó, le entregó la toalla.

Él no se secó. Agarró la mano con una toalla y bajó los brazos.

—Me alegro de que tu hermano haya traído el farol.

—Yo también.

Pepper sabía que su fuerza de voluntad no iba a durar mucho. Rápidamente, se puso la camiseta y las braguitas.

Logan siguió inmóvil. En un impulso, ella le agarró el pene.

Él apretó la toalla con el puño y apartó la mirada, pero no se movió.

—Tráete el jabón —le dijo Pepper. Lo soltó, se dio la vuelta y se alejó. Si se quedaba, no iban a salir del embarcadero, y ella todavía estaba muy enfadada con él.

Sabía lo que quería, pero también sabía cómo quería hacerlo. Eso iba a suceder.

A su manera.

Primero, la cena y, después, Logan iba a conocerla un poco mejor.

Logan observó a Pepper mientras comían. Demonios, no podía quitarle los ojos de encima. Poco a poco, se le fue secando el pelo y se le fueron formando ondas, y hasta eso resultaba sexy. Se había puesto unos pantalones vaqueros, pero Logan sabía que su imagen desnuda bajo la luz de la luna se le había grabado en la mente para siempre. Tenía un cuerpo deslumbrante.

Y había conseguido ocultárselo mientras hacían el amor. Él había estado dentro de ella, pero no había conseguido tocarla.

Dios, cuánto lo deseaba. Estaba tan atenazado por la lujuria que no veía nada de lo demás.

—Una cena estupenda, Reese.

—Gracias. Me alegro de que alguien la haya apreciado.

Tanto Pepper como él ignoraron la inane conversación de Dash y Reese. Ella terminó un vaso de leche y se apoyó en el respaldo de la silla.

Reese esperó y, al ver que ella se limitaba a mirar a Logan, preguntó:

—Entiendo que te gusta la carne con verduras, ¿no?

—Cuando tengo hambre, no soy especial con la comida —dijo ella, volviéndose hacia Reese—. Pero estaba bueno.

Dash dijo:

—Como Reese se marcha mañana por la mañana...

—¿Adónde vas? —preguntó Pepper desconfiadamente.

—El desayuno lo voy a hacer yo.

Ella miró a Dash.

—Puedo hacerme mi comida, pero gracias, de todos modos —le dijo. Después, le preguntó a Reese—: Entonces, no te quedas por aquí, ¿no?

—Voy a ir y venir. ¿Logan no te lo ha explicado?

Ella le clavó la mirada.

Logan terminó su vaso de leche e imitó su postura, apoyándose relajadamente en el respaldo de la silla.

—No hay ningún motivo para estar aquí esperando a tu hermano de brazos cruzados, cuando Reese puede investigar al mismo tiempo.

—Sí, porque eso os ha funcionado muy bien antes, ¿no?

Reese intervino:

—Yo puedo investigar por canales legales a los que Rowdy no puede acceder, y viceversa. Creo que nos complementaremos bien.

—Piensa lo que quieras, pero si haces que lo descubran y le sucede algo...

—Sí, ya lo sé. Ya he recibido amenazas de vosotros dos. No sé cómo voy a dormir esta noche con tanta furia desplegada hacia mi persona.

Aquella respuesta irónica hizo que ella se inclinara hacia delante y posara en la mesa las palmas de las manos.

—¿Y cómo sé yo que no vas a atraer a nadie hasta aquí?

Reese se puso tenso.

—¿Me estás acusando de complicidad con los delincuentes, o de incompetencia?

—Reese —dijo Logan, que no veía ningún motivo para continuar enfadando a Pepper—. Yo confío en él, cariño, así que...

—Yo no soy tu «cariño» —le espetó ella a Logan y, con una mirada fulminante para Reese, añadió—: Y no confío en él.

Dash se mantuvo en silencio, y Logan no supo si su hermano estaba divirtiéndose o se había quedado horrorizado por la ferocidad de Pepper.

—Ahora has herido mis sentimientos.

—¡Ja!

Reese dejó de bromear, y dijo:

—Antes de que esto se nos vaya de las manos, quiero que entiendas que sé cuándo me están siguiendo, y que me tomo muy en serio mi trabajo policial.

—Vaya, pues me alegro por ti, pero a mí, eso no me da ninguna seguridad —respondió ella, y echó la silla hacia atrás.

Logan pensó que Pepper iba a marcharse enfadada de la mesa, y también se puso en pie para seguirla e intentar calmarla.

Sin embargo, en vez de salir hecha una furia, ella recogió los platos de la mesa y fue hacia la cocina.

Dash se puso a sonreír de tal modo, que no había confusión posible. Reese alzó las manos con un gesto de resignación.

Logan recogió los vasos y la siguió a la cocina. Como no había pared divisoria entre el comedor y la cocina, sabía que los estaban observando.

—Tranquilízate —le dijo a Pepper, en voz baja—. Todo va a salir bien.

Ella fue vaciando los restos de los platos en la basura.

—Me parece que tu concepto de «bien» es distinto al mío —replicó. Comenzó a rebuscar por los armarios.

—¿Qué buscas?

—Jabón para fregar los platos.

Logan la tomó por los hombros y la apartó para sacar el jabón. Después, puso el tapón en el desagüe y abrió el grifo para llenar el fregadero.

Dash se acercó.

—¿Por qué no me dejáis fregar a mí los platos mientras vosotros ha...?

—No —dijo ella, y apartó a los dos hermanos de sendos codazos para ponerse a trabajar—. Yo hago mi parte.

Logan ya sabía que no era precisamente aficionada a las labores domésticas, pero estaba tan tensa, que no quiso hacer nada que pudiera provocar un estallido.

Hizo un gesto negativo hacia Dash, y le preguntó a Pepper:

—¿Te importa que te ayude?

—Pues sí —respondió ella—. ¿Por qué no te vas a hacer algo útil a otra parte?

Dash carraspeó.

—Vamos a jugar a las cartas. ¿Quieres jugar con nosotros cuando hayas terminado?

—No —dijo ella, y volvió a mirar a Logan—. Y él tampoco.

Logan no tenía ni idea de qué significaba aquello. Alzó las manos y dijo:

—Bueno, todavía tengo que hacer la cama, de todos modos. Va a amanecer pronto, y todos tenemos que dormir un poco.

Ella emitió un sonido que él no supo interpretar, y no se atrevió a pedirle que se lo explicara. Se dio la vuelta y se dirigió hacia su habitación.

Los dormitorios eran muy prácticos. El que hubiera construido aquella cabaña no estaba pensando en el lujo, sino en cazar, pescar y marcharse. Ni Dash ni él eran cazadores, pero sí les gustaba pescar, nadar y estar en contacto con la naturaleza.

Sus padres tenían una casa a la orilla de un lago, y su hermano y él podían utilizarla cuando quisieran. Allí se podía jugar al golf, montar a caballo, ir a varios restaurantes o a salas de baile y más cosas. Tenían lanchas fuera borda y un velero, y...

Pepper tenía un oso de peluche.

Él tenía a sus dos padres, un hermano con el que estaba muy unido y mucha más familia.

Ella solo tenía a Rowdy.

Logan miró la cama, se pasó una mano por el pelo y tuvo que aceptar el hecho de que no iba a conciliar el sueño. Casi entendía por qué le había provocado Pepper con su cuerpo y con aquella caricia tan desesperante.

Antes de darse la vuelta y alejarse.

Él le había hecho aún más daño, había aumentado su sufrimiento y, ahora, ella quería vengarse. Eso estaba claro. Lo entendía. Si eso era lo que necesitaba para sentirse mejor, él lo aguantaría sin una queja.

Pero habría dado cualquier cosa por abrazarla, por tenerla acurrucada a su lado durante las horas que quedaban hasta el amanecer.

Después de poner la almohada en la cama recién hecha, Logan se quitó la camiseta, se estiró y salió a ver qué tal estaba Pepper.

Ella terminó de secar una sartén y la puso de nuevo sobre el fogón. Alzó la vista, captó su mirada y, sin desviar los ojos, dejó el trapo de la cocina sobre el fregadero y caminó hacia él.

Reese y Dash hicieron una pausa en su partida de cartas cuando ella pasó a su lado, mirando fijamente a Logan.

Él no sabía qué pensar. Entonces, ella se detuvo y recorrió su cuerpo con los ojos, y enganchó una de las trabillas de la cintura de su pantalón con un dedo. No sonrió ni dijo una palabra; simplemente, lo llevó a la habitación de la que él acababa de salir.

—¿Pepper?

Sin preocuparse por los demás, cerró la puerta y apoyó la espalda en ella.

—Desnúdate —le dijo, susurrando, con la voz enronquecida—, y acuéstate en la cama.

CAPÍTULO 17

Pepper se sentía audaz y apasionada, y contuvo la respiración mientras Logan vacilaba con una expresión de desconcierto y preocupación. Ella sabía que la deseaba. Ya tenía una erección, y sus ojos oscuros brillaban, y se le habían sonrojado los pómulos.

—Continúa —dijo ella. Se alejó de la puerta y se quitó la camiseta. Sus pechos desnudos quedaron a la vista. Entonces, dejó caer la camiseta al suelo y se giró hacia él.

Logan observó su cuerpo con suma atención y, después, volvió a mirarla a la cara. Se había puesto tan rígido, que parecía que se iba a romper. Sin embargo, su tono de voz fue muy suave.

—¿Qué estás haciendo aquí, cariño?

—No soy tu cariño —le recordó ella, y le abrió el botón de la cintura del pantalón vaquero—. Pero me gusta acostarme contigo, así que, ¿por qué iba a pasar sin ello? Ahora que los dos nos hemos quitado la careta, bueno, no tenemos por qué contenernos más, ¿no?

A Logan se le aceleró la respiración, pero no se quitó los pantalones.

Pepper lo miró y se encogió de hombros.

—¿Te ha entrado timidez? Yo puedo desnudarme primero. El pudor no es una de mis virtudes.

Entonces, se bajó los pantalones por las caderas y los dejó junto a la camiseta. Solo llevaba unas braguitas diminutas.

—Pepper... —murmuró él, recorriendo su cuerpo con la mirada.

—¿Qué? ¿Te lamentas de haberme hecho daño? ¿No quieres volver a hacerme daño nunca más?

—Sí.

—Entonces, dame lo que necesito —respondió ella. Se sentó en la cama y sonrió—. Necesito quitarme algo de tensión. Y eso significa que te necesito a ti.

Él la miró a la cara y se sentó a su lado.

—No estoy seguro de que...

—¿Quieres que vaya a buscar a Reese o a Dash? No sé si alguno de los dos estará interesado, pero, si tú no quieres...

—No —dijo él, con un súbito arrebato de ira—. Tú no vas a ir con ningún otro hombre.

Ella le pasó un dedo por el pecho.

—No, no lo voy a hacer si tú te desnudas.

Entonces, él posó la mano en su hombro y la acarició.

—¿Quieres... sexo?

—Sí —dijo ella.

Se cansó de esperar y lo empujó para que se tumbara, y él se lo permitió. Dios, era guapísimo. Aunque casi sentía odio por él, lo deseaba de todos modos.

Abrió la cremallera de sus pantalones cortos.

—Lo que hemos hecho antes, Logan, fue muy agradable. Discreto. Pícaro —dijo ella, y le bajó los pantalones y los calzoncillos a la vez—. Era satisfactorio para mí.

Él alzó las caderas para ayudarla.

—Para mí fue muy especial.

—Tonterías —respondió ella.

No quería escuchar sus explicaciones, no quería permitir que pudiera engañarla de nuevo, así que tomó su erección con los dedos e interrumpió sus protestas. Logan hizo un esfuerzo desganado por detenerla, pero, cuando cubrió su mano con la de él, fue para apretársela.

—Te gusta firme, ¿eh? Eso puedo hacerlo.
Las sensaciones hicieron que Logan cerrara los ojos. Los hombros se le pusieron muy tensos, y gruñó su nombre.
—Shh… No hables, ¿de acuerdo? Deja que disfrute de ti.
Él titubeó pero, al final, los dos sabían que iba a cumplir sus órdenes.
—¿Crees que te utilicé y que, utilizándome a mí, te sentirás mejor?
—Sí me utilizaste —dijo ella. Se puso de pie rápidamente y terminó de quitarle los pantalones cortos y le miró el cuerpo mientras ella se libraba de las braguitas. Logan tenía los muslos muy fuertes, las pantorrillas peludas y los pies grandes—. No hay ningún motivo para analizarlo.
—No, no voy a hacerlo —dijo él. Se relajó sobre la cama y se ofreció a ella, para lo que ella quisiera.
Y quería muchas cosas.
Logan no era un forzudo musculoso como Reese y, aunque era alto, no tenía la altura de Rowdy ni de Dash. Pero sí era increíblemente sexy; tenía una combinación perfecta de músculo, hueso y vello corporal. No podía imaginarse a ningún hombre más masculino ni más… perfecto.
Se apartó aquel pensamiento de la cabeza y subió por encima de sus muslos. Miró su miembro masculino.
Logan la observó con los párpados medio cerrados, con la respiración muy profunda y con cara de expectación. Lentamente, él le tomó un pecho.
Ah, Dios, aquello era magnífico. Él tenía las manos grandes, cálidas y fuertes… Por un momento, Pepper dejó caer la cabeza hacia atrás y cerró los ojos.
Aquello debió de animarlo, porque le tomó ambos pechos y se los acarició, y jugueteó con sus pezones con los dedos pulgares.
—No sé cuáles son las reglas, cariño, pero me encantaría besarte.
Ella no tenía ninguna regla para aquello.

—Sí —dijo, intentando controlarse—. A mí también me gustaría.

Se tendió sobre él, con las piernas abiertas sobre sus caderas, y se apoderó de su boca.

Había querido llevar las riendas, demostrarle cuál era su fuerza.

Sin embargo, ahora que lo tenía desnudo en la cama, y se estaban besando... Él se adueñó de la situación con facilidad y la dirigió. A ella no le importó seguirlo.

Se quedó asombrada de lo devastador que podía ser un beso. Húmedo y profundo y, tan increíblemente satisfactorio, que ella supo que había estado hambrienta de él. ¿Cómo era posible que no se hubiera imaginado la fuerza de un beso de Logan?

¿Acaso él se había estado conteniendo antes de aquel momento?

¿O acaso era ella, que ya se sentía libre?

Él la mantuvo ocupada con el jugueteo de su lengua, y movió las manos por su espalda hasta sus nalgas y la parte posterior de sus muslos.

Le separó las piernas hasta que ella quedó completamente pegada a él, y la rodeó con los brazos para estrecharla contra sí.

Justo donde ella quería estar.

Pepper alzó la cabeza y preguntó con urgencia:

—¿Tienes preservativos?

—Solo uno —dijo él. Se dieron más besos, cada vez más apasionados—. En la cartera.

—Mañana —murmuró ella—, trae más.

Eso debió de llevarlo al límite, porque Logan se giró y la atrapó bajo su cuerpo. Puso la boca en su cuello, y ella supo que iba a dejarle una marca.

Eso la excitó mucho, y le rodeó el cuerpo con las piernas.

Él succionó y le lamió la piel, descendiendo hasta sus pechos, y atrapó su pezón izquierdo. Lo succionó y pasó la lengua por la punta. Tenía la boca muy caliente.

—Logan...

Pepper le sujetó la cabeza contra su pecho y se arqueó.
Él gruñó.
—Eres muy dulce.
No, «dulce» no era una palabra que pudiera aplicarse a ella...
—Te necesito, Logan. Ahora mismo.
—Todavía no.
Él le besó la piel y llegó al otro pecho para devorar también su otro pezón.
—Logan —gimió ella—. Es demasiado.
—Deja que te ayude —respondió él, y deslizó la mano entre sus cuerpos. Posó la palma sobre su monte de Venus y, suavemente, jugueteó con los dedos. Le separó los labios hinchados y se detuvo—: Ya estás húmeda.
—Necesito sentirte dentro de mí.
Él hundió dos dedos en su cuerpo.
—¿Mejor? —preguntó él, mientras le besaba la comisura de los labios, la mandíbula y la garganta.
—Sí, pero no lo suficientemente bien —dijo ella, y le tomó la cara entre las dos manos para terminar con su jugueteo—. Lo necesito, Logan, ahora mismo. Sin seducción. Sin reservas. Sin disculpas.
—Dios, yo también te necesito, Pepper. Pero..
—Shhh... Llevo pensando en esto desde que empezaste a vivir en el apartamento de al lado. Así que, por favor, ponte el preservativo y vamos a conseguir lo que necesitamos.
Entonces, él la besó con dureza y rodó hacia un lado. En segundos, tenía el preservativo puesto.
Pepper estiró los brazos hacia él, y él se acomodó entre sus piernas y la besó, y siguió besándola mientras le abría el cuerpo con los dedos y presionaba un poco.
Ella liberó su boca para gruñir.
Él volvió a capturarla y se hundió en ella profundamente.
Aquello sí era lo que quería. Su sabor, su calor, el peso de su cuerpo sobre el de ella, su respiración en la cara y su olor, rodeándola.

Él enredó una mano en su pelo largo y, con la otra, le acarició el pecho con algo de brusquedad, pero proporcionándole un gran placer.

La cama se golpeó contra la pared, pero ninguno de los dos hizo ningún movimiento para recolocarse. A ella no le importaba, y no estaba segura de que Logan estuviera dándose cuenta. A los pocos minutos, el placer empezó a formar un nudo tenso en su cuerpo, y sus gruñidos se convirtieron en gemidos. Apretó los talones contra su espalda, y le clavó los dedos en los hombros.

Logan echó la cabeza hacia atrás, con la mandíbula tensa y los dientes apretados. Ella sabía que estaba conteniendo su propio éxtasis para esperarla. Y eso fue el estímulo definitivo.

Fue arrollada por una ola de placer, una marea gigante de sensaciones. Se arqueó con fuerza y gritó, aferrándose con todas sus fuerzas a Logan, hasta que dejó de oír las vibraciones de sus gruñidos.

Lentamente, él descansó su peso sobre ella y, después, se tumbó boca arriba, sin soltarla. Era peligroso, pero ella decidió permitirse un minuto para poder abandonarse al placer de lo que habían hecho. El corazón le latía con fuerza, y Logan siguió acariciándola perezosamente.

No había palabras. ¿Qué podía decir? ¿Me lo debías? ¿Bien hecho? ¿Gracias? No, demonios.

Él no se merecía que le dijera algo así y, además, eso lo ensuciaría todo. Aunque estuviera herida y enfadada, no podía hacer eso.

Sin embargo, sí podía alejarse y proteger su corazón para no sufrir más.

Le acarició el pecho húmedo, tocó su mandíbula áspera y se incorporó.

Él le pasó la mano desde el hombro a la muñeca para agarrarle los dedos. Al mirarlo a la cara, ella vio que tenía una mirada de cautela, pero también relajada y posesiva.

«No lo hagas, no lo hagas, no…».

Sin poder evitarlo, se inclinó y le dio un beso. No podía resistirse en lo referente a Logan. Por suerte, sí consiguió que pareciera algo sin importancia.

—Que duermas bien —dijo.

Se puso en pie y tomó su camiseta.

Logan se incorporó y se apoyó en un codo.

—¿Qué haces? —preguntó.

—Me voy a mi habitación.

Entonces, su expresión se endureció. Se sentó al borde de la cama y dijo:

—Podrías quedarte aquí conmigo.

—Gracias, pero no.

Pepper se puso las braguitas.

—Pepper...

—Buenas noches, Logan.

Abrió la puerta, salió y volvió a cerrar. Reese y Dash seguían jugando a las cartas. Intentaron no mirarla, pero no lo consiguieron.

Con la cabeza alta, intentando hacerse la dura, Pepper se marchó a la habitación que le habían asignado. Cerró la puerta y echó el pestillo.

Un dolor horrible le atenazaba el corazón, y tenía un nudo de emoción en la garganta, tan tenso que no podía respirar. Lentamente, se deslizó por la puerta hasta que se sentó en el frío suelo de madera y flexionó las rodillas contra el pecho, con los ojos empañados. Se abrazó a sí misma e hizo todo lo posible por contener las lágrimas.

Siempre había sabido que su destino no era tener una vida normal.

Sin embargo, nunca había pensado que conocería a un hombre como Logan Riske.

Logan fue el primero en levantarse a la mañana siguiente. Claro que, en realidad, no había dormido. Reese se movió en el sofá, le soltó un gruñido y se dio la vuelta.

Tenía que estar muy incómodo, porque las piernas le sobresalían casi treinta centímetros del sofá. Aquel mismo día, iba a marcharse a la ciudad para contarle a la teniente una historia y una coartada que le permitiera a él quedarse con Pepper.

Él no se había separado del teléfono móvil pero, hasta el momento, Rowdy no había llamado.

Se acercó a la cocina y preparó una jarra de café. Como era grande, iba a tardar un poco en hacerse.

Se abrió una puerta, y Logan se acercó al final de la cocina para ver quién era. Pero era Dash. Se había puesto los pantalones vaqueros, pero no se los había abrochado. Después de echarle un vistazo a Reese, preguntó en voz baja:

—¿Café?

—Ahora mismo termina la cafetera.

—Gracias —dijo Dash, y se fue al baño. Un minuto después, volvió junto a Logan. Se apoyó en la encimera, se cruzó de brazos y esperó.

Ahora que ya no estaba completamente absorto en la mayor lujuria imaginable, pensó que Dash y Reese tenían que saber lo que había ocurrido la noche anterior. Él todavía recordaba cómo se había tensado Pepper a su alrededor, lo húmeda que estaba, lo caliente.

Recordaba sus gemidos al llegar al clímax.

Recordaba que le había abrazado con todas sus fuerzas.

Y que, después, se había marchado.

En cuanto estuvo preparado el café, Dash se lanzó hacia la cafetera. Sirvió dos tazas, y dijo:

—Bueno, yo sé por qué estoy despierto al amanecer: así son las cosas en la construcción, y yo soy un hombre de costumbres. Con o sin trabajo, me despierto. ¿Cuál es tu excusa?

Logan tomó su taza y fue a la mesa.

—Tengo muchísimo trabajo.

—Sí, y, en cuanto a eso... —Dash sacó una silla y se sentó—. No me importaría que me dieras alguna pista. ¿Qué tengo que hacer? ¿Vigilar? ¿Hacer los recados? ¿Qué?

—Seguramente, todo eso.
Se abrió otra puerta, y Pepper salió de su habitación. Primero, miró hacia Reese, que seguía en el sofá, y, después, miró a Dash y a Logan.
—¿Café? —preguntó.
Logan vio su pelo revuelto, sus ojos medio cerrados y su cara de sueño, y volvió a excitarse. Ella solo llevaba una camiseta, y tenía unas piernas muy bonitas.
Unas piernas que lo habían rodeado mientras él la acometía...
Dash dijo:
—Está recién hecho. ¿Quieres leche y azúcar'
—Sí, por favor —dijo ella. Bostezó sin miramientos y se fue al baño.
Dash le preparó una taza de café, la puso en la mesa y carraspeó.
Logan estaba haciendo todo lo posible por ignorar a su hermano, cuando los dos oyeron que Reese se levantaba. En calzoncillos, se dirigió hacia el baño, pero Dash dijo:
—Ocupado.
Reese se quedó frustrado un momento; después, se encogió de hombros y salió fuera.
Al salir del baño, Pepper se fijó en las puertas abiertas de la terraza, miró al sofá, lo vio vacío y sonrió burlonamente.
Se acercó a la mesa y se sentó en una de las sillas. Todavía no se había puesto los pantalones. Señaló la taza de café que no tenía dueño, y preguntó:
—¿Mía?
Dash sonrió.
—Si te gusta, dímelo.
Ella le dio un sorbo, suspiró exageradamente y dijo:
—Es la perfección. Gracias.
Aunque Dash le pegó un codazo, Logan no podía dejar de mirarla. Odiaba sentirse de esa manera... Él era un hombre de acción, no una persona indecisa y confusa. Sabía distinguir el

bien del mal, y defendía el bien. Siempre iba por lo que quería, fuera una mujer o un criminal, fuera algo emocional o físico.

Con Pepper, no tenía ni idea de lo que debía hacer.

Entró Reese y, al verla en la mesa, fue hacia el sofá por sus pantalones.

—Por favor, decidme que queda café.

—Logan ha hecho una cafetera entera. Las tazas están en el armario de encima del fogón —dijo Dash, asintiendo hacia la cocina—. Puedo hacer más, cuando terminemos este.

—Gracias —respondió Reese. Antes de ir hacia la cocina, dobló sus mantas y las puso, junto a la almohada, en el armario.

Pepper miró el sofá que él acababa de dejar libre y se volvió hacia Dash:

—¿Tú ya has hecho tu cama?

—Eh... sí —dijo él, encogiéndose de hombros.

Entonces, miró a Logan y puso los ojos en blanco.

—Sí, ya sé que tú también has hecho la tuya.

—Sí, pero no te preocupes...

—Ahora mismo vuelvo —dijo Pepper. Se levantó y entró en su habitación.

Reese se acercó a la mesa con un café solo y un paquete de galletas. Poco después, cuando volvió Pepper, se las ofreció en silencio.

Ella tomó dos.

Y, por algún motivo, incluso eso le excitó. Mierda. Logan se giró para mirar por la ventana. El lago estaba cubierto de bruma, que se adivinaba en la luz gris del amanecer. Dentro de una hora, el calor y la humedad serían asfixiantes.

La mesa crujió, y él se volvió y vio a Pepper llevándose sus galletas y su café a la terraza.

—Si llama Rowdy —les dijo a Dash y a Reese—, avisadme.

Después, salió tras ella.

Mientras miraba salir el sol por encima de las colinas, se sentó en un banco mojado por el rocío y le dio un sorbo al café. Los rayos del sol se abrían paso entre la niebla y se refle-

jaban en la superficie del lago como si fuera de cristal de colores.
   Al cuerno, pensó Logan, y se sentó a su lado.
   —¿Has podido dormir algo?
   —No, en realidad, no. Puede que me eche una siesta esta tarde en el embarcadero.
   —Seguramente, estaremos a más de treinta grados.
   —Sí, ya lo sé —dijo ella y, como si no hubiera mil conflictos entre ellos dos, sonrió—. A mí siempre me ha encantado estar al aire libre. Incluso cuando el calor empujaba a todo el mundo hacia el aire acondicionado, yo me quedaba fuera y nadaba. Rowdy me regañaba por tomar demasiado el sol e intentaba llevarme a la sombra, pero casi siempre terminaba tumbándose conmigo.
   A Logan le costó no acariciarla. Era como contener la respiración, o empezar a tener hambre.
   —Te quiere mucho.
   Ella miró hacia el lago.
   —El amanecer en el lago también es algo digno de verse. Coloreaba nuestra vieja caravana oxidada y los coches abandonados hasta que casi parecían bonitos —dijo ella. Cerró los ojos y alzó la cara hacia el sol—. Ese era el mejor momento para pescar, antes de que se levantara todo el mundo. Cerca de la orilla se veía el fondo. Yo aprendí a limpiar y cocinar el pescado cuando tenía siete años.
   —Eras muy pequeña.
   Ella abrió los ojos.
   —Algunas veces, incluso desayunábamos pescado.
   ¿Porque no tenían otra cosa? Él no podía imaginársela sufriendo tal pobreza. La gente que él conocía y que vivía cerca de un río tenía viviendas lujosas.
   —¿Te enseñó Rowdy?
   —Él me lo enseñó… todo —dijo ella, y mordisqueó una galleta—. ¿No ha llamado?
   —No, todavía no. Pero solo son las siete —dijo él. ¿Cómo de-

monios había podido disimular aquel cuerpo? ¿Y aquella cara? Al verla en aquel momento, con el sol del amanecer reflejado en sus ojos, le pareció la mujer más bella que hubiera podido imaginarse nunca—. Intenta no preocuparte. No ha pasado mucho tiempo.

—Es extraño —dijo ella—, pero creo que, si le sucediera algo, yo lo sentiría. O puede que solo sea algo que yo me digo para no volverme loca de preocupación.

En aquel momento, sonó el teléfono dentro de la cabaña. Pepper y Logan se dieron la vuelta justo cuando Dash salía con el móvil en la mano.

—Es Rowdy —dijo, y miró a Pepper—: Dice que está bien.

Pepper exhaló un suspiro y asintió.

—Por supuesto. Gracias.

Dash no se inmiscuyó. Entró en la cabaña, pero dejó abiertas las puertas de la terraza para que entrara el aire fresco de la mañana.

Logan miró a Pepper, se dio cuenta de que estaba intentando contener su ansiedad y decidió entregarle el teléfono.

—Yo hablaré con él después de ti.

Su expresión cambió, se volvió de sorpresa o, tal vez, de gratitud, aunque no le dio las gracias. Tomó el teléfono.

—Hola, Rowdy.

Rowdy sonrió mientras mantenía la vigilancia a través de la ventana.

—No le habrás cortado el cuello a Logan para responder primero al teléfono, ¿verdad?

—Me lo ha dado él.

—¿Ah, sí? Parece que va teniendo sentido común.

—No lo sé.

Sí, él tampoco lo sabía, en realidad, pero se alegraba de que ella fuera cautelosa. Tal vez Logan tuviera buenas intenciones, pero incluso las mejores intenciones podían resultar letales.

Él seguía observando la entrada de Checkers. No dejaban

de entrar y salir policías, algunos con ropa de paisano y otros, en uniforme.

—Puede que tenga buenas noticias.

—Me vendría bien oírlas.

—He oído decir que Morton murió.

—Vaya. Entonces, ¿lo mató la bomba?

—Eso dicen —respondió Rowdy. Había matado a otras cuantas personas, pero no quería contárselo todavía a Pepper—. A lo mejor ya no tenemos que preocuparnos más por él, pero, hasta que sepa quién puso la bomba, no te muevas de ahí, ¿de acuerdo?

—No podemos seguir escondidos para siempre.

—Pero sí podemos seguir escondidos un poco más, así que prométemelo.

—Está bien. Haz lo que tengas que hacer y, después, ven a buscarme. Yo voy a estar aquí, te lo prometo.

—Gracias, nena —dijo él—. Ahora, pásame con Logan.

—Te quiero.

Él ya lo sabía, pero nunca se cansaría de oírlo.

—Yo también te quiero.

Unos segundos después, Logan le preguntó:

—Entonces, ¿Morton murió en la explosión?

—Eso dicen. Tuvo muy mala suerte, porque alguien dejó una bomba casera en su despacho. Tubo de cinco centímetros, pólvora y metralla. Era pequeña, pero le estalló en la cara.

Logan soltó un silbido.

—Seguro que se formó una buena escabechina.

Exactamente lo que él había pensado.

—Murió dos horas después, en el hospital.

—Preferiría que se hubiera podrido en la cárcel.

Rowdy no tenía preferencia por una u otra cosa, siempre y cuando aquel desgraciado hubiera desaparecido.

Sin embargo, con todos los matones de Morton pululando a su alrededor, ¿quién había podido poner una bomba en su despacho?

—¿Vas a poder comprobar que las huellas dactilares son las suyas? Consigue el informe del forense, o algo así. Quiero que confirmen que era Morton.

—Está bien, lo haré cuanto antes. ¿Algo más?

—Morton no ha sido la única víctima.

—¿Quién más?

—Nadie inocente, así que no te preocupes por eso. La versión abreviada es que Morton estaba intentando meterse en el negocio del tráfico de personas. Estaba con un tipo, cerrando el trato, cuando se produjo la explosión. El otro tipo echó a correr para salir del edificio, pero alguien le pegó un tiro a distancia antes de que llegara a la puerta.

—Entonces, ¿el tipo se libró de la bomba, pero murió de todos modos?

—Sí —respondió Rowdy, y siguió observando el club mientras volvía a su coche—. ¿Sigue ahí Reese?

—Se marcha hoy.

—¿Vas a poder quedarte con Pepper?

—Voy a tener que marcharme unas horas, pero Dash la protegerá.

—No te marches hasta que Reese se haya ido —dijo Rowdy. Se sentó al volante del viejo sedán que tenía escondido en el mismo lugar donde había guardado algunas cosas para Pepper—. Y procura que Dash entienda que...

—Que no te fías de Reese. Se lo diré. Pero no es necesario.

—Tú puedes hacer apuestas con tu vida, si quieres, pero no con la de mi hermana.

—Entonces, supongo que en Dash sí confías, ¿no?

—Aparte de Pepper, nadie tenía la completa confianza de Rowdy, pero...

—Es tu hermano.

—¿Y eso lo dice todo?

—No, pero como también tengo una hermana, supongo que tu hermano te quiere.

Por supuesto, existían las familias disfuncionales, pero el instinto le decía que Dash y Logan estaban unidos.

—Sí.

—Y a ti te importa mi hermana —dijo Rowdy, esperando una confirmación.

No tuvo que esperar mucho.

—Sí, me importa —admitió Logan.

—Bien —dijo Rowdy. Ya se había alejado del club, y podía cambiar de tema—. Hablando de mi hermana, ¿cómo está?

Hubo una pausa larga.

—Supongo que está ahí contigo —dijo Rowdy; seguro que Pepper estaba escuchando, sacando conclusiones y suspirando por Logan, aunque no estuviera dispuesta a reconocerlo.

—No, ha ido a buscar más café.

Ah. Eso le hizo sonreír. A su hermana le encantaba tomar café por la mañana.

—Entonces, ¿por qué tanto suspense?

—Ya sabes que hay asuntos personales entre nosotros.

¿Personales? Rowdy se estremeció. Realmente, no quería pensar demasiado en eso.

—Bueno, voy a pasar de esto. Solo te diré que es más sensible de lo que parece.

—Lo disimula bien, pero sí, es bastante sensible.

Si Pepper oyera aquello, los aniquilaría a los dos.

—Conozco a algunos que hacían negocios de armas y drogas con Morton. Voy a ver si los encuentro para tener una pequeña charla.

—Reúnete con ellos en algún sitio neutral. No te metas en una ratonera yendo a...

—Ahórrate el consejo, Logan. Este no es mi primer rodeo —dijo Rowdy—. Ya te avisaré si averiguo algo.

—Muy bien, pero acuérdate de que tienes que informarme antes de actuar.

Sí, claro. Llevaba haciendo las cosas solo demasiado tiempo

como para pedir permiso para hacer lo que consideraba más adecuado.

—Si es posible... tal vez —respondió, y colgó antes de que Logan empezara a despotricar.

No se molestó en decirle a Logan que, después de hablar con sus informadores, iba a hacer una pequeña investigación sobre la teniente Peterson y sobre el detective Reese Bareden. Desconfiaba de ambos y, hasta que supiera con certeza que estaban limpios, no iba a dejar de buscar la verdad.

Alguien estaba dirigiendo un gran juego y, al final, él iba a averiguar de quién se trataba. Ya era hora de dejar atrás el pasado, de una vez por todas.

CAPÍTULO 18

En cuanto entró en la cabaña, Logan vio a Pepper en la cocina, hablando con Dash. Y, por su cara de concentración, supo que estaba interrogando a su hermano.

Se estaba volviendo loco al verla con aquella camiseta tan sexy, pero se imaginaba lo que iba a responder Pepper si le pedía que se tapara un poco más.

Siempre se había considerado un hombre perceptivo, pero ella le había engañado por completo con su actitud tímida y reservada. Demonios, se había enamorado de la mujer recatada.

Sin embargo, aquella otra mujer, la atrevida y volátil... Sí, era una tentación incluso más grande que la anterior. Con su cuerpo, su cara y aquella actitud distante, Pepper Yates encarnaba la fantasía de cualquier hombre. Era una mujer que estaba cómoda consigo misma, una mujer a la que no le importaba el decoro.

Reese y su hermano eran tipos honorables, pero no por eso dejaba de afectarles el atractivo sexual de Pepper.

Y, hablando de afectar...

El aire frío de la mañana le había endurecido los pezones a Pepper, y se notaban claramente por debajo de su camiseta. Dash estaba casi bizco por el esfuerzo de no devorar su cuerpo con la mirada.

Reese, que era menos refinado, no se molestó en hacer el

mismo esfuerzo: estudió sin disimulo su pecho y cada una de sus curvas.

Aunque no parecía que a Pepper le importara, ni que se diera cuenta. Su desconfianza hacia Reese era aún mayor que la de Rowdy.

¿Y cómo iba él a hacer caso omiso de algo así? Ninguno de los dos era tonto. Habían sobrevivido a base de agudeza, de notar cosas que los demás no notaban.

Logan dejó su taza de café sobre la mesa.

—¿Dash?

Su hermano apartó la mirada de Pepper.

—¿Sí?

—Necesito hablar contigo un minuto.

—Sí, claro. No hay problema —dijo Dash. Después de mirar una última vez a Pepper, la rodeó y se acercó a Logan con una expresión de alivio y de culpabilidad—. ¿Qué sucede?

—En privado —dijo Logan, y se dio cuenta de que Reese los estaba mirando.

—No te preocupes. Estaré vigilante. Aunque no creo que intente escapar con esa vestimenta —dijo Reese, y sonrió—. Por lo menos, tendría que calzarse.

Aquello desagradó tanto a Pepper que se marchó al baño y cerró la puerta.

Reese sonrió y alzó la taza haciendo un brindis, como si aquella hubiera sido su intención.

—Ya tenéis camino libre.

Logan no podía decirle nada a Reese sin que Pepper lo oyera, pero le lanzó una mirada de advertencia.

—Yo estaré listo para salir de aquí dentro de diez minutos.

—Bien —dijo Reese, y se pasó una mano por la mandíbula—. Yo tengo que ir a mi apartamento para afeitarme y cambiarme de ropa antes de ir a la comisaría.

Logan sabía que su hermano iba a seguirlo, así que entró en su dormitorio. Aunque aquella estancia tenía las paredes gruesas, habló en voz baja.

—No sé cuánto tiempo voy a estar fuera, pero no la pierdas de vista.

—Por el amor de Dios, Logan, eso va a ser difícil —dijo Dash, y se sentó de golpe en la cama, mirando a su hermano con desesperación—. ¿Y si le da por volver a bañarse desnuda, en pleno día? Anoche ya vi demasiado, sabes, aunque estuviera intentando no ver nada, pero...

—¿Miraste?

Dash sonrió.

—Estaba en penumbra, pero ya sabes cómo son las cosas. Una mujer desnuda siempre me llama la atención.

Demonios. Su mujeriego hermano iba a tener que aprender a apartar la mirada.

—Voy a hablar con ella antes de marcharme.

Dash se echó a reír.

—Buena suerte.

—No necesito suerte. Necesito apoyo, y lo tengo. Pepper es impredecible. Todo lo que yo pensaba que sabía...

—Sí, ya. Por lo que ha dicho Rowdy, ella se las arregló perfectamente para engañarte, ¿no?

—No por completo —respondió él.

Pepper tenía muchas facetas. Era sensible, como había dicho Rowdy. También era orgullosa e independiente. Era precavida, por necesidad, pero también tenía un buen corazón.

En el fondo, él creía que era la misma persona con la que había conectado. Había habido una verdadera conexión entre ellos, sí. Él ya se había dado cuenta y, más tarde o más temprano, ella se daría cuenta también.

—Sé todo lo agradable que puedas, pero, si eso no sirve, y ella intenta marcharse o apartarse de ti... haz lo que tengas que hacer.

—¿Te refieres a... sujetarla?

Logan empezó a ponerse una camisa.

—Sin hacerle daño —dijo—. Ojalá pudiera quedarse...

—Vaya, pónmelo más difícil, si puedes.

Logan perdió los estribos, y le preguntó con un ladrido:
—¿Puedes hacerlo, o no?
—Sí, puedo. Ya me las arreglaré —dijo Dash, y se estiró en la cama como si no tuviera una sola preocupación en el mundo—. Pero no creerás que ella tiene intención de escaparse de aquí, ¿no? ¿Adónde iba a ir? A pie tardaría una hora en llegar al pueblo.

Logan encontró sus zapatos y se sentó junto a su hermano para calzarse. Tenía una verdad irrefutable de su lado:
—Ella está aquí porque su hermano quiere que esté.
—¿Quieres decir que, por su hermano, ella estará aquí el tiempo necesario?
—Sí. Rowdy no confía en Reese. Yo le he prometido que no iba a dejar sola a Pepper con él, así que...
—No me fastidies —dijo Dash, con incredulidad—. Vamos a ver si lo entiendo bien: mientras tú estás por ahí hoy, durante un lapso de tiempo indeterminado, yo tengo que forcejear con una mujer medio desnuda...
—¡No!
—Mientras intento alejar a un compañero en el que llevas años confiando. Y, además, seguro que también quieres que no le haga daño a Reese.

En vez de permitir que las palabras de Dash le molestaran, Logan se tomó muy en serio la pregunta. Reese y él eran amigos desde hacía varios años, y se sentía como un traidor, pero la preocupación de Rowdy había hecho mella en su confianza en Reese.
—No creo que llegue el caso, pero, si Reese traspasa los límites, haz lo que tengas que hacer.
—Vamos, Logan. ¿De verdad crees que Reese le haría daño?
—No, pero no puedo ignorar el aviso instintivo de Rowdy. Dice que Reese está ocultando algo. Y, cuanto más lo pienso... más de acuerdo estoy. Hasta que sepa qué está ocurriendo, no voy a correr ningún riesgo.

Terminó de vestirse, se metió la cartera en el bolsillo, tomó sus llaves y salió del dormitorio.

Pepper salió de su habitación casi al mismo tiempo. Tenía algunos mechones de pelo mojado pegados a la cara, así que debía de haberse lavado.

Ella lo miró y alzó la barbilla.

—He utilizado tu enjuague bucal, pero necesito un cepillo de dientes.

Logan se quedó inmóvil.

Dash se acercó a ellos, abrió el armario del pasillo y le ofreció un paquete con un cepillo de dientes nuevo.

—Aquí tienes.

—Gracias —respondió Pepper. Después, le entregó un papel a Logan—. Es una lista.

—¿Una lista de qué? —preguntó él, y miró la hoja.

—De las cosas que necesito que me traigas.

Los preservativos estaban en primer lugar.

Entonces, ¿no había cambiado de opinión con respecto a eso? Ella esperó para ver cuál era su reacción.

Él asintió, y siguió leyendo la lista.

Un traje de baño de la talla seis, cierto tipo de crema, champú y acondicionador, gafas de sol, zapatillas de correr...

Dash empezó a mirar por encima de su hombro, así que Logan dobló el papel y se lo metió al bolsillo.

—Si se te ocurre algo más, llámame al teléfono móvil que me dio Rowdy. Tienes el número.

—¿Cuánto tiempo vas a estar fuera?

—Vamos a hablar de eso —dijo él, y se volvió hacia Reese, que estaba esperando en la cocina—. Danos un minuto.

Tomó a Pepper de la mano y la llevó hacia el coche.

En cuanto estuvieron fuera del campo de visión de los demás, ella se soltó.

—Pepper —dijo él. Le puso una mano en el hombro para que no se adelantara. Podía estar tan enfadada como quisiera, tenía derecho, pero él no iba a permitir que corriera ningún riesgo—. Puede que tarde en volver.

Su expresión fue de incertidumbre.

—Pero ¿vas a volver?

Oh, Dios, ¿acaso pensaba que iba a dejarla?

—En cuanto pueda —dijo él—. Lo que tarde dependerá de lo que esté ocurriendo en el trabajo. Ya sabes lo de Morton, así que puedes imaginarte todo lo que voy a tener que hacer.

Como, por ejemplo, ir a ver el cadáver para cerciorarse de que era realmente Morton Andrews. Había estudiado a aquella basura durante tanto tiempo, que conocía todos sus tatuajes, sus cicatrices e incluso los defectos de su cuerpo.

Andrews podía engañar a los demás, si se lo proponía, pero no iba a poder engañarlo a él.

—¿Tienes otros casos?

—Normalmente, sí, pero ahora, no. Mi trabajo para detener a Morton tiene la prioridad absoluta. Tengo un pequeño equipo a mi mando, así que puedo dedicar mi tiempo a eso.

Ella asintió.

—Me alegro de que Morton ya no esté vivo, pero tenemos que saber quién lo ha matado.

Si Morton había muerto de verdad. Él iba a tener que confirmarlo con más seguridad que las fuentes a las que podía acudir Rowdy.

—Voy a investigarlo, y tu hermano también. Lo vamos a resolver.

—Muy bien —dijo ella, y se abrazó a sí misma—. No tienes por qué preocuparte por mí, ¿sabes? Puedo entretenerme muy bien sola.

Él la tomó de la barbilla para obligarla a que lo mirara.

—Es cómo te vas a entretener lo que me preocupa.

Inmediatamente, ella se puso a la defensiva.

—¿De verdad?

Incluso con aquella actitud arrogante, a él le parecía bellísima. Logan se acercó un poco a ella y le dijo:

—Nada de bañarse desnuda.

—Hasta que tú vuelvas con un bañador...

—Te bañarás con unos pantalones cortos y una camiseta.

—Tú no vas a decirme cómo...

—Y —dijo él, interrumpiéndola—, ni se te ocurra ponerle las cosas difíciles a Dash. No te dejes confundir por su actitud. Puede ser implacable si le pones a prueba.

Ella entrecerró los ojos.

—Dímelo claramente. ¿Qué va a hacerme tu hermano pequeño si no me porto bien?

—Solo tienes que ser razonable —dijo él y, al ver que ella empezaba a poner objeciones, añadió—: Sé que estás furiosa conmigo. Lo entiendo.

—Sí, ¿eh?

—Tienes derecho. No hay problema con eso —dijo él—. Pero espero que, al final, podamos solucionar eso...

Ella soltó un resoplido.

Logan tuvo que valerse de toda su paciencia.

—Tienes que entender que mi hermano solo está ayudando. Sería injusto que le hagas sentir incómodo por lo que ha pasado entre nosotros. Y si le provocas demasiado, te darás cuenta de que es más que capaz de controlarte.

Logan sabía que estaba arriesgándose a no volver a acostarse con ella, pero aquello era importante, así que no se arrepintió de habérselo dicho.

—Para que lo sepas, llevo toda la vida enfrentándome a hermanos difíciles. Dash no me asusta.

—Ya lo sé. Pero, de todos modos, vas a comportarte como es debido.

—¿O qué?

—O no te pondré en contacto con tu hermano.

Al oír aquello, ella dio un paso atrás. Su expresión fue de un dolor tan intenso, que a él le llegó al alma.

—No, cariño, no digo que vaya a permitir que a tu hermano le ocurra nada.

—¡Ja!

—Pero él va a llamar a menudo. Y me va a llamar a mí.

—¿Y me ocultarás la información si no me porto bien?

—Algo así.
—Asqueroso.
—Sí, lo sé —dijo él. Hubiera dado cualquier cosa por que las cosas fueran distintas—. Míralo así: tienes que estar aquí obligatoriamente...
—¿Y adónde iba a ir, Logan? —preguntó ella; abrió los brazos y giró sobre sí misma, y dijo—: Estamos en medio de la nada.
—Es verdad, pero no se me ha pasado por alto lo ingeniosos que podéis llegar a ser tu hermano y tú.
—Oh, por Dios, ¿es que te crees que soy Houdini? ¿O un ninja?
—No, pero eres increíblemente sexy, y estás decidida a vengarte...
—¡Oh, eres imbécil!
—Y es normal —prosiguió él—. Dirige toda tu furia hacia mí. Me la merezco.
—En eso estamos de acuerdo.
—Dash no.
Reese asomó la cabeza en aquel momento.
—¿Podríais resolver lo más urgente para que podamos ponernos en camino?
—Os vais ya —le respondió ella. Después, le dijo a Logan—: No te angusties, que tu hermanito va a estar a salvo de mis diabólicas garras.
Entonces, ella se dio la vuelta para alejarse a toda prisa, pero él la detuvo de nuevo; en aquella ocasión con una única disculpa.
—Lo siento —dijo.
Pepper se quedó inmóvil, de espaldas a él.
Logan se le acercó.
—Voy a seguir diciéndolo hasta que te lo creas.
—Maldita sea... —murmuró ella. Respiró profundamente, se dio la vuelta y tomó su cara entre las manos.
Le dio un beso tan apasionado y tan profundo, que a él casi se le olvidó que estaba a punto de marcharse.

Lentamente, Pepper se separó de su boca.

—Oh, lo creo, Logan —dijo—. Pero no es lo suficientemente importante. Todavía, no.

Él la vio alejarse con los hombros erguidos de orgullo y terquedad. Hizo falta que Reese le tirara del brazo y se lo llevara hacia la furgoneta. Se giró, y vio que Dash sujetaba la puerta para que ella entrara. Después, su hermano se despidió con la mano y cerró.

Ya no tenía más motivos para retrasar su marcha, así que se sentó al volante y arrancó el motor.

Condujeron en silencio durante quince minutos. Entonces, Reese se rio.

—Que te den —le dijo Logan.

Aquella muestra de mal humor avivó la hilaridad de Reese.

—Te tiene en sus manos.

Era muy posible, pero no iba a hablar de eso con nadie.

—¿Dónde está tu coche?

—Lo he dejado en el aparcamiento de al lado del lugar donde recogí el coche de Rowdy. Puedes dejarme allí. Tengo que ir a casa para ver qué tal está mi perro, y para darme una ducha antes de ir a la comisaría.

—¿Has tenido al perro encerrado todo este tiempo?

—Si hubiera hecho eso, mi apartamento no estaría en pie. Está con una vecina. Alice no sé cuántos.

—¿Te está cuidando al perro y no sabes cómo se apellida?

—Gracias a ti, tuve que improvisar rápidamente. Ella estaba dispuesta, y le gusta mucho Cash, así que… —dijo Reese, y se encogió de hombros—. El perro y ella se llevan muy bien. La vecina tiene muy buena mano con él, y Cash necesita dulzura. No sé cómo lo habría hecho de no poder contar con ella, pero no habría dejado al perro solo durante tanto tiempo. Se habría sentido abandonado. Así que me ha venido muy bien que Alice estuviera disponible.

Logan sintió curiosidad al oír tantas explicaciones sobre un perro que Reese acababa de adoptar y sobre una vecina a la que no había mencionado nunca.

—¿Ella tiene perro?
—No, pero está claro que le encantan los animales.
—Esa es una buena cualidad, ¿no?
¿Qué pensaría Pepper de los animales? Tal vez un perro, o un gato... o ambos. Tenía la sensación de que eso le encantaría, y empezó a pensar en ello.

—Es una mujer soltera y muy ordenada, así que cualquiera pensaría que estaría deseando que fuera a recogerlo, ¿no? Pero, anoche, cuando llamé para ver qué tal se estaba portando Cash, la desperté. Y, fíjate, se había llevado a Cash a la cama porque él quería dormir ahí.

Soltera, y muy cariñosa con su perro. Para Logan, estaba muy claro.

—Está ligando contigo.

—Claro que no. La mayoría de las veces casi ni me saluda. Si no fuera por Cash, no habría entablado conversación conmigo. Tengo que reconocer que es muy rara.

—Explícate.

—Es muy contenida, y siempre está en alerta, como un policía, pero de una manera distinta. Puede ser que se deba más a la preocupación que a la cautela.

—Pero ¿tú has confiado en ella para que cuide a tu perro?

—Cash se enamoró de ella a primera vista. ¿Qué puedo decir? —preguntó Reese, y se quedó pensativo—. Es todo un misterio.

A Logan le pareció que Cash no era el único que se había quedado prendado con la mujer. Siguieron el trayecto en silencio durante unos veinte minutos, absortos en sus pensamientos, hasta que Logan preguntó:

—¿Has sabido algo de Peterson?

—Pues, cosa rara, no. Claro que he tenido el móvil apagado y no estábamos de guardia... Pero, sí, supongo que tendré una docena de mensajes cuando encienda el móvil —dijo Reese, y miró por la ventanilla con indiferencia.

—Seguramente, nos va a echar una buena bronca cuando lleguemos.

—¿Por lo que ocurrió en el club, quieres decir? No creo que sepa que estábamos por allí.

—Lo cierto es que... —Logan flexionó los dedos en el volante, y dijo—: Morton murió anoche.

—¡No me digas! —exclamó Reese, con un gesto de sorpresa—. Vi el sitio, Logan, y la explosión no fue para tanto. No había causado destrozos.

—Era una bomba de fabricación casera. Murió en el hospital dos horas después, a causa de la metralla —respondió Logan. Mientras evaluaba la reacción de Reese, fue contándole los pocos detalles que le había dado Rowdy sobre la segunda víctima.

Reese agitó la cabeza.

—Tenemos que encontrar al tirador, pero dudo que nadie vaya a echar de menos a ninguno de los dos hombres. En lo que a mí respecta, me alegro de que hayan desaparecido los dos.

Era muy bueno, pero en su respuesta faltaba algo.

—¿Tú sabías lo del nuevo negocio de Morton con el tráfico de mujeres?

Reese no lo negó, sino que explicó:

—No sabía mucho, solo que el tipo esperaba meterse en el negocio. ¿Por qué?

—¿Y no se te ocurrió decírmelo?

—Tú eres listo, Logan. Sabías que el club ofrecía prostitutas, y que Morton era brutal. Tenía sentido que intentara sacar tajada de todo lo que pudiera.

—¿Comprando mujeres?

—¿Es que te sorprende?

¿Que Morton Andrews quisiera ofrecer esclavas sexuales? No. Pero ¿Que Reese no le hubiera hecho partícipe de la información que poseía? Eso sí era un descubrimiento desagradable.

—Tenías que habérmelo dicho.

—Yo pensaba que ya lo sabías, porque tú mismo lo estabas

investigando. Además, como tú estabas de tapadera intentando captar a Pepper Yates, no teníamos tiempo de hablar.

Tonterías. Habían hablado, pero Reese no se lo había mencionado.

—Me distraje unas cuantas veces, sí. ¿Qué sabes del tema?

—Solo tenía unas cuantas pistas, nada en concreto —dijo Reese, girando un hombro—. Todavía no lo había investigado, pero uno de mis informadores me dijo que sospechaba que los traficantes se habían puesto en contacto con los matones de Andrews. Hablando de informadores... ¿Has comprobado esta furgoneta por si tiene algún GPS?

—Sí —dijo Logan—. Rowdy me colocó un mini-dispositivo, pero ya lo había quitado. No había nada más.

—Vaya. ¿Te lo dijo él?

—Dice que lo ha confesado todo —respondió Logan. Y él se lo creía. Hasta el momento, todo lo que había dicho tenía coherencia.

—Supongo que no va a correr ningún riesgo con su hermana de por medio.

—No, Rowdy Yates no es un hombre que corra riesgos. Y ha resultado que tenía motivos para sospechar de mí, ¿no?

—Tenía motivos para desconfiar de tus intenciones, pero eso es completamente distinto. El instinto le dijo que no estabas siendo sincero.

—Y era cierto —dijo Logan, mientras tomaba la salida de la autopista. Gracias a las autopistas, la cabaña del lago no estaba lejos de su lugar de trabajo ni de su casa, pero sí estaba aislada—. Normalmente, el instinto siempre da en el clavo.

Reese lo reconoció.

—Sí, eso es cierto. Nunca he entendido por qué hay tanta gente que desconfía de su instinto.

Logan pensaba lo mismo, y esa era la razón por la que se había tomado en serio las dudas de Rowdy sobre Reese.

—Pero ahora sabe cuál era tu motivación —dijo Reese—. Y, casi siempre, el objetivo es lo que marca la diferencia.

—¿Tú crees? —preguntó Logan, que no se sentía demasiado bien por lo que había hecho. Si pudiera volver atrás... ¿qué haría?

Si nunca hubiera empezado a buscar a Rowdy, no habría conocido a Pepper, y ella habría seguido huyendo, escondiéndose, viviendo una vida llena de mentiras.

—Lo sé. Rowdy está demasiado involucrado en todo esto como para tener una perspectiva clara del asunto, pero tú no, así que deja de torturarte.

¿Acaso Reese intentaba justificar sus propias mentiras?

—Nunca hay un buen motivo para hacerle daño a una mujer.

—Bueno, hay daños y daños —dijo Reese, con una sonrisa—. Anoche, Pepper demostró que no es precisamente una delicada flor.

Había demostrado... algo, pero Logan no sabía qué.

—Cállate.

—De hecho, Dash tenía miedo de que hicierais un agujero en la pared, por cómo estabais moviendo la cama.

—Que te calles.

Reese sonrió de nuevo.

—Bueno, en serio, al verla salir de tu habitación y entrar en la suya, no parecía que estuviera muy herida. De hecho, yo diría que casi te has ganado su perdón. Así que, ¿qué te parece si aplacamos a la teniente, yo investigo lo de la bomba, encontramos al tirador y, después, recuperamos nuestra vida de antes?

Logan asintió, pero sabía que las cosas no iban a ser tan sencillas. Nunca lo eran y, mucho menos, si tenían que ver con Pepper Yates.

Cuanto más se acercaba a su apartamento, más ansioso se sentía Reese. Había pasado la noche casi sin poder pegar ojo en un sofá estrecho y corto. Había tenido que aguantar a una chica irascible que le había hecho acusaciones desagradables. Había soportado el sutil interrogatorio de Logan y sus silencios condenatorios. Y, después, había tenido que llevar su coche a casa. Estaba exhausto y preocupado, y se sentía un poco acorralado y, sin embargo...

La mayoría de sus pensamientos estaban centrados en su vecina.

Miró el reloj y se dio cuenta de que todavía era pronto. Le quedaba un poco de tiempo antes de tener que aparecer en la comisaría.

¿Estaría Alice despierta? ¿Debería llamarla?

¿O debería sorprenderla llamando a su puerta?

Eso era lo que iba a hacer.

Reese aparcó con una sonrisa absurda. El sol ya iluminaba todo el aparcamiento con fuerza. Aquel iba a ser otro día de calor asfixiante.

A pesar del agotamiento, subió las escaleras con expectación. ¿Estaría Alice todavía en pijama? ¿Qué llevaría? No creía que fuera algo sexy. Quizá algo soso y muy holgado, sin forma. Sonrió al imaginárselo.

En la entrada de su apartamento, alzó la mano para llamar, pero al instante oyó los ladridos de Cash. La puerta se abrió y apareció Alice, bien envuelta en una bata de color melocotón.

Él apenas tuvo tiempo de asimilar la imagen de su expresión suave, de su pelo revuelto y de sus pequeños pies descalzos, porque Cash saltó encima de él.

Entonces, se arrodilló y le concedió a su perro toda la atención que le estaba pidiendo. Cash estuvo a punto de tirarlo en sus esfuerzos por lamerle la cara. Reese se incorporó, riéndose.

Alice le entregó la correa.

—Todavía no ha salido. Yo me daría prisa.

—Espera —dijo Reese. Apoyó una mano en la puerta para impedir que ella cerrara.

Alice miró hacia abajo y suspiró.

—Demasiado tarde.

Demonios. Reese también miró hacia abajo y vio que Cash estaba encogido y avergonzado.

—No te preocupes, guapo. Yo lo limpio.
Entonces, Cash empezó a mover la cola con alivio, y volvió a ladrar de alegría.
Reese se echó a reír.
Alice lo observó con la cabeza ladeada.
Teniendo en cuenta los modales de su perro, él también debería sentirse avergonzado, pero, en realidad, todo aquello era divertido.
—Déjalo —le dijo a Alice—. Yo lo limpio todo en cuanto vuelva.
—De acuerdo.
—¿Alice?
Ella hizo una pausa.
—Responde cuando llame a la puerta.
Y, con aquellas palabras, se alejó, para ser él quien diera por terminada la conversación, y no ella, como siempre.
Con una voz absurda, reservada solo para su perro, dijo:
—Vamos, Cash. Vamos, precioso. Buen chico.
Había llegado al final del tramo de escalera cuando oyó que se cerraba la puerta de Alice.
¿Así que lo había estado observando mientras se alejaba? Bien.
Cash siguió saltando a su alrededor, así que Reese llevó al perro al césped y le dejó hacer lo que quisiera. Después de marcar su territorio en una docena de lugares distintos, Cash persiguió a una abeja, le ladró a una ardilla y corrió detrás del palo que lanzó Reese.
Después de cinco minutos de juegos, Reese se sentó junto a un árbol para que Cash pudiera subirse en su regazo.
Era extraño, pero había echado de menos al perro. Sonrió al reconocer aquella idea tan tonta, abrazó a Cash y le besó la cabeza.
El perro se volvió loco de alegría una vez más, y él se echó a reír.
—Me has echado de menos de verdad, ¿eh? ¿Es que la vecina

ha sido cruel? ¿Te ha dado de comer alpiste y te ha echado del sofá de un manotazo?

—Por supuesto que no.

Reese alzó la vista y se encontró con Alice. Ella se había puesto unos pantalones y unos mocasines, pero no se había peinado todavía.

—Estaba bromeando —dijo Reese, y dio unos golpecitos en la hierba, a su lado—. ¿Te gustaría sentarte con nosotros?

—No, estoy bien de pie, gracias.

Entonces, ¿por qué había ido a reunirse con ellos? ¿Solo para evitar que volviera a acercarse a su apartamento? Interesante.

—¿Se ha portado bien?

—Bueno, eso depende de tu idea de lo que es portarse bien —dijo Alice, pero sonrió mirando al perro—. Se ha comido un cojín mientras yo estaba... Bueno...

Se quedó callada, y bajó la cabeza.

Reese sintió un gran interés, y preguntó:

—¿Mientras tú estabas qué?

Ella carraspeó.

—Lejos del sofá.

—¿Cocinando? ¿Cambiándote de ropa? ¿Al teléfono? ¿En el ordenador?

—En realidad, me estaba duchando.

Él habría dado dinero por ver eso.

—Vaya. ¿Tardaste mucho?

—Unos diez minutos, como mucho. Pero, después de rascar la puerta del baño, se quedó callado, y yo pensé que se había calmado. Hasta que me encontré el relleno del cojín por todas partes.

Estupendo.

—Lo siento mucho. Te pagaré el cojín.

—No es necesario. Lo hice yo, y me quedó tela, así que puedo hacer otro.

Saber coser era algo que encajaba con ella. Pero ¿qué más?

—¿Estás segura?

—No lo pienses más.

Por fin, Cash se tumbó en el suelo, con la barbilla en el muslo de Reese. Golpeaba el suelo con la cola mientras Reese lo acariciaba.

—Es evidente que te adora.

¿Era sorpresa lo que detectó en el tono de voz de Alice?

—Soy un tipo adorable.

Ella esbozó una ligera sonrisa.

—¿Necesitas que lo cuide hoy?

—Quería hablar contigo sobre eso —dijo él, y volvió a mirar su reloj—. Siéntate un minuto, por favor.

Ella se inquietó, miró al suelo de nuevo y negó con la cabeza.

—Estoy bien así.

—Eres muy asustadiza. ¿Por qué?

—¡Claro que no!

Vaya. Lentamente, sin apartar la vista de ella, Reese se puso en pie. Cash se alarmó, porque no sabía lo que estaban haciendo y se sentía inseguro. Incluso él mismo se sentía inseguro.

—Entonces, ¿podemos sentarnos en los escalones?

Ella miró hacia atrás, al apartamento, tomó aire y asintió como si acabara de acceder a entrar en un edificio en llamas.

Él, con una expresión seria, dijo:

—Gracias.

De un modo u otro, Reese sabía que iba a averiguar cuál era el problema. Pero no en aquel momento, porque tenía muy poco tiempo, y no en el aparcamiento de su casa, con su perro pidiendo atención.

Pero sí pronto. Seguramente, mucho antes de lo que pensaba Alice, fuera cual fuera su apellido.

CAPÍTULO 19

Reese y Alice se acercaron a los escalones. Ella esperó a que él se sentara y, después, se sentó dos peldaños más abajo, lo más alejada posible sin tener que sentarse en el asfalto.
—¿Dónde trabajas? —preguntó él.
—Aquí. Soy autónoma.
—¿De verdad? ¿Y en qué trabajas?
—Soy secretaria virtual.
Reese nunca lo había oído y, al ver que seguía mirándola con desconcierto, ella le dio una explicación muy ensayada.
—Hay otras personas que trabajan desde casa que necesitan ayuda con bases de datos, llamadas de teléfono, archivos y otras formas de organización. Ese tipo de cosas.
Reese estaba disfrutando del hecho de que ella se hubiera abierto, por fin, y se concentró en que siguiera hablando.
—¿Y cómo es ese trabajo?
—Es fácil, con el teléfono y el correo electrónico. Tengo diferentes clientes que me envían la información y yo hago que su vida profesional marche a la perfección.
—Entonces, ¿estás aquí casi todo el tiempo? —preguntó él. Aquello era tan conveniente, que casi parecía el destino. Aunque él no creyera en el destino, en realidad. Si creyera, sabría que no le esperaba nada bueno, porque el destino tenía un sentido del humor muy retorcido.

—Yo... sí —dijo ella, y frunció el ceño—. No estoy segura de saber lo que me estás preguntando.

—Pues mira, te lo voy a explicar. Me encontré a Cash en una caja en mitad de la carretera. La caja estaba cerrada con cinta aislante, así que alguien la había dejado allí a propósito.

—¡Dios Santo!

A él le gustó aquella reacción, porque era igual que la suya.

—Fue una auténtica suerte que ningún coche la hubiera aplastado ya. La vi moverse, me pareció raro y paré. En cuanto la levanté, supe que dentro había un perro, así que la metí al coche, corté la cinta y salió Cash.

Alice se tapó la boca con la mano y miró a Cash con los ojos empañados de emoción. Se acercó y abrazó al perro.

Al notar aquella muestra de solidaridad, Cash lo miró con preocupación. ¡Qué perro tan expresivo!

—No lo pensé demasiado —continuó Reese—. Lo llevé al veterinario, me gasté una fortuna en la desparasitación, la limpieza de oídos, los análisis de sangre, etcétera, y... de ahí su nombre, Cash.

—Fuiste muy bueno.

Estupendo. Melodrama. Justo lo que menos necesitaba en aquel momento.

—Bueno, fue algo humano por mi parte. El que lo metió en esa caja no tenía humanidad. Pero el caso es que ahora tengo perro, le he tomado cariño y él me lo ha tomado a mí, pero por desgracia a veces tengo un horario raro y...

—¿Querrías que yo te cuidara al perro?

Por si acaso se negaba, Reese se dispuso a convencerla.

—Es inteligente, así que sé que puede aprender a no romper las cosas y a hacer sus necesidades en la calle. Por supuesto, yo te daré la comida y todo lo que necesite. Y...

—Me encantaría.

—Te pagaré —dijo él, casi al mismo tiempo.

Se quedaron mirándose el uno al otro.

Reese bajó un escalón para estar más cerca del perro, y de Alice también.

—Seguro que podemos acordar un sueldo adecuado, e incluso puedo pagarte las horas extra cuando mi trabajo se complique.

—Me gusta mucho Cash —dijo ella, y estrechó al perro contra su pecho, en un gesto protector. Cash miró a Reese con incertidumbre, moviendo las cejas—. No me importa cuidarlo.

—Pero, de todos modos, insisto en pagarte un sueldo —respondió él, y se dio un golpecito en el muslo—. Ven aquí, Cash.

El perro saltó hacia él, subió a su regazo y, después, se estiró para lamerle la mano a Alice.

O era muy diplomático, o era un adicto al afecto, Reese no estaba seguro de cuál de las dos cosas.

Parecía que Alice estaba a punto de deshacerse.

—De acuerdo.

Bien, podía pasar al siguiente obstáculo.

—Pero no puedes cuidar a Cash y prohibirme la entrada a tu apartamento.

Ella alzó la vista rápidamente.

—No estaba prohibiéndotelo, exactamente...

—No pasa nada —dijo él, rápido, para evitar que ella se alterara—. No voy a fisgar nada —añadió. Todavía—. Pero soy policía, ¿sabes? Soy de fiar. Y necesito saber que Cash está bien.

—Si estás sugiriendo que...

—No estoy sugiriendo nada —dijo él—. Solo digo que vamos a tener un acuerdo laboral amigable, y no tienes ningún motivo para preocuparte de que me inmiscuya en tu vida. De ningún modo.

Solo por el hecho de que, de repente, deseara con todas sus fuerzas besarla... Eso no era ningún motivo.

—Quiero dejar las cosas claras —zanjó.

—¿Qué cosas?

—Los detalles de nuestro acuerdo.

Ella siguió mirándolo con tirantez.

Lo mejor sería dejar aquella conversación para más tarde. Miró el reloj, para recordarse a sí mismo que ya no le quedaba tiempo.

—Pero tengo que ducharme y afeitarme para ir a trabajar. ¿Estás de acuerdo por ahora?

—Sí.
Todavía rígida. Estupendo. No podía decirse que hubiera marcado un tanto.
—Seguramente, hoy también voy a tener un día difícil. Pero podría... podría venir a la hora de comer para que Cash no crea que lo he regalado a otra persona.
—Muy bien.
—Bueno, hablaremos más cuando tenga un rato —dijo Reese. Le acarició a Cash la cabeza, y le ordenó—: Sé bueno, pequeño.
Cash, casi como si lo hubiera entendido, volvió hacia Alice. Se sentó en su regazo, se tumbó boca arriba y le dedicó una enorme sonrisa perruna.
Alice lo abrazó como si fuera un niño.
—Será pillo —dijo Reese, y se echó a reír. Con Cash, fracasaban incluso los planes mejor pensados, pero por lo menos, sabía manejarse en aquella situación—. Gracias, Alice. Para mí es muy importante saber que Cash está bien cuidado.
Ella no lo miró, sino que inclinó más la cara hacia Cash.
—Es todo un placer para mí.
Placer era algo que a él le gustaría tener con ella.
Había muchos motivos por los que debía controlar sus pensamientos. Ella era su vecina y, aparentemente, tenía problemas que él todavía no entendía. Además, iba a cuidar de su perro.
Pero... Bajó la mirada y se fijó en su pelo. No, no le importaban ninguno de aquellos obstáculos. La deseaba y, al final, iba a conseguirla.
—Hasta luego, Alice.
Ella no dijo «adiós». Pero, a decir verdad, tampoco le había dicho «hola».

Logan y Reese se situaron juntos en la sala, mientras la teniente Peterson informaba a todo el mundo de lo ocurrido con la bomba.
Sin mirar a Logan, la teniente le dijo a Reese:

—Quiero que usted se ocupe de este asunto.

Teniendo en cuenta su aparente desconfianza en él, aquello les sorprendió a los dos. Logan estaba dirigiendo al equipo, y no tenía sentido cambiar las cosas en aquel momento. Sin embargo, ¿qué podía decir? Necesitaba disponer de tiempo libre, y aquello podía jugar en su favor.

Reese se quedó mirando a Peterson y asintió.

—Por supuesto.

Ella continuó con la reunión. Citó los hombres de los oficiales que estaban en la escena del crimen en el club y en el hospital.

—Tenemos vigilados a dos de los hombres de Andrews. Están heridos, pero sobrevivirán.

Logan no lo sabía. Rowdy no se lo había dicho, pero tenía sentido.

—¿Todavía no han hablado?

—Los han curado y, después, los sedaron.

—¿Y nadie intentó obtener información?

Si no estaban heridos de gravedad, alguien podía haberlos interrogado a la primera oportunidad.

—Ya tenemos bastante mala prensa en ese sentido. No van a ir a ninguna parte, y no está permitido que nadie los vea.

—Voy a ir para allá...

Ella hizo un gesto negativo.

—Quiero que interrogue a los testigos.

—¿Hay testigos? ¿Quiénes?

—La gente que estaba en el club, los que pasaban por allí, los empleados... Hasta este momento, no parece que nadie sepa nada, pero siga intentándolo. Nunca se sabe dónde hay una pista.

Entonces, ¿quería que se quedara en la comisaría? Reese lo miró con curiosidad, pero Logan se limitó a encogerse de hombros.

Peterson nombró a los agentes que estaban trabajando de apoyo. Había que hacer investigación en Internet, ver las grabaciones de vídeo y conseguir órdenes judiciales.

A Logan no le disgustó del todo la tarea que le había encomendado. Cuando la teniente acabó, él la siguió hasta su despacho y tocó el marco de la puerta con los nudillos.

—¿Tiene un segundo?
—¿Qué quiere, detective?
—¿Va a confirmar la muerte de Andrews?

Ella alzó la cabeza y lo observó atentamente durante unos segundos.

—Va a ser difícil. Debía de tener la bomba en la mano cuando explotó. No hay huellas dactilares.
—¡Demonios!

Aquello era demasiada coincidencia.

—La explosión también destruyó la dentadura y, bueno, su cara... ha desaparecido.

Más que nunca, Logan necesitaba ver el cadáver.

—Espero un informe oficial para esta mañana, pero, ¿quién sabe? Los análisis de ADN serían la última opción.

Demasiado caro.

—¿Tiene algún pariente?
—Ninguno, que yo sepa —dijo ella, mientras cerraba la carpeta de un expediente—. ¿Tiene alguna razón para pensar que no es él?
—No quisiera dejar ningún cabo suelto.
—Por supuesto que no —dijo ella, e hizo girar la silla suavemente, de lado a lado—. Así que Morton Andrews ha sido dado por muerto, asesinan a un traficante de mujeres y usted deja en libertad a Rowdy Yates.

Aquella acusación le puso muy tenso. ¿Por eso quería que él se quedara en la comisaría?

—No tenía ningún motivo para detenerlo.
—Umm...

Aquel murmullo molestó mucho a Logan. Le sostuvo la mirada a la teniente, y esperó.

—¿Le dio Rowdy algo de información útil?

Logan decidió disimular lo mucho que le disgustaba aquel interrogatorio. Se sentó frente a ella, y respondió:

—Rowdy confirmó que algunos miembros del departamento de policía estaban a sueldo de Andrews cuando Jack fue asesinado.

—Eso no es nuevo —dijo ella, agitando la mano—. ¿Sabe dónde está?

—¿Rowdy? —preguntó Logan. «Está haciendo un trabajo para mí», pensó. Pero, por supuesto, no podía decirle eso a la teniente—. Específicamente, no.

Ella frunció el ceño.

—Pero podría encontrarlo.

—Muy bien. Hágalo —dijo ella y, casi como gesto de despedida, miró la hora en su reloj de muñeca.

Logan no se rindió. Como todavía no tenían ningún motivo para detener a Rowdy, dijo:

—¿Quiere que le pida que vuelva a declarar?

—A él y a su hermana, sí —respondió la teniente, y enarcó las cejas—. Tengo una reunión con la prensa dentro de cinco minutos.

Logan se puso en pie.

—¿Hay algo que yo no sepa?

—Teniendo en cuenta que dirige usted al equipo, no creo —dijo ella—. Pero el detective Bareden y usted no estaban disponibles anoche.

Él se irritó.

—Durante unas horas. ¿Acaso intentó ponerse en contacto conmigo? No tenía ninguna llamada perdida.

—Entonces, ¿no se ha enterado de la muerte de Morton hasta esta mañana?

—No —dijo él, con una expresión seria que no denotaba ni el más mínimo engaño.

—¿No escuchó la radio, ni vio la televisión...

—Mi vida personal es mía —dijo él—. Pero estaba con una mujer y, no, no estábamos escuchando la radio ni viendo la televisión.

—Ah. Bueno, supongo que eso lo explica todo —dijo ella, y

se puso de pie—. Entonces, ¿el detective Bareden estaba igualmente ocupado?

Logan se encogió de hombros.

—Tendría que preguntárselo a él.

Entonces, la teniente dejó su interrogatorio y preguntó:

—Como es lógico, el club está cerrado y se ha establecido el perímetro de la escena del crimen, pero eso no va a servirnos de mucho. El sitio estaba abarrotado, las tres plantas. Cuando llegamos, ya lo habían pisoteado y tirado todo.

—¿Y el despacho de Morton?

—También está asegurado el perímetro de la escena, pero, aunque la bomba no hubiera causado destrozos, ¿cree que ese tipo sería tan tonto como para guardar allí algo que pudiera incriminarlo?

En realidad, no.

—¿Y cómo lo identificaron?

—Por la ropa, el pelo y el carné de identidad que llevaba en la cartera. La complexión física concuerda, y también el color del cabello, lo que no estaba ensangrentado. Y, ahora, si no tiene más preguntas...

—No.

—Entonces, le sugiero que empiece a trabajar con los testigos.

Logan salió con ella del despacho. Después, se fue a su escritorio a revisar los informes sobre los testigos a los que iba a interrogar. Quería llamar a Rowdy, pero aún no. Para eso necesitaba completa privacidad, y antes tenía que quitarse de encima la parte más dura del día. Tenía que encontrar respuestas, hacer planes y elaborar informes.

Su mirada se cruzó con la de Reese.

Se preguntó por dónde podía empezar... ¿y con quién?

Pepper estaba paseando descalza por la parcela. Se dio cuenta de que había más broza que hierba. El sol brillaba tanto que le hacía daño en los ojos, y a ella le encantaba.

A la vieja cabaña no le iría mal una mano de pintura, y las ventanas necesitaban una buena limpieza. Y, si pusieran unas cuantas flores, sería realmente bonito.

Dash iba tras ella sigilosamente, vigilándola. Como sabía que iba a oírla, dijo:

—Si yo tuviera un sitio como este, plantaría flores silvestres por todas partes.

—Las flores silvestres no hace falta plantarlas.

—Pero yo lo haría —dijo ella. Se detuvo en una esquina de la casa y arrancó una mala hierba—. Hay algunas que son muy bonitas, y no necesitan cuidados.

—¿Quieres decir que mi casa está muy desnuda? —le preguntó Dash, con una sonrisa.

Era tan increíblemente guapo, que si Logan no se la tuviera tan confundida, tal vez lo hubiera admirado más.

—Se supone que estás forrado, ¿no? Entonces, ¿por qué no adecentas un poco este sitio?

Él se agachó y arrancó otra mala hierba.

—Yo no estoy forrado —le dijo—, pero vivo con comodidad.

Pepper dio un resoplido. La comodidad podía significar muchas cosas, dependiendo de la persona que hablara de ella. Solo los ricos usaban aquella palabra para describir una vida llena de seguridad y extravagancias.

—Si viviera aquí —continuó Dash—, tal vez lo decorara un poco. Pero, para mí, el principal atractivo está en que cuando vengo no tengo que hacer nada. Corto la hierba…

—Te refieres a las malas hierbas.

—…cuando es necesario. Lo que hago principalmente es tomar el sol, nadar, remar… Esas cosas.

—¿Y vienes a menudo?

—Algunos fines de semana y, si puedo, vengo una semana completa al año. No quiero que esto se convierta en una gran responsabilidad, y eso es lo que sucedería si tuviera que venir a regar plantas y flores, o a cortar el césped.

—Ya me lo imagino. Pero podrías contratar a alguien.

—Entonces, los demás conocerían este sitio.

Y Logan no se habría sentido cómodo dejándola allí. Dash no se había quejado, pero ella tenía la sensación de que le debía una disculpa.

—Siento que hayamos invadido tu privacidad.

Él se había puesto a la sombra de un cobertizo, y miró a su alrededor, a las ramas de los árboles. Observó también el candado oxidado de la cerradura del cobertizo.

—No te preocupes. Logan sabe que puede contar conmigo para lo que sea —dijo, moviendo el candado—. Demonios, parece que es verdad que tengo que hacer un poco de mantenimiento.

—¿Tienes cortacésped?

—Sí, claro.

—Yo puedo cortar la hierba.

Él la miró.

—No tienes por qué hacerlo...

—Quiero hacerlo. Me encanta el sol, y el calor, y el aire fresco —dijo ella. Y, de mala gana, confesó—: Me aburro un poco, y me siento vaga. Como no tengo traje de baño, y Logan me ha prohibido que me bañe desnuda...

—¿Lo habrías hecho? —le preguntó Dash—. Quiero decir, sin que Logan esté aquí para ver lo que haces.

Ella sonrió.

—¿Crees que solo me bañé desnuda anoche para molestarle?

—Sí.

Y tenía razón.

—Bueno, me has pillado. Pero, si se lo dices, lo vas a lamentar.

Él también sonrió.

—¿Y por qué iba a hacer eso?

—Logan es tu hermano.

—Sí, es verdad. Y, aunque le quiero mucho, lo de anoche fue muy entretenido.

¿Entretenido? Esa no era su intención, en absoluto. Sin embargo, fue tan agradable oír a Dash admitir tan abiertamente que quería a Logan, que lo dejó pasar.

—La mayoría de los hombres no son tan sinceros con sus sentimientos.

—Los que no somos cobardes, sí.

Ella se rio.

—Yo no soy demasiado pudorosa, ¿sabes? Pero tampoco soy de las personas que andan por ahí en cueros.

—Me dejaste impresionado. Fue una venganza diabólica, de las que solo pueden ocurrírsele a una mujer.

—No estoy segura de que me guste cómo has dicho eso —dijo Pepper.

Dash hacía que ella pareciera vengativa y mala. ¿Lo era? Bueno, tal vez. Pero Logan se lo merecía, ¿no?

—Solo digo que Logan es demasiado serio. Me gusta tu forma de mantenerlo a raya.

—Sí, bueno, es que todavía estoy enfadada con él —dijo Pepper. Se acercó al cobertizo y tiró del candado—. ¿Tienes la llave?

—Sí, colgada de un gancho que está dentro del armario rinconero de la cocina —dijo él, y se cruzó de brazos—. ¿De verdad estás tan enfadada con él, aunque sepas que se vio obligado a engañarte? ¿O es que todavía estás dolida porque mi hermano te importaba y confiaste en él?

Pepper percibió la sinceridad que se reflejaba en sus ojos castaños, tan parecidos a los de Logan, se fijó en la anchura de sus hombros y en su barba de varios días. Era un hombre atractivo, con un aspecto de libertino, y aquella sonrisa suya... Seguramente, rompía corazones todos los días.

—¿Me han salido cuernos, o algo así?

Ella cabeceó con una sonrisa de diversión.

—Seguro que tienes mucho éxito entre las mujeres, ¿verdad?

—¿Estás evitando responderme?

—Solo era un comentario. Y la respuesta es... las dos cosas.

Él asintió.

—Las mujeres no son tan difíciles, una vez que las entiendes.

—¿Qué es lo que hay que entender?

—En primer lugar, son distintas a los hombres. Tienen más ternura, son más buenas y mucho más emocionales.
—Eso es terriblemente sexista.
—Pero es cierto, de todos modos —dijo Dash, y le guiñó un ojo—. Después, cuando haga menos calor, podemos cortar la hierba, si realmente te apetece. Por ahora, ¿por qué no nos damos un baño? Hay crema solar en la cabaña, y te presto mis pantalones cortos y una camiseta para que los uses de bañador. Te prometo que, por muy increíble que estés con esa indumentaria, haré todo lo posible por no fijarme.
¡Qué engatusador!
—De acuerdo, muy bien —dijo ella. Tal vez pudiera aprovechar para sacarle a Dash más información sobre la psicología de Logan. De ninguna forma quería ser ella la emocional—. ¿Vas a contarme más cosas de Logan?
Él empezó a caminar hacia la casa.
—¿Qué quieres saber?
—Todo. Es lo menos que puedes hacer para entretenerme mientras estoy aquí.
—Está bien. Pero prepárate para tenernos más manía aún, porque hemos llevado unas vidas llenas de amor y de indulgencia —dijo él, con una sonrisa—. Nuestra madre es muy afectuosa, y nuestro padre siempre nos ha apoyado en todo. La vida ha sido muy generosa con nosotros.
Ella se alegró de oír aquello.
—Yo no os tengo manía a ninguno de los dos.
—¿No? —preguntó él, con agrado.
—No —respondió Pepper. Ella no podría desearle su infancia a nadie—. Consideraré que vuestra vida es como un cuento de hadas.
Y, tal vez, eso haría que pudiera dormir mejor aquella noche.
Después de vengarse un poco más de Logan.

Logan la encontró en la barca de remos, tumbada boca arriba en uno de los bancos, con los pies colgando por la borda.

El sol se filtraba entre las hojas de los árboles e iluminaba la superficie del lago. Unas ondas suaves golpeaban el casco de la barca, que se mecía y, de vez en cuando, golpeaba ligeramente el embarcadero.

Pepper estaba durmiendo.

El pelo se le había secado con el calor después del baño, y se le había quedado enredado. Se le habían quemado un poco la nariz y los pómulos. Llevaba unos pantalones cortos y una camiseta de Dash. Con aquel aspecto, habría podido parecer una boba.

Sin embargo, estaba... relajada. Feliz. Más tranquila de lo que él hubiera visto nunca.

Verla así fue todo un alivio después de aquel día de trabajo infructuoso. No le importaría acabar así cada jornada, llegando a casa y encontrándose allí a Pepper, sabiendo que sería suya por la noche, durante mucho tiempo.

Los interrogatorios a los testigos habían sido una pérdida de tiempo. Había intentado ver el cuerpo de Andrews, pero la teniente se lo había prohibido. Levantaría sospechas si comenzara a husmear demasiado.

Esperaba que Reese hubiera averiguado algo más que él.

Se sentó en el embarcadero, se quitó los zapatos y los calcetines, se desabotonó la camisa y se enrolló los bajos del pantalón. Una brisa húmeda le refrescó la piel del pecho e intensificó aún más su deseo.

Recorrió a Pepper con la mirada, desde su pecho hasta sus largas piernas, sus pies estrechos...

—¿Estás pensando en unirte a mí?

La miró a la cara, y se dio cuenta de que ella lo estaba observando con los ojos entrecerrados. Sonreía un poco.

—No quería despertarte.

—No pasa nada —dijo ella. Se estiró y, aunque llevara aquella ropa tan absurda, a él le hirvió la sangre—. Hoy he dormitado demasiado.

Logan sonrió, deleitándose con aquel estado de ánimo tan suave.

—Necesitabas recuperar horas de sueño —dijo. La noche anterior, ninguno de ellos había descansado lo suficiente.

—Y tú también —respondió Pepper. Se sentó con las piernas cruzadas, al estilo del yoga, se puso la mano en la frente para protegerse de la luz del sol y alzó la cabeza para mirarlo—. ¿Has traído los preservativos?

Qué atrevida, y qué tentadora. Lo dejaba ardiendo de lujuria, pero lo que más le costaba contener era otra emoción mucho más abrumadora.

—He traído todo lo que había en tu lista.

—Bien —dijo ella. Miró a su alrededor, por el lago. El sol estaba empezando a descender en el cielo—. ¿Qué hora es?

—Un poco más de las siete. Quería volver antes, pero...

—Tenías que trabajar —dijo Pepper. Le tendió una mano y, cuando Logan se la tomó, ella saltó de la barca y se quedó de pie junto a él—. ¿Hay alguna novedad sobre Morton?

Las rodillas de Pepper estaban al nivel de los ojos de Logan, y él se excitó aún más. Sería tan fácil inclinarse hacia delante y posar la cabeza en la piel caliente de sus muslos, inhalar su olor...

—No, nada nuevo.

—Vaya, eso es una pena —dijo ella, y le acarició el pelo—. ¿Y qué tal el resto del día?

¿De veras quería hablar de eso con él? Para él sería algo único hablar de su trabajo con una mujer, pero Pepper era una mujer única, y también estaba involucrada en aquella situación.

—Hoy he interrogado a varios testigos.

Ella tiró de él para que se pusiera en pie.

—Pero ha sido una pérdida de tiempo, ¿no? Nadie habrá oído ni visto nada.

—Más o menos —respondió Logan. Cuando ella empezó a tirarle del cinturón, se le tensó el abdomen—. Reese ha ido al hospital para hablar con unos hombres de Andrews que resultaron heridos en la explosión, pero estaban sedados.

—¿Van a recuperarse? —preguntó ella, sin demasiada preocupación. Le abrió los pantalones y los abandonó para deslizarle la camisa por los hombros.

—Sí —dijo él, y la ayudó, dejando caer los brazos a ambos lados del cuerpo. Cuando ella volvió a sus pantalones, la agarró de las muñecas. No quería disuadirla, pero no sabía cómo continuar, así que le preguntó—: ¿Qué estamos haciendo aquí?

—He pensado que tal vez te apeteciera darte un baño rápido para refrescarte —dijo ella. Se soltó, y le pasó la palma de una mano por el pecho—. Estás un poco sudoroso.

¿Solo un baño? Seguramente, eso era mejor que ponerse manos a la obra en el agua, estando su hermano en la cabaña, pero...

—¿Cómo podías dormir con este calor?

—Ya te dije que me gusta —respondió Pepper, y le bajó los pantalones. Él se quedó en calzoncillos, y ella preguntó—: ¿Qué dices?

—Dash va a terminar de preparar la cena enseguida.

—Entonces, será mejor que nos demos prisa —dijo ella. Agarró el bajo de la camiseta y añadió—: Como ves, hoy he sido buena y me he tapado.

—Gracias.

Eso hizo sonreír a Pepper.

—Me gusta tu hermano.

Él sintió una absurda punzada de celos.

—¿Qué significa eso?

La sonrisa se convirtió en una carcajada.

—Significa que, en resumen, he tenido un buen día.

—Me alegro.

Iba a tener que hablar más con Dash. Solo habían mantenido una breve conversación cuando él había llegado, para que su hermano le hiciera un informe rápido, y él había salido hacia el lago para verla.

—Tal vez debas echarte una siesta después de cenar —le dijo Pepper, y se puso de puntillas para darle un beso en la nariz—. Ahora que tenemos los condones, espero tener una noche todavía mejor que la de ayer.

Se dio la vuelta y se tiró de cabeza al agua, demostrando que ya había comprobado la profundidad.

Logan se quedó allí, con una dolorosa erección, y lamentando no poder saltárselo todo e irse directamente a la cama con ella.

Dash gritó, desde la colina.

—¡Las hamburguesas estarán listas dentro de cinco minutos!

Demonios. Ojalá el agua estuviera bien fría, pensó Logan mientras se tiraba al lago.

CAPÍTULO 20

—Todo sabe mejor a la brasa —dijo Pepper, al terminar su hamburguesa.

Dash asintió.

—Y también influye tener tan buenas vistas —dijo.

—Y el aire fresco —añadió Logan.

Los colores de la puesta de sol se reflejaban en la superficie del lago, y no había una sola nube en el cielo.

Dash apoyó los pies en la barandilla. Las gotas de condensación de su lata de refresco le caían sobre el estómago.

Pepper estaba repantigada en una tumbona, con la misma ropa con la que se había bañado. Tenía un aspecto tan relajado, que Logan hubiera deseado tenerla allí para siempre.

Con él.

Ella ahuyentó a un mosquito con la mano, dio otro sorbo a su refresco y preguntó:

—Entonces, ¿Reese no va a venir esta noche?

—No.

—Confío más en él cuando puedo verlo.

Dash soltó una carcajada seca.

—Me parece que tu hermano y tú pensáis eso de todo el mundo.

—Y con razón.

En aquel momento, sonó el teléfono de Logan.

—¿Hablando del rey de Roma? —preguntó Pepper.

Como se trataba del teléfono que le había dado Rowdy, Logan se encogió de hombros.

—O Reese, o tu hermano. Nadie más tiene este número —dijo.

En cuanto respondió, Reese inquirió:

—¿Qué ha pasado contigo y con Peterson hoy?

No habían tenido ocasión de hablar en privado, porque en la comisaría había demasiados oídos atentos, y Reese había estado fuera la mayor parte del día.

—Espera —dijo él. Tapó el micrófono con una mano y le dijo a Pepper—: Es solo un minuto.

Entonces, hizo ademán de levantarse para tener un poco más de privacidad.

Pepper le hizo un gesto para que volviera a sentarse.

—Yo voy a darme una ducha para quitarme el agua del lago del pelo.

Dash también se puso en pie.

—Pues date prisa, si quieres tener agua caliente —le dijo a Pepper. Después, se volvió hacia su hermano—: Creo que voy a recoger los platos.

Era un código. Le estaba diciendo que él se encargaría de vigilar a Pepper. Logan le agradeció su ayuda, pero, al mismo tiempo, notó cierto resentimiento.

—Gracias. Dentro de un minuto voy a echarte una mano.

—No te preocupes, no hay prisa.

Logan se puso en pie, para poder ver a Pepper a través de las puertas de cristal de la terraza, y le dijo a Reese:

—No sé lo que está pasando con ella, pero he de reconocer que no esperaba que te pusiera al mando.

A él le había dado carta blanca en cuanto al equipo especializado y él había hecho progresos, aunque, por supuesto, Peterson no estaba enteramente de acuerdo con el hecho de apresurarlo todo.

—Tal vez es que ha reconocido que poseo capacidades superiores como detective.

Aquella broma no hizo reír a Logan.

—O tal vez, sabe que tengo más problemas de los que aparento —respondió, y siguió con la mirada los movimientos de Pepper, que estaba comprobando lo que había dentro de las bolsas que él había llevado a la cabaña. Sacó el champú, el acondicionador y la crema y llevó los botes al baño, y dejó el resto de las cosas en su habitación.

—O quiere ponernos en contra el uno del otro. ¿Quién sabe?

Pepper salió de la habitación con ropa limpia en las manos. Habló un momento con Dash. Después, entró en el baño y cerró la puerta.

La ducha de la cabaña era muy pequeña, y él no habría podido unirse a ella ni aunque le hubiera invitado a hacerlo. Sin embargo, se la imaginaba desnuda, mojada...

—No dejes que te influya —dijo Reese, sacándolo de sus pensamientos.

—¿Quién?

Reese dio un resoplido de exasperación.

—Peterson —dijo. Tapó un momento el auricular del teléfono. Después, explicó—: Tengo a Cash entre los pies, perdona.

Sin la distracción de la imagen de Pepper a través del cristal, Logan caminó hacia la barandilla y miró hacia el lago.

—¿Cómo está la loca que te ha cuidado al perro?

—Yo nunca he dicho que estuviera loca —respondió Reese—. De hecho, ha sido increíble. Cash está feliz, yo estoy feliz, y ella está disponible los siete días de la semana, las veinticuatro horas del día. Así que, si me necesitas, allí estaré. Pero, si no, me gustaría pasar la noche con Cash e ir pronto a trabajar mañana, para despistar un poco a Peterson.

—No te preocupes, por aquí todo va bien —dijo Logan. Se fijó en que el césped, o más bien, las malas hierbas, estaban recién cortadas. Al ir hacia el lago, estaba tan obsesionado con ver a Pepper que ni siquiera se había dado cuenta—. ¿Y hay algo nuevo?

—He visto el cuerpo —dijo Reese, sin disimular su disgusto—.

La cara estaba mutilada, la mandíbula completamente destrozada, le faltaban una oreja y varios dientes... El pelo estaba demasiado ensangrentado como para distinguir si era del mismo color que el de Morton, aunque era rubio. La altura y la complexión sí me parecieron las suyas.

—¿No estás convencido de que sea él? —preguntó Logan. ¿Acaso alguien podía creer que Andrews había muerto tan fácilmente?

—Lo que ocurre es que los dos guardaespaldas que están en el hospital estaban drogados.

Logan se irguió.

—¿Cómo?

—La bomba les ha hecho daño, pero estaban sin conocimiento porque alguien les había drogado. Creo que los habían colocado allí, como la cartera que había en el bolsillo del cadáver.

Un cadáver que también habían podido colocar allí.

—¿No me dijiste una vez que Morton tenía una cicatriz en un hombro? —preguntó Reese.

—Sí —respondió él.

De joven, Andrew Morton había hecho el trabajo sucio para otros, y no siempre había salido ileso.

—Bueno, la parte superior del cuerpo estaba destrozada, como te he dicho, y yo nunca vi esa cicatriz, pero... no encontré nada parecido en el cadáver.

Así que era un doble.

—Morton todavía sigue por ahí.

—Tal vez. Si no es Morton, ¿qué hacemos al respecto? Ese es el quid de la cuestión, ¿no crees?

—Sí —dijo Logan. Le ardían los ojos, por el cansancio, y también por el agua del lago—. Dios, quiero que esto termine ya.

—Y ahora, más que nunca, supongo.

—¿Qué quieres decir?

—Que ahora tienes que preocuparte también por Pepper, no solo satisfacer la necesidad de venganza.

—Pues a mí me parece que ahora tengo más motivos para desear la venganza que antes —replicó Logan. Andrews había matado a su amigo Jack, pero también había convertido la vida de Pepper en un infierno, y seguía siendo una amenaza para ella—. Quiero que Andrews pague de un modo u otro. Si está muerto, bien. Pero, aunque no esté muerto, nunca va a acercarse a Pepper.

—Hablando de encontrar a Andrews —dijo Reese—, ¿qué está haciendo Rowdy?

—En realidad, no lo sé. Está siguiendo algunas pistas, o algo así. Es lo único que sé.

—¿Qué pistas?

—Ha dicho que tenía contactos fiables en la calle. Lo mismo que hacen muchos policías.

—Pero no te equivoques, Logan. Él no es policía.

—No.

Sin embargo, eso no le convertía en alguien menos fiable.

—¿No te parece un poco peligroso darle tanta libertad?

Logan soltó un resoplido. Rowdy Yates nunca había estado atado, y mucho menos por él.

—No me queda más remedio que confiar en él.

Lo mismo que le ocurría con Reese, con ciertos límites en ambos casos.

Reese volvió a vacilar.

—Si él descubre algo, ¿me lo vas a contar?

—Rápidamente.

Logan quería colgar ya, pero Reese habló una vez más.

—Casi me da pena perderme el espectáculo de hoy. Espero que Pepper se lo tome con calma contigo, o no, dependiendo de cuáles sean tus preferencias.

La llamada se cortó en mitad de la acalorada respuesta de Logan. Caminó hacia la cabaña justo cuando Pepper gritaba que se había acabado el agua caliente.

Dash sonrió.

—Mira que se lo dije.

Logan se acercó a él, que estaba en la cocina, y dijo:
—Parece que os lleváis bien.
Tomó un plato mojado y un trapo, y empezó a secar la vajilla.
—Se ha ganado mi simpatía —respondió Dash.
—Entonces, ¿no te ha puesto difíciles las cosas?
—Bueno, puede que un poco —dijo Dash, con una sonrisa—. Es genuina, ¿sabes? Y divertida, y tampoco carece completamente de sentido común.
—Contigo —puntualizó Logan.
Con él... Bueno, Pepper tenía motivos para ser difícil, así que él lo aceptaba. Por el momento.
—Es verdad —dijo Dash. En aquel momento, terminó de fregar los platos y se secó las manos con un trapo—. Además, es increíblemente sexy.
—Ya lo sé.
—Tiene unas piernas preciosas.
Logan se puso tenso.
—Ya lo sé.
—Y el resto de su cuerpo...
Logan tiró el trapo a la encimera y pensó en estrangular a su hermano.
—¿Quieres decir algo, Dash?
—Sí, quiero —respondió él, y se puso serio—. Merece la pena quedarse con Pepper Yates, hermano.
En aquel preciso instante, la aludida salió del baño recién duchada, suave y húmeda... Y, tal vez, dispuesta a atormentarlo un poco más.
En la cama.
Eso era lo que esperaba.
Dash le dio un empujón con el hombro.
—Demonios, Logan, estás tan embobado que casi no tiene gracia —le dijo, pero se echó a reír de todos modos—. Además de sus otras cualidades, tiene la fuerza de una apisonadora.
—¿Y eso?

—Ha cortado la hierba. Toda la parcela —explicó Dash—. Y parecía que le gustaba, además. Conseguí que se pusiera crema protectora, pero no tenía calzado adecuado para ella.

Logan frunció el ceño.

—La colina...

Sin cuidado, alguien podía resbalarse y perder un pie.

—Sí, es traicionera. Además, esta tarde hacía muchísimo calor, así que pensé que iba a tener que insistir. Pero ella es tan lista que, antes de que yo pudiera mencionarlo, se puso los pantalones vaqueros y las botas y empezó a trabajar.

A Logan no le causó sorpresa que Pepper disfrutara trabajando al aire libre. Muy pronto, podría salir a correr con ella y, tal vez, eso la ayudara a quemar el exceso de energía.

A menos que pudieran quemarlo aquella misma noche, en la cama.

—No fue fácil, pero a mitad del trabajo, conseguí que hiciera un descanso. Tomamos té helado, nos bañamos otra vez en el lago, y... —Dash se encogió de hombros—. Después, ella quiso terminar de segar. Yo me sentía como un vago, mirando cómo trabajaba. Y, como te había prometido que iba a vigilarla, acabé quitando malas hierbas.

Entonces, fue Logan quien sonrió.

—Creía que querías dejar este sitio intacto, para que no se convirtiera en una tarea.

—Sí, así era, pero Pepper me ha manipulado. Te juro que yo me he agotado antes que ella. Si no tengo cuidado, mañana me pondrá a plantar flores.

Logan se lo imaginó y volvió a sonreír. Pepper salió de su cuarto. Sin prestarles atención, fue hacia la terraza para cepillarse el pelo.

Era increíblemente sexy, tal y como había dicho Dash. Ya no necesitaba actuar como una sosa y, al caminar, movía suavemente las caderas. Debido al frío de la ducha, se le habían endurecido los pezones, y se notaban por debajo del algodón de su camiseta.

Logan tomó aire, y se dio cuenta de que Dash también la estaba mirando fijamente.

Le dio un empujón a su hermano.

Dash hizo un saludo marcial. Después, dijo:

—Creo que me voy a tirar al sofá a ver un DVD.

—Está bien. Yo voy a ducharme, así que vigílala mientras —le dijo Logan.

Una ducha bien fría; eso era lo que necesitaba. Se asomó a la terraza para hablar con Pepper:

—Yo también me voy a duchar. No tardo nada.

—Bien —dijo ella, de espaldas a él, mientras continuaba cepillándose la melena rubia. Todavía hacía tanto calor, que no tardaría en secársele—. Pero date prisa. Hoy me apetece acostarme pronto.

¿Con él? Pepper era tan impredecible, que no estaba seguro. No quería dar rienda suelta a su lujuria a causa de falsas ilusiones, porque aquello podía formar parte del tormento que le estaba infligiendo.

—Pepper...

Ella miró hacia atrás, por encima de su hombro, y le clavó una mirada seductora.

—Ten los condones a mano.

Y, tan fácilmente, le provocó una erección. Tal vez aquella noche pudiera convencerla para que se quedara a dormir con él. Quería pasar todo el tiempo que fuera posible a su lado, mientras pudiera.

Y, con suerte, sería suficiente.

Rowdy se sentó al final de la barra. Mientras esperaba a su contacto, miró a su alrededor para descubrir si podía haber problemas, y para ver si veía a su pequeña camarera. Vio a muchas mujeres, rubias, morenas y exuberantes, pero no vio a ninguna pelirroja.

¿Habría dejado el trabajo? ¿Habría cambiado de turno?

No, no podía aceptar eso. Al final, iba a verla de nuevo.

Se fijó en cinco hombres que acababan de entrar y que estaban buscando a alguien entre la multitud. Llevaban chaqueta, seguramente, para ocultar sus armas.

Rowdy no tuvo ninguna duda de que lo estaban buscando a él. Era el peligro de hacer preguntas.

Los chivatos no eran gente leal. Más bien, eran gente desesperada.

Él sabía que, al hacer determinadas preguntas, podía provocar una persecución. Bajó del taburete y caminó, pegado a la pared, hacia el pasillo que conducía a la parte posterior del edificio, donde estaban la cocina, los baños y, tal vez, un despacho.

Le enfadaba tener que marcharse sin haber conseguido información. La llegada de aquellos hombres significaba que se había acercado demasiado con sus preguntas, y que alguien se había percatado.

Aunque él podría enfrentarse a un par de tipos, incluso a tres, enfrentarse a cinco matones sería un suicidio. Se dirigió hacia el baño pero, en el último momento, cambió de opinión y entró por las puertas batientes de la cocina. Estuvo a punto de chocar con su pequeña pelirroja.

Ella hizo malabarismos con la bandeja llena de copas que tenía en las manos y retrocedió. Él dio un paso hacia delante y los ocultó a ambos de las miradas de los clientes del bar.

La camarera pronunció, automáticamente, una disculpa. Hasta que lo vio, y se quedó muda.

En sus preciosos ojos azules se reflejó una emoción tras otra: sorpresa, deleite, desconfianza e, incluso, reproche.

—No puedes estar en esta parte del local.

Rowdy no podía creer que se la hubiera encontrado en un momento tan inoportuno. Sabía lo que quería hacer, y lo que tenía que hacer, y sopesó sus posibilidades.

—Esta bandeja pesa mucho.

Tan enérgica como siempre. Él se mordió el labio superior con indecisión.

—Esperaba verte de nuevo.

—Pues no sé por qué.

Unos matones lo estaban buscando en aquel local, y no para mantener una agradable conversación. Sin embargo, él sonrió de todos modos.

—Tú y yo tenemos un asunto sin terminar.

Sus ojos, de color azul claro, permanecieron impasibles.

—Y yo que creía que habíamos acabado del todo.

—Ni por asomo. Pero, por mucho que me duela, este no es buen momento. Así que...

Le quitó la bandeja de las manos y la puso sobre una encimera.

—¿Qué estás haciendo?

—Supongo que no quieres que me asesinen.

—¿Que te asesinen?

—Shhh —susurró él, y miró hacia atrás. Los hombres se estaban acercando—. Necesito encontrar la salida trasera.

Ella se quedó boquiabierta pero, enseguida, volvió a cerrar la boca.

—¿Estás en un lío?

—Como siempre, más o menos.

—Vaya, ¡cuánto me sorprende! —exclamó ella, con sarcasmo.

—No me persigue la policía, nena. Y, para que no pienses que soy un chulo, son cinco matones. Yo también voy a poder darles unos cuantos golpes, pero no va a ser nada bonito. Me quedan treinta segundos antes de que...

—Demonios...

Ella se dio la vuelta y lo llevó de la mano hacia la salida de atrás, pero, de repente, se detuvo y entró a una despensa. Cerró la puerta tras ellos.

Tiró de un cordón, y la pequeña habitación quedó a oscuras.

Rowdy se le acercó por la espalda.

—Creo que no lo has entendido...

—Shh...

Ella estiró un brazo hacia atrás para indicarle que se callara

y, accidentalmente, palpó su entrepierna. Apartó la mano con un respingo. Él oyó que tragaba saliva y que susurraba:
—Lo siento.
Él le dijo, al oído:
—No pasa nada.
Ella giró la cabeza un poco, y le explicó suavemente:
—Había unos hombres en la puerta trasera.
Ah. Así que aquel pequeño desvío era para protegerlo. Agradable.
Casi tan agradable como notar su respiración en los labios, como estar envuelto en su olor, y como la confianza innata que acababa de demostrar.
Por desgracia, no podía disfrutar tanto como hubiera querido, porque, si aquellos matones la encontraban en la despensa, la pelirroja iba a tener tantos problemas como él.
Rowdy le puso las manos en los hombros y empezó a esconderla tras él, y oyeron unas voces al otro lado de la puerta. Los dos contuvieron la respiración.
—¿Lo habéis visto?
—Todavía no.
—Seguro que está escondido en el baño, muerto de miedo.
Rowdy frunció el ceño. Él no se moría de miedo. Bueno, estaba escondido en una despensa, sí, pero eso era por sentido común, no por miedo. Claro que no.
Ella volvió a tocarlo de nuevo, en aquella ocasión, en el muslo.
—Vamos a dar otra vuelta, pero, si no lo vemos, quiero que te pongas en la puerta de atrás, Hicks. Smith, tú ve a la entrada principal. Si alguno de los dos lo ve, acordaos de que lo necesitamos vivo, aunque no necesariamente consciente.
Los hombres se echaron a reír.
Rowdy notó que ella temblaba, y la rodeó con sus brazos. Esperaron treinta segundos más. Al final, ella se giró hacia él y, con las dos palmas de las manos, lo empujó por el pecho hacia atrás.

—Con cuidado —susurró—. Hay bolsas y latas en el suelo, por todas partes.

Rowdy sacó su teléfono móvil, lo abrió y lo utilizó de linterna. Vio una abertura estrecha detrás de una estantería.

—Quédate aquí —dijo ella—. Voy a encender la luz y a salir. Si no hay nadie vigilando, llamaré a la policía.

Rowdy la agarró de la muñeca.

—No, a la policía no.

Ella se quedó callada.

—Supongo que es mejor que no sepa por qué.

—Claro que puedes saber por qué, pero no puedo explicártelo en este momento —replicó él. Dios, era una locura, pero quería besarla. Y lo haría. Pero no en aquel momento—. Comprueba que no haya nadie en la puerta trasera. Si solo hay un hombre, no hay problema. Eso puedo solucionarlo.

—No seas idiota.

—Shh —susurró él, con una sonrisa. Ella tenía la cabeza inclinada hacia atrás para poder fulminarlo con la mirada, y la diferencia de altura y de tamaño entre ellos, ella menuda y tan femenina, y él, mucho más alto y musculoso, le excitó. Se sentía como un cavernícola, pero ¿qué tenía de malo?—. Te juro que no soy amenaza para nadie —dijo. Para ella, no. Y para nadie inocente—. Pero necesito salir de aquí, o el resto de la gente puede resultar herida.

Ella observó su expresión, le dio un suave puñetazo en el hombro y dijo:

—Ahora mismo vuelvo. No te muevas de aquí.

Rowdy se quedó esperando junto a la estantería, rezando por que ella no lo delatara, porque no llamara a la policía o, peor aún, les dijera a los matones dónde estaba.

La camarera volvió unos segundos después.

—Hay cuatro hombres en la parte de delante del bar. Están empezando a preguntarles a los clientes. Si alguien te ha visto escabullirte hacia aquí…

—Lo dudo.

Así que en la parte trasera solo quedaba un hombre. Perfecto. Rowdy la llevó al fondo de la habitación.

—Dime cómo te llamas.

Eso la dejó paralizada.

—Yo no...

Él la agarró y la puso de puntillas, y le dio un beso firme en la boca. Tenía los labios suaves y cálidos, y él hubiera querido disponer de más de tres segundos. De mucho más tiempo. Pero, para eso, debía esperar.

Cuando la soltó, ella se quedó mirándolo con asombro. Estaba sintiendo las mismas cosas que él.

—Volveré para explicártelo todo, te doy mi palabra. Pero no me marcho sin que me digas tu nombre.

Ella se pasó los dedos entre el pelo y se estropeó los rizos. Después, dijo:

—Avery Mullins.

Ese nombre le pegaba. Rowdy le dio otro beso.

—Me has salvado la vida, Avery. Gracias.

Entonces, él hizo ademán de salir, pero ella lo agarró de la cintura.

—Espera.

Salió por delante de él, miró hacia ambos lados del pasillo con disimulo, asintió sutilmente y tomó la bandeja de las bebidas.

Él la vio pasar al otro lado de las puertas batientes de metal y desaparecer de su vista. Rowdy no perdió más tiempo. Atravesó la cocina y se dirigió a la puerta trasera. Por el camino, robó un trapo de cocina, un delantal y un cuchillo.

Sin hacer ruido, miró hacia fuera y se encontró con un tipo que lo miró de frente.

Rowdy sonrió al ver su cara de sorpresa y le dio un puñetazo brutal. Era un hombre grande con los puños grandes y, cuando golpeaba a un tipo, ese tipo lo notaba.

El matón se desplomó en el suelo. Rowdy se agachó y lo amordazó con el trapo de cocina, mientras miraba a su alrededor. No había nadie vigilándolo. Le ató las manos a la espalda al tipo con el delantal y lo arrastró hacia su coche. Lo metió al maletero, y sintió satisfacción. Parecía que, después de todo, aquella noche sí que iba a conseguir información.

Unos segundos después, se puso al volante y se alejó de allí sano y salvo.

Bueno, sano y salvo excepto por aquel beso.

Avery Mullins. Tenía la sensación de que no iba a quedarse tranquilo hasta que la hubiera saboreado mejor, y más. Mucho, mucho más.

CAPÍTULO 21

Logan entró en su habitación para abrir la cama y dejó la puerta entreabierta. Iba vestido únicamente con los pantalones vaqueros. La ducha fría que había tomado le había revivido un poco, pero no era suficiente para mitigar aquella lujuria tan intensa.

Para calmar aquel dolor, necesitaba a Pepper.

Estaba a punto de ir a buscarla cuando oyó su voz. Con un tono suave, le preguntó a Dash:

—¿Dónde está Logan?

Él no oyó responder a su hermano, así que Dash debió de hacer una señal moviendo la cabeza.

Logan se puso tenso de impaciencia, y esperó junto a la cama. Ella no le hizo esperar.

Entró, cerró la puerta y lo devoró con la mirada. Nada más. No dijo nada, no hizo nada más que provocarlo con un evidente interés en su cuerpo.

Su mirada misteriosa fue como una caricia física para él.

¿Le proporcionaba satisfacción a Pepper que él se sintiera inseguro de sus intenciones?

Bien, pues él sabía lo que quería, así que iba a hacer el primer movimiento, y ella podía aceptarlo, o no.

Sin dejar de mirarla, tomó la caja de preservativos y los puso en la mesilla de noche, a su lado de la cama.

Ella sonrió con sensualidad.

—Quítate la camiseta —le dijo él.

Ella, sin vacilar, se apartó de la puerta y obedeció. Agarró el bajo y tiró de él. Lentamente, se sacó la camiseta por la cabeza y la dejó caer al suelo. Solo llevaba unas braguitas minúsculas y, sin quitárselas, subió a la cama, avanzó de rodillas por ella y se colocó frente a él.

—Te toca —le dijo, acariciándole brevemente el pecho—. Quítate los pantalones.

Tan cerca de ella, él percibía los olores de su champú y su crema, junto a los del sol y el aire fresco. Todo aquello junto, en ella, era suficiente para que a él le temblaran las rodillas.

Se quitó los pantalones sin reservas y, una vez desnudo, la tomó por las caderas y, lentamente, le movió las manos por sus nalgas, sus caderas y sus muslos, deleitándose. También le excitó ver sus manos grandes, oscuras y ásperas sobre su piel suave y blanca.

Le asombraba lo sexy que era Pepper, pero sentía por ella algo más que atracción física.

Con un control férreo sobre sí mismo, le pasó las manos por la estrecha cintura y ascendió hacia sus pechos. Eran exuberantes, carnosos, firmes… Los pezones se le endurecieron.

Demonios, tuvo que dominarse para no tenderla en el colchón en aquel mismo instante.

Pepper inclinó la cabeza hacia atrás, arqueó la espalda y le ofreció su pecho. Él no pudo ignorarlo. Jugueteó con sus pezones, besándoselos ligeramente primero y, después, lamiendo y succionando.

Ella aceptó aquellas caricias, y él enganchó los dedos en sus bragas y se las bajó por los muslos.

Con una mirada ardiente, ella lo rodeó con sus brazos y le susurró:

—Llevo todo el día pensando en follarte.

Su forma de hablar fue como un jarro de agua fría para él, pero procuró disimular su reacción. Mantuvo la mano en su trasero para sujetarla, y metió la otra entre sus piernas.

Cuando la acarició, a ella se le escapó un sonido de apreciación.

—¿Ya estás húmeda?

—Yo... —Pepper tragó saliva y tomó aire—. Te he dicho que llevo todo el día pensando en esto.

—En mí —dijo él. Quería que se lo dijera con claridad. Lo que tenían era especial, aunque ella no lo hubiera admitido todavía. Sin apartar sus ojos de los de ella, abrió su cuerpo y, lentamente, introdujo uno de los dedos.

—Logan... esto es tan gozoso...

A ella se le cerraron los ojos y, mientras él movía los dedos hacia dentro y hacia fuera, se mordió el labio.

—Dios, he echado tanto de menos el sexo... Tal vez más que todas las otras cosas.

Para silenciarla, para evitar que ella redujera el tiempo que pasaban juntos a una mera relación física, Logan la besó con fuerza. Ella lo aceptó con entusiasmo y le correspondió, succionándole la lengua y contrayendo los músculos internos alrededor de sus dedos.

Cuando él supo que estaba cerca del clímax, salió de su cuerpo y la tendió en el colchón.

Terminó de quitarle las braguitas y le acarició todo el cuerpo con las manos, hasta las rodillas. Entonces, le separó las piernas.

Ella esperó allí, con el cuerpo sonrosado y los labios abiertos, a ver qué hacía él.

Entregándose a él.

No era todo lo que él quería, pero, por el momento, era suficiente. Se inclinó y le besó el interior de la rodilla y del muslo, y ascendió por su vientre tenso. Ella agarró con fuerza la colcha, con ambas manos, pero no se resistió a él.

—Hueles muy bien... —murmuró él, y rozó sus rizos con la nariz.

Ella emitió un sonido de excitación.

Él se arrodilló en la cama, entre sus piernas, y le separó los labios con los dedos pulgares. Pasó la lengua por su carne, hacia su clítoris. Ella se quedó inmóvil, al borde de un precipicio de placer.

Y él la cubrió con la boca.

Gruñeron juntos.

Pepper sabía incluso mejor de lo que olía. Sus pequeños sonidos, sus movimientos, todo ello unido estaba luchando contra su propia contención.

Logan quería que durara, así que, cuando notó que ella se tensaba aún más, cambió de táctica y lamió el interior de su cuerpo. Ella emitió una queja y, después, elevó las caderas cuando él volvió al punto más sensible.

De nuevo, cuando ella se acercó al clímax, él volvió a dejarla.

Ella apretó la colcha con el puño.

—Maldito seas.

Él sonrió y la mordió suavemente.

—Confía en mí.

—No quiero con... Ah.

En aquella ocasión, ella le agarró por el pelo mientras él movía la lengua sobre su cuerpo. Le tiraba con la fuerza suficiente como para hacerle daño, pero a él no le importó. Le gustaba saber que le había provocado una necesidad tan desesperada.

Quería sentir su orgasmo, así que metió tres dedos en su cuerpo, profundamente, y el clímax se apoderó de ella. Pepper apretó sus dedos con fuerza, y los bañó en una humedad sedosa. Lo soltó para ponerse la almohada sobre la cara e intentar amortiguar el sonido de sus gritos. Sus muslos fuertes se tensaron aún más, y hundió los talones en el colchón, a ambos lados de los hombros de Logan. Aquello continuó hasta que ella cayó sin fuerzas sobre la cama.

Logan se había quedado tan abrumado que apenas podía respirar. Se incorporó y tomó un preservativo. Cuando se giró de nuevo, ella tenía los ojos cerrados y las piernas todavía separadas.

Él le acarició la rodilla.
—Pepper...
Ella respiró profundamente y exhaló el aire con lentitud. Después, abrió los ojos. Pasaron tres segundos y, entonces, dijo:
—Ha merecido la pena esperar.
Él le pasó los dedos por el muslo, de arriba hacia abajo.
—Me alegro.
—Si estás esperando una invitación, la conseguiste en el momento en que entré a esta habitación.
Él sonrió y disimuló lo que estaba pensando. En realidad, no tenía prisa, porque sabía que, en cuanto terminaran, Pepper se marcharía. Sin decir nada, descendió hacia ella.
—Ummm... —murmuró Pepper—. Así que estabas esperando otra invitación.
Él le besó el cuello y, después, la mandíbula.
—Me gusta tu sabor, Pepper —dijo, descendiendo por su garganta con los labios. Le dio un ligero mordisco en el hombro, y añadió—: Y me encanta verte así.
En su cama, suave y receptiva.
—¿Bien satisfecha, quieres decir?
Él le besó de nuevo la mandíbula, el pómulo, el puente de la nariz y la frente.
—Todavía no, cariño.
Él guio su miembro y lo hundió en el calor resbaladizo de su cuerpo. Sintió una emoción en el pecho que lo paralizó, que le obligó a esperar un momento para calmarse.
Con la respiración entrecortada, ella dijo:
—Todavía no.
Y eso fue lo definitivo para Logan. Le sujetó la cabeza, la besó con fuerza y comenzó a moverse con el ritmo que ambos necesitaban. Nunca se había sentido tan conectado a una mujer. Menos de dos minutos después, ella se abrazó a él con fuerza y gritó al llegar al clímax.
Logan, con el corazón acelerado, metió la cara en su cuello y se abandonó a su propio orgasmo.

Pocos minutos más tarde, cuando se le calmó el corazón, se dio cuenta de que ella seguía abrazada a él. De vez en cuando, notaba el roce suave de su boca en el hombro.

Aquellas caricias delicadas tuvieron el poder de hacer que se concentrara de nuevo. Se incorporó, apoyándose en ambas manos, para mirarle la cara. Sin embargo, en cuanto sus miradas se cruzaron, él lo supo.

Ella iba a volver a marcharse.

Logan vio el pesar en su mirada, notó cómo protegía todas sus emociones. ¿Era el orgullo lo que la empujaba a marcharse, aunque quisiera quedarse con él? ¿O no sentía las mismas cosas?

Empezaron a pasársele por la cabeza argumentos de persuasión, y disimuló lo dolido que se sentía con un tono de irritación.

—Maldita sea, Pepper, esto es ridículo. Sabes que quieres...

En aquel momento, sonó el teléfono. Logan, al fijarse en el gesto ceñudo de Pepper, se dio cuenta de que aquella llamada le había librado de hablar demasiado.

Se separó de ella y tomó el teléfono de la cómoda. Por si acaso se le ocurría marcharse antes de que hablaran, la agarró por el tobillo con la mano libre.

Ella se irguió y se apoyó sobre ambos codos.

—¿Es mi hermano?

—Supongo —dijo él, y respondió a la llamada—. ¿Qué hay?

—Estoy aquí sentado con uno de los traficantes.

Logan se irguió.

—¿Estás bien?

—Es un cabrón muy feo, y más ahora que hemos terminado de charlar, pero sí, estoy bien. No hay problema.

Logan se relajó. Se dio la vuelta para mirar a Pepper, y asintió. Le acarició la pantorrilla con una mano.

—Tu hermana está aquí conmigo.

Rowdy bajó la voz.

—¿Es tu forma de decirme que no la asuste?

—Más o menos.

Rowdy soltó un resoplido.

—Si quieres, puedes resumir las cosas, pero no cometas el error de ocultarle nada.

No, él no haría algo así. Pepper había demostrado que tenía más recursos que cualquier persona a la que él conociera. Podía soportar la verdad, y no se merecía nada menos.

—No, no te preocupes.

—Nada de nombres, y nada inculpatorio, ¿de acuerdo? Entonces, ¿el criminal lo estaba escuchando?

—Sí, entendido. Dime lo que ha pasado.

—Yo había quedado para verme con un amigo en un bar, pero, en vez de eso, aparecieron cinco tipos buscándome. He conseguido atrapar a uno de ellos...

—¿Y cómo lo has conseguido, exactamente? —preguntó Logan. Tuvo visiones de Rowdy, destrozando a alguien y echando por tierra el caso, y comenzaron a latirle las sienes.

—Estaba apostado en la salida trasera, esperándome. Pero yo soy más rápido, y pego más rápido.

—¿Estaba solo?

—Sí. Los otros tíos estaban preguntando por el bar, mirando debajo de las mesas, o Dios sabe qué.

Se oyó una protesta sorda, seguida de un golpetazo. Después, nada.

Logan disimuló su molestia.

—Entonces, tú le diste un puñetazo, y él decidió contártelo todo, ¿eh? ¿Y no llamó a los otros cuatro tipos?

Pepper se incorporó de golpe.

—¿Otros cuatro tipos? ¿De qué estás hablando? ¿Está bien Rowdy?

—Está fanfarroneando —le dijo Logan, asegurándose de que lo oyera—. Yo diría que sigue entero.

Rowdy se echó a reír.

—Antes de que se recuperara lo suficiente como para empezar a chillar, lo metí en el maletero del coche y lo traje a un sitio seguro para... hacerle preguntas.

Logan volvió a escuchar aquellas quejas amortiguadas, y exhaló un suspiro.

—¿Y vas a decirme dónde está ese sitio seguro?

—No.

Pepper se apoyó en él y le rodeó la garganta con los brazos. Él notó sus pechos en la espalda, y su respiración en el oído.

Eso le volvió loco.

Fue directamente al grano, y le preguntó a Rowdy:

—¿Está herido de gravedad? ¿Y qué es lo que sabe?

—Está vivo, pero no está contento. Dice que es uno de los cabecillas del círculo de traficantes, y que el tipo al que mataron de un balazo era un negociador. Parece que el bueno de Morton tenía pensado comprar varias chicas muy jóvenes.

A Logan se le encogió el estómago.

—¿De cuántos años?

—Diecisiete, dieciocho.

Canalla.

—¿Para que trabajaran en su club?

—El idiota no está seguro de eso. Lo único que sabe es que Morton quería hacer un trato, pero que rechazó las condiciones cuando llegó el momento de la verdad.

—¿No quiso comprar a las chicas?

—Sí, pero no quería pagar el precio que le pedían —dijo Rowdy, y exhaló varias veces, lentamente.

Logan oyó un golpe y un gruñido y, después, otro golpe. Se dio cuenta de lo que estaba sucediendo.

—Rowdy, escúchame —dijo—. Tienes que dominarte. Es basura, y se lo merece, pero, si lo matas, no voy a poder ayudarte.

Pepper se inclinó hacia atrás, alarmada, pero dejó las manos sobre sus hombros y lo acarició distraídamente.

—¿Ayudarme a qué?

—A librarte de una acusación —dijo Logan, y se puso de pie para alejarse un poco del exquisito cuerpo desnudo de Pepper. Ella no era consciente de la fealdad de aquella conversación, ni del riesgo que estaba corriendo su hermano en aquel momento, y él necesitaba estar muy concentrado para convencer a Rowdy de que no se hiciera a sí mismo un daño irreparable–. Sé que te encantaría matarlo.

–Con mis propias manos –dijo Rowdy, con la voz enronquecida–. ¿Sabes cómo habla de las mujeres, de esas niñas, como si fueran de su propiedad?

–Lo sé –respondió Logan. Él no había trabajado en casos relacionados con el tráfico de personas, pero había otras cosas igual de repugnantes. Los que cometían aquel tipo de crímenes no le daban valor a la vida humana, y casi nunca sentían remordimientos–. No te culpo por haberle pegado...

–Me alegro –dijo Rowdy. Se oyeron unos cuantos golpes más, y otros cuantos gruñidos–. Solo le estoy dando un poco de lo que se merece.

–Yo habría hecho lo mismo –dijo Logan, y apretó la mandíbula–. Pero tienes que parar.

Silencio.

No parecía que Rowdy estuviera de humor para hacerle caso, así que Logan decidió cambiar de tema.

–Dime lo que has averiguado.

Después de unos segundos, Rowdy se controló y dijo:

–Morton intentó chantajear a los traficantes. Dijo que tenía policías a sueldo y que, con chasquear los dedos, podía dirigir toda la fuerza de la ley contra quien él quisiera.

–¿Y por qué hizo algo así?

–Quería que le saliera muy barata la compra, pero no le salió bien. Él también recibió amenazas, y averiguó que el traficante podía vengarse igual que él. Que su muerte haya ocurrido en un momento tan oportuno le resulta sospechoso a mucha gente.

–Sería un buen motivo para fingirla –dijo Logan. Si se creía que Andrews estaba muerto, los traficantes olvidarían su venganza, y él podría atacarlos primero.

–La teoría es que Morton conseguiría su mercancía gratis, e incluso que se haría con las riendas del negocio. Los dos estaban luchando por el derecho a vender mujeres... —dijo Rowdy, y tomó aire varias veces—. Dios Santo, creo que voy a tener que pegarle unas cuantas veces más...

Logan preguntó:

—¿Va a vivir?

—Por desgracia sí.

Era fácil comprender la rabia de Rowdy. Cualquier buen hombre sentiría lo mismo. Cualquier buen hombre que hubiera querido a una mujer se pondría especialmente furioso al pensar en aquel negocio.

Logan miró a Pepper y la vio de rodillas, con las manos apoyadas en los muslos y los mechones de pelo rubio y rizado de su melena alrededor de los pechos. Dios, hacía que se le encogiera el alma.

Volvió a darle la espalda y bajó la voz:

—Sabes que no voy a permitir que le ocurra nada, ¿verdad?

—Eso me has dicho.

—Te doy mi palabra.

Logan estaba dispuesto a morir antes de dejar que nadie, y menos Morton Andrews o cualquier traficante de personas, se acercara a Pepper.

—Hay algunas cosas que tú no puedes controlar.

—Esto sí. Nunca le va a pasar nada.

Rowdy lo entendió, y murmuró:

—Te lo agradezco.

—Y lo mismo digo de ti, Rowdy.

—Vaya, ¿qué significa eso?

Logan se dio la vuelta hacia Pepper y miró sus preciosos ojos castaños.

—Tampoco quiero que a ti te ocurra nada malo.

—Olvídate de esa tontería —dijo Rowdy, con un resoplido—. Yo no necesito canguro. Tú concéntrate en proteger a mi hermana.

No, era cierto: Rowdy no necesitaba ningún canguro, pero sí necesitaba un amigo. Y necesitaba una vida de verdad.

—Todo lo que se merece tu hermana, tú te lo mereces también –le dijo Logan y, antes de que Rowdy pudiera percibirlo como un menosprecio a sus habilidades, añadió–: Piensa en lo feliz que sería tu hermana sabiendo que estás felizmente establecido, sin ningún motivo para seguir huyendo y mirando siempre hacia atrás.

Para asombro de Logan, a ella se le llenaron los ojos de lágrimas. No se le derramaron. Ella no hizo ningún gesto que indicara su vulnerabilidad emocional.

En sus labios apareció una diminuta sonrisa.

Logan sabía lo importante que era su hermano para ella. Sin embargo, aunque nunca hubiera conocido a Pepper, sentiría lo mismo. Rowdy era un buen hombre que nunca había conocido la tranquilidad.

Con otro susurro, Rowdy dijo:

–Odio que tenga que preocuparse por mí.

–Pues vamos a dejar de darle motivos, ¿de acuerdo? –dijo Logan. Se acercó a Pepper y le acarició el pelo. Antes de que todo terminara, él habría arreglado la situación para los dos.

–Lo primero es lo primero. Te estás adelantando.

Cierto. Tenía que averiguar si Andrews estaba vivo o muerto y, además, a partir de aquel momento también tenía que enfrentarse a los traficantes. Necesitaba sacar a Rowdy de la ecuación, lo cual no iba a ser fácil si Rowdy tenía a un criminal aporreado en su poder.

Logan lo pensó todo rápidamente, y dio con una solución viable.

–Esto es lo que vamos a hacer.

Pepper escuchó mientras Logan tomaba nota de la información que Rowdy le estaba proporcionando sobre Morton. Ni una sola vez cuestionó lo que decía.

Confiaba en su hermano.

Eso significaba que era listo e intuitivo, además de ser buenísimo en la cama.

—¿Sabe quién eres? Bien. Tampoco has dicho ningún nombre, así que no puede vincularnos a ninguno con este asunto. ¿Crees que puedes dejarlo atado en algún sitio seguro, para que nadie más pueda encontrarlo? No para siempre, sino hasta que los policías reciban un chivatazo de dónde está. No, no cualquier policía. Reese —dijo Logan, y siguió paseándose por la habitación con su maravillosa desnudez—. Ya sé lo que te parece, pero es el único policía en quien yo confío para que haga esto. Cuando Reese lleve al tipo a comisaría, no será difícil vincularlo al traficante muerto, y menos con toda la información que vamos a proporcionar en el aviso. Con esto, tendremos más que suficiente para detenerlo.

Pepper, con algo de reverencia, se dio cuenta de que Logan quería proteger a Rowdy. Aparte de ella, ¿quién había querido hacer eso alguna vez?

Nadie.

Su hermano sería el primero en decir que él no necesitaba protección. De hecho, lo negaría con su último aliento.

Sin embargo, llevaba toda la vida solo contra el mundo. Él había sido siempre una barrera entre ella y cualquier cosa mala que hubiera podido ocurrirle. Su hermano tenía muchas aventuras y, aunque ella le regañaba por ello, lo entendía.

Era el único consuelo que tenía.

Se le llenaron los ojos de lágrimas de nuevo, y se le escapó un suspiro que llamó la atención de Logan. Él escuchó a Rowdy con el ceño fruncido, mientras la observaba.

Estudió su cuerpo, pero también su cara. Sobre todo, sus ojos. Tenía la sensación de que Logan quería entenderla, entender su estado de ánimo y su venganza contra él… y todo lo que tenía relación con ella. No le había puesto las cosas fáciles. Sin embargo, tal vez eso debiera cambiar.

Al ayudar a su hermano, él le había robado un pedazo del corazón.

—Sí —dijo Logan, mientras la miraba—. Reese tendrá que detenerlo, pero Peterson supervisará la detención. No, no lo va a mandar matar —añadió, y puso los ojos en blanco—. Aunque quisiera hacerlo, y no estoy convencido de que quisiera, hay demasiados cabos sueltos como para que lo intente —dijo, e hizo una pausa para escuchar—. No, no puedes matarlo tú.

Aquella escandalosa frase hizo que Pepper sonriera. ¿Así que Rowdy echaba bravatas, y Logan se lo creía? ¿O era solo la forma de comportarse de los hombres, que se permitían los unos a los otros salvaguardar su imagen?

Aunque a ella no le importaba mucho lo que le pasara a aquel soplón. Él estaba en el negocio del tráfico de personas, trabajaba con Morton y había intentado, junto a otros tipos, hacerle daño a su hermano. Para ella, tenía tres cosas muy graves en contra.

Pero, tal y como le había dicho a Logan, su hermano no era un asesino.

—Míralo así: seguramente, el tipo intentará negociar, y delatará a su jefe.

Y se salvarían mujeres. Pepper se ablandó aún más.

Rowdy debió de acceder, porque Logan asintió.

—Muy bien. Déjalo atado y amordazado hasta mañana por la mañana. No me importa que sufra un poco. Pero, Rowdy, no le hagas nada grave. Lo digo en serio.

De nuevo, llamó la atención de Logan, porque se movió hasta el cabecero de la cama y se apoyó en él para estar cómoda. Él evaluó su nueva posición con interés.

—Claro, puedes llamar tú mismo a Reese si quieres. Pero yo también voy a llamarlo después —dijo. Escuchó y cabeceó—. No es negociable, así que acéptalo.

Vaya dos hombres más autoritarios, pensó Pepper. El hecho de saber que se respetaban el uno al otro le oprimió el pecho de una forma que no conocía.

—Rowdy, antes de colgar... —Logan titubeó, y dijo—: Lo has hecho bien. Gracias.

Y allí terminaron el resto de sus dudas. Demonios. ¿Cómo iba a seguir aferrándose a sus sentimientos heridos?

Logan cerró el teléfono, pero no se tendió a su lado en la cama.

Ella, que ya no pensaba que tuviera derecho a vengarse de él, sintió timidez, y tuvo que contenerse para no taparse con la colcha.

—¿Tienes que llamar a Reese?

—Dentro de un minuto —dijo él. Se cruzó de brazos y la miró—. Tu hermano quiere hablar con él primero.

—¿Y a ti te parece bien?

Él se encogió de hombros.

—Si Rowdy se siente mejor así, no veo qué tiene de malo. Pueden pensar en un buen lugar para esconder al tipo antes de que Reese vaya a recogerlo.

—Confías en Reese, ¿verdad? —le preguntó ella. Al igual que él no podía ignorar las dudas de su hermano, ella no podía ignorar el buen juicio de Logan.

—En el fondo, sí, confío en él.

—Pero ¿no estás dispuesto a ignorar la preocupación de Rowdy?

—¿Cómo iba a hacerlo? Él sabe lo que está haciendo.

Ella quiso que se acercara, y dio unos golpecitos en el colchón, a su lado.

Logan descruzó los brazos y se acercó a ella. Se detuvo a un lado de la cama.

—Me gustaría que te quedaras aquí conmigo. En la cama —le dijo, y le acarició un mechón de pelo—. Duerme conmigo.

Ella respondió con sinceridad.

—Estoy bastante cansada. No sé si voy a poder hacer otra cosa que dormir.

—No necesito nada más —dijo él, y se sentó a su lado—. Quiero abrazarte, Pepper. Toda la noche. No es por ponerme poético, pero quiero sentir los latidos de tu corazón, respirar tu olor y... acariciarte.

A ella se le derritió el corazón.

Logan le acarició una de las comisuras de los labios con el dedo pulgar, y dijo:

—Quédate conmigo esta noche.

Dentro de ella floreció algo nuevo, diferente y maravilloso. Tenía que aligerar el ambiente, o iba a echarse a llorar.

—Si ronco, no quiero quejas por la mañana.

Él sonrió lentamente.

—Dame diez minutos más para asegurarme de que Rowdy y Reese lo han organizado todo, y después podemos acostarnos pronto.

Sí, eso le parecía bien. No le apetecía demasiado volver a ver a Dash aquella noche, después de lo que seguramente él había oído. Además, Logan tenía aspecto de estar tan cansado como ella.

—Está bien —respondió Pepper, con un bostezo—. Y, hasta ese momento, ¿por qué no me cuentas todo lo que te ha dicho Rowdy?

Logan lo hizo y, muy poco después, ambos se quedaron dormidos.

A Logan se le olvidó llamar a Reese.

CAPÍTULO 22

Reese estaba sentado en su sofá, con los pies apoyados en la mesa de centro, con una lata de cerveza junto al codo y su perro echado en su regazo. La televisión emitía un programa deportivo, pero, en realidad, él no estaba prestando atención.

Cash tenía el pelo suave y brillante, porque Alice le había dado un baño y lo había cepillado. Y, por algún motivo absurdo, eso le llegaba al alma.

Casi se la imaginaba, su dulzura, su manera dulce de hablar...

Estupendo. En vez de utilizar toda su capacidad mental para descifrar el misterio que rodeaba a Morton Andrews, estaba soñando con la voz de una mujer.

Patético.

Miró hacia abajo, a su perro, y se lo encontró mirándolo a él. Eso le hizo sonreír.

—Tú también estás pensando en ella, ¿verdad?

El perro empezó a mover la cola, y levantó la cara con expectación.

—No, no podemos ir a molestarla ahora. Pero yo sé que tú también le caes muy bien a ella —dijo Reese. Tomó un sorbo de su cerveza y añadió—: A mí, sin embargo, me mantiene a distancia. Voy a tener que hacer algo al respecto, pero no quiero estropear el acuerdo que tenemos para que cuide de ti.

Cash subió y bajó las cejas, y ladeó la cabeza.

Reese se echó a reír. Cuando sonó su teléfono móvil, la risa casi se convirtió en un gruñido. Se inclinó hacia delante y tomó el móvil de la mesa.

—Acababa de ponerme cómodo, demonios.

Pensando en que debía de ser Logan, con otro problema técnico, y respondió.

Sin embargo, no era Logan, y el problema era mucho peor de lo que él había imaginado.

No tenía mucho tiempo para seguir haciendo malabarismos con la situación y con los participantes antes de que todo se desmoronara a su alrededor.

Y, a cada día que pasaba, parecía que aquello estaba más cerca.

En cuanto Logan llegó a trabajar al día siguiente, Reese lo abordó en el pasillo y se lo llevó aparte. Estaba demacrado, tenía cara de cansado y parecía que estaba deseando pelearse con él.

—¿En qué demonios estabas pensando?

Logan lo observó atentamente.

—Supongo que has recibido el chivatazo anónimo.

—¡No tiene gracia, demonios! —exclamó Reese, y un policía de uniforme miró hacia ellos. Entonces, Reese intentó calmarse—. Está aquí, pero, ¿cómo esperas que arregle esto?

¿Arreglarlo? ¿Eso era lo que pensaba Reese? ¿Que él esperaba que encontrara alguna solución mágica para aquel enredo? No, eso no era probable.

De hecho, él ya se había dado cuenta de que le debía una disculpa a Reese.

—No debería haberte metido en medio de todo esto.

Reese dio un paso atrás.

—¿Qué?

—Estaba intentando mantener a Rowdy fuera de esto y, al mismo tiempo, poder usar la información que conseguimos. Pero no debería haberte puesto en esa posición. No es tu…

—¡Vete a la mierda! —estalló Reese, y se le acercó con una mirada de furia—. No estoy hablando de que me hayas metido o no. Soy tu compañero. Te cubro las espaldas, pase lo que pase...

Logan entornó los ojos y dijo, suavemente:

—Retrocede.

Con la respiración agitada, Reese soltó otra maldición y se dio la vuelta. Logan vio que se frotaba la nuca con exasperación.

Pasaba algo con Reese, y él ya había tenido suficientes subterfugios.

—Ahora es un buen momento para dejar las cosas claras.

Reese se echó a reír y se giró hacia él.

—Sabes que al tipo le habían dado una buena paliza. Tiene rota la nariz, los dos ojos morados... Incluso le han roto un dedo.

Logan esperó.

—Tuve que entregárselo a Peterson. Ella está ahí dentro ahora, hablando con él y metiéndose donde no le importa.

¿Donde no le importaba?

—Es la teniente.

—Y este es tu caso. Pero, desde el principio, ha estado inmiscuyéndose, husmeando, controlándolo todo...

¿Husmeando?

—¿Qué te pasa? Peterson quiere limpiar la corrupción, eso es todo. Sabes que ella siempre ha sido una teniente muy práctica.

Su determinación por estar involucrada en los casos y seguir en la calle no le había granjeado muchas simpatías en el cuerpo, pero no parecía que a ella le importara demasiado.

—No, Logan, es algo más que eso.

—¿Y cómo lo sabes tú?

—Detectives —dijo una voz femenina.

Los dos se dieron la vuelta y vieron a la teniente Peterson, que se acercaba a ellos. Logan la saludó con un asentimiento.

—Qué suerte, encontrarlos a los dos juntos.

Reese se cruzó de brazos y apoyó la espalda en la pared. Rápidamente, había controlado todas las señales de agitación.

Peterson los miró a los dos.

—He conseguido la descripción del hombre que ha pegado a nuestro detenido. Concuerda con la de Rowdy Yates.

—¿De verdad? —preguntó Reese—. Creo que alto, rubio y musculoso concuerda con muchos hombres.

Como eso también incluía al propio Reese, Logan no tenía nada más que añadir.

La teniente dijo, sin rodeos:

—Morton no ha muerto.

—¿No? —preguntó Logan, sin molestarse en aparentar sorpresa—. ¿Lo ha sabido por el detenido o por el informe del forense?

—Por las dos cosas, en realidad.

Vaya. Reese no cambió ni de expresión ni de postura, así que Logan preguntó:

—¿Y hay alguna información sobre el cadáver? ¿Se sabe quién era?

—Uno de sus lacayos —respondió la teniente—. Seguramente, Morton lo contrató porque tenía el mismo cuerpo y el mismo color de pelo que él.

—¿Rubio teñido? —preguntó Reese.

Ella se encogió de hombros.

—Es posible que Morton le hiciera teñirse el pelo. No lo sabemos y, de todos modos, no importa.

—¿Ha conseguido información valiosa del tipo al que ha detenido Reese? —preguntó Logan, para representar su papel. Cuanto antes pudiera salir de allí, mejor. Necesitaba terminar con la amenaza de Andrews. Necesitaba...

—En realidad, sí —dijo ella, y se pasó la mano por la cara con un gesto de cansancio—. Han quemado el edificio de apartamentos.

A Logan se le quitaron de la cabeza todos los planes al oír aquello. No era, en absoluto, lo que se esperaba.

—¿Qué edificio? ¿Cuándo?

El teniente le lanzó una mirada de cautela a Reese, pero él no cedió y continuó con una expresión neutral. Ella se volvió hacia Logan.

—El edificio donde se estaba alojando para conseguir la confianza de Pepper Yates.

Él sintió rabia. Si no hubiera sacado a Pepper de allí...

—El edificio —prosiguió Peterson— en el que pensábamos encontrar alguna pista esclarecedora, pero que, según usted, no nos proporcionó nada de valor.

—¿Cuándo? —preguntó Reese.

Al mismo tiempo, Logan preguntó:

—¿Ha resultado herido alguien?

—He recibido la llamada mientras estaba en el interrogatorio. Seguramente fue un incendio provocado. El edificio ha quedado destrozado.

A Logan le resultó difícil asimilar la idea de que Pepper había estado viviendo allí y que, por lo tanto, quien hubiera incendiado el edificio quería que ella muriera. Intentó pensar en quién más habría dentro de aquel edificio de cuatro apartamentos.

—No hemos encontrado ningún cadáver —dijo Peterson. Antes de que él pudiera sentir alivio, Peterson dijo—: ¿Han encontrado a Rowdy y a Pepper?

Logan negó con la cabeza y, para ayudar a tapar aquella mentira, añadió:

—Teniendo en cuenta lo del incendio, me lo tomaré como una prioridad.

—Hágalo. Háganlo los dos.

Reese continuó sin moverse a su lado, con una expresión enigmática.

—¿Cree que uno de ellos le prendió fuego? —Logan ni siquiera se lo había imaginado. Sabía que Pepper no había salido de la cabaña, pero, Rowdy... Demonios, no lo sabía—. ¿Y por qué iban a hacerlo?

—Tal vez, para destruir pistas —dijo ella—. ¿No había sacado sus pertenencias de allí?

—No —dijo Logan—. No tenía demasiadas cosas. Algo de ropa, sábanas... Las cosas necesarias para que pareciera que vivía allí.

—¿Todavía se veía con la señorita Yates?

Parecía que ella solo sentía curiosidad, así que Logan respondió aparentando despreocupación:

—No he vuelto al apartamento.

Empezó a pensar en lo que tenía que hacer: tenía que ponerse en contacto con Rowdy y, después, con Dash, para asegurarse de que no había ocurrido nada en el lago.

—Entonces, ¿no ha perdido nada de valor? —preguntó la teniente.

—No, en realidad no.

¿Qué se habría dejado allí Pepper? Era demasiado lista como para dejar cabos sueltos, pero no todo el mundo tenía por qué saberlo. ¿Habría sido el incendio un intento de hacerle daño, o de acabar con un rastro?

—Primero, una bomba en el club, un cadáver que era, en realidad, el doble de quien debería ser la víctima y, ahora, un incendio y un equipo de investigación que no ha conseguido nada de nada —dijo la teniente, cabeceando—. Explicar todo esto, y la participación de la policía en ello, cada vez resulta más y más difícil. Lo menos que podemos hacer es traer aquí a los hermanos Yates.

—Me pondré manos a la obra —dijo Logan.

—Entienda, Logan, que los quiero aquí antes de que termine el día. No quiero más retrasos. Aunque no sepan nada del fuego, puede que estén en peligro. Les ofreceremos protección. Manténgalos a salvo —dijo la teniente, y miró a Reese—. De todo el mundo.

La expresión de Reese se volvió agresiva, pero Logan alzó una mano para acallar cualquier objeción por su parte.

La teniente prosiguió:

—No me importa cómo lo consigan, pero los quiero aquí para hablar con ellos, ¿entendido?

—Perfectamente —dijo Reese.

En cuanto Peterson se alejó, Reese volvió a apoyarse en la pared.

—¿Y bien?

Logan estaba indeciso.

—Ya sabes que no confío al cien por cien en ella —dijo Reese—, pero Peterson tiene razón. La cabaña es segura siempre y cuando nadie investigue a tu familia. Pero cualquier policía puede hacerlo, y entonces será muy fácil dar con tu hermano y con sus propiedades...

—Y con la cabaña —dijo Logan, que cada vez estaba más tenso—. El hecho de que el edificio ardiera por completo significa que alguien sabe que estaba viviendo allí.

—Puede ser una coincidencia —dijo Reese—, pero ninguno de los dos se traga eso. Están sobre tu pista, o sobre la de Rowdy o Pepper... Seguramente, de los dos. Sé que a ti no te estaban siguiendo...

—Incluso el mejor policía puede equivocarse, así que no, no sabemos eso con certeza —dijo Logan, con la cabeza llena de horribles posibilidades—. Andrews ya es lo suficientemente psicópata por sí solo, pero ahora, esto ha llegado a otro nivel. Con una mafia de traficantes implicada en el asunto, además, creo que es mejor estar en la comisaría que en un lugar alejado.

Reese asintió.

—Sí, es cierto. ¿Qué puedo hacer para ayudar?

—Yo voy a ir a buscar a Pepper —dijo Logan. No confiaba en nadie más para trasladarla.

Reese lo tomó del brazo.

—Quiero que entiendas una cosa, Logan —dijo—. Yo estoy aquí, apoyándote.

Pero Logan sabía que Reese todavía le ocultaba algo.

—¿Qué significa eso?

Reese entornó los ojos.

—Que puedes confiar en mí, maldita sea.

Logan sonrió con tirantez.

—Ya lo sé.
—Entonces, que no haya más sorpresas. Si tienes a Rowdy investigando por ahí, dímelo.
—Rowdy tiene voluntad propia, y hace las cosas a su manera.
—Eso no es nada inteligente.
Logan no estaba de acuerdo. Había tantas cosas que no sabían, que le gustaba que Rowdy estuviera fuera. Sin embargo, para aplacar a Reese, le dio la razón:
—Puede que no, pero en este momento, no importa. Voy a traer a Pepper y, si puedo, traeré también a Rowdy. Mientras, tú intenta sonsacarle algo útil al detenido.
Reese asintió.
—Si lo consigo, te aviso.

Pepper permaneció en silencio durante el viaje de vuelta. A Logan no le gustaba, pero sabía que estaba preocupada por el repentino cambio de planes. Él no esperaba que pudiera relajarse mucho hasta que estuviera con su hermano. Rowdy había prometido que se reuniría con él en casa de Dash para que pudieran ir juntos a la comisaría, pero a Pepper no le convencía su rodeo.
Dash iba detrás de ellos en otro coche, como precaución. Aunque no fuera policía, era hermano de policía, y tan leal como para hacer lo que había que hacer.
Logan estaba muy nervioso sabiendo que Rowdy y que su propio hermano estaban en peligro.
Y, Rowdy... había accedido a ir a la comisaría, pero Logan ya lo conocía lo suficientemente bien como para notar su desconfianza. Tenía el presentimiento de que iba a dar muchas vueltas antes de reunirse con ellos en casa de Dash.
—¿Pepper?
Ella siguió mirando por la ventanilla, y murmuró:
—¿Ummm?

Él apretó el volante con las manos.

—Quería darte más tiempo, pero, por desgracia, no disponemos de él.

Ella se volvió a mirarlo.

—¿A qué te refieres?

—Vas a tener que confiar en mí.

Se hizo el silencio. Los únicos sonidos que se oyeron dentro de la furgoneta fueron el del tráfico y el del aire acondicionado. Logan no rompió aquel silencio. ¿Qué podía decir?

Notó el escrutinio de los ojos castaños de Pepper. La tensión aumentó hasta que él pensó que se iba a partir en dos.

—No es fácil —dijo ella, finalmente.

«No es fácil, pero tampoco es imposible».

Logan vio una promesa en sus palabras.

—Lo sé.

Ella se giró un poco hacia él en el asiento.

—Conseguiste que me sintiera como una imbécil.

A él se le encogió el estómago del remordimiento.

—No fue nunca mi intención.

—No, tu intención era utilizarme como te viniera bien para poder ponerle las manos encima a mi hermano.

Eso no podía negarlo, y no quería mentir a Pepper nunca más.

—Sí —dijo Logan. Después, añadió—: Pero eso fue antes de conocerte.

—Ya me conocías cuando detuviste a Rowdy.

—Yo conocía a Sue Meeks, una vecina estirada y reservada a quien le gustaban las relaciones sexuales.

—¡Tú ya sabías que ese no era mi verdadero nombre!

—Los nombres no tienen nada que ver. Claro, sabía que eras Pepper Yates usando un alias, pero no te conocía a ti. Una parte importante de ti, sí —dijo él y, aunque sabía que a ella no iba a gustarle, añadió—: Tu vulnerabilidad, por ejemplo.

—Te engañas —dijo ella.

—Al principio, estaba empeñado en acercarme a ti solo para

llegar a Rowdy, en eso tienes razón. Pero, después de que habláramos unas cuantas veces, me sentí atraído por ti, y sentí... solidaridad.

—Tú...

—Era peliagudo —la interrumpió él—, el modo en que manejabas la situación, y cómo me manipulabas a mí. Pero tienes una sensualidad nata...

—¡Y tú utilizaste eso en provecho propio!

Él aceptó aquella acusación.

—Igual que tú lo has utilizado en provecho propio desde entonces.

—¿Tienes queja? —preguntó ella, con desdén.

Logan la entendía. Cada vez que estaba preocupada, se ponía sarcástica, casi como si quisiera disimular sus verdaderos pensamientos.

—El sexo contigo es increíble, así que no, no vas a oír ninguna queja por mi parte.

Ella entrecerró los ojos.

—Pero, si solo hubiera querido sexo, habría podido tenerlo sin ti.

Ella tomó aire bruscamente, y Logan explicó apresuradamente lo que quería decir.

—Yo deseaba a la tímida y reservada Sue Meeks. Y deseo a Pepper Yates. Eres más fuerte de lo que pensaba. Más independiente, más leal y más divertida.

—No te he negado nada, Logan. No tienes por qué hacerme cumplidos.

—Solo estoy diciendo la verdad. Anoche, al abrazarte mientras dormías, y esta mañana, al despertarme a tu lado... eso ha sido especial para mí, y siempre lo será. Nunca voy a darlo por sentado.

La ira de Pepper se disipó, y lo miró fijamente.

—¿Nunca?

La emoción le enronqueció ligeramente la voz.

—Antes de conocer tu verdadera identidad, de conocerte a

ti, ya estaba arrepentido y tenía muchas dudas. Llevaba tanto tiempo detrás de Morton Andrews... Él mató a mi mejor amigo, y la necesidad de venganza me empujaba, me consumía. Pero, entonces, te conocí, y empecé a detestar que estuvieras involucrada en todo esto...

—Tú me involucraste.

—No. Fue Andrews. Pero yo lo saqué todo a la luz, y eso también lo siento mucho. Ojalá hubiera hecho las cosas de distinta manera. Lo cierto es que... —Logan notó los latidos de su propio corazón y percibió la respiración contenida de Pepper—. Ahora que te conozco, Pepper, no quiero perderte, pase lo que pase.

Después de una pequeña eternidad, ella tendió la mano hacia él.

¿Era aquello una muestra de aceptación... de sus explicaciones, o de él?

Logan le apretó los dedos, pidiendo que lo hubiera aceptado a él.

—Necesito que confíes en mí, cariño.

Ella asintió.

—Está bien.

Logan sintió una inmensa alegría por haber aclarado aquello, pero no podía relajarse aún.

—Primero, vamos a ir al apartamento de Reese.

Ella miró por la ventanilla con desconcierto.

—Oí que le decías a mi hermano que nos reuniéramos en casa de Dash.

—Sí, y vamos a ir. Pero antes quiero hacer una comprobación y, si no me quedo satisfecho, quiero tener un lugar seguro en el que poder dejarte hasta que resuelva la situación. Seguramente, mi casa esté vigilada, así que vamos al apartamento de Reese.

—¿Y mi hermano?

No iba a ser fácil porque, tal y como sabían los dos, Rowdy estaba dispuesto a arriesgar su vida por ella. Logan sabía lo que significaba Rowdy para Pepper y, como ya había aceptado que se había enamorado de ella, quería que fuera feliz.

—Tienes mi palabra, cariño. Haré lo que pueda por protegerlo.

Ella no se quedó satisfecha con la respuesta. Frunció el ceño y respondió con un insincero «gracias».

Después, se volvió de nuevo hacia la ventanilla.

Morton se pasó una mano por el pelo. Acababa de teñírselo de un color oscuro, y le habían dado un corte de pelo pasado de moda. No le gustaba. Le daba un aspecto mediocre, y él no era mediocre. La barba incipiente, las gafas de sol y la ropa amplia le ayudaban a ocultar su identidad.

Echaba de menos su elegante guardarropa, sus coches y a su corte de aduladores. Sin embargo, aquella situación no iba a durar mucho más. La policía pensaba que había muerto, y sus socios del negocio ya no lo tenían por una amenaza.

Como siempre, él llevaba ventaja.

Solo le quedaban unos cuantos cabos sueltos por atar, y lo haría muy pronto.

Allí sentado, en un coche bajo la sombra de un árbol, pensó en lo irónico de la situación: cuántas farsas a la vez. Rowdy Yates lo había eludido disfrazando a su hermana y, ahora, él iba a utilizar aquella idea para matarlos a los dos.

Rowdy le había costado mucho, pero, aquel día, iba a pagárselo todo con su propia vida.

CAPÍTULO 23

Rowdy miró el reloj. Pepper y Logan llegarían a casa de Dash dentro de muy poco. No le quedaba mucho tiempo, pero, antes de permitir que su hermana pasara a estar bajo custodia policial, aunque fuera por su propia seguridad, quería hacer una comprobación sobre Reese Bareden, y la forma más fácil de hacerla era registrar su apartamento.

De camino al edificio, se cruzó con una mujer que estaba paseando a un perro. Para actuar con normalidad y no delatarse, la saludó asintiendo, pero ella apartó la mirada y agarró con fuerza la correa del perro. Rowdy miró hacia atrás y vio que continuaba caminando por la acera.

Se la quitó al instante de la cabeza y subió al apartamento de Reese. En su piso había dos puertas, pero no vio a nadie, así que sacó las ganzúas y se puso a trabajar.

—Vaya, para ser policía, debería tener más sentido común —murmuró, al comprobar lo fácilmente que se abría la cerradura. Miró una vez más a ambos lados, para cerciorarse de que no tenía espectadores, entró al apartamento y cerró la puerta.

El detective Bareden era un tipo ordenado. Eso lo facilitaba todo. Abrió el portátil. Él no era un experto en ordenadores, y Bareden tenía una contraseña para proteger la mayoría de sus archivos online. Sin embargo, pudo encontrar muchos.

Sobre él. Sobre Pepper.

Y sobre la teniente Peterson.

—¿Eh?

Eso era extraño. ¿Por qué tenía tanta curiosidad por su teniente?

Todos los policías que él conocía tenían una copia en papel de sus archivos. Como no podía acceder rápidamente a los archivos del ordenador, decidió buscar información impresa. Registró los cajones del escritorio, pero solo encontró cosas normales. Parecía que Bareden tenía unos buenos ahorros. Pudo comprobarlo en sus recibos, que estaban muy bien organizados.

Sin embargo, aquello no era nada que él pudiera utilizar.

Se levantó del escritorio y fue al baño. Registró ambas mesillas de noche, sin éxito. Con una súbita inspiración, sacó los cajones.

Allí fue donde encontró una carpeta pegada con celo al fondo de la mesilla de noche. Lo abrió y lo revisó rápidamente. Encontró allí la historia de la teniente en el cuerpo de policía, su ascenso y sus esfuerzos por acabar con la corrupción.

Sentado en la cama, con la carpeta abierta en el regazo, también leyó información más interesante y que parecía bastante inculpatoria.

No era lo que esperaba.

La puerta principal se abrió y se cerró. Rowdy pensó en saltar por la ventana, o en esconderse en el armario...

El detective Bareden entró como si esperara encontrárselo allí. Iba armado, pero había dejado el arma en la funda del arnés que llevaba al hombro.

—¿Hay algún motivo por el que no debiera pegarte una paliza?

Vaya. Aquella calma era toda una sorpresa. Rowdy analizó su actitud y no percibió ninguna amenaza. Se encogió de hombros.

—Puede que no sea tan fácil como piensas.

—Por cómo me siento ahora, no querría que fuera fácil —dijo

el detective. Sin embargo, se pasó una mano por la cara con cansancio—. ¿Qué estás haciendo aquí, Rowdy?

—Ya sabes cuál es la respuesta.

—Sí. Tú no corres ningún riesgo en lo que se refiere a tu hermana.

A pesar de que no parecía que Reese fuera a agredirlo, le pareció prudente ponerse en pie.

—Creía que estabas en la comisaría.

—¿Y por eso pensaste que podías entrar libremente en mi apartamento?

—Más o menos.

Él cabeceó y apoyó el hombro en la pared.

—Me ha llamado Alice.

¿Alice? ¿Y quién era Alice? Ah... la mujer del perro. Demonios, no parecía que se hubiera preocupado al verlo. De hecho, a Rowdy le había dado la impresión de que ni siquiera se había fijado en él.

—¿Es una vecina?

Reese asintió.

—Estaba sacando a mi perro a pasear, te vio y se asustó.

¿Reese tenía un perro? Él tampoco contaba con eso.

—Entonces, debe de ser muy desconfiada, porque tampoco le había dado ningún motivo.

—Pues sí, lo es. Por suerte para ti, me hizo una descripción muy detallada del intruso. De lo contrario, ahora estarías mirando el cañón de mi pistola.

Entonces, ¿Reese ya sabía que era él?

—¿Y... qué? ¿No te importa que haya venido de visita?

—Tienes razones para ser tan cauteloso —dijo Reese, mientras se aflojaba la corbata y se desabrochaba el primer botón de la camisa—. Y, al contrario que tú, yo no soy tan desconfiado.

Rowdy le mostró la carpeta.

—Eso es discutible.

—¿Lo has leído?

—He leído lo fundamental, sí —dijo Rowdy. Para él, estaban empezando a encajar las piezas—. ¿Logan no lo sabe?

Reese apretó la mandíbula.

—No voy a destrozar una reputación a la ligera. Quería tener pruebas concluyentes antes de hablar. Unas cuantas visitas secretas no son más que pruebas circunstanciales.

De repente, la teniente Peterson entró en la habitación, apuntándolos con su arma.

—¿Les importaría explicarme qué está pasando aquí?

—Colega, necesitas una alarma —dijo Rowdy.

—Eso parece —respondió Reese, observando el cañón de la pistola.

Rowdy evaluó sus opciones, pero la idea de que lo sorprendiera allí alguien distinto a Reese no se le había pasado por la cabeza. Él sabía que Reese estaba en la comisaría, y pensaba que tenía tiempo suficiente.

No había contado con que la vecina hiciera aquella llamada.

Y, en aquel momento, la teniente se había unido a ellos. Al ver que ellos dos se miraban como si se estuvieran acusando, Rowdy le preguntó a Peterson:

—¿Por qué ha venido?

—Entonces, ¿tengo que explicarme yo primero? Bien —dijo ella, y le indicó a Reese que retrocediera—. Ha estado muy cauteloso y muy reservado. Antes de llevarlos a usted y a su hermana a comisaría, quería averiguar por qué. No esperaba encontrarlo aquí. ¿Trabaja con él?

Rowdy no lo entendía.

—¿Con quién?

—Con Reese —respondió Peterson, y señaló la carpeta que él tenía en la mano con un gesto de la cabeza—. ¿Se han unido los dos a Morton?

Rowdy sonrió lentamente.

—¿Eso era lo que pensaba? ¿En serio?

Reese no le vio la gracia.

—Me habría encantado equivocarme.

—Está equivocado, detective —dijo ella, y lo miró con los ojos entrecerrados—. ¿De verdad creía que iba a permitir que se saliera con la suya? Ni hablar. Hace semanas que sé que está tramando algo.

—La ha estado siguiendo a usted —dijo Rowdy, moviendo la carpeta en el aire—. El detective Bareden piensa que es usted la que se ha unido a Morton.

Ella apretó la mandíbula.

—Nunca.

—Y un cuerno que no —replicó Reese, y dio un paso hacia ella. La teniente lo encañonó con firmeza, pero él no retrocedió—. Usted ha mantenido conversaciones con Morton en secreto. Tiene una asociación personal con él.

—¿Qué asociación personal?

Para liberar las manos, Rowdy dejó la carpeta en la mesilla de noche. Si empezaban los tiros, tenía que estar preparado.

—Está todo ahí —dijo, con la esperanza de contribuir a deshacer aquel embrollo—. Las fechas están documentadas.

Lentamente, la teniente bajó el arma.

—¿En serio, Reese? ¿Eso es lo que has estado haciendo? —preguntó, y frunció el labio superior con un gesto de repugnancia—. ¿Todo este tiempo me has estado vigilando? Dios Santo, ¿es que eres idiota?

Reese frunció el ceño ante su vehemencia.

—No.

—Las pruebas dicen otra cosa —respondió ella, y metió el arma en su funda—. Yo detesto a Morton y a los de su calaña. Sí, he tenido conversaciones con ese hombre. Pero eso es todo.

—¿Y para qué? —preguntó Rowdy.

—Intentó comprarme, y los dos sabemos lo que pasa con los que se niegan a venderse. Así que me reuní con él. Me hizo ofertas veladas, y yo le seguí la corriente. Pero no le di nada.

—Sí, pero fuiste encantadora —dijo otra voz—, y yo te permití que utilizaras esa estratagema.

Morton Andrews entró en la habitación. Llevaba una Sig

Sauer de 9 milímetros con silenciador. Junto a él había otro matón, un tipo grande y calvo de aspecto amenazante, que también iba armado.

—Joder, ¿es que hay un torniquete en la puerta? —preguntó Rowdy. Le parecía increíble que hubiera aparecido tanta gente cuando él pensaba que iba a estar solo.

—Dame tiempo —respondió Morton—, y te garantizo que te voy a joder a base de bien.

—¿Eso es una amenaza o una insinuación?

Morton se echó a reír.

Había hecho todo lo posible por cambiar de aspecto, pero Rowdy conocía bien aquellos ojos oscuros y aquella mirada fría.

—Tengo que decirte, Morton, que estás hecho un asco.

—Es algo temporal —respondió Morton. Siguió bloqueando la salida de la habitación, relajadamente, y le sonrió a su cohorte, que estaba apuntando a Rowdy. Después, miró a la teniente—. Si no se me hubieran complicado los negocios, me habría ocupado de ti.

Al oír aquella amenaza, Reese intentó ponerse delante de la teniente, pero Morton no se lo permitió.

—Nada de eso —dijo, y apuntó a Peterson—. Entregad las armas despacio. Ponedlas en el suelo y caminad al otro lado de la cama. Si dais un paso en falso, le pego un tiro en la cabeza.

Peterson y Bareden tuvieron que entregar las armas. Morton les pegó una patada para enviarlas al pasillo. Sacó unas esposas y las arrojó sobre la cama.

—Qué bien nos viene que tengas un cabecero de listones —le dijo a Reese—. Ponte una de las esposas en la muñeca, mete la cadena por un listón y que ella se ponga la otra.

—¿En una cama? —preguntó Peterson—. Ni hablar.

Reese frunció el ceño.

—Ya quisiera.

Morton suspiró.

—Vamos, o le pego un tiro en la cabeza —dijo—. Vosotros elegís.

—Maravilloso. Esto es genial —dijo Reese, mientras se ponía la esposa en la muñeca izquierda, y le tendía la otra a Peterson.

—Sabía que no habías muerto —dijo Peterson. Cerró la esposa alrededor de su muñeca; Reese y ella tuvieron que sentarse juntos sobre la cama—. No podía ser tan fácil librarse de ti.

—No, no es fácil en absoluto. Estoy aquí, y voy a estar aquí hasta mucho después de que hayáis muerto todos.

Tanto Morton como su matón estaban observando a Reese y a Peterson. Rowdy pensó que aquella podía ser su única oportunidad. Probablemente iba a llevarse un balazo, pero ¿qué importaba eso, cuando era exactamente lo que pretendía hacer Morton?

Rowdy empezó a moverse, pero Morton dijo:

—Inténtalo y, después de haberte matado, la violaré. El detective Bareden puede mirar.

Rowdy sintió furia e impotencia. Sí, Pepper era su prioridad, pero no podía sacrificar a otra mujer con tanta facilidad.

Morton volvió a sonreír.

—¿Así que el infame Rowdy Yates es un caballero? ¿Quién lo hubiera pensado?

—Cualquiera que lo conozca —dijo Peterson—. Es decir, si no es demasiado estúpido como para darse cuenta de lo evidente.

Reese habló al instante, seguramente, para evitar que Morton reaccionara.

—¿Y cómo crees que vas a salir de aquí?

La rabia de los ojos de Morton se mitigó.

—No te hagas ilusiones. Es cierto que, en este momento, no estoy en contacto con mis hombres, pero me ha resultado muy fácil contratar a gente para que vigilara la entrada del apartamento. El dinero todo lo puede, y deberías saberlo ya, después de todos los policías a los que he comprado.

—No siempre. A mí no pudiste comprarme —le dijo Peterson.

—Ah, pero a los que no puedo comprar, los destruyo.

—Todavía tienes que vértelas con los traficantes —le dijo Reese—. No creo que sean muy comprensivos, después de cómo has querido engañarlos.

Peterson se giró hacia Reese.

—¿Usted sabía eso?
—Por supuesto.
A ella se le escapó un jadeo de asombro.
—¿Y no se le ocurrió informarme?
—No confiaba en usted, por si no lo recuerda.
Rowdy se dio cuenta de que a Morton no le gustaba perder la atención de los demás. Volvió a hablar para recuperar el papel principal.
—Ya me ocuparé de los traficantes. Creen que estoy muerto, así que no me esperarán cuando reaparezca.
—¿Cuando reaparezcas? —preguntó Rowdy.
—Después de hacerme con el control de la situación, volveré a establecerme con otro nombre, y seré más poderoso que nunca.
—Los traficantes están demasiado cerca de ti como para que puedas volver ahora mismo, ¿eh? —inquirió Rowdy. Si conseguían salir vivos de allí, a él le complacería mucho poder destruir aquella operación.
—Se alojan en una casa destartalada de Third Avenue. Es algo absurdo; está sucio. No cumple con mis requisitos, desde luego —dijo Morton, y se estremeció—. Voy a disfrutar mucho matándolos a todos, pero no tanto como matándote a ti.
—Él no es quien te vio matar a Jack Carmin. Todo este tiempo has estado persiguiendo a la persona equivocada.
—Cállate, Reese —le ordenó Rowdy. Fuera cual fuera el plan que estaba ideando el detective, él no quería que mencionara el nombre de su hermana delante de Morton.
—Sí los incompetentes que le cortaron el cuello al periodista lo hubieran interrogado antes —murmuró Morton—, habrían sabido que fue su hermana, y no él, la que habló. Pero no importa. Me han dicho que Rowdy y Pepper son inseparables. Si encuentras a uno, encuentras al otro.
Rowdy se puso tenso.
—No vas a acercarte a mi hermana.
—En realidad, mis hombres ya la están buscando.
—No sabes dónde está —dijo Peterson—. Ni siquiera yo lo sé.

—¿Y me lo habrías dicho si lo supieras? —inquirió Morton.
—Te habría matado en el momento oportuno.

Rowdy supo que iba a encontrar la manera de acabar con Morton antes de que se acercara a Pepper. Y, si moría en el intento, no le importaba.

Logan frenó delante del apartamento de Reese y vio a una mujer con un perro negro frente al portal. Ella lo miró y, al instante, él supo que algo no marchaba bien.
—Ocurre algo —dijo.

Pepper miró a su alrededor.
—¿Qué?

Dentro del portal se estaba paseando un matón muy corpulento.
—Están aquí —dijo Logan, y llamó a Dash. Sin perder de vista el entorno, le dijo a su hermano—: Aparca detrás de mí. Cuando salga, ven a mi furgoneta y llévate a Pepper de aquí.
—Muy bien —dijo Dash, sin hacer ninguna pregunta. Frenó detrás de la furgoneta, tal y como le había indicado Logan.

Pepper no fue tan dócil. Se agarró a su brazo con ambas manos.
—¿Quién está ahí? ¿Qué pasa? —preguntó, mirando a su alrededor.

Logan le pasó una mano por la nuca.
—No hagas eso, cariño. Compórtate con normalidad para no llamar la atención —le dijo, y la atrajo hacia sí para besarla. Mirándola a los ojos, le recordó—: Has dicho que confiabas en mí. No lo olvides.

Ella asintió y relajó los hombros, pero no cedió.
—¿Qué ocurre? —preguntó con calma—. Dime quién está aquí.

El perro ladró, y Logan alzó la vista y se dio cuenta de que la mujer lo estaba observando atentamente.
—Los matones de Morton, o los traficantes, no lo sé. Pero Reese también está aquí. Ese es su coche.
—¿Crees que...

—No —dijo Logan, con vehemencia—. Aunque Reese estuviera tramando algo, nunca sería algo así.
—¿Estás seguro?
—Completamente —respondió Logan. Reese nunca pondría en riesgo la vida de una mujer, ni ayudaría a nadie que quisiera hacerlo.
—Está bien. Si tú confías en él, yo también. Entonces, seguramente debería decirte que estoy viendo el coche de Rowdy.
Logan se quedó sorprendido.
—Creía que iba a robar alguno. ¿Cómo es que lo reconoces?
—Mi hermano no es un ladrón de coches —dijo ella, con ira. Después, respiró profundamente—. Tiene coches viejos, armas y ropa para cambiarse... Todo lo que nosotros podamos necesitar. Lo tiene en una nave industrial. El sedán viejo que está ahí aparcado... Creo que es suyo.
Así que Reese no estaba solo. Logan esperaba que eso significara que tenía apoyo, y no que iba a encontrarse con dos víctimas.
—Si puedo entrar, puedo arreglarlo.
De repente, la mujer del perro se les acercó. Sonrió y saludó como si acabara de verlo, y Logan no supo qué pensar.
—¿Quién es? —preguntó Pepper.
—Creo que es la vecina que cuida del perro de Reese —respondió Logan, y bajó la ventanilla.
Ella, sin dejar de sonreír, se inclinó para hablar con él.
—¿Es usted amigo del detective Bareden?
—Sí.
—¿Y es policía, como él?
—Sí.
—Me lo parecía. Tiene aspecto de serlo.
Logan no sabía cuál podía ser ese aspecto.
—Está ocurriendo algo, así que sígame la corriente, por favor —dijo ella—. Han entrado varias personas al apartamento. Uno era un tipo muy siniestro que llevaba guardaespaldas. No creo que tengamos mucho tiempo, pero puedo dejarlo entrar. Podemos comportarnos como si fuéramos viejos amigos. ¿Le parece bien?

Dios, no sabía qué pensar.
—¿Eres Alice?
—Sí. Soy la vecina. ¿Quiere entrar, o tengo que pensar en otra solución?
—Sí, quiero entrar —dijo Logan, y miró a Pepper—. Tú te marchas con Dash.
Ella se humedeció los labios.
—Seguramente, también hay matones en la parte de atrás.
—No creo —dijo Alice—. He llevado al perro a pasear por el perímetro del edificio y no he visto a nadie.
Pepper miró a Logan.
—Puedo quedarme a ayudar...
—No.
—Le prometiste a mi hermano que ibas a quedarte conmigo. Me lo prometiste a mí. Y, Logan, sabes que no puedes hacerlo solo.
—Puedo, y voy a hacerlo —dijo él. Sin embargo, no quería perderla de vista. Pepper tenía razón en eso.
Alice intervino:
—¿Puedo hacer una sugerencia? Que venga a mi apartamento conmigo. Es seguro.
¿Seguro? Una palabra extraña para una vecina normal y corriente.
Alice miró hacia Dash, que estaba fingiendo que sintonizaba la radio.
—¿Está con vosotros?
Increíble.
—Sí.
—¿Y puede arreglárselas solo?
—Sí —dijo Logan.
—Bien. Pues él puede vigilar al matón que está en la entrada —dijo Alice, y abrió la puerta de la furgoneta como si fuera a saludar a sus amigos—. Vamos.
Logan titubeó antes de sacar la pistola de la guantera. Se la puso en la cintura del pantalón, bajo la camisa.

—Rodea la furgoneta para saludar a Pepper —le dijo él—. Y esperadme las dos al otro lado.

El perro ladró excitadamente, y Alice dijo:

—Creo que se lo está pasando bien.

Como si no estuviera preocupada, rodeó la furgoneta y entabló una animada conversación con Pepper.

Había pocas cosas que extrañaran tanto a Logan como el comportamiento de Alice. Él se acercó a Dash y le pasó el arma a través de la ventanilla.

—Está cargada, así que ten cuidado.

Él no iba a tener pistola, pero podía improvisar.

Dash dejó el arma sobre su muslo y arqueó una ceja.

—¿Y a quién se supone que tengo que disparar? ¿Al gorila de la entrada?

—Si es necesario, sí —respondió Logan y, brevemente, le explicó quién era Alice y cuál era su improvisado plan—. Voy a entrar. Pepper va a esperar en el apartamento de Alice mientras yo compruebo cómo está Reese.

—¿Y liarte a golpes si es necesario?

Sí. Si llegaba el caso, con o sin pistola, iba a destruir todas las amenazas e iba a poner a Pepper a salvo.

—Si esto sale mal... Llévate de aquí a Pepper. Preferiblemente, a otro estado. Después, ve a la policía, pero no antes.

Había demasiadas preguntas sin responder, y no sabía en quién podía confiar.

Dash lo tomó del brazo.

—Por mucho que esté disfrutando de la descarga de adrenalina, disfrutaré mucho más si sales sano y salvo de esta.

—Cuenta con ello.

Logan miró a Alice, que jugaba con el perro y hablaba con Pepper como si fuera una amiga de toda la vida.

Pepper también le seguía el juego.

Él sonrió forzadamente y se reunió con ellas. Juntos caminaron hasta el edificio. Él mantuvo a las mujeres a su derecha, al otro lado del matón que custodiaba la entrada. El hombre no les prestó atención hasta que el perro empezó a gruñirle.

Alice reaccionó como si fuera una profesional con experiencia:

—Cash, pórtate bien —dijo. Le acarició la cabeza al perro y sonrió al gorila—. Lo siento. Normalmente es muy bueno.

El gorila la miró con desdén y se apartó.

Un minuto después, Logan dejó a las dos mujeres en el apartamento de Alice. Pepper tenía una expresión de miedo.

—No te preocupes —le dijo él.

Ella asintió, pero Logan se dio cuenta de que estaba muy angustiada.

—Un momento, por favor —dijo Alice, y le ofreció la correa a Pepper.

Pepper acarició distraídamente al perro, pero su expresión se volvió feroz.

—No me gusta esto. Si alguien le ha hecho algo a mi hermano...

—Si fuera así, el guardia no estaría abajo —le dijo Logan—. Todavía tengo tiempo.

—No tienes arma —dijo Pepper.

—Pero la va a tener —dijo Alice. Abrió un armario que había en el pasillo y se puso de puntillas para bajar una caja. Sacó un revólver y se lo entregó a Logan—. No te preocupes. Yo tengo otra en mi habitación. Nosotras vamos a estar a salvo.

Reese había dicho que su vecina era extraña, y no podía tener más razón.

—Ve a buscar la pistola ahora —le dijo. Quería verla en sus manos antes de marcharse.

Mientras Alice iba a buscar el arma, él se quitó los zapatos y los dejó en el suelo. Después, se sacó la camisa de vestir y la camiseta del pantalón.

Alice volvió con una Glock, pero vaciló al ver que él se estaba quitando la camisa.

—¿Qué estás haciendo?

—Prepararse —respondió Pepper—. No puede tener ningún estorbo, y tiene que entrar por sorpresa.

Logan se puso el arma en la cintura del pantalón.

—¿También necesitas un cuchillo? —le preguntó Pepper.

—No quiero cortarle el cuello, cariño —respondió, y tiró de la camiseta sobre el arma.

Después de devolverle la correa a Alice, ella se puso a comprobar los cierres de las ventanas y a cerrar las cortinas.

—Yo ya he revisado las ventanas del dormitorio y del baño —le dijo Alice.

—Vamos a cerrar con el pestillo después de que salgas —dijo Pepper. Miró el pestillo, y asintió—. Como ha dicho Alice, parece bastante fuerte. Y no te preocupes, no voy a abrir a nadie que no conozca.

Al ver que tenía algo más que decir, Logan esperó.

—No vamos a interferir, pero, Logan...

Él vio que ella se aferraba a su coraje, como había tenido que hacer muchas veces en la vida.

Le acarició la mejilla suave y cálida, y dijo:

—Intenta no preocuparte, cariño. Te doy mi palabra de que voy a hacer lo que esté en mi mano para que no le pase nada a Rowdy.

Ella, con los labios temblorosos, la pechera de su camiseta con la mano.

—Maldito seas, Logan.

A Logan le causó asombro que una mujer hubiera podido volverse alguien tan precioso para él. Y, por si acaso las cosas no salían bien, no quería marcharse de allí sin que ella lo supiera.

—Te quiero.

Pepper se quedó asombrada, y bajó la mano.

—¿Qué?

—Que te quiero —dijo él, con una sonrisa—. Piensa en eso mientras estoy fuera, ¿de acuerdo?

Y, con aquellas palabras, salió del apartamento.

CAPÍTULO 24

Una de las muchas precauciones que habían tomado como compañeros de trabajo, era que Logan tenía una llave del apartamento de Reese, y Reese tenía una llave del suyo. Sin embargo, no necesitó ninguna llave para entrar.

Alguien, seguramente Andrews, había dejado la puerta entreabierta. Lo más probable era que no hubiera querido hacer ruido al cerrar para sorprender a Reese. Logan hizo lo mismo, y dejó la puerta entreabierta.

Encontró vacío el vestíbulo y siguió el sonido de la conversación hasta el salón. Avanzó sigilosamente, despacio, con el arma en la mano.

—No vas a salirte con la tuya —dijo Peterson. ¿Qué estaba haciendo allí la teniente?

Andrews se echó a reír.

—Claro que sí. No he llegado a ser un hombre tan poderoso siendo un inútil. Pero no tengo prisa, así que vamos a esperar hasta que me den la noticia de que Pepper está en nuestro poder.

Logan no se dejó afectar por aquella amenaza. Pepper estaba a salvo; Andrews no podía hacerle daño.

Reese soltó un resoplido de desprecio.

—Con el club cerrado, y tú haciendo de zombi, no tienes los medios necesarios para ir en busca de Pepper.

—No tienes ni idea de cuánto han crecido mis operaciones. Pero, resulta que... tienes razón. Es difícil reunir un grupo de hombres dignos de confianza y capaces, con buena puntería. Por eso estoy utilizando contactos nuevos.

—¿Los traficantes? —preguntó Peterson.

—Exacto. Después del inoportuno asesinato de su jefe...

Reese lo interrumpió y le preguntó a la teniente:

—¿Fue usted la francotiradora, a propósito?

—Ojalá pudiera llevarme el mérito. Pero supongo que fue Morton.

Parecía que habían superado sus diferencias. Logan avanzó con cuidado de no proyectar ninguna sombra, de no toparse con nada.

¿Estaba Andrews allí solo?

Y ¿dónde estaba Rowdy? «Por favor, Dios, que no esté herido». Eso sería devastador para Pepper.

Andrews se echó a reír.

—Me llevó la bomba que tenía que usar, pero no podía fingir mi muerte y dejar un testigo, ¿no? Eso no sería inteligente. Sabía demasiado, y decidí que los negocios serían más rentables para mí sin tener que compartir los beneficios con él.

Por fin, Logan oyó decir a Rowdy:

—Eres un cobarde y un mentiroso.

No parecía que estuviera herido, ni siquiera que tuviese miedo. Rowdy y Reese eran dos personas frías y analíticas. Peterson, sin embargo, hablaba con ira.

Él dio un pequeño paso hacia delante.

—A estas horas —dijo Andrews—, los traficantes deben de estar muy cerca de tu hermana.

Rowdy respondió:

—Que te den. Está a salvo.

—Logan Riske tiene un hermano, y el hermano tiene una cabaña —replicó Andrews—. Es fácil enterarse de estas cosas cuando uno tiene contactos en la policía.

Logan se asomó por la puerta y vio a Andrews y a otro hombre mucho más grande. Ambos estaban armados. Rowdy estaba a los pies de la cama, y Reese y Peterson, junto al cabecero.

En aquel segundo, vio a Reese mirar con una expresión acusatoria a la teniente.

Eso la enfureció aún más.

—¡Si dice algo, detective, le pido que le dispare a usted primero!

—Entonces, ¿cómo? —preguntó Reese.

—Creía que era usted —le dijo ella.

—Usted es la que ha tenido un comportamiento sospechoso y la que se ha reunido con este canalla.

—Oh, por favor —dijo Andrews—. Ella solo quería saber quiénes son los policías que tengo a sueldo. ¿No es así?

—Sí —respondió ella—. Y ya han sido descubiertos. Ya hay un informe al respecto. Me mates o no, eso ya lo he conseguido.

Entonces, ¿ni Peterson ni Reese tenían las manos sucias? ¿Lo único que ocurría era que habían sospechado el uno del otro? Más tarde, cuando ya tuviera a Andrews entre rejas, se permitiría sentir alivio.

Pero, en aquel momento, con aquella amenaza cerniéndose sobre ellos, no bajó la guardia.

Reese preguntó:

—¿Y por qué no me lo dijo?

—No confío... No confiaba en usted —le espetó Peterson.

—¿Y ahora, sí?

—Bueno... Sí.

—Magnífico —dijo Reese, con sarcasmo—. Por lo menos, moriré sabiendo que me he ganado su confianza.

—¿Y cree que yo siento algo distinto?

Logan entendía su estratagema. Retrasar las cosas, distraer, redirigir la atención. Les agradeció aquellos esfuerzos, porque tuvo la oportunidad de mirar de nuevo al interior de la habitación para formular un plan.

Andrews tenía el arma sujeta en una mano, junto al muslo, pero su matón apuntaba a Rowdy.

Morton habló con crueldad y con impaciencia:

—Tu hermana va a desaparecer, ¿sabes? Nadie volverá a verla, pero no te preocupes, va a ser muy productiva.

Rowdy no estalló en cólera. Simplemente, respondió con calma.

—No, no creo. Ella está a salvo, y tú eres... patético.

¿Acaso Rowdy quería enfurecer a Andrews? Si empezaban a disparar, Reese y Peterson eran un blanco muy fácil. ¿O acaso Rowdy lo había visto? ¿Estaba intentando que le dispararan a él primero para poder salvar a los demás?

Logan no iba a permitir que sucediera nada parecido.

Solo necesitaba distraer a los hombres un segundo. Sabía que, si tenía la oportunidad, Rowdy reaccionaría. Entre los dos, conseguirían que todo saliera bien.

Si él disparaba a Andrews, su matón le dispararía a Rowdy.

Si él disparaba al matón, Andrews podía apuntar a Peterson o a Reese.

La habitación era pequeña y, si alguien empezaba a disparar, todos recibirían un balazo. Lo mejor era evitar esa situación.

Después de decidirse, guardó la pistola en la cintura del pantalón y, lentamente, entró por el vano de la puerta.

Rowdy fijó la mirada en un punto superior a él rápidamente, para no delatarlo. Reese adoptó una expresión neutral y se inclinó un poco por delante de Peterson.

Para ayudarlo, Rowdy frunció el ceño y miró hacia el armario. Entonces, abrió mucho los ojos.

Andrews mordió el anzuelo y se volvió para enfrentarse a una nueva amenaza, y Logan se abalanzó sobre él, lo agarró por la muñeca y se la retorció para conseguir que soltara la pistola. Rowdy y el matón se tiraron sobre ellos, y Logan oyó tres disparos hechos con silenciador al tiempo que notaba un dolor lacerante en el antebrazo derecho.

No permitió que la herida lo detuviera. Le dio un codazo a Andrews en la cara y le aplastó la nariz. Cuando el canalla se puso a gritar de dolor, Logan lo embistió con todas sus fuerzas. Cayeron en la cómoda y, después, con dureza, en el suelo.

Al retroceder para pegar a Andrews, Logan se dio cuenta de que el mafioso tenía el cuello doblado en un extraño ángulo, los ojos muy abiertos y sin vista, y la boca abierta.

Morton Andrews se había roto el cuello y había muerto al instante.

La incredulidad le borró el dolor del hombro.

—¡Maldita sea, Rowdy, ya basta! —gritó Reese, sacudiendo la cama con sus movimientos—. ¡Lo vas a matar!

Logan vio al matón tirado en el suelo, debajo de Rowdy, con la cara ensangrentada.

—Rowdy —dijo. Se levantó y agarró a Rowdy del hombro—. Ya está bien.

Rowdy, con la respiración entrecortada y el puño apretado, se puso de pie. Se quedó inmóvil un momento, tomando aire profundamente y, después, se inclinó para registrarle los bolsillos.

Después de encontrar la llave de las esposas, se giró hacia Logan y apretó los labios.

—Siéntate, ¿quieres?

Logan no le hizo caso, y fue a recoger las armas que se habían esparcido por el suelo. Las dejó en la cama, junto a los pies de la teniente y, al hacerlo, lo manchó todo de sangre.

Rowdy se puso frente a él.

—En serio, Logan. Siéntate.

Se miró el brazo. Estaba sangrando, y lo tenía hinchado y amoratado. Dijo, con disgusto:

—Voy a estropear la ropa de la cama.

—¡Demonios, Logan! —gruñó Reese, mientras se peleaba con la llave de las esposas—. ¡Puedo comprarme sábanas nuevas!

—Te estás poniendo histérico —le dijo Logan.

Reese respiró profundamente varias veces, y respondió:

—No. Estoy bien. Por favor, siéntate antes de que consiga soltarme y te patee el culo.

En aquel momento, como los demás no dejaban de decírselo, dejó de sentir entumecimiento en el brazo, y comenzó a sentir un terrible dolor.

—Sí, está bien.

Pero, en vez de sentarse en la cama, con Peterson y Reese, fue hasta la pared y se deslizó al suelo. Rowdy se agachó delante de él para inspeccionarle la herida.

—Vaya, lo siento. Intenté controlarle la mano con la que disparaba, pero él...

—¿Tú no estás herido?

Rowdy lo miró y se echó a reír.

—Tengo golpes de la cabeza a los pies, pero estoy bien. Gracias a ti —dijo y, con cuidado, le levantó el brazo a Logan—. Parece que la bala te ha atravesado el hombro. ¿Crees que te ha dado en el hueso? ¿Piensas que puede estar roto?

—No. Se me curará.

Tenía que curársele. Una vez que se habían librado de Andrews, quería pasar tiempo con Pepper. No quería estar incapacitado.

—Lástima que sea el brazo derecho.

Logan no quería hablar más de ello, y dijo:

—Dash está fuera, vigilando a uno de los hombres de Andrews.

—¿Y mi hermana? —preguntó Rowdy, mientras continuaba examinándolo como si fuera un médico.

—En el apartamento de Alice.

—Ah. Bien. Contaba con que la mantuvieras a salvo, y lo has hecho. Estoy en deuda contigo.

—No me debes nada —dijo Logan. Estaba enfadado consigo mismo. Apoyó la espalda en la pared, estiró una pierna y añadió—: No me creo esto.

Peterson dijo:

—Voy a llamar para dar aviso de esto.

Reese le dio la vuelta al matón, que había recuperado la conciencia y estaba gruñendo de dolor. Le puso los brazos detrás de la espalda y lo esposó. Tomó su arma de la cama, y dijo:

—Voy a avisar a las damas de que estamos bien, y a librar a Dash del tercer hombre.

Rowdy salió, pero volvió con dos toallas del baño de Reese. Habían dejado el apartamento hecho un asco. Sangre, cadáveres y agujeros de bala... Reese iba a necesitar un equipo de limpieza y de reparaciones.

—Creo que deberías tumbarte —dijo Rowdy, mientras le presionaba con una de las toallas en el brazo.

Logan soltó un resoplido.

—Ni hablar.

Rowdy sonrió.

—Bueno, seguramente, yo también me negaría —dijo. Siguió apretando la toalla contra su brazo, y habló en voz baja—: Morton tenía malos planes para Pepper. Iba a...

—Ya lo he oído —dijo Logan, interrumpiéndolo—. Pero ahora está muerto, y ella está a salvo.

—Sí, mi hermana es... libre —dijo Rowdy y, después de un momento de silencio, añadió—: Nos dijo dónde se alojan los traficantes.

Peterson cubrió el teléfono con una mano y lo fulminó con la mirada.

—Tú no te vas a meter en esto, ¿entendido, Rowdy Yates?

—Sí, señora.

—Lo digo en serio. Ya estoy preparando un equipo para que vaya allí. Nosotros nos encargamos...

Rowdy ajustó la toalla, y respondió:

—Sí, claro. No pasa nada.

Peterson se alejó mientras seguía dando órdenes por teléfono.

Logan no pudo evitar echarse a reír.

—Mientes muy mal, Rowdy Yates, y eres muy mala enfermera —le dijo, y tomó la toalla de sus manos—. Ve a ver a tu hermana. Te estás muriendo de ganas.

—Me va a dar una buena paliza cuando vea que te han herido.

—No creo. Pero, si te hubieran herido a ti, a mí me habría matado.

Rowdy lo miró de un modo raro y se echó a reír.

—Vaya, pues sí que te vas a llevar una sorpresa.

Después, se levantó y fue a buscar a Pepper.

¿Así que Rowdy pensaba que su hermana sentía algo por él? Eso sería muy agradable. Más que agradable, en realidad, y merecía la pena haberse llevado un balazo.

Un minuto después, se oyó un ladrido, y Pepper entró rápidamente en la habitación y se acercó a él.

Logan se quedó atrapado en su mirada hipnótica. Sonrió para tranquilizarla.

—Eh, hola.

Ella se enfureció.

—Te han disparado.

—Pero estoy bien.

Y era cierto. Detestaba que Andrews se hubiera librado de todo tan fácilmente, pero todo había terminado.

Ahora, él era libre para concentrarse en conseguir el corazón de Pepper. Sintió una impaciencia que le mitigó el dolor de la herida.

Rowdy apareció y le dio un suave codazo a Pepper.

—Solo es el brazo, hermana. No se te va a morir.

—¡No seas idiota!

Pepper lo empujó y pasó por encima de Andrews para acercarse a él. Tomó la toalla y la levantó.

—Oh, Dios mío.

Pepper no mencionó su declaración de amor, pero él debía de importarle, a juzgar por su reacción. Logan se apretó el brazo con la toalla de nuevo.

—Bésame. Así me sentiré mejor.

Rowdy dio un resoplido.

—Estáis locos —dijo ella, pero besó a Logan.

Peterson terminó la llamada, se fijó en el beso y puso los ojos en blanco.

—La ambulancia llegará de un momento a otro.

Aquello hizo que Logan dejara de besar a Pepper.

—No necesito ninguna ambulancia.

—Es una pena, porque va a venir de todos modos.

Alice estaba allí, estoica, en silencio, sujetando la correa del perro. Cash gimoteó y tiró de un lado a otro, sin saber qué hacer.

Seguramente, oliendo la sangre.

Rowdy le tendió una mano, y el perro se acercó a él como si fuera un viejo amigo.

Reese le acarició también, pero, al ver a Alice, se quedó boquiabierto. Entonces fue cuando Logan se dio cuenta de que ella todavía tenía la pistola en la mano.

Sin apartar la mirada de ella, Reese le dijo a Logan:

—Han llegado un par de unidades. Ellos se ocuparán de todo.

—Bien.

—Los paramédicos lo van a invadir todo, probablemente con media docena de policías uniformados.

Logan señaló a Alice con la cabeza.

—¿Quieres ocuparte tú de eso, antes de que se ocupen ellos?

—Sí —dijo Reese, y se acercó a ella—. ¿Alice?

Ella, que se había quedado muda, apartó el dedo del gatillo, giró el arma y se la ofreció por la culata.

Él la tomó con rapidez.

—¿Ibas a disparar a alguien?

—Pues, si era necesario, claro —dijo, sin apartar los ojos de Andrews—. ¿Está muerto?

—Por desgracia, sí.

—¿Y por qué dices «por desgracia»?

Los hombres se miraron. Logan dijo:

—Yo quería detenerlo para poder interrogarlo.

Peterson asintió.

—Yo quería que le juzgaran. Quería que...

—Algunas veces —dijo Alice—, es mejor que estén muertos.
—Vaya —dijo Pepper, apoyándose en el lado bueno de Logan.
Logan compartía aquel sentimiento, y abrazó a Pepper con el brazo ileso. «Mejor que estén muertos». ¿Con quién había tenido que vérselas Alice? ¿Y quiénes estaban mejor muertos?
—¿Alice? —preguntó Reese. Le tomó la barbilla e hizo que girara la cara hacia él—. Dentro de un minuto, voy a estar muy ocupado. ¿Te encuentras bien'
—Sí.
Pepper miró a Logan con preocupación. Él lo entendía, pero no sabía qué podía hacer al respecto.
—¿Vas a cuidarme al perro? —le preguntó Reese.
Alice se quedó allí, absorta en sus pensamientos durante un largo instante, hasta que, por fin, se recuperó.
—Sí, Cash te estará esperando sano y salvo cuando vuelvas.
—Quisiera que tú también estuvieras esperándome.
Ella alzó la barbilla.
—No me voy a escapar.
—Me alegro de saberlo.
Logan se imaginó que allí estaban sucediendo muchas cosas, pero no era el momento de hacer preguntas.
—Vamos —dijo Reese.
Levantó al matón del suelo e, ignorando sus quejas de dolor, se lo llevó hacia la puerta. Alice tomó la correa del perro y siguió a Reese.
—¿Dash?
Como era hermano de un policía, Dash sabía que debía mantenerse fuera del perímetro de la destrucción. Inteligente. Logan captó su atención.
—¿Te importaría asegurarte de que no se acerca ningún vecino?
Dash los miró, y se frotó la nuca.
—Sí, claro. No hay problema.
Logan le dijo a Pepper:
—Mi hermano está preocupado por mí, pero está haciéndose el fuerte para no preocuparte.

—Es considerado —dijo ella, mirando a Rowdy con los ojos entrecerrados—, al contrario que mi hermano.

Rowdy tapó el cadáver de Andrews con una sábana.

—¿Qué te parece esto como muestra de consideración?

—Bueno, es morbosa, pero... gracias.

En otras circunstancias, tal vez Logan se hubiera preocupado de que Rowdy se marchara. Sin embargo, sabía que él nunca se alejaría de Pepper, y se alegró. Pepper era un seguro hacia una buena vida para Rowdy. Y eso agradó a Logan, porque los dos se merecían mucho.

Pepper miró en la dirección en la que se había marchado Alice.

—Creo que a esa pobre mujer debe de haberle ocurrido algo trágico.

—Seguramente —dijo Logan, y le besó la frente—. Pero va a estar bien —añadió. Estaba seguro de que Reese se encargaría de ello—. ¿Y tú?

Ella le acarició el pelo y le tocó un hematoma que tenía en la mandíbula.

—¿Qué pasa conmigo?

—¿Estás bien?

—Andrews ya no es ningún peligro, gracias a ti —dijo ella. Cambió la toalla ensangrentada por la limpia, y se estremeció—. ¿Y dónde están los paramédicos?

Peterson dijo:

—Voy a hablar con ellos.

Logan se puso en pie con dificultad.

—¿Qué estás haciendo? —le preguntó Pepper, y se puso de pie a su lado.

Él no quería que ella estuviera en la misma habitación que un cadáver y, además, no tenía intención de quedarse sentado mientras los demás se ocupaban de las cosas.

Por desgracia, acababa de salir de la habitación cuando los paramédicos se le echaron encima. Se aferró a la mano de Pepper.

—Quiero que estés conmigo esta noche.

—¡Ja! —exclamó ella, y lo besó rápidamente, con fuerza—. Intenta librarte de mí.

Al día siguiente, antes del amanecer, después de pasar unas horas en el hospital, de responder a muchas preguntas y de estar alejado demasiado tiempo de Pepper, Logan consiguió por fin descansar en su propia cama. Peterson había llamado un poco antes para ponerle al día de los progresos que se habían hecho contra la mafia de tráfico de mujeres.

Habían detenido a un montón de gente, y estaban de camino para interceptar un envío de… mujeres.

Logan tuvo que recordarse una y otra vez que Morton Andrews estaba muerto y que Pepper ya no corría peligro.

Se dejó caer en el colchón con un suspiro de alivio.

—¿Estás bien? —le preguntó ella, mientras le acariciaba la barbilla.

—Sí.

—¿Quieres beber o comer algo?

—No, estoy bien.

—Gracias a Dios que Reese te ha traído una camisa limpia —dijo, mientras le abría los botones—. Si te hago daño, dímelo.

Si no se alejaba de él, no le haría daño. Le abrió la camisa y empezó a desatarle los cordones de los zapatos y los pantalones.

—No estoy inválido, ¿sabes?

—No, pero tú eres diestro, y el médico ha dicho que te va a doler mucho el deltoides durante una temporada, así que voy a ayudarte, y punto. ¿Puedes levantar las caderas, por favor?

Logan se deleitó con aquella mezcla de autoritarismo y cuidados, y obedeció.

—¿Te parece bien que conserve los calzoncillos?

—Si insistes…

A ella se le cayó el pelo por la cara mientras tiraba de las perneras de los pantalones hacia abajo. Le colocó una almohada detrás de la cabeza para que pudiera apoyarse en el cabecero de la cama, y lo tapó con una sábana.

Intentando ignorar el dolor del brazo, Logan la miró mientras se movía por la habitación. Pepper colocó su ropa en una silla y puso los zapatos dentro del armario.

Él la tenía en su casa, en su dormitorio, e iba a mantenerla allí costara lo que costara.

A ella se le notaba en estrés en los hombros, y tenía ojeras. No se había vuelto a peinar desde la mañana del día anterior.

—Eres preciosa.

Ella sonrió ligeramente, mientras rebuscaba en un cajón y sacaba una camiseta.

—El dolor debe de estar afectándote a la visión. ¿Estás segura de que no quieres una pastilla?

—No, todavía no.

Ya le habían puesto una inyección de antibióticos y una dosis de analgésicos, e iba a tener que seguir tomándolos durante una semana. E iba a tener el brazo en cabestrillo durante mucho más tiempo. Sí, iba a tener que tomar muchas pastillas, pero en aquel momento quería tener la cabeza clara para hablar con Pepper.

Esperó mientras ella empezaba a quitarse la ropa.

Al verlo, ella se tapó con la camisa y sonrió con indulgencia.

—Supongo que sabrás que estás malgastando esa mirada tan ardiente. No estás en condiciones de hacer nada.

—Puedo abrazarte —replicó él, y le dio un golpecito al lado izquierdo de la cama—. Vamos, ven aquí.

Quería notar los latidos de su corazón, y quería inhalar su olor y escuchar su respiración al dormir. Quería decirle que nadie iba a volver a hacerle daño, pero que, de alguna forma, él era quien más daño le había hecho.

Ella frunció el ceño de preocupación.

—¿Y si te golpeo el brazo por la noche?

Eso podría soportarlo. Dormir solo, no.

—Necesito abrazarte.

Pepper no dijo nada. Se quedó allí, con la camisa de Logan entre las manos, a varios metros de la cama.

Él intentó tener paciencia, pero no era fácil, porque deseaba con desesperación tenerla a su lado.

—¿Tienes hambre?

—No. Dash me llevó un sándwich en el hospital.

Gracias a Dios, su hermano se había quedado con ella hasta que, por fin, le habían dado el alta. Reese se había marchado con Peterson en busca de los traficantes.

—Esa es la puerta del baño. Hay otro en el pasillo, si quieres más privacidad.

—Tienes una casa muy bonita.

—Gracias —dijo él. Iba a decirle que podía cambiar cualquier cosa que quisiera, pero tal vez eso fuera ir demasiado rápido. Pepper necesitaba tiempo para acostumbrarse a aquel cambio en su vida.

—Rowdy va a venir mañana.

—Eso me dijo.

En cuanto le habían dado el alta en el hospital, Rowdy se había marchado. Logan no sabía dónde había ido, y parecía que Pepper daba por hecho que su hermano iba a hacer las cosas a su modo.

Dash los había llevado a casa, y Logan sabía que quería quedarse con él. Sin embargo, como Rowdy, entendía que Logan quería estar a solas con Pepper.

—Si estás preocupado por él...

—No, no es eso lo que me preocupa.

Él ya le había contado todo lo que le había dicho Peterson sobre el tráfico de mujeres, así que ella sabía que la policía se estaba ocupando de aquella mafia. Y, aunque los dos estaban preocupados por Alice, no podían hacer nada por ella.

—Dime qué es lo que ocurre.

Ella se humedeció los labios.

—Yo no tengo... nada —dijo. Y, como si fueran pareja desde hacía mucho tiempo, se quitó la ropa sin pudor alguno y se puso la camiseta.

Logan nunca se cansaría de mirarla.

—¿Qué necesitas?
—Todo. Lo poco que tenía estaba en el apartamento que se quemó, o en la nave industrial y, ahora que la policía lo sabe, se han quedado con las cosas, por lo menos momentáneamente.

Durante las veinticuatro últimas horas habían sucedido tantas cosas, que él no había pensado en aquello.

—Podemos ir de compras mañana.

—No. Mañana, tú tienes que descansar. Eso es lo que ha dicho el médico —dijo ella, y puso su ropa en la silla, con la de él—. Estaba intentando pensarlo, pero... ahora que ya no tengo que esconderme, la lista no deja de crecer en mi cabeza.

Rowdy le había dicho que Pepper y él tenían dinero suficiente para sobrevivir, pero ¿qué significaba eso? Logan quería que ella hiciera algo más que sobrevivir. Quería que floreciera.

Con él.

Pepper se sentó en la cama, junto a su cadera.

—Todo es tan distinto ahora...

Logan no podía negarlo.

—Quiero que sea mejor.

—Nosotros tenemos dinero. Rowdy siempre se ha ocupado de ahorrar. Y probablemente tiene un coche para mí —dijo ella, con una pequeña sonrisa—. Él siempre piensa en todo por mí. Pero no tenemos trabajo, ni casa, ni ropa, ni comida, ni platos, ni muebles.

Debía de sentirse muy inquieta. Logan necesitaba tranquilizarla. Él sería muy feliz si se fuera a vivir con él, si le permitiera llevarla de compras.

Pero ¿cómo iba a proponérselo sin insultar su naturaleza independiente o asumir responsabilidades que hasta entonces habían sido de Rowdy?

Ella se humedeció los labios.

—Pero por otra parte, tampoco habrá miedo, ni amenazas, ni preocupaciones. Y espero que tampoco haya... soledad.

¿Era aquello una insinuación? Dios, esperaba que sí...

—¿Crees que podrás perdonarme?

Como si él no hubiera hablado, ella dijo:
—Quiero salir a correr. Dios, cuánto echo de menos correr.
—En cuanto pueda, saldré a correr contigo.
Ella le acarició el brazo herido con la delicadeza de una mariposa.
—Quiero ir al cine, y a comer a un restaurante. Y al parque. Y al lago. Me encantaría nadar y remar.
—Bueno, hoy no voy a poder hacer todo eso, pero, mañana... —murmuró Logan. Se movió, pero notó el dolor de la herida del brazo, y se detuvo—. Mejor, pasado mañana...
Ella se quedó inmóvil, un poco azorada, y susurró:
—¿Y si la bala te hubiera dado un poco más arriba?
—Pero eso no ha ocurrido. Es solo el brazo, y me voy a recuperar enseguida.
A ella se le empañaron los ojos, y le temblaron los labios.
—Podías haber muerto, Logan, y yo...
Él le tomó la mano y se la apartó del brazo. Si se ponía a llorar, iba a matarlo de verdad.
Para distraerla, le dijo:
—Dame unos cuantos días, y lo haré todo contigo.
—Todo, ¿eh? —dijo ella, y le acarició el abdomen—. Yo ya no corro ningún peligro, ¿sabes?
¿Significaba eso que quería hacer las cosas sola? Ella lo tenía tan confundido, que el corazón se le aceleró.
—Yo no quiero que tú vuelvas a correr ningún riesgo. Jamás.
Ella sonrió, y susurró:
—Bueno, quizá un poco de riesgo...
—No —dijo él. Se incorporó y, rápidamente, ella protestó por la herida. A Logan no le importó. La agarró por los brazos y la mantuvo inmóvil—. De hecho, el único peligro que quiero que corras es el de casarte conmigo.
Lentamente, ella dejó de picarlo, y le dedicó una sonrisa tan ardiente que, si se le hubiera caído el brazo, Logan no se habría dado cuenta.

—¿De verdad? No lo sé. Yo estaba pensando en algo más parecido a arriesgar mi corazón.
—Conmigo.
Ella se echó a reír.
—Sí, contigo —dijo, y lo besó—. Aunque tengo que decir que lo de compartir tu apellido tampoco me parece mal.
—¿Te vas a casar conmigo?
—Tienes que entender esto, Logan. Cuando me dejaste en el apartamento de Alice y te marchaste a enfrentarte con Andrews... —Pepper cerró los ojos un instante—. Dios, estaba tan asustada...
—Lo sé, y lo siento.
—No, no lo sabes. Porque no te lo he dicho. Pero no soy una cobarde.
—No, claramente, no lo eres.
Ella lo miró a los ojos.
—Dejé que pensaras que estaba preocupada por Rowdy. Incluso me dije que así era, porque todavía estaba enfadada, herida y... un poco asustada.
—Con razón —dijo él—. Yo no debería haberte utilizado así.
—Pues yo me alegro de que lo hicieras —respondió ella—. Eres lo mejor que me ha ocurrido en la vida. Si no hubieras aparecido, ¿cómo estaría yo ahora? No solo me has liberado, sino que también has liberado a mi hermano.
Él no quería que hubiera malentendidos.
—Te quiero.
A Pepper se le aceleró un poco la respiración.
—Ahora formas parte de mi vida, de una vida mejor, y no quiero perderte.
Él estaba dispuesto obligarla a que cumpliera lo que estaba diciendo.
—Dime que te vas a casar conmigo, Pepper.
Ella se echó a reír suavemente, y respondió:
—Sí. Y te quiero. Y quiero pasar mi vida contigo.
La satisfacción que sintió al oír aquello calmó el dolor de Logan, e intensificó su agotamiento.

—Pero, por el momento —dijo ella, ayudándolo a tenderse en la cama—, solo quiero dormir.
—Conmigo —dijo él, y la estrechó contra su costado.
—Sí —respondió Pepper y, con cuidado, le besó el pecho. En tono de somnolencia, preguntó—: ¿Una boda grande o pequeña?
—Lo que tú quieras.
Ella bostezó.
—Mañana podemos contarles a Rowdy y a Dash nuestros planes para casarnos —dijo ella, acurrucándose a su lado—. Y, por supuesto, se lo diremos a Reese.
A Logan le agradaba que Rowdy y Pepper confiaran en su compañero.
—Y, si Reese quiere, podemos invitar a Alice a la boda. Yo no tengo amigas, pero me cayó bien. Y creo que se ha ganado el derecho a celebrarlo con nosotros.
—Una buena idea —dijo Logan. Seguramente, a Alice le hacía falta tener algunos amigos. Iba a preguntarle a Pepper más cosas sobre ella, pero, por su respiración, supo que se había quedado dormida.
Logan sonrió. Tenía el brazo hinchado y dolorido, en el departamento se había creado un caos al desvelar quiénes eran los policías corruptos, y él había conseguido un cuñado terco y sobreprotector a quien le gustaba vivir al límite.
Y, sin embargo, se sentía como el hombre más afortunado del mundo. Por la justicia, había corrido riesgos y, a pesar de las pocas posibilidades que tenía, había terminado encontrando el amor.
Había terminado encontrando a Pepper.
Siempre y cuando la tuviera a ella, lo tendría todo.

Reese se quedó junto a la puerta del apartamento de Alice, con la mano levantada para llamar, mientras luchaba contra sí mismo.

Demonios, su apartamento no era habitable. Habían sacado el cadáver, pero la sangre, la destrucción y los agujeros de bala seguían allí. Hasta que el departamento terminara sus informes, no quería alterar nada. Estaba agotado, tanto, que casi veía doble, pero no sabía si...

La puerta se abrió, y aparecieron Alice y Cash.

El perro saltó hacia él para saludarlo, con su entusiasmo habitual, y tal vez con algo más. Con preocupación y alivio. Reese le acarició la espalda.

—¿Demasiada confusión para ti? Para mí también, amiguito.

Alice lo observó. Llevaba un camisón y una bata, y estaba descalza y despeinada.

Lo mejor sería decirlo ya. Reese abrió la boca.

Alice dijo:

—No puedes entrar en tu casa.

Él cerró la boca. La observó, y se maravilló de aquella extraña habilidad que le permitía ver cosas que una mujer tímida no debería notar.

—No.

—Y necesitas dormir un poco.

—Sí.

Ella sonrió, recorrió su cuerpo con la mirada y volvió a mirarlo a la cara. Carraspeó.

—¿Por qué tienes una erección?

¿Un ataque directo? Vaya, interesante... y excitante.

—No tengo ni idea —dijo. Dios, aquello era embarazoso...—. Pero no tienes que preocuparte por eso.

Qué estúpido era. ¿Cómo no iba a preocuparse? Ella tenía todo tipo de secretos, y ahí estaba él, agotado, pero erecto.

Había estado luchando contra la excitación desde que había llegado al apartamento, sabiendo que iba a tener que pedirle a Alice que le dejara un sitio donde dormir, al menos durante un par de días.

Ella se frotó un ojo, pero tomó una rápida decisión. Le dio la correa de Cash y le dijo:

—Sácale un rato mientras yo preparo el sofá para que duermas.

—¿No voy a estar en medio?

—He convertido la habitación de invitados en mi despacho, así que vas a poder estar tranquilo.

—Me preocupaba que yo pudiera molestarte a ti —dijo Reese. Él estaba tan cansado, que podía dormir de todos modos.

Ella se ruborizó, y eso intrigó aún más a Reese.

—Saca a Cash a la calle y, después, te acuestas. Y, después... supongo que tenemos que hablar —dijo ella.

Reese sonrió.

—Estoy impaciente —dijo. Hizo ademán de marcharse, pero lo pensó mejor y volvió antes de que ella pudiera cerrar la puerta—. No estarás esperando a que me lleve al perro a la calle para poder cerrar con llave, ¿verdad?

Ella se miró los pies durante un buen rato. Por fin, alzó la cabeza.

—De verdad, detective, preferiría no pasar el día sola.

¿Eran los recuerdos los que habían provocado aquella confesión?

—Entonces, me alegro de estar aquí.

Ella se anudó el cinturón de la bata, asintió y susurró:

—Por muy raro que parezca, yo también.

Suavemente, cerró la puerta. Él se quedó escuchando un momento, pero no volvió a oír nada.

—Estupendo —le dijo Reese a Cash, mientras lo llevaba hacia la puerta del portal—. ¿No te parece típico de las mujeres despedirse de ese modo tan misterioso?

Cash hizo un ruido que, para Reese y su agotado cerebro, fue una afirmación.

—Vamos a tener mucho trabajo con esta —dijo.

Pero tenía que reconocer que ya estaba deseándolo.

Últimos títulos publicados en Top Novel

Las reglas del juego – ANNA CASANOVAS
Luz de luna – ROBYN CARR
Cautivar a un dragón – LIS HALEY
Damas y libertinos – STEPHANIE LAURENS
Spanish lady – CLAUDIA VELASCO
Mi alma gemela (Mo anam cara) – CAROLINE MARCH
Corazones errantes – SUSAN WIGGS
Cuando no se olvida – ANNA CASANOVAS
Luces de invierno – ROBYN CARR
Nada más verte/Nunca es tarde – ISABEL KEATS
Amor en cadena – LORRAINE COCÓ
Una rosa en la batalla – BRENDA JOYCE
Tormenta inminente – LORI FOSTER
Las dos historias de Eloisse – CLAUDIA VELASCO
Una casa junto al mar – SUSAN WIGGS
El camino más largo – DIANA PALMER
Un lugar escondido – ROBYN CARR
Te quiero, baby – ISABEL KEATS
Carlos, Paula y compañía – FERNANDO ALCALÁ
En tierra de fuego – MAYELEN FOULER
En busca de una dama – LAURA LEE GUHRKE
Vanderbilt Avenue – ANNA CASANOVAS
Regalo de boda – CARA CONNELLY
La dama del paso – MARISA SICILIA
A salvo en sus brazos – STEPHANIE LAURENS
Si solo una hora tuviera – CAROLINE MARCH

www.ingramcontent.com/pod-product-compliance
Lightning Source LLC
LaVergne TN
LVHW030335070526
838199LV00067B/6295